L’Envoyé

Christian Rolland

L'ENVOYE

Editions Zinedi

Illustration de la couverture : Christian Rolland

4 avenue des Trois-Peuples
78180 Montigny-le-Bretonneux France
http://www.zinedi.com

ISBN 2-84859-009-2

A Françoise, Vincent, Céline
Et Filou

A travers les vitres teintées de la salle de séjour, il admirait le coucher du soleil dans un embrasement de fin du monde. Il appréciait toujours cette vision, surtout en hiver, du haut du huitième étage de sa résidence. Cela lui procurait une sensation d'apocalypse, comme si toute vie sur terre allait définitivement s'effacer avec l'arrivée de la nuit. Comme si toute la journée passée n'avait été qu'un rêve ! En bas les véhicules n'allumaient pas encore leurs feux, mais les boutiques faisaient déjà scintiller leurs enseignes.

Gabriel se retourna pensivement, un verre à la main, la tête légèrement baissée. Il ruminait comme à son habitude les tracas de la journée. Ces petits détails sans importance qui à la longue construisaient une vie plate et monotone.

Ses soirées ne s'arrangeaient pas depuis quelques temps. Il avait toujours l'esprit occupé pour ne penser qu'à son travail.

Posant son verre sur la table basse du salon, il se dirigea vers la cuisine. Il se saisit d'une boîte dans le congélateur, la posa sur une assiette, puis enfourna le tout dans le micro-ondes. Il retourna s'asseoir après avoir pris le temps de sélectionner une musique douce.

Au bout d'un moment, sachant que la cuisson était sur le point de se terminer, Gabriel se releva et s'avança vers la grande baie vitrée, afin d'admirer une fois de plus le paysage.

Son visage se trouvait à quelques centimètres de la vitre lorsqu'il eut l'impression que tout son corps basculait à travers l'ouverture et tombait, tombait... à l'infini, comme dans un puits sans fin...

Les Chroniques Anciennes
Sectrie 10, Versus 2

Et c'est ainsi que l'Envoyé me fut révélé,
Il me semble entendre le son de sa voix, au seuil de ma vie,
Il me semble ressentir la chaleur de sa main sur mon épaule,
Le Tout Puissant est objet de mes prières pour ce bonheur accordé,
Car l'Envoyé, me fut révélé en tout premier,
Une longue vie m'a permis de conter ses exploits,
Des écrits éternels, selon ses volontés.

La pluie tombait doucement, elle ruisselait le long des feuilles pour chuter sur le sol. Le jour venait de se lever. Le crépitement des gouttes d'eau par terre, l'agitation des branches... Un bruit tira Gabriel de sa torpeur. Il était allongé de tout son long sur le feuillage humide.

Il reprit conscience brusquement, dans un violent sursaut. Se mettant sur les genoux pour regarder autour de lui, inconsciemment il se mit à parler à voix basse.

- Que m'arrive-t-il ? J'ai rêvé d'une chute dans un puits immense... Et me voilà ici, dans une forêt ! Je rêve encore ?

Toujours à genoux, il observait les arbres autour de lui. Puis il s'adossa à un tronc humide.

- Il pleut un peu et je suis dans un bois... Et apparemment je ne rêve pas !

Il tâtait ses vêtements pour confirmer ses pensées. Il portait toujours son pantalon et son polo. Les mêmes qu'au moment où il s'était évanoui dans son appartement. Ils étaient légèrement mouillés et il commençait à grelotter.

- Je ne dois pas rester là sinon je vais attraper la crève.

Il se leva et marcha droit devant lui. L'humidité faisait flotter un peu de brume entre les feuillages et une bonne odeur d'humus. Les seuls bruits qu'il percevait étaient quelques chants d'oiseaux. Il n'y avait aucun son d'automobile ou de présence humaine dans les parages. Tout en marchant, il réfléchissait à sa situation.

On avait dû l'enlever et l'abandonner ici. Peut-être pour le cambrioler ?

Il regarda sa montre. Elle lui indiquait dix heures du matin. Il marcha ainsi une bonne demi-heure. Il était tout de même étonné par l'absence des bruits d'une ville proche et par la végétation qui l'entourait. Il n'avait pas rencontré un seul chemin, un seul panneau indicateur, rien qui puisse témoigner de l'activité humaine dans cette forêt. Pour être sûr de ne pas tourner en rond, il marchait droit vers le soleil, à travers une brume légère qui commençait à vouloir disparaître.

La forêt ne semblait pas entretenue. Du bois et des arbres morts y gisaient partout. Ce ne fut qu'au bout de deux heures de marche, harassé, trempé et couvert de toiles d'araignées, qu'il entrevit la lisière. Les arbres devinrent plus clairsemés et il déboucha dans une clairière. Il se trouvait sur un coteau. Un champ labouré s'étendait devant lui et un peu plus bas se dessinait un chemin en terre.

Il s'y dirigea, piétinant les mottes de terre avec quelques difficultés. Une fois parvenu sur le sentier, il le longea avec l'espoir de trouver un endroit où se renseigner. Le moral était revenu avec ce chemin et ces champs entretenus. Il se sentait moins perdu. Au bout de la piste, tout en marchant rapidement, il distingua deux silhouettes. Accélérant tant que possible le pas, il n'en fut bientôt plus qu'à quelques mètres. Et là, instinctivement il ralentit son allure.

Devant lui, les personnages vus de dos semblaient incongrus. Il y avait apparemment un homme et une femme qui marchaient portant des outils sur l'épaule, des sortes de pioches grossières. Ils étaient vêtus comme des clochards. Des capuchons sur la tête, sales et rapiécés, des sortes de longues chemises sur le corps, dans le même état, de couleur terre, étaient faites d'un tissu grossier. Ils portaient des sabots. Cela lui fit penser au tableau d'un peintre des siècles passés.

Il s'interrogea sur la présence de ces individus et la raison de leurs déguisements. En s'avançant un peu plus pour les examiner, ils l'entendirent et se retournèrent.

Visiblement surpris, les deux personnages le dévisageaient avec des yeux pleins de méfiance. L'homme prit sa pioche dans la main et s'avança un peu, comme pour protéger la femme qui l'accompagnait. Il ne cessait de scruter Gabriel et de détailler ses vêtements.

- S'il vous plaît, finit-il par murmurer, pouvez-vous me dire où je suis... Je viens de me perdre en forêt.

Les deux individus ne répondirent pas, le fixant toujours avec curiosité.

- Je voudrais téléphoner... Il y a un village par ici ?

Toujours pas de réponse.

- Je vous en prie, dites quelque chose !

Il se sentait mal à l'aise face à cette attitude. Quelque chose au fond de lui-même le tracassait, un sentiment indéfinissable.

La femme s'avança un peu, puis lui parla. Tout d'abord il ne comprit rien à ce qu'elle disait. Puis quelques mots semblèrent vaguement familiers. Il crut comprendre qu'elle l'appelait seigneur ou quelque chose de ce genre. Il commençait à désespérer. Son attitude incita certainement le couple à s'approcher de lui pour l'interroger. Petit à petit les mots qu'ils prononçaient lui semblaient plus compréhensibles. Il n'avait jamais entendu parler ainsi, avec un tel accent et des mots si étranges, comme appartenant à la littérature des siècles passés. Cela ressemblait à du vieux français.

Il leur fit comprendre par gestes qu'ils s'exprimaient trop rapidement pour lui. Puis la communication s'établit doucement.

Il comprit qu'ils habitaient au village de Quéribus, situé à une demi-lieue plus loin sur le chemin. Des lieues et non des kilomètres ! Lorsqu'il leur fit comprendre qu'il allait se rendre vers ce village, ils répondirent qu'ils pouvaient l'accompagner.

Ils marchèrent ainsi devant lui, se retournant constamment pour le regarder. Il se sentait telle une curiosité. Maintenant, il ne se posait plus de questions. Il entendait, il observait trop de choses autour de lui pour songer sérieusement à l'éventualité d'un rêve. Le bruit des sabots sur le sol, les oiseaux bavards, le souffle frais et les senteurs de l'air sur ses joues, tout était bien réel.

La forêt bordait une prairie et le chemin empierré la longeait. C'était là-bas quelque part au milieu qu'il s'était réveillé... Pourquoi ?

Le village apparut à la sortie d'une courbe de la piste. Il voyait le clocher de la petite église et les toits des maisons. Des toits en chaume ! A mesure qu'ils se rapprochaient, il distinguait les maisons serrées les unes contre les autres, les bruits des animaux dans les cours, les cris des enfants. Des volutes de fumée s'échappaient des cheminées et cela sentait bon le bois brûlé. Des potagers entouraient les chaumières. Ils étaient bien entretenus. Mais de tout cet ensemble se dégageait une grande pauvreté.

L'attitude des deux personnages avait changé. Ils étaient presque joyeux, fiers. Ils arrivèrent dans l'unique rue du village. Dans les cours, les enfants n'avaient de regards que pour lui. Ils étaient plus pauvrement vêtus les uns que les autres, sales mais bien nourris. Ce furent eux qui ameutèrent le village pour le tirer de sa torpeur et avertir de sa présence. Avec ses vêtements de ville, il devait leur sembler très incongru.

L'homme se retourna.

- Vous ne passez pas inaperçu. Il y a plusieurs semaines que nous n'avons pas vu d'étranger. Avec toutes ces batailles, ils n'osent plus aller sur les routes.

Des batailles pensa-t-il, mais quels combats ? Avait-il bien compris les mots ?

- Je vais vous conduire auprès de l'ancien du village. C'est notre sage, il pourra peut-être vous renseigner.

- Merci. J'ai hâte de le rencontrer.

Ses vêtements étaient encore humides et ses chaussures toutes crottées de boue. Depuis la ruelle, il examinait les maisons, leurs façades et surtout l'intérieur, lorsqu'une porte en bois à deux battants était ouverte. Le dedans n'était pas mieux que la façade. Des volailles se promenaient autour de lui ainsi que quelques porcs. Ils s'arrêtèrent devant une chaumière. Une porte en bois comme les autres, une petite fenêtre et c'était tout. Un chien sur le seuil s'effaça craintivement lorsqu'ils s'approchèrent pour cogner au panneau. L'homme se découvrit avant d'entrer. La femme resta dehors et fit signe à Gabriel de franchir le seuil.

Un vieil homme était assis dans la pénombre sur une chaise à côté de la cheminée. Les quelques flammes qui y crépitaient lui donnaient un visage couleur cuivre. Une grosse marmite chauffait dans un coin. Cette odeur de fumée, de suie et d'humidité lui imprégnait les narines. Il distingua ensuite une grosse table au milieu de la pièce, une vieille femme y était accoudée. Elle semblait toute ridée et ratatinée. Derrière elle se découpait la silhouette d'un lit. Dehors il vit que la femme avait poussé le battant du bas de la porte derrière lui. Elle restait dehors comme pour éloigner tous les gamins qui s'approchaient curieux de voir à l'intérieur.

Le vieil homme continuait à regarder les flammes dans la cheminée. Il attendait. Personne n'avait parlé depuis qu'ils avaient frappé à la porte. L'homme s'approcha de la cheminée et parla à voix basse au vieillard. Et le vieux se mit à le dévisager comme s'il n'avait pas encore remarqué sa présence. Il l'examina de haut en bas.

- Qui es-tu étranger ?

- Je m'appelle Gabriel et je viens de loin. En fait, je le pense. Car je me suis réveillé tout à l'heure dans la forêt et je ne me souviens plus comment j'y suis arrivé. Je cherche une cabine pour téléphoner. Ainsi on pourra venir me récupérer ici.

- Vous voyez mon oncle, il recommence, dit à voix basse mais compréhensible, l'homme qui l'avait accompagné jusque là. Il parle toujours de téléphoner et d'autres mots étranges.

- D'où viens-tu étranger, de quelle cité ? questionna le vieil homme.

- J'habite Versailles, à proximité du palais.

L'homme le regarda et fit la moue.

- Connais pas ! C'est quoi la cité la plus proche ?

Il ne connaissait pas Versailles ! Une plaisanterie ! Comment pouvait-on ignorer cela ? Où était-il donc tombé ?

- Mais c'est à côté de Paris, ne put-il s'empêcher de lancer sur un ton de reproche.

- Du calme étranger, du calme. Nous n'avons pas voyagé comme vous et nous ne connaissons le pays que par les marchands de la route et les quelques voyageurs qui viennent ici. Mais pour Paris je sais où ça se trouve. J'y suis allé quand j'étais plus jeune. J'en garde un bon souvenir.

Il réfléchit un peu.

- Ca doit bien être à six jours de cheval.

- Six jours de cheval ? Mais il doit bien y avoir des cars qui vont là-bas ? Il n'y a pas d'autres moyens que le cheval tout de même.

- Des cars ? Vous voulez dire des charrettes, étranger. Il y a aussi des chars mais ils sont réservés aux seigneurs... Et il riait doucement sur cette remarque, dévoilant une mâchoire édentée.

« Bien », pensa Gabriel, « inutile d'insister avec ces gens. J'ai dû tomber dans un village retiré de toute civilisation et dans lequel les habitants ne veulent plus entendre parler de la technique qui nous inonde. »

Il était tout de même déconcerté de n'avoir pas vu en arrivant une pancarte indiquant ce hameau.

- A combien est la ville la plus proche ?

- A cinq lieues, répondit le vieillard. Mais en ce moment les chemins sont peu sûrs et je vous déconseille de vous y aventurer seul. Il y a toujours des soldats déserteurs qui écument les routes. Vous êtes dans une bien triste région, étranger.

« Cinq lieues », réfléchit Gabriel, cela devait faire dans les vingt-cinq kilomètres, un peu moins. Cinq heures à pied. Et puis qu'est-ce que signifiait cette histoire de soldats déserteurs ?

Il était de plus en plus mal à l'aise. Une intuition lui vint.

- Dites-moi... Qui gouverne le pays ?

Le vieil homme le regarda avec curiosité.

- Vous avez oublié ? Mais c'est le seigneur Maruald.

- Non, je veux dire qui dirige tous les habitants ici, à Paris... toute la France.

- C'est notre roi Philippe, voyons ! Mais il ne dirige pas toutes les régions. Ici c'est le prince de Cormilles. Vous avez tout oublié ?

Il fut comme foudroyé. Ces gens ne semblaient pas se moquer de lui. Cela ne ressemblait pas à une plaisanterie pour une émission de télévision. Tout était trop parfait, dans le moindre détail. Tout s'assemblait dans son esprit, comme un puzzle reconstitué. L'absence de bruits propres à la technique, les odeurs trop vives, trop inhabituelles, les forêts désertées, les routes inexistantes, les vêtements misérables, les maisons vétustes... Tous ces détails appartenaient à un autre monde, une autre époque. Il voulut en avoir le coeur net.

- En quelle année sommes-nous ?

- En 1306 d'après monsieur le curé. Vous ne vous rappelez pas l'année non plus ?

1306 ! Il ne serait donc plus dans son univers habituel ! Il n'habiterait plus son époque ? Ses amis, ses habitudes, son mode de vie, tout cela avait disparu ? C'était comme se retrouver soudainement sur une autre planète ! Et pourquoi ? Pour quelle raison vivait-il ce cauchemar ?

Le roi Philippe, le roi maudit ! Celui d'une époque révolue, d'un quatorzième siècle oublié dans les profondeurs de l'histoire... Et maintenant ce serait son siècle ? Il se mit à marmonner à voix basse.

- Le roi Philippe... Il est mort... où plutôt, il mourra en 1315 ! Mais qu'est-ce que je fiche ici ?

- Pourquoi dites-vous que le roi va mourir, lui demanda son guide improvisé. Qui êtes-vous ? Un sorcier, un devin ?

Il alla s'asseoir sur le banc, bouleversé puis se reprit légèrement.

- Non, non, je ne suis pas sorcier... C'est quelqu'un... un jour, qui m'a annoncé cette prédiction... Alors je la récite, comme ça...

L'homme ne paraissait pas convaincu. Mais Gabriel se méfiait. Il n'était plus chez lui. Il ne connaissait pratiquement rien des moeurs et coutumes de cette époque. Il se souvenait seulement, par les livres d'histoire de quelques détails, tels que l'inquisition, les sorciers au bûcher, les guerres. Il se devait d'être prudent même si cette situation lui semblait totalement absurde.

Le vieux se chauffait toujours devant sa cheminée. De temps en temps il activait les braises avec le bout de son bâton calciné. Le silence demeura de longues minutes.

S'il se retrouvait sept siècles en arrière, il y avait bien une explication quelque part. Et avec un peu de chance la possibilité de refaire le voyage en sens inverse. Etait-ce une action des hommes ou un phénomène naturel ? Et était-il seul à avoir subi ce phénomène ? Gabriel décida de faire face à la situation, quelle qu'elle fut.

Dans la pièce sombre les deux hommes et la femme le regardaient en silence.

- Je suis désolé de vous importuner ainsi. Je dois vous sembler bien étrange avec mes propos ! Mais voyez-vous j'ai très mal à la tête. Certainement ceux qui m'ont attaqué. Alors c'est peut-être pour ça que je dis n'importe quoi.

Cela sembla les soulager. A cette époque les malades, plus ou moins simples d'esprit, faisaient parti de la vie quotidienne. Leurs comportements inhabituels ne dérangeaient pas. Ils appartenaient à un monde inexplicable et ils étaient souvent considérés comme protégés de Dieu. Cela lui fit penser qu'il vivait une époque très superstitieuse et profondément croyante. Il devrait faire attention à ses gestes et paroles dans ce domaine.

- Vous devez avoir froid dans vos vêtements trempés, venez donc à côté du foyer, insista le vieil homme soudain plus amène. Vous avez eu de la chance qu'ils ne vous aient pas tué. C'est courant par ici de se faire attaquer pour être détroussé quand on porte beau vêtement et bourse à la ceinture.

Il approcha sa main du pantalon et tâta l'étoffe. Puis il fit de même avec le polo.

- C'est un tissu magnifique que vous possédez... Et ils ne vous l'ont pas pris !

- Non, mais tout le reste à disparu. Je n'ai plus d'argent, plus de bagages. Ils n'ont peut-être pas eu le temps de me prendre tous mes vêtements. Ils ont peut-être été dérangés par l'arrivée de votre neveu et de sa femme ?

Il espérait se sortir rapidement de ce mauvais pas, être accepté sans arrière-pensée par ces gens ; convaincu que sa survie en dépendait.

On frappa à la porte et un homme assez jeune entra. Il était coiffé lui aussi d'un bonnet grossier et sale. Sa barbe lui mangeait entièrement le visage.

- Alors l'ancien, un étranger est arrivé au village m'a-t-on dit ?

Et il examina Gabriel sans attendre une éventuelle réponse.

- Vous êtes peut-être trempé mais bien habillé.

Il s'adressa à nouveau au vieil homme.

- Qu'est-ce que vous en pensez l'ancien ?

Le vieux se fit un peu prier avant de répondre.

- Il m'a l'air brave et franc. Ce qui lui est arrivé est peut-être vrai. En tout cas il n'a pas d'arme, ni de bagage. On ne peut donc le laisser repartir sans un minimum d'hospitalité, surtout avec le soir qui approche.

- Je peux le loger chez moi si vous voulez. Avant, il prendra une bonne soupe et demain il sera reparti. On ne jette pas les voyageurs sur les routes sans un bout de pain. Ca porte-malheur ! dit-il en s'adressant à Gabriel.

Le vieil homme lui fit un geste de la main signifiant son accord.

Avant de repasser le seuil, Gabriel se retourna pour le remercier.

- Au revoir, Messieurs, merci. A vous aussi, Madame, merci.

Il suivit le barbu. Longeant les maisons, ils arrivèrent devant une cour de ferme. Au fond se trouvait le bâtiment pour le logement, sur le côté une sorte de grange en bois, emplie de paille. Dans la cour se promenaient des poules et un chien efflanqué. Le tout pataugeait dans une terre boueuse.

L'homme poussa la porte et entra.

- Je t'amène l'étranger pour le repas, ma femme !

La femme en question était assez jeune, les cheveux relevés en chignon sous sa coiffe qu'elle tenait serrée sur la tête et nouée sous le cou. Elle était gracieuse sans être vraiment jolie. Ses vêtements ne respiraient pas le neuf. Elle leur dit de s'asseoir car le repas était prêt.

L'homme se mit en bout d'une grande table de bois grossièrement taillée. Des enfants arrivèrent, trois. Ils s'installèrent à l'autre extrémité. La femme restait debout. Il n'avait plus qu'à se mettre à côté de l'homme. Elle leur apporta une soupière fumante qu'elle posa devant le maître de maison. Celui-ci s'en servit largement dans son assiette en bois qui ressemblait plutôt à une écuelle et poussa le récipient vers Gabriel.

- Allez, servez-vous bien, tant qu'elle est chaude.

Il ne se fit pas prier. Cela sentait bon et il avait une faim énorme.

La femme continua le service avec les enfants qui ne disaient mot en bout de table mais ne cessaient de se pousser du coude et de regarder Gabriel comme une bête curieuse.

Il trouva la soupe délicieuse. Il aurait de toute façon avalé n'importe quoi. La maîtresse de maison semblait apprécier le sort qu'il lui faisait. L'homme avait attendu qu'il ait avalé quelques cuillerées avant de lui adresser la parole.

- Alors mon père m'a dit que vous avez été attaqué dans la forêt et que vous avez perdu la tête ?

- Le vieil homme dans la maison où vous êtes venu me chercher ?

- Oui, c'est mon père. C'est nous qui possédons le plus de terres en fermage. Pour son âge et pour son domaine, tout le monde le respecte.

- Je vous remercie de m'accorder ainsi l'hospitalité. Je suis vraiment démuni de tout et je me sens perdu après ce qui m'est arrivé. Oui, je pense avoir été attaqué dans la forêt, mais je ne me souviens pas très bien.

- Vous avez eu beaucoup de chance de vous en tirer comme ça. Il y a quelques mois un autre voyageur, comme vous, a été retrouvé dans le même coin. Mais lui il était nu et mort. On lui avait fracassé la tête d'un coup de bâton. Vous voyez, faut pas trop vous plaindre.

Gabriel en tremblait. Quelle époque ! Une guerre continuelle, un monde trouble où le plus fort triomphe toujours. Et s'il triomphe c'est qu'il a la protection divine.

Avec la soupe ils avaient mangé une tranche de pain. Un énorme pain rond, découpé avec lenteur et respect par le maître de la maison. L'homme était naturellement aimable. Il avait l'air de prendre Gabriel en amitié. Peut-être par curiosité ou par fierté vis-à-vis des autres habitants du village.

- Quel bijou portez-vous donc au poignet ?

Gabriel regarda sur son bras l'objet de curiosité : sa montre-bracelet.

- C'est une montre. Un cadeau offert il y a quelques années. Et il ne put s'empêcher de penser à la femme qui le lui avait offert. Qu'était-elle devenue maintenant ? Dans quel monde futur improbable vivait-elle ?

Gabriel la décrocha de son poignet pour la passer à l'homme.

- Une montre ? C'est très joli. C'est le travail d'un grand artisan, à quoi servent toutes ces petites pièces qui bougent.

- Ce sont des chiffres, ils indiquent l'heure. Presque tout le monde porte cet objet dans mon pays.

- Tout le monde !

L'homme regardait Gabriel avec circonspection. Il était persuadé que sa tête n'avait pas retrouvé tout son état normal. Tout le monde avec un bijou d'une si grande valeur, il faudrait être malade pour croire cela !

- Votre pays est loin d'ici étranger ?

« Que répondre ? » pensa Gabriel. Il fallait rester le plus évasif possible, ne pas choquer.

- Il est très loin d'ici. Je ne pense plus y retourner un jour. J'ai maintenant fait un trop long voyage pour revenir en arrière.

- On dit ça, mais les racines sont plus fortes que tout... Vous venez de l'Est, je gage ?

- Oui, c'est ça. Vous connaissez un peu ?

- Oh non, non ! Moi je n'ai jamais quitté ce village, ni pour faire une guerre, ni pour du commerce. Vous avez traversé des mers en bateau pour venir ?

- Oui, bien sûr. Des mers chaudes et froides, par tous les temps.

Il s'ensuivit un long silence.

- Vous allez rester pour dormir. Il y a du bon foin dans la grange. Et demain vous y verrez plus clair pour repartir.

- Je ne sais comment vous remercier balbutia Gabriel. Je ne sais comment...

- Ce n'est rien. C'est tout naturel. On ne peut pas vous laisser comme ça sur les routes. Le bon Dieu ne nous le pardonnerait pas.

Il s'adressa de vive voix à sa femme.

- Allez ! Apporte donc quelques noix que l'on continue un peu la veillée. C'est pas tous les jours qu'il y a un étranger venant de si loin à notre table. Et également un broc de verjus !

La femme s'affaira à l'extérieur de la pièce pour chercher ce qui était demandé. Pendant ce temps l'homme se leva et remis une grosse bûche dans la cheminée. Les enfants avaient quitté la table et jouaient autour du foyer. Les flammes animaient les visages, comme un tableau de Rembrandt, pensait Gabriel. Une chandelle fut allumée et placée en bout de table. Lorsque la femme revint, elle posa un saladier de noix à même la table ainsi qu'un pichet contenant un liquide trouble. Elle prit deux bols en terre cuite et les posa à côté, puis alla s'asseoir sur un tabouret auprès des enfants. Elle sortit un linge d'une boîte et se mit à le repriser. L'homme empoigna son couteau et attaqua résolument une noix pour l'ouvrir et en faire profiter un des enfants.

- Tenez, prenez ce couteau, dit-il en en tendant un à Gabriel.

Celui-ci songeait à toutes les questions qui lui venaient à l'esprit. Par laquelle commencer sans mettre en garde ou mal à l'aise ces personnes ? Il devait se renseigner sur leur mode de vie s'il voulait pouvoir survivre dans leur univers.

- Comment s'appelle la cité la plus proche ?

- C'est Boissonne, elle est à cinq lieues d'ici.

- Comment vous y rendez-vous habituellement ?

- Oh, on y va rarement ! De temps en temps pour vendre des produits des champs et rapporter quelques utilités, surtout à ma femme. Si je l'écoutais, elle serait toujours fourrée là-bas pour rapporter des bêtises. Quand c'est le moment alors on prend la charrette ! Sinon à pied il faut compter six heures.

Il prit les deux bols et y versa le verjus. Cela sentait la citronnelle. C'était légèrement acidulé, mais agréable.

- Je vais encore vous demander un service... J'aurais besoin de vêtements un peu plus appropriés que ceux-là, mais je n'ai pas d'argent. Acceptez-vous les miens en échange ?

- Je n'ai rien d'aussi riche en échange des tissus que vous portez, étranger. Ce que je peux vous proposer est fait d'étoffes rugueuses qui vous donneront l'allure d'un manant.

- Cela me convient parfaitement, du moment qu'ils me protègent mieux de la pluie et du vent. L'homme envoya sa femme trouver des vêtements susceptibles de faire l'affaire. Elle revint peu de temps après avec les bras chargés de hardes.

- Voilà tout ce que nous avons de disponible. Le reste est trop usé pour vous. C'est bon pour les champs, dit-elle.

Gabriel fouilla parmi les différentes pièces. Il finit par trouver une sorte de robe faite d'un seul morceau, une large chemise en chanvre, un chaperon enveloppant les épaules et une cape en feutre épais.

- C'est parfait, avec ça me voilà un peu mieux arrangé.

Il s'installa dans un coin de la pièce, revêtit l'ensemble et revint à la lumière avec ses vêtements dans les bras.

- Tenez ! Ils sont à vous. Dommage que vous n'ayez pas de chaussures à me proposer !

L'homme admirait la coupe de ce qu'avait porté Gabriel, pendant que sa femme tâtait les tissus avec ravissement.

- C'est un bien beau cadeau que vous nous faites. Ces tissus sont magnifiques !

- Vous le méritez bien.

Il le prit par les épaules.

- Si vous revenez par ici, n'hésitez pas à nous dire bonjour. Vous serez toujours le bienvenu. Maintenant je vais vous montrer où vous pourrez dormir, bien au chaud.

- Je partirai demain matin pour la cité, au lever du soleil. Je pense que là-bas on pourra m'aider. Je vous dis au revoir, madame. Je ne pense pas vous retrouver demain.

Et il lui serra la main. Ce geste sembla la surprendre. Il fit un signe d'au revoir aux enfants, puis il suivit l'homme au dehors.

Il faisait nuit sombre. Le ciel était toujours couvert. Un peu de vent agitait les feuillages. Et il percevait nettement un son inhabituel jusqu'à présent, le hurlement lointain des loups.

- Il y a des loups dans la région ?

- Oh mais il y en a partout ! Des sales bêtes ! Il ne faut pas s'égarer de nuit dans les forêts, surtout par ce temps et cette saison. Ils ont faim.

Ils arrivèrent à la grange, au pied d'une échelle.

- Voilà ! Montez là-haut dans la paille, vous y serez au chaud pour la nuit. Et demain vous pourrez repartir.

Gabriel lui enserra le poignet.

- Merci mon ami ! Merci pour tout et que Dieu vous protège.

Il escalada la paille et s'installa rapidement pour dormir. Il n'avait pas eu le temps de revivre en pensée la journée que le sommeil l'avait déjà terrassé.

Le soleil dardait ses premiers rayons lorsqu'il s'éveilla. Il se laissa glisser en bas des bottes de pailles et secoua vigoureusement ses vêtements. Il les appréciait. La fraîcheur de la nuit ne l'avait pas empêché de dormir. Une fraction de seconde, au moment du réveil, il avait espéré se retrouver dans son appartement, bien au chaud dans son confort d'homme moderne. Mais il devait rapidement constater qu'il n'en était rien. La réalité avait aussitôt refait surface. La ferme se trouvait bien là. Le paysage n'avait pas changé. Il était toujours perdu en plein quatorzième siècle.

Rien ne remuait autour de lui. Il était encore très tôt. Il prit le chemin de la ville, traversant rapidement le petit village encore assoupi.

Le temps était idéal pour marcher. Mais s'il pouvait se procurer un cheval, cela ferait mieux son affaire. A condition d'avoir les moyens d'en acheter un. La piste serpentait doucement dans le fond des vallées. Toujours le grand silence, peu d'habitants, pas de maison isolée sur son parcours. Il était très loin de l'affluence habituelle de son siècle.

De temps en temps il croisait un carrefour, ralentissait le pas et reprenait sa marche en droite ligne, suivant le chemin qu'on lui avait indiqué.

Puis après deux bonnes heures de marche, au détour d'un virage, il vit au loin la cité vers laquelle il se dirigeait. Il estima le temps restant à parcourir à environ trois heures. Il ne distinguait pas encore les habitations qui devaient entourer ce château. Plongé dans ses réflexions, une voix le fit sursauter.

- Alors, étranger, on marche seul ?

Il s'arrêta net pour distinguer la personne qui s'adressait à lui. Des buissons situés sur sa droite, quelques feuillages remuèrent et un homme apparut. Il était vêtu d'une grande cape et coiffé d'un chaperon originalement piqué d'une plume sur le côté. Cela lui donnait un petit air de robin des bois. Un baluchon au bout d'un bâton et une sorte de mandoline sous le bras terminaient son accoutrement.

- N'ayez pas peur, poursuivit-il. Je ne suis qu'un voyageur qui apporte un peu de chanson et de musique dans les demeures. Je n'en veux pas à votre bourse.

Gabriel le regarda s'approcher. Il lui témoigna instantanément de la sympathie, comme ça, par instinct.

- Qui êtes-vous ?

- Aralou le troubadour. Celui qui use les routes de ses semelles et de ses chansons.

Il souriait en le dévisageant.

- Vous semblez perdu par ici, étranger ! Qui êtes-vous de votre côté ?

- Mon nom est Gabriel. Je viens de bien loin et je découvre votre pays. Je veux me rendre à la cité que l'on aperçoit là-bas.

- A Boissonne. Et bien si vous n'y voyez pas d'inconvénient je vais vous y accompagner. Moi aussi je dois m'y rendre. J'espère y faire quelque argent !

Gabriel s'approcha de lui pour lui serrer la main. Aralou hésita en répondant à son geste. Cette coutume à l'évidence n'existait pas encore en ce temps. Il se dit qu'à l'avenir il l'éviterait.

- C'est un geste noble, étranger Gabriel. D'où venez-vous ainsi ?

- Oh de bien loin ! Nous aurons l'occasion d'en parler en chemin. Dis-moi plutôt ce que tu fais et comment est la ville où nous allons.

- Je chante et lis des poèmes pour les nobles et les gueux, en fonction du lieu où l'on m'accueille. Et ce sont plus souvent les gueux. C'est pourquoi je ne crains pas d'être dévalisé pour ma bourse. Je n'y ai jamais de quoi nourrir mon ventre. J'ai marché et traversé de long en large presque tout ce pays. Je suis né dans la grande cité de Paris. Mes parents étaient bons commerçants. Mais n'étant pas l'aîné, lorsque le temps est venu j'ai dû quitter les lieux. Et depuis je chante et marche !

Gabriel découvrait un jeune homme, certainement issu d'une bonne famille. Il devait lui répondre lui aussi sur les raisons de sa présence par ici.

- Mon existence ressemble un peu à la tienne, sauf pour mon enfance qui fut très facile. Mes parents m'ont correctement élevé et enseigné beaucoup. Je viens d'un pays d'au-delà les océans où j'ai également appris votre langue. Je suis ici pour fortifier mon coeur et mon savoir. Ensuite je retournerai là-bas. Cela te convient comme réponse ?

Il espérait que ses explications ne demanderaient pas trop de précisions. Il n'avait pas encore suffisamment de connaissances sur les moeurs des habitants de ce pays pour présenter une version plausible de sa situation.

- Et bien nous avons un peu les mêmes raisons de parcourir ces lieux. Nous y allons ?

Ils marchèrent de concert une petite heure. Aralou ne manquait pas de conversation et cela intéressait Gabriel. Il avait ainsi l'occasion de s'instruire à bon compte sur ce pays, ses habitants. Le troubadour répondait avec plaisir aux différentes questions qu'il pouvait lui poser, les trouvant naturelles de la part d'un voyageur étranger.

- Arrêtons-nous un peu, lui dit-il. Toute cette conversation m'a donné faim et soif.

Ils se dirigèrent vers un talus pour s'y asseoir. Aralou ouvrit le baluchon qu'il portait au bout de son bâton et en sortit une outre et un morceau de pain.

- Mon repas est maigre mais c'est avec plaisir que je le partagerai en ta compagnie.

Gabriel ne se fit pas prier. Il n'avait rien dans le ventre depuis la veille au soir. Ce geste lui allait droit au coeur.

Peu de temps après ils reprirent la route. Il ne restait environ qu'une heure de marche avant d'arriver aux premières maisons de la ville. Ils s'engagèrent dans le dernier bois qui les en séparait. Ce changement de végétation rendit Aralou moins volubile. Les légendes sur les êtres plus ou moins malins habitant sous les frondaisons devaient produire leurs effets. A moins que ce ne fut la crainte d'une présence de brigands.

Juste avant de sortir du bois, Gabriel eut un pressentiment. Il se sentait observé. C'est à ce moment qu'il entendit une branche craquer dans son dos. Se retournant brusquement, il vit deux hommes en travers du chemin. Armés d'un gourdin et d'une épée, ils en voulaient assurément à leurs pauvres biens. Ils arboraient des sourires où manquaient de nombreuses dents. L'un des deux devait même être borgne. Un autre bruit fit comprendre à Gabriel que la fuite vers la sortie du bois était interdite car un troisième homme en barrait la route.

- Alors voyageurs, dit le plus grand, vous allez bien nous laisser quelque argent ou vêtements !

L'homme, probablement le chef du trio, frappait la paume de sa main avec le plat de son épée d'une manière ostensible. Ses deux comparses ricanaient bêtement. Il continuait à avancer lentement vers Gabriel et Aralou.

- Sortez donc gentiment vos bourses.

- Nous n'avons rien, répondit Gabriel. Vous voyez bien que je n'ai même pas de sac avec moi.

Aralou ne disait mot. Il ne semblait pas effrayé. Lui-même était surpris de ne pas avoir de crainte dans cette situation alors qu'il était évident que leur vie était en danger.

- Eh bien, nous vous dépouillerons de vos vêtements. Il y aura toujours moyen de les revendre.

Ensuite quand vous serez nus on s'amusera un peu avec vous.

Les ricanements reprirent de plus belle. Gabriel profita de ce moment pour bondir vers le plus proche, celui qui lui avait semblé être le chef. Il sauta sur le côté, fit une rotation sur lui-même jambe semi-fléchie et lui porta un violent coup de pied au visage en la détendant, avant de se recevoir au sol en souplesse. L'homme s'écroula au sol le nez éclaté. Il n'attendit pas qu'il se relève pour lui arracher l'épée des mains et foncer vers les deux autres. Cette fois l'effet de surprise ne pouvait plus jouer, ils étaient sur leurs gardes bien qu'étonnés par ce qui venait de se produire. Il ne leur laissa pas le temps de comprendre la situation. Celui qui avait une épée la leva pour en frapper un grand coup sur sa tête. Il se pencha résolument en avant, la pointe de son épée tendue vers l'homme et il la lui enfonça dans le ventre alors que ce dernier avait encore le bras levé pour frapper. Le troisième qui tenait un gourdin avait esquissé un mouvement pour le frapper de côté. Gabriel lâcha l'épée enfoncée dans son adversaire et fit un bond, juste à temps pour éviter le coup qui porta durement au sol. D'un pas il se glissa derrière son ennemi et le frappa d'un coup sec du tranchant de la main, sur la nuque. Il le sentit fléchir aussitôt et s'effondrer sur lui-même, rejoignant par terre celui qui baignait dans son sang.

Gabriel resta immobile. L'action avait duré quelques secondes, mais elle lui semblait une éternité. Il s'étonnait de la violence de ses gestes et se félicitait d'avoir conservé une bonne pratique de ses cours de combat en arts martiaux. Il ne prêta pas attention à Aralou qui lui parlait.

- Qui es-tu donc réellement ? C'est la première fois que je vois ça. Mettre à terre trois hommes armés, à mains nues... en quelques mouvements.

- N’aie crainte. Il n'y a pas de magie là-dedans. Tout d'abord ils n'étaient que des amateurs, des détrousseurs, pas des guerriers. Ensuite j'ai pratiqué ce que l'on appelle « les arts martiaux » dans mon pays. Et tu viens d'en avoir une démonstration. Il s’agit d'apprendre à se défendre sans arme.

Aralou poussa une exclamation :

- Il vaut mieux t'avoir à mes côtés. Je suis bien heureux que tu sois mon ami. Dans le cas contraire je n'aurais pas donné cher de ma peau.

Et il se mit à rire. Gabriel ne put s'empêcher d'en faire autant, oubliant momentanément les trois hommes qui gisaient au sol.

- Qu'allons nous faire de ces trois individus ? finit-il par demander.

- Récupérons les épées, à défaut de s'en servir, on pourra toujours en tirer quelques pièces.

Et joignant le geste à la parole, Aralou les désarma prestement. Puis il nettoya les armes.

Gabriel prit une paire de bottes, sans scrupules. Elles allaient au moins lui permettre de récupérer un peu d’argent en les revendant.

- Et eux, qu'est-ce qu'on en fait ?

- Laissons-les ici. Il y en a un qui commence à revenir à lui. Il n'aura qu'à s'occuper des deux autres.

Ils reprirent la route et arrivèrent au sommet d'une côte à la sortie du bois. La vue s'y étendait sur toute la vallée. Gabriel en restait médusé. Il y avait une magnifique forteresse en plein milieu d'un gros village. Les tours et les murs étaient faits de pierres sombres donnant un air austère à l'ensemble. Au pied du château s'étendait un grand étang.

Ils marchèrent d'un bon pas sur la piste descendant vers le village. Gabriel croyait rêver. Il avait, là, devant ses yeux tout un monde, toute une représentation vivante de ce qu'il avait lu dans les livres d'histoire. Au fur et à mesure qu'il avançait vers le centre, vers la place de l'église, il était submergé par des visions d'un autre univers, d'un autre temps. Il avait l'impression de se déplacer dans un immense décor de cinéma. Des femmes, des hommes, de nombreux enfants animaient bruyamment les rues dont les bâtisses devenaient de plus en plus denses. Les ruelles étaient humides de la pluie tombée le matin. Les odeurs nouvelles le submergeaient, l'envahissaient. Toutes les constructions étaient faites d'un mélange de torchis pour les murs, encadrés, soutenus par de grosses poutres apparentes. Les fenêtres étaient petites, ainsi que les portes. Mais l'ensemble contrastait avec le village qu'il avait quitté le matin. Ici il semblait y avoir plus de richesses, plus de propreté. En approchant de la place centrale, les maisons gagnaient en étages. Un, deux, trois niveaux successifs. L'encorbellement était de rigueur. Ce qui surprenait le plus Gabriel était l'aspect neuf des rues, des maisons. Lui qui n'avait connu que ce qu'il en resterait six ou sept siècles plus tard. Les chevaux et tous les types d'attelages qu'il pouvait y avoir le laissaient également stupéfait. Il était agréablement agressé par toutes les odeurs qui émanaient de ce monde.

Vu du village, le château était encore plus impressionnant. Il dominait littéralement le paysage. On pouvait voir des gardes à l'entrée qui filtraient le passage.

- Voici la place, annonça Aralou. Nous avons de la chance, c'est jour de marché. On va peut-être pouvoir se faire un peu d'argent avec les épées.

Se faufilant parmi la foule qui allait et venait entre les baraques et les étals des marchands, Gabriel tentait de ne pas perdre de vue Aralou. Celui-ci savait ce qu'il recherchait. Il se dirigea vers un vendeur abrité sous une toile grossière. Son échoppe proposait des armes de plus ou moins bonne qualité. En arrière une petite forge devait servir à réparer rapidement ce qu'on lui apportait.

- C'est notre homme à coup sûr, lui chuchota Aralou. Je vais essayer de faire affaire honorable. Toi tu me donnes ton épée et tu restes là.

Gabriel obtempéra et lui remit l'objet qu'il trouvait d'ailleurs encombrant.

Aralou s'approcha de l'individu. Il était habillé d'un immense tablier en cuir épais, torse nu, avec un rabat lui protégeant la poitrine. Ils se mirent à discuter fermement. L'homme prenait les épées, les manipulait à bout de bras, les soupesait, les reposait. De son côté Aralou en vantait toutes les qualités. S'il était bon troubadour, il semblait également marchandeur avisé. Au bout d'une âpre discussion, l'homme finit par sortir quelques pièces de dessous son tablier. Il les compta méticuleusement devant Aralou et les posa dans sa main en échange des deux épées. Ils s'échangèrent une claque sur la paume des mains et se séparèrent.

- Voilà qui est fait, lui clama Aralou. Une pas mauvaise affaire, vu ce qu'elles nous avaient coûté !

Et il arbora fièrement cinq pièces, cinq écus.

Gabriel en prit une pour l'observer. Elles étaient lourdes.

- Avec ça nous pouvons manger ? demanda-t-il.

- Eh bien en effet, tu ne connais pas grand-chose à notre pays, même pas la valeur de l'argent ! Bien sûr qu'on peut manger, et même plus d'un repas. Allons chercher une auberge maintenant, ça ne va pas être le plus difficile...

Gabriel en profitait pour s'imprégner de toutes les images nouvelles qui l'entouraient. Les échoppes étaient bien achalandées. Du gibier et de la volaille chez les marchands de viande, des tissus à la coupe, des produits à base de laitages, fromages, lait, des pâtisseries, des marchands de paniers, de poteries... Il ne manquait pas grand chose en regard des marchés qu'il avait connus. Le poisson, les bazars avec des objets en métal et en plastique, pour le reste c'était pareil. Il se disait qu'il devait déjà en être ainsi plusieurs siècles auparavant, en Egypte ancienne comme en Grèce...

Il remarqua que les gens qu'il rencontrait sur son chemin, s'écartaient toujours pour lui laisser passage. Ils semblaient lui témoigner un certain respect. Peut-être était-ce dû à sa taille largement supérieure à la moyenne locale ou à sa démarche, à son attitude ?

Ils trouvèrent en bordure de place un établissement qui servait à boire et à manger. A l'intérieur régnait une certaine animation. Plusieurs tables étaient occupées. La lumière faible du jour passait difficilement à travers des fenêtres aux carreaux épais et petits. Ils s'assirent à une table inoccupée, sur des bancs. Aussitôt, un homme de forte corpulence s'approcha d'eux.

- Nous voudrions manger et boire, lui dit Aralou.

- J'ai du vin, du cidre ou du verjus !

- Du vin !

Et l'homme s'éclipsa. Les consommateurs ne leur prêtaient pas d'attention particulière. Ils étaient des voyageurs comme des dizaines d'autres qui avaient dû franchir le seuil de cette porte avant eux dans la matinée. Le tenancier revint rapidement portant un pichet et deux gobelets qu'il posa sur la table. Puis il s'en retourna sans un mot.

Aralou se saisit du pichet et versa le vin dans les deux gobelets. Ensemble ils les levèrent.

- A ta santé, Aralou, et à notre amitié. J'espère qu'elle durera.

- A ta santé ?

- Oui ! C'est ainsi que l'on fait chez moi. On se souhaite une bonne santé ou on échange quelques vœux autour d'un bon verre.

- C'est une bonne coutume. Alors à ta santé !

Ils se désaltérèrent longuement. Le vin était dur, un peu aigre mais enfin il rafraîchissait.

L'homme revint portant deux écuelles bien remplies qu'il posa devant eux. Il posa deux cuillères en bois.

- Ca fait un écu pour le tout.

Aralou rechercha l'argent et le donna au tavernier.

Une soupe épaisse, odorante, où nageaient des haricots et d'autres légumes, chatouillait leurs narines. Ils n'échangèrent pas un mot en plongeant leur cuillère dans le liquide fumant. Et ils prirent leur temps pour en voir le fond.

Pendant un long moment ils ne dirent mot, goûtant cet instant de tranquillité, le ventre assagi.

- Il faudrait maintenant que je m'achète une paire de bottes, reprit Gabriel. Je ne suis vraiment pas à l'aise dans mes chaussures.

- Il n'y a pas assez d'argent pour ça. Il en faudrait bien le double, même en te faisant reprendre les chausses que tu as aux pieds.

- Eh bien, il faut trouver un autre moyen pour se faire un peu d'argent.

Ils se levèrent et sortirent de la taverne. Dehors il y avait toujours autant d'animation. Ils traversèrent la place à nouveau. Tout à coup, Gabriel vit un attroupement. Il s'approcha un peu plus. Des hommes étaient en train de se battre. Mais il s'agissait d'un combat régulier.

C'était une sorte de lutte, comme elle devait se pratiquer depuis des siècles. Les deux adversaires dans un espace clos, cherchaient à s'immobiliser mutuellement sur le dos. Gabriel s'approcha pour assister au spectacle. Les deux hommes tentaient de se plaquer au sol. Ils étaient torse nu et en sueur. La foule tout autour participait activement au spectacle. Tournant autour d'eux, un homme les haranguait.

- Miclos ! Le plus fort ! L'imbattable Miclos ! Quiconque arrivera à le maîtriser aura droit à cinq écus... une fortune. Et si vous perdez, vous n'aurez droit qu'aux railleries des belles...

La foule s'amassait autour d'eux. Lorsque l'un des hommes décollait du sol pour retomber lourdement sur le dos, de grands éclats de rire émanaient autour d'eux. A un moment Miclos prit son adversaire sous la taille, le souleva et le propulsa dans la foule. Celle-ci hurlait de joie. Et Miclos l'imbattable riait à gorge déployée. Gabriel pensait qu'avec cette bonne brute il y avait peut-être un moyen de se faire un peu d'argent.

Au milieu de la foule le meneur reprenait de plus belle.

- Alors à qui le tour ? Où est-il le preux qui osera affronter cette masse de chair ? Je tiens parole, cinq écus !

Il se fraya un chemin jusqu'au carré des combattants.

- J'accepte ! cria-t-il.

Autour de lui les spectateurs s'écartèrent, de peur certainement d'être concernés par l'affaire.

- Tu es volontaire pour combattre, l'ami ?

- Oui, allons-y !

Le meneur reprit de plus belle.

- Et voilà un volontaire, un homme courageux... ou inconscient !

Et toute la foule s'esclaffait.

- Allons approche, l'ami, viens ici te mettre en tenue. Mais avant tout, braves gens, pour que ce combat puisse se faire, quelqu'un va passer parmi vous pour vous demander quelques pièces, sans pièces pas de combat... Alors un petit effort !

Pendant ce temps Gabriel enlevait ses vêtements pour ne garder, pieds nus, que le pantalon.

Ainsi dévêtu, il n'apparaissait pas particulièrement musclé. En face, le gros Miclos souriait niaisement, sûr de sa force devant cet adversaire.

- Le combat va pouvoir commencer, mon compagnon me fait signe qu'il a assez d'argent. Allez ! serrez-vous la main.

Dans la foule les cris s'élevèrent, les encouragements fusaient. Gabriel se tenait en garde, jambes écartées, poings fermés. Il jaugeait son adversaire. Il avait déjà vu tout à l'heure sa façon d'opérer, tout en force. Il allait devoir faire appel à ses premières notions de judo. Miclos s'élança rapidement et Gabriel eut juste le temps d'esquiver l'attaque en s'écartant sur le côté. La foule renvoya la brute dans le carré. Il n'appréciait pas la dérobade, pas du tout. Il s'élança à nouveau et cette fois-ci Gabriel plongea en avant, dans ses jambes. L'autre ne put l'éviter, trébucha et s'étala de tout son poids. Dans la foule, c'était le triomphe. Tout le monde gesticulait et criait sur le fameux Miclos.

Il était couvert de poussière et rouge de colère. Il soufflait et crachait comme un boeuf. Sans prévenir, il se rua sur Gabriel et l'enserra dans ses énormes bras, comme pour l'étouffer. Celui-ci n'avait pas prévu une réaction aussi rapide après cette chute. Il sentait le manque d'air le gagner. Se contractant, il réussit à se laisser glisser entre les bras et donna un coup de tête dans la mâchoire de Miclos. De douleur, il lâcha prise aussitôt mais attaqua à nouveau, bras tendus. Cette fois-ci Gabriel était en position avantageuse. Il se saisit du bras de son adversaire et fit pirouetter la masse de chair ne donnant pas l'apparence de fournir un effort. L'homme alla s'écraser à nouveau aux pieds des spectateurs. Ceux-ci criaient de joie et de surprise.

Miclos se releva, légèrement indécis. Il avait en face de lui un adversaire se battant d'une manière qui lui était inconnue. Malgré les hurlements de son patron qui l'encourageait à reprendre la lutte, il hésitait. Gabriel n'attendit pas plus. Il fit deux enjambées vers l'homme, effectua un bond et lui décrocha, comme suspendu dans les airs, un coup de pied à la mâchoire. Le colosse s'effondra sur le dos, assommé. Gabriel s'approcha de lui et posa le pied sur son ventre comme un chasseur sur son trophée. Il souriait aux spectateurs. Ceux-ci étaient au comble de la joie. Ils avaient vu un beau combat et surtout un petit triompher d'un gros. Le succès était garanti.

Le meneur s'approcha de lui.

- Jamais vu ça ! dit-il. Je ne sais pas où vous avez appris à combattre comme ça. Mais vous êtes le premier à faire manger la poussière à Miclos. Cela vous dirait de combattre pour moi dans les foires ?

- Non, non... Mais j'aimerais bien avoir mon argent.

- Vous me coûtez cher, l'ami, mais ce qui est promis est promis... Et puis, je n'ai pas envie que vous m'attaquiez pour le prendre de force.

Il lui remit ses écus, pendant que Miclos sortait de sa torpeur et se redressait péniblement sur ses jambes.

Gabriel se dépêcha de s'habiller. Puis c'est joyeusement qu'il se dirigea vers la place où il retrouva Aralou.

- J'ai assisté de loin à ton combat dit celui-ci. Tu as vraiment une façon particulière de te battre. Mais il fallait quand même un certain courage pour s'attaquer à ce colosse.

- Oh ! Tu sais, il ne faut pas se fier aux apparences. Il avait plus de graisse que de muscle. Je ne risquais pas grand chose. Et je vais enfin pouvoir changer de chaussures !

Ce disant, il faisait sauter ses pièces dans la paume de sa main.

- Tu peux m'aider à chercher un marchand où je trouverai ce qui me convient ?

Aralou le prit par le bras.

- Viens ! Allons dans le quartier des fripiers et des cordonniers.

Ils tombèrent rapidement sur une petite échoppe qui proposait des chaussures et divers vêtements en cuir.

A l'intérieur un vieil homme était assis derrière une sorte de table-établi où s'amoncelaient des morceaux de cuir de toutes formes, des sangles, des chausses en cours de finition, des harnais... Il y avait également dans un coin de l'appentis quelques colliers à chevaux. Gabriel expliqua rapidement son affaire. L'homme passa dans une arrière boutique et revint avec trois paires de bottes. Après les avoir essayées, il jeta son dévolu sur une paire. Sa pièce était largement suffisante, surtout avec la reprise de son ancienne paire de chaussures. Le vieil homme ne cessait de les tourner et de les retourner, surpris par le cuir, la forme et la matière des semelles. C'est ainsi chaussé, avec encore quelque argent en poche, qu'ils sortirent de la boutique.

Regardant au bout de la rue, il pouvait admirer la forme massive du château surplombant la cité. Sa curiosité était forte. Que pouvait bien être un château habité comme celui-ci ? A quoi ressemblaient les gens qui y vivaient ? Comment étaient-ils meublés ? Quelles étaient leurs activités ? Des dizaines de questions lui venaient à l'esprit.

- J'aimerais visiter ce château, chuchota-t-il à Aralou. Je ne suis jamais entré dans une forteresse comme celle-ci. Ce serait une bonne façon de connaître un peu mieux ce pays et, qui sait, de faire la connaissance du seigneur des lieux. Tu aurais une idée là-dessus ?

- Facile ! Avec mon instrument toutes les portes me sont ouvertes. Il suffira de se présenter à l'entrée du château pour s'annoncer comme troubadours et normalement nous saurons à quoi nous en tenir. Les seigneurs ont besoin de distractions dans leurs grandes demeures. Je serais fort étonné qu'ici il en soit autrement avec le seigneur Maruald, maître de ces lieux.

- Eh bien ! allons-y.

- Eh ! du calme ! Il est trop tard pour aujourd'hui. Les portes vont se refermer et nous n'y serons pas à temps. Je crois qu'il vaut mieux chercher un logis pour la nuit et remettre cette visite à demain. Une petite hôtellerie fera l'affaire avec l'argent que nous avons ou plutôt, que tu as gagné !

- Allez, je t'invite si tu trouves un bon endroit.

Ils déambulèrent dans les différentes ruelles. L'animation se faisait plus rare, les marchands repliaient leurs étals. Les clients rentraient chez eux dans la ville ou en campagne. Ils se retrouvèrent devant une enseigne d'auberge portant l'inscription « Au ronfleur ». Elle représentait un lit sur lequel était allongé un homme au ventre bien rebondi. Sur le seuil, les bras croisés sur la poitrine, le patron attendait le client éventuel.

- Auriez-vous une chambre pour nous deux cette nuit ? demanda Aralou.

- Bien sûr, troubadours ! C'est cinq écus pour la nuit, sept si vous voulez souper.

- Accepté !

Aralou prit l'argent que lui tendait Gabriel et le remit à l'hôtelier.

- Suivez-moi, je vais vous montrer votre chambre.

Ils entrèrent dans une pièce au plafond bas, traversé de grosses poutres noircies par la fumée de la cheminée. La salle était relativement sombre. Au bout se trouvait un escalier droit, en bois, menant aux étages ; Gabriel en avait compté deux avant d'entrer. Ils s'arrêtèrent au second et l'homme poussa une porte rustique.

- Installez-vous. Le repas est à six heures, je vous appellerai.

Et il les laissa pour reprendre sa place à la porte d'entrée, dans l'espoir d'autres clients.

Deux lits occupaient la pièce et une niche dans le mur permettait de ranger quelques vêtements. Gabriel alla vers la fenêtre et l'ouvrit. En bas dans la rue, l'animation était encore moindre. Quelques voyageurs semblaient chercher comme eux, un lieu où dormir. Il alla s'allonger sur son lit, le trouvant un peu dur : une paillasse posée sur des traverses en bois.

Il était loin du confort des matelas mousse et des sommiers anatomiques. Mais c'était son premier lit dans ce nouveau monde et il en oubliait la rudesse.

Aralou le réveilla au bout d'un moment.

- Allons-y, l'hôtelier nous appelle pour souper. Ca va ?

- Oui, oui, répondit-il un peu absent. Je ne me suis pas vu partir. Je crois que je ne vais pas m'attarder après le repas, la journée a été forte en événements.

Ils soupèrent rapidement dans la salle qu'ils avaient traversée précédemment. Deux autres tables étaient occupées par des voyageurs dont apparemment une famille avec les parents et trois enfants.

- Tu vois, Aralou, maintenant je fumerais bien une bonne pipe devant la cheminée. Malheureusement vous ne savez pas encore ce qu'est le tabac !

- Je ne te comprends pas.

- Rien, rien... Je me souvenais de certaines habitudes dans mon pays. Si nous allions nous coucher, demain je pense qu'il y aura beaucoup à faire avec ce château.

- Oui ce serait plus sage. Car si tout va bien nous passerons une partie de la soirée à distraire les invités. Cela nous permettra au moins de manger sans payer.

La nuit ne fut toutefois pas de tout repos pour Gabriel. De temps en temps il sortait de son sommeil, attiré par des bruits inhabituels. Il entendait des rongeurs courir dans les couloirs ou les mansardes. La maison grinçait, craquait comme un bateau dont le bois travaille en permanence.

Au petit matin, l'animation dans la maisonnée le tira d'une semi-torpeur. Les voyageurs se préparaient à déjeuner pour repartir sur les routes. Aralou était déjà debout et se lavait à l'aide d'une jatte et d'une bassine.

- Bien dormi ? demanda-t-il.

- Non, pas vraiment. Je ne suis pas encore habitué à tous ces bruits et à ce lit.

- Si tu veux te débarbouiller, la place est libre.

Gabriel se leva péniblement, les muscles endoloris. Il versa l'eau fraîche dans la cuvette et se frictionna vigoureusement le visage. Il n'y avait pas de savon, pas de miroir, pas de brosse à dents. Le changement était difficile à accepter. Il aurait tant aimé se raser.

Dehors le soleil brillait déjà. Les bruits de la rue, les chants des oiseaux... Le bourg s'animait.

- Aralou je crois que nous allons avoir une magnifique journée ! Et j'ai faim !

Ils descendirent l'escalier avec leurs maigres bagages et s'arrêtèrent à une des tables pour avaler un morceau de pain et quelques gorgées de verjus, puis se retrouvèrent rapidement dans la ruelle.

Marchant en direction du château comme convenu, ils croisèrent quelques personnes tirant ou menant des charrettes, qui allaient également dans le même sens qu'eux, probablement pour y vendre leurs marchandises.

C'est ainsi qu'ils arrivèrent devant un pont-levis gardé par quatre gardes en armes. Devant eux une vingtaine de personnes attendaient également pour passer. Parmi ces gens il y avait des marchands, des saltimbanques, tous ceux qui avaient quelque chose à proposer au château en échange d'un peu d'argent. Derrière eux arrivaient les tireurs de charrettes qu'ils avaient rencontrés un peu plus tôt. Certaines contenaient des tonneaux de vin, des volailles en cage, d'énormes bûches. Ainsi, le village se déplaçait vers le château pour subvenir à ses besoins. Il représentait un commerce non négligeable pour une petite ville comme celle-ci.

Les gardes ne faisaient qu'un contrôle sommaire des personnes qui voulaient entrer. Il ne s'agissait pas encore de laisser entrer des touristes comme ce serait le cas plusieurs siècles plus tard. Car Gabriel maintenant se souvenait. Il avait visité ce château dans le futur. Mais cela s'était produit durant son enfance et il en gardait un souvenir confus.

Quand ils arrivèrent à hauteur des gardes, Aralou expliqua qu'ils étaient troubadours et désiraient animer la soirée si le seigneur voulait bien d'eux.

On leur fit signe de poursuivre en leur indiquant où s'installer un peu plus loin. Ils suivirent donc les charrettes et les piétons qui les précédaient, pour se retrouver dans une enceinte après avoir franchi le porche. Une petite cour rectangulaire les séparait encore de la seconde enceinte où devait se trouver le donjon et les communs. Les marchands s'installaient dans la cour pour déballer et présenter leurs étals aux personnels du château qui voudraient bien venir les voir. Les autres s'asseyaient en différents endroits attendant patiemment avant de poursuivre plus loin.

Gabriel ne perdait pas une miette du spectacle. Il se sentait encore extérieur à ce qu'il voyait, comme un spectateur et non un acteur. Tout lui était étranger, tout était objet de curiosité.

Un homme vêtu d'une tenue plus chamarrée que celle des gardes fit son entrée dans la cour. Il était accompagné de deux lanciers.

- C'est certainement le chef de la garde, lui dit Aralou. C'est lui qui autorise ou non les gens à pénétrer plus loin.

En effet, il faisait le tour des personnes assises dans la cour et les questionnait. C'est ainsi qu'il s'approcha d'eux.

- Vous êtes des troubadours ?

- Oui, répondit Aralou. Nous allons vers le Nord et en chemin nous cherchons à distraire les seigneurs qui le désirent. Je sais danser, jouer de la cithare et amuser par mes plaisanteries.

L'homme fixa Gabriel attendant à l'évidence qu'il se présente.

- Moi je sais chanter et réciter des poèmes, dit-il en souriant.

- Bien ! Vous pourrez distraire la table du seigneur ce soir. Vous avez la journée pour vous préparer. Je vais annoncer votre présence au responsable des festivités. Il vous fera mander dès qu'il sera prêt. Ne quittez pas le château. Si vous voulez manger, un repas sera servi ce midi à tous les saltimbanques.

Il leur tourna le dos et s'éloigna poursuivant ses investigations.

Au bout d'une bonne heure, un garde leur désigna une sorte de grange où ils pourraient s'installer en attendant le repas. A l'intérieur de la bâtisse il n'y avait pas grand monde. Deux jongleurs s'entraînaient. A l'autre bout un dresseur de chien faisait faire des exercices à son animal, une brave petite bête.

- Nous avons de la chance, lui dit Aralou. Il n'y a apparemment pas d'autres troubadours. Je n'aime pas dans une soirée que l'on soit plusieurs à faire la même chose.

- Nous devrions faire pareillement. Nous préparer pour ce soir, intervint Gabriel.

Aralou sortit son instrument de musique de sa housse. C'était la première fois qu'il le faisait voir. Il s'agissait d'une sorte de mandoline à huit cordes dont le manche était fortement incurvé. Aralou s'installa. Il accorda longuement son instrument car l'opération semblait délicate. Puis, au bout d'un certain temps, content de lui, il se mit à égrener les premières notes. Le son rappelait celui de la guitare en plus aigu. Il s'échauffa les doigts qui glissaient rapidement sur les nombreuses cordes. Il semblait très doué. On n'entendait pas le pincement de ses doigts lorsqu'ils s'agitaient si vite. Il joua ainsi plusieurs morceaux de musique. Pour Gabriel les airs lui semblaient peu variés, un peu toujours sur le thème de complaintes, de romances.

- Tu sais chanter également ! lui fit-il remarquer. Montre-moi.

Aralou changea de registre et attaqua un nouvel air ; la chanson de la rose. Les paroles étaient très douces. Il s'agissait d'un jeune homme courtisant une jeune femme et de combats de chevaliers. Lorsqu'il eut fini, il s'arrêta.

- Alors, cela te plaît ?

- C'est remarquable, tu joues et chantes fort joliment. Je crois que ce soir tu vas faire un tabac !

- Encore ce mot !

- Si tu veux, je peux à mon tour chanter quelque chose...

- Je pensais que tu plaisantais devant le sergent tout à l'heure !

- Pas du tout. J'ai appris quelques chansons dans mon pays. On a l'occasion de chanter lors des banquets, des mariages... Mais cela risque de te surprendre car je n'ai pas du tout le même registre de mélodies. Alors, si cela ne te plaît pas et bien ce soir je me tairai !

Le silence se fit et Gabriel se mit à chanter d'une voix pas trop élevée. Il n'avait aucun mal à puiser dans un répertoire inconnu de son ami. Toutes ces chansons n'existeraient pas avant plusieurs siècles. Il attaqua avec « Le temps des cerises »,... Lorsqu'il eut terminé, Aralou le regardait les yeux écarquillés, bouche bée. Puis il sortit de sa torpeur.

- Mais où as-tu appris cela, tu en es le créateur ? C'est la première fois que j'entends une telle mélodie ! La première fois que j'écoute de telles paroles ! C'est totalement nouveau, inconnu, merveilleux... Je... Je...

Il ne savait plus que dire pour exprimer son admiration, sa consternation.

- Je te le répète, c'est une chanson que j'ai apprise. Je n'en suis pas l'auteur.

- Cela me dépasse ! J'ai l'impression de découvrir un nouveau langage musical ; comme lorsque jeune enfant j'ai appris à lire. Et cette musique ! Comme céleste...

- Tu crois que je peux chanter ce soir, avec toi ?

Aralou le prit par les épaules.

- Mon ami ! Avec de telles chansons notre succès est assuré. Tu vas bouleverser cette soirée.

- N'en fais pas trop. Je risque de manquer de courage avant d'entrer en scène ! lui répondit-il en riant.

Ils passèrent le reste de la journée à répéter et à se reposer dans la grange.

Puis en fin d'après-midi, l'homme qu'ils avaient vu le matin revint leur dire de se préparer. Tous les cinq, avec le chien, ils furent conduits vers la deuxième cour, celle qui donnait accès au donjon et aux appartements du seigneur. Un garde en surveillait l'entrée. Ils la franchirent pour se retrouver au pied d'un escalier en pierre d'où ils pouvaient entendre les conversations des hôtes de la soirée. Ils arrivèrent dans une petite pièce donnant sur la salle principale.

- Ils ont l'air de bien s'amuser à côté, dit Gabriel.

On apporta une table qui fut rapidement recouverte de victuailles leur permettant de se restaurer avant d'entrer en scène. Les trois hommes qui les accompagnaient n'attendirent pas leur reste pour se jeter sur cette nourriture. Lorsqu'ils se furent tous rassasiés, ils patientèrent tranquillement, attendant la suite des événements.

Peu de temps après, un homme franchit le seuil de la porte et leur demanda de se tenir prêts, les distractions débuteraient par le dresseur de chien, suivi du jongleur et les troubadours prolongeraient la soirée.

- C'est souvent ainsi, lui dit Aralou. Nous avons l'honneur de terminer les distractions car un bon ménestrel peut être appelé à jouer tout le reste de la soirée. Lorsque cela se produit, on est assuré d'une bonne récompense, voire d'une bourse pleine...

L'homme regardait par la porte ouverte. Il attendait qu'on lui fasse signe pour faire entrer le premier artiste. Gabriel pouvait maintenant apercevoir la salle. Elle était grande, formée de voûtes en ogive, magnifiquement décorée de tentures et de tapisseries, avec au centre une grande tablée sur toute la longueur. Un nombre étonnant de chandeliers et de torches éclairait la pièce. Apparemment les invités les plus proches du seigneur étaient au centre et les autres à chaque extrémité. Derrière les convives habillés avec faste, se tenait une myriade de serviteurs en costume identique, virevoltant autour de la table. Ils apportaient les plats, desservaient, servaient les boissons...

- Avec moi, le dresseur !

L'injonction tira Gabriel de ses pensées. Il recula pour laisser passer le saltimbanque et le chien qui suivaient le maître des réjouissances. Ils avancèrent jusqu'au centre de la pièce et, une fois présenté par le maître de cérémonie, l'homme commença son numéro. Celui-ci dura une dizaine de minutes et se termina dans l'indifférence générale. Le même cérémonial se répéta pour le jongleur. Son numéro dura plus longtemps, une quinzaine de minutes et suscita un peu plus d'intérêt. A la fin il eut droit à quelques félicitations. Gabriel constata que les applaudissements n'étaient pas encore de coutume.

- A vous, troubadours !

Ils suivirent donc à leur tour le maître des réjouissances. Au fur et à mesure qu'il avançait dans la salle derrière Aralou, Gabriel découvrait la splendeur des lieux. Le contraste avec ce qu'il avait vu quelques heures auparavant en campagne était saisissant. Les convives étaient remarquables dans la splendeur des vêtements qu'ils portaient, surtout les femmes. Elles étaient ravissantes et d'une beauté toute féminine avec leurs robes chamarrées. Beaucoup portaient une coiffe, une guimpe, qui enserrait le visage. Les robes, recouvertes d'un bliaud, épousaient la taille. Les cous étaient mis en valeur par de magnifiques parures souvent serties de perles. Tout ce monde avait l'air heureux en ces lieux. Il ne distinguait rien qui ne fît allusion à la guerre, si ce n'étaient les gardes en parade aux différents coins de la salle. Aralou avançait résolument vers le centre de la pièce, ce qui n'était pas le cas de Gabriel. Chanter en privé ou devant un aréopage tel que celui-là, n'était pas du tout la même chose. Il avait le trac. L'homme qui les avait guidés jusque là les présenta à l'ensemble en quelques mots. Il s'adressait en fait au seigneur des lieux. Celui-ci fit un geste qui devait signifier « allez-y ».

Et Aralou, debout, commença à jouer. Un silence relatif se fit dans la grande salle. Il reprenait la chanson de la rose. Elle s'intégrait à merveille dans cette ambiance. Gabriel ne la trouvait plus ni monotone, ni naïve. Elle se prêtait au contraire parfaitement au décor, aux circonstances, à cette époque. Et il se demanda si pour lui il en serait de même. Aralou voyant l'intérêt du public, poursuivit avec une autre chanson, suivie d'une troisième. Avant de terminer, il fit signe à Gabriel que son tour allait venir. Puis il salua en se courbant longuement lorsqu'il eut fini, sous les acclamations de l'auditoire et se retira en arrière de Gabriel. Celui-ci s'avança un peu, décidé à se lancer maintenant ou jamais.

- Nobles gens, je viens d'un pays très lointain où les chansons, la musique et la poésie sont un tout autre art. Si vous le permettez, je vais vous en donner un aperçu.

Il avait au moins réussi à attirer la curiosité sur lui. Et il commença à chanter, comme dans la grange l'après-midi, « L'été indien ». Le silence était complet. Du seigneur avec son épouse au dernier des serviteurs, tous se taisaient, subjugués par Gabriel. Sa chanson résonnait dans toute la salle, elle portait, semblait réveiller tout un univers. C'était une révélation pour tous, une consternation. Et ce fut dans un silence total qu'il termina sa chanson, à sa grande surprise.

- Dois-je poursuivre ? chuchota-t-il à Aralou.

- Et comment ! Tu es un phénomène, on a l'impression d'entendre les voix des anges !

Enhardi, il reprit avec une autre chanson, « J'aimerais tant voir Syracuse ». Cette fois, les convives semblaient sortir de leur torpeur. Ils réagissaient, approuvaient, encourageaient à mi-voix. Il y eut ainsi une dizaine de chansons qui se succédèrent sans interruption. A la dernière, il n'en pouvait plus, sa voix commençait à lui faire défaut. Il regarda autour de lui en souriant, signifiant la fin de son interprétation. Le seigneur et sa femme se levèrent, enthousiasmés, pour se diriger à sa rencontre.

- Troubadour, nous n'avons jamais rien entendu d'aussi remarquable, et pourtant Dieu seul sait combien de ménestrels nous avons pu recevoir en nos murs. Vous êtes nos hôtes pour la soirée ! Prenez place à notre tablée.

Les appréciations allaient toujours bon train lorsqu'ils s'installèrent en bout de table. Gabriel se trouvait à côté d'un jeune homme et d'une femme charmante. Les convives terminaient la soirée en buvant quelques liqueurs douces avec des pâtisseries, auxquelles ils furent invités à goûter. Gabriel observait avec émerveillement tous ces personnages d'un passé lointain, tous ces gens qui respiraient maintenant la vie. Il aperçut également un prêtre. Il y avait plusieurs chevaliers en tenue de parade. Il reconnaissait parmi eux des chevaliers d'un ordre portant une grande croix vermeille sur le côté de l'épaule. Ils devaient faire partie des invités habituels car ils étaient dispersés et non regroupés comme lorsque des visiteurs sont conviés pour un repas de gîte. La triste fin de cette chevalerie lui revint en mémoire, d'après les quelques ouvrages qu'il avait pu lire. Et si ses souvenirs étaient corrects, ils n'étaient pas loin de subir la répression du roi qui les feraient emprisonner et condamner au bûcher. Officiellement, il s'agissait de supprimer un ordre satanique, mais en réalité ce fut pour le roi le moyen de s'approprier des fortunes colossales pour renflouer les caisses vidées par des guerres épuisantes. Il se rendit compte que l'homme à ses côtés lui avait adressé la parole.

- Vous venez de loin ? répéta l'homme à son intention.

- Oh ! oui, pour ma part. J'habite un pays très lointain, d'au-delà l'océan, vers l'Orient. J'ai décidé de faire le tour de ce monde alors que ma famille me consacrait au commerce. Lorsque j'aurai vu tout ce que je désire, alors je rentrerai. En attendant, mon ami Aralou et moi faisons équipe pour divertir les seigneurs et visiter les lieux que nous traversons.

- Nous ne nous connaissons que depuis hier dit celui-ci. Mais c'est déjà comme si cela faisait une décennie.

- Et c'est dans votre pays que vous avez appris de telles chansons, de tels airs ?

- Oui, il y a beaucoup de chanteurs là-bas. Je n'ai fait que répéter leurs chansons.

- Avec quel talent ! fit remarquer la jeune femme.

Au centre de la table le maître des lieux s'adressait maintenant à eux.

- Alors, messieurs les ménestrels, que pensez-vous de notre demeure ?

Aralou lui répondit aussitôt.

- Elle est merveilleusement aménagée et nous avons été accueillis avec beaucoup de sollicitude. Nous vous en remercions.

- Que comptez-vous faire demain ?

- Nous reprendrons notre route, seigneur. Mon ami Gabriel désire visiter notre pays avant de repartir vers d'autres contrées. Le chemin restant est encore long et parfois dangereux.

- Le danger n'existe pas par ici, autour du château. Mes hommes en imposent aux déserteurs et aux brigands. Vous remontez sur Paris la cité royale ? s'enquit-il en souriant narquoisement.

- Bien sûr, seigneur, c'est un endroit qui convient aux troubadours. De nombreux lieux permettent d'y chanter et de se faire un peu d'argent.

- Vous devriez passer quelques jours en notre compagnie. Le roi n'aura pas beaucoup d'or à vous donner si vous allez à sa rencontre !

Dans la salle tous les convives se mirent à sourire ou à rire à cette remarque. L'assemblée n'avait pas l'air de lui témoigner beaucoup de respect.

- La cité royale n'est pas conseillée à tout le monde. Mais si le roi n'aime pas les croix vermeilles, nous ne le craignons, car n'en portons pas ! surenchérit Gabriel, pensant faire bonne figure.

Il venait d'oublier, encore une fois, que cette époque n'était pas la sienne et qu'il fallait prendre des précautions avant de parler.

- Que dites-vous, troubadour ? Que savez-vous de Paris et du roi ?

Une certaine méfiance pointait dans sa voix. La tablée d'un seul coup avait changé d'attitude. Il semblait que les hommes en tenue de chevalier étaient d'un seul coup très intéressés par sa présence.

- J'en sais que le roi n'aime pas beaucoup l'ordre des chevaliers, ni leur Maître, Galan de Molène, d'après ce que j'ai entendu au long de mes voyages...

Il était persuadé de s'être fourvoyé dans une mauvaise passe et ne savait comment s'en sortir.

- Approchez donc, troubadours, venez à mes côtés.

Aralou et lui se levèrent et s'installèrent sur des chaises promptement mises près du seigneur.

- Comment donc savez-vous que le Maître se nomme Galan de Molène ?

« Une bêtise », songea Gabriel, « Je viens de commettre une bêtise ! »

- Parce que je suis intéressé par l'histoire de ces chevaliers et que, par où je suis passé, j'ai pu en avoir des informations...

- Votre comportement s'apparente fortement à celui d'un espion, lui lança un des hommes, probablement le plus ancien.

Il n'y avait pas de réponse à donner. Il ne savait plus du tout comment se comporter. L'attitude de l'assemblée avait complètement changé. Ils n'étaient plus les troubadours inoffensifs que l'on écoute avec désinvolture. Ils étaient devenus deux hommes inspirant la méfiance. Il pensa qu'il devrait s'expliquer plus clairement.

- Je ne puis tout vous dire à cette table... Mais sachez que j'ai quelquefois le pouvoir de deviner les événements... Un tout petit peu...

- Seriez-vous sorcier ?

La question était brutale de la part du prêtre.

- Pas du tout, mais certains parmi nous possèdent des dons, des dons de Dieu. Et je l'utilise quand c'est possible...

- Et que voyez-vous, grâce à Dieu, au sujet du Maître de Molène ?

« Encore un piège » pensa Gabriel. Il se sentait toujours englué dans une sale situation.

- Le roi lui en veut énormément, à mort.

- Soyez plus précis...

- Le roi va le faire arrêter à Paris, emprisonner, juger et brûler vif !

Il s'était lancé. Il avait tout dit, tout ce que l'histoire avait retenu. Les événements auraient lieu dans un temps très proche. Il le savait d'après les quelques recoupements qu'il avait pu faire en référence au calendrier. Maintenant il ne lui était plus possible de faire marche arrière.

Dans la salle un murmure parcourut les invités, suivi d'un profond silence. Le seigneur se leva et se pencha vers sa femme.

- Ma chère, je vous demande de rejoindre vos appartements ainsi que vous, mesdames et messieurs, mes hôtes. Je crois que nous allons continuer cette conversation intéressante avec nos troubadours et les chevaliers ici présents. N'est-ce-pas, Messire Gontrand ?

L'homme acquiesça d'un signe de tête.

Les personnes présentes se levèrent toutes, les chevaliers saluant les hommes et les femmes qui s'en allaient. Gabriel et Aralou n'avaient pas bougé. Ils se sentaient maintenant bien seuls. Ce dernier ne comprenait plus rien à la situation. Les noms et les faits qui étaient cités lui échappaient totalement. Mais il percevait parfaitement les risques de la situation, pour lui comme pour son ami. Lorsque la salle ne fut plus occupée que par les chevaliers, le seigneur les fit se regrouper autour de la table, alors que deux autres restaient debout derrière Aralou et Gabriel. La fin du repas se transformait en tribunal. Le seigneur des lieux, Maruald, reprit la conversation.

- Ainsi vous dites connaître le Maître Galan de Molène... Et de plus vous nous assurez de sa mort prochaine selon les désirs du roi... Difficile à croire. Ce qui est le plus difficile à imaginer est que vous ne soyiez pas un envoyé du roi venu nous espionner !

Gabriel ne cessait de réfléchir à toutes les solutions qui pourraient l'aider à sortir de cette situation où il s'était engagé bien malgré lui.

- Vous n'imaginez pas que nous serions venus en tant qu'espions nous jeter ici dans la gueule du loup ? Quel serait notre intérêt de vous prévenir sur une action qui doit rester secrète ? demanda Gabriel.

- Je ne sais pas, peut-être pour nous attirer dans un piège ?

- Mais je ne peux vous attirer là-bas à Paris ! Vous n'êtes pas stupide pour vous y rendre en troupe et éveiller l'attention du roi !

Il se tut, attendant une réaction qui tardait à se manifester. Le plus ancien des chevaliers lui demanda :

- Comment savez-vous que le Maître de Molène est à Paris ?

- Je vous ai dit que je pouvais parfois deviner un peu l'avenir. C'est ce qui s'est passé pour lui.

Le chevalier se leva et s'approchant du seigneur Maruald, lui chuchota à l'oreille quelques mots. Celui-ci quitta son fauteuil et l'accompagna pour se tenir à l'écart dans la salle. Ils parlèrent longuement à voix basse, dévisageant régulièrement Gabriel et Aralou. Puis ils revinrent vers eux.

- Vous allez passer la nuit ici, lui annonça le seigneur... Demain nous aviserons sur votre cas.

Il s'adressa aux soldats à l'entrée de la pièce.

- Gardes ! Emmenez-les en cellule.

Quatre hommes s'approchèrent rapidement, les saisirent par les épaules pour les lever de leur siège et les forcèrent à marcher entre eux. Gabriel et Aralou restèrent muets en quittant la grande salle. Ils n'avaient pas eu le temps de réagir. Ils finirent, après avoir franchi de nombreuses salles et descendu plusieurs escaliers, par se retrouver seuls dans une cellule obscure.

Ils restèrent longtemps silencieux. Gabriel songeait qu'il pourrait très bien terminer sa vie ici. Qui s'en inquiéterait ? Il n'avait aucune relation dans ce monde. La seule personne qu'il connaissait quelque peu était avec lui dans la même cellule ! Se retrouver plusieurs siècles en arrière pour finir en quelques jours dans un cachot ; la situation prêtait au ridicule.

Aralou lui parla.

- Tu m'as menti tout le temps ! Tu n'es pas plus voyageur que je ne suis marchand de tissu ! Je t'avais fait confiance. J'avais commencé à te donner mon amitié. J'imaginais que nous allions continuer ainsi quelque temps, ensemble ! Et au lieu de cela, tu m'as menti tout le temps !

Il se tut, Gabriel ne répondait pas.

- Qui es-tu réellement ? D'après ce que je viens de voir, tu connais trop de choses pour être honnête. Es-tu un envoyé de Satan, un devin ? Tu te bats comme un Dieu ; tu chantes comme jamais je n'ai entendu chanter ; tu as réponse à tout, connaissant beaucoup de choses... Qui es-tu donc ?

La colère emportait Aralou. Dans l'obscurité Gabriel percevait également sa crainte et le comprenait parfaitement. Il décida de se confier.

- Je vais te dire toute la vérité, mon ami. Elle sera difficile pour toi à entendre et c'est pour cela que je ne t'en ai jamais parlé.

- Un mensonge de plus ?

- Non, non... Ne prends pas les choses comme cela et écoute-moi. Mais avant tout, jure-moi de ne jamais dire à quiconque ce que je vais te confier. Il en va de ma vie.

Aralou s'était calmé et lui jura après un temps de réflexion. Gabriel poursuivit à voix basse.

- Je ne suis pas d'ici ni d'un autre pays. Je n'appartiens pas à ton monde... Je viens de l'avenir, du futur, de ce que sera ce pays dans sept siècles...

Aralou ne réagissait pas, comme hermétique à toute compréhension. Le futur, était un contexte hors de sa portée, de ses connaissances.

- Il m'est arrivé un terrible accident dans le monde où je vivais et d'un seul coup je me suis retrouvé ici, parmi vous, votre univers... Je ne sais pas pourquoi. Alors je me suis adapté tant bien que mal, en faisant attention à passer inaperçu, car je crains ce pays inconnu. Je ne connais rien à tout ce qui m'entoure. Je découvre petit à petit ce monde. Comprends-tu ?

- Pas vraiment ! Quel rapport avec ce qui vient d'arriver ?

- Puisque je viens de l'avenir, dans mon époque j'ai appris par les livres d'histoire ce qui se passe actuellement. Aussi il m'est assez facile de deviner l'avenir, les événements qui vont se produire... Je les ai déjà lus ! Ainsi toute cette affaire autour du Maître de Molène, c'est pour moi de l'histoire ancienne. Ce que j'ai dit est ce qui est arrivé, donc pour vous ce qui va se produire. Comprends-tu ?

- Je crois... Mais alors... Pour moi aussi tu dois savoir quand je vais mourir ?

Gabriel souriait de son incrédulité, dans le noir de la geôle.

- Non... Tu n'es pas resté dans les livres d'histoire, mon ami, tu n'as pas participé activement aux événements de ton époque au point d'entrer dans les mémoires... Du coup je ne peux rien prédire en ce qui te concerne puisque je ne l'ai pas lu. Je ne vois que les rois, les grands de ce monde.

- C'est bien dommage, lui répondit-il.

Puis après un long silence, il fit une remarque.

- Je comprends maintenant pourquoi tu te comportes différemment... Pourquoi tu te bats de manière si étrange... Et tes chansons... Elles viennent du futur ?

- Oui, bien sûr.

- Comment est-ce ?

Et Gabriel lui dressa un tableau sommaire de ce qu'il venait de quitter. Les moyens de transport, la conquête spatiale, la population, les logements, les loisirs et malheureusement les guerres.

Aralou était comme assommé. Tout ce qu'il venait d'entendre dépassait son imagination. Il était émerveillé et effrayé.

Puis le silence s'établit longtemps, très longtemps avant qu'il ne reprenne la parole.

- Je pense que je vais te croire, Gabriel. Ce que tu viens de me dire est tellement fou que personne ne l'ayant vécu ne pourrait l'inventer. Je dois te dire que je préfère cette explication et je comprends pourquoi tu ne m'avais jamais avoué la vérité. Je te plains et je suis heureux d'autre part d'avoir fait ta connaissance. Tu es pour moi une rencontre inimaginable et merveilleuse en un sens. Veux-tu rester mon ami ?

Gabriel dans l'obscurité du cachot le saisit par les épaules. L'émotion lui nouait la gorge.

- Bien entendu que je désire rester ton ami ! Tu es la seule personne que je connaisse ici. Je me sens seul, Aralou, très seul. Et si loin de chez moi... J'ai du mal à m'habituer...

Aralou d'une voix faible lui posa une question.

- Veux-tu que je reste avec toi, à tes côtés le plus longtemps possible ? Cela me ferait grand plaisir !

Il lui répondit d'un air joyeux.

- Bien sûr. Tant que tu voudras. J'aurai toujours besoin de tes conseils... Si nous parvenons à échapper à notre triste situation.

Comme les événements ne pouvaient évoluer avant le lendemain matin, ils décidèrent d'essayer de dormir. Ce ne fut pas facile. La cellule était vide, humide et froide et ils n'avaient que leurs vêtements pour s'isoler du sol. Au bout d'un long moment ils finirent par s'assoupir.

Un mince rayon de soleil pénétrait dans la pièce lorsqu'ils s'éveillèrent. Rien ne remuait encore autour d'eux.

- J'ai réfléchi à notre situation avant de dormir, lui dit Aralou. Je vais te demander une faveur.

- Oui... Si je peux un jour te l'accorder...

- J'aimerais te suivre partout, être ton ombre et noter tes faits et gestes sur des écrits.

- Pourquoi ? C'est une curieuse idée.

- Je pense que nous sortirons de cette situation. Si tu as réussi à me convaincre, il en sera de même pour les chevaliers là-haut et le seigneur Maruald. Comme un jour je finirai par épouser et avoir des enfants, j'aimerais leur laisser les souvenirs de ma vie. J'y avais toujours pensé mais avec ta présence cela devient une histoire inhabituelle. Ils se tut, attendant une réaction.

- Si tu y trouves un intérêt, pourquoi pas !

A ce moment des pas résonnèrent dans le couloir. Puis un grincement de clefs remuant dans la serrure et la porte s'ouvrit. Le seigneur Gontrand apparut. Il était accompagné d'un garde tenant une torche et d'un autre chevalier. Ils entrèrent alors que le geôlier refermait la porte derrière eux. Toujours revêtu de sa longue cape frappée de la croix vermeille, une longue épée sur le côté, il avait la main gauche sur le pommeau qui s'agitait nerveusement.

- Nous avons poursuivi notre conversation hier soir, en votre absence. Il est évident que vous ne nous inspirez pas confiance... D'un côté nous sommes persuadés que vous ne dites qu'une partie de la vérité... De l'autre ce que nous avons entendu de votre bouche nous incite à la prudence envers le Maître de Molène. Aussi, après une longue discussion nous avons décidé de votre sort.

Il se tut attendant les réactions de Gabriel et Aralou. Celui-ci ne bougeait pas. Il se demandait où le chevalier voulait en venir.

Messire Gontrand parla à voix basse.

- Nous allons vous confier une mission. Puisque vous avez l'assurance de nous prédire l'avenir dramatique du Maître, vous allez l'aider à sauver sa vie. Vous irez à Paris. Là-bas vous le trouverez et le ramènerez en lieu sûr, c'est-à-dire ici. Si jamais les troupes royales sont comme vous le dites sur le point de l'arrêter, il vous faudra vendre chèrement votre peau pour le sauver, sinon vous périrez avec lui. Et si vous revenez seul vous périrez également lorsque nous vous reverrons. S'il n'y a pas de troupes royales après vous, c'est que vous nous avez trompez et alors vous imaginez la suite ?

« Un choix limité » songea Gabriel. Revenir avec le Maître, les troupes royales à leur poursuite ou périr. Mais au moins la porte de la cellule allait s'ouvrir. L'espoir renaissait.

- Nous avons bien compris. Je pense que nous ne partirons pas seuls à la recherche du Maître ?

- Evidemment, une petite troupe vous accompagnera, elle restera discrète mais efficace pour empêcher toute dérobade à vos obligations.

Le chevalier ne souriait pas. La situation devait leur sembler trop dramatique pour prendre leurs dires à la légère.

- Et que se passera-t-il s'il se trouve que j'ai eu raison ?

- Nous aviserons en temps utile. Je dois vous avouer que nous ne sommes pas nombreux à croire en votre hypothèse. Pour eux le roi n'oserait pas s'attaquer à notre ordre. Moi je pense que le risque existe. Il y a des rumeurs qui parcourent le pays. Nous sommes en guerre contre les Antéchrists, contre les infidèles de Jérusalem. Les croisades ont affaibli le pays et surtout la royauté. La guerre se manifeste autour de nous et le pays est laissé aux mains de soudards échappés des armées royales qui ne sont plus soldées... Je pense donc qu'il y a des signes annonciateurs d'une certaine remise en ordre de la royauté. Nous pourrions faire partie des premiers à en subir les conséquences, étant donné notre puissance et notre richesse. Comme vous l'avez dit hier soir...

Il se tut, songeur.

- Quand partirons-nous ? lui demanda Aralou.

Le chevalier Gontrand le regarda puis s'adressa à Gabriel.

- J'ai oublié de vous dire que vous partirez sans votre ami. Il est en quelque sorte notre otage. Il attendra ici bien sagement votre retour... Et il vaudrait mieux pour lui que vous soyiez de retour ! Maintenant suivez-moi, vous partez dès que possible.

Le deuxième homme s'approcha de Gabriel pour le faire sortir de la pièce. Juste avant d'en franchir le seuil, Aralou lui lança sur un ton joyeux :

- Tu me raconteras tout à ton retour ! Tu n'oublies pas pour mon livre !

Gabriel, du couloir, lui adressa un sourire qui se voulait le moins triste possible.

- N'aie crainte, mon ami, dans les moindres détails !

Et le geôlier referma la porte dans un grincement lugubre.

- Je vous conseille de bien vous occuper de lui, dit-il en fixant dans les yeux le chevalier Gontrand.

- Vous n'êtes pas en mesure d'imposer vos conditions. Nous savons ce que nous avons à faire.

Ils remontèrent les escaliers de la veille, le geôlier en tête. Arrivés à l'air libre, ils se dirigèrent vers une porte percée dans une des tours. A l'intérieur, dans une salle assez vaste, quelques hommes attendaient en discutant. Parmi eux, il reconnut certains des invités de la soirée. Tous étaient en tenue de marchands voyageurs, pas un soldat. Mais sous les manteaux et les capes il pouvait deviner des épées courtes. L'équipage qui l'accompagnerait était à l'évidence prêt à partir.

- Voici les hommes dont je vous ai parlé. Ils savent parfaitement ce qu'ils ont à faire. Ils pourront vous défendre ou vous abattre selon les circonstances. Vous allez changer de vêtements, un troubadour ne convient pas à ce genre de périple.

Un homme s'approcha de lui et lui remit dans les bras des vêtements de marchand. Il ne lui manquait que l'épée.

Pendant qu'il se préparait, le chevalier continuait à lui expliquer la situation.

- Vous allez chevaucher sans perdre de temps. Vous suivrez ces hommes qui connaissent parfaitement les routes pour se rendre jusqu'à la cité...

- Mais je ne sais pas monter à cheval !

- Comment ça ? Vous avez dit être issu d'une famille riche ! Sans chevaux ?

- Pas vraiment, répondit Gabriel embarrassé, mais je n'aime pas beaucoup ces animaux et je ne suis jamais monté sérieusement à cheval... un peu... enfant... pour m'amuser.

- Et bien vous aurez tout le temps de parfaire votre style en chevauchant auprès de mes hommes. Ils n'iront pas trop vite au début !

Il souriait vaguement sur cette remarque.

Gabriel sentit qu'il allait souffrir quelque temps, car il y avait bien longtemps qu'il n'était plus remonté à cheval. Il en avait pratiqué quelques heures dans sa jeunesse pour se divertir, par curiosité, mais il n'avait jamais effectué d'aussi grandes randonnées.

L'animal déjà équipé l'attendait à l'extérieur ainsi que ceux des cavaliers qui l'accompa-gneraient, tous tenus par des serviteurs. Le cheval lui fit bonne impression, il semblait calme. Il se fit aider à monter en selle. Puis ajustant ses étriers, il retrouva rapidement les principes et fit manoeuvrer son animal sans trop de difficulté. Le chevalier Gontrand le regardait faire avec un amusement évident. Que pouvait-il penser en cet instant ? Qu'il avait à faire à un troubadour prince du mensonge ? A un homme étrange au comportement inhabituel ? Les autres cavaliers étaient prêts et attendaient l'ordre de s'en aller. Ils étaient cinq en tout, cinq pour l'accompagner et le surveiller... Le tuer à l'occasion !

- Partons tout de suite, dit Gabriel à l'intention du chevalier Gontrand. Mon ami Aralou est dans une situation d'où j'aimerais le sortir rapidement !

- Allez ! Et si vous avez raison, que Dieu vous protège !

Un cavalier prit la tête de la colonne, dans laquelle il se retrouva naturellement au milieu et ils franchirent au pas l'enceinte du château.

Gabriel fut assez mal à l'aise durant la première heure et il se disait que la nuit serait encore plus difficile pour se remettre de toutes ses courbatures. Ses compagnons de voyage semblaient ne pas vouloir le brusquer, lui laissant le temps de s'accoutumer au cheval. Ou tout simplement, ils respectaient un rythme à imposer aux bêtes pour ne pas les épuiser avant le terme du voyage.

- Vous avez effectivement une bien étrange manière de vous tenir à cheval, lui dit au bout d'un certain temps un cavalier qui était remonté à sa hauteur. Je vous conseille de procéder comme moi, si vous ne voulez pas vous fatiguer.

Il lui montra ainsi quelques attitudes, des positions lui permettant de mieux supporter les contraintes nouvelles que ses muscles subissaient. Puis pendant quelques heures plus personne n'échangea un mot avec lui. L'allure devenait plus rapide ; ils étaient souvent au trot. De temps en temps ils croisaient ou dépassaient d'autres individus, à cheval, plus souvent à pied, parfois une charrette. Il y avait tout de même peu de monde qui circulait dans les campagnes, rien de comparable bien sûr avec ce qu'il avait connu quelques temps auparavant. Il lui était d'ailleurs très difficile de reconnaître les lieux qu'il avait pu traverser dans son époque. Les chemins étaient peu nombreux mais assez bien entretenus et n'utilisaient pas toujours les mêmes itinéraires. De plus l'habitat et la végétation n'avaient pas grand chose de commun.

Ils s'arrêtèrent à une ferme pour faire boire les chevaux. Les cavaliers en profitèrent pour manger quelques morceaux de pain, des fruits, et se rafraîchir. Gabriel fut invité à partager le frugal repas. Au bout d'un quart d'heure, ils étaient repartis. Le temps était encore ensoleillé et s'il n'y avait pas eu cette condamnation au-dessus de sa tête, Gabriel aurait apprécié la chevauchée. Il ne cessait de ruminer, de réfléchir à la situation qui pouvait se présenter à Paris. Comment trouver facilement le Maître Galan de Molène? Et surtout comment ne pas attirer l'attention des soldats du roi avant de l'avoir retiré du piège qui se refermait sur lui ? Il se souvenait que c'était au cours de l'été que l'enlèvement avait eu lieu. Quant à l'année c'était bien l'actuelle, 1309.

Ils arrivèrent le soir, couverts de poussière collée à la sueur, en vue d'un petit village fortifié.

- C'est une de nos châtelleries. Nous y serons en sécurité pour la nuit et demain matin nous repartirons.

- Il reste combien de temps pour arriver jusqu'à Paris ? demanda Gabriel.

- Encore deux jours environ, lui répondit le cavalier.

- Des fermiers m'avaient dit cinq à six jours !

- Pour eux, peut-être ! Nous ne chevauchons pas à la même vitesse... et souvent ils se déplacent en charrette, ce qui double le temps...

Ils furent accueillis à l'entrée du porche par deux gardes protégeant l'unique accès à ce hameau fortifié.

A l'intérieur, une rue principale, peu étroite, où deux cavaliers pouvaient se croiser, était principalement bordée de commerces assurant une certaine autonomie à cette petite communauté.

- Ici ne vivent que des gens appartenant à notre Ordre. Ils y sont en parfaite sécurité ! assura le chevalier qui lui parlait.

Ils avancèrent ainsi jusqu'à une demeure assez cossue située en plein centre. A leur vue, quelques hommes s'approchèrent d'eux pour s'occuper de leurs chevaux et les emmenèrent par la bride dès que les cavaliers eurent posé pied à terre. Gabriel fut invité à monter le petit escalier conduisant à la bâtisse. A l'intérieur un homme vint tout de suite à leur rencontre. Il était d'un âge moyen et leur fit un signe d'amitié.

- Soyez les bienvenus, mes chers amis ! Que me vaut votre visite, Chevalier Geoffroy ? Pas de mauvaises nouvelles, j'espère ?

- N'ayez crainte, lui répondit le chevalier qui avait apparemment autorité sur l'ensemble de la troupe depuis son départ. Nous devons nous rendre le plus vite possible à Paris pour une mission importante. Aussi, nous ne nous attarderons pas avec vous. Un repas pour nos destriers et nous, un peu de sommeil et nous repartirons.

- Alors, suivez-moi. Le repas est toujours prêt, quant au couchage nous allons vous faire préparer cela aussitôt.

Il claqua des mains et quelques serviteurs accoururent. Après leur avoir donné des ordres brefs, il proposa à ses hôtes de le suivre.

- Nous recevons de plus en plus de visites ces temps-ci. La situation a l'air de se dégrader avec les guerres et la royauté qui va mal. C'est pourquoi, en tant que responsable de cette châtellerie j'ai fait renforcer les défenses. Les rôdeurs peuvent toujours venir !

Ils s'installèrent dans une salle servant de réfectoire, assez haute de plafond et peu éclairée. De grandes tables, des bancs, c'était tout pour les décors, pas de tenture ni de tapisserie.

- Je ne vous ai jamais vu par ici... Lui dit l'homme qui dirigeait le village.

Le chevalier Geoffroy ne laissa pas le temps à Gabriel de répondre.

- C'est pour le moment un étranger en qui messire Gontrand n'a pas entièrement confiance. Il se présente avec un ami comme étant le troubadour Gabriel. Cela reste à prouver. Vous comprenez notre discrétion !

- Bien sûr, Chevalier, bien sûr. Je ne vous importunerai plus... Si vous voulez bien poursuivre votre repas nous irons ensuite vers vos couchages.

Tout le groupe termina de manger puis se leva. Quelques salles plus loin, était aménagé un dortoir où plusieurs lits de camp avaient été préparés.

- Installez-vous et reposez-vous bien. Je suppose que demain matin nous n'aurons pas l'occasion de nous revoir si vous repartez de bonne heure ?

- Je ne pense pas effectivement, lui répondit Geoffroy. Encore merci pour votre accueil et à bientôt j'espère.

- Bonne continuation et que Dieu vous protège, répondit l'homme en refermant la porte de la salle.

Gabriel prit le lit que lui indiquait un des hommes, dans un angle de la pièce, d'où à l'évidence il serait facile à surveiller. Il retira ses principaux effets et s'allongea sous les couvertures. Ce n'était pas le grand confort mais ce lit pliant était relativement souple et comme il était éreinté par sa randonnée équestre, il trouva rapidement le sommeil.

Le lendemain il fut réveillé par le bruit de pas de ses gardiens. Ils avaient commencé à se préparer. Dehors il ne faisait pas encore jour. Il les imita et se retrouva en peu de temps à l'écurie. Les chevaux les attendaient, déjà préparés pour le voyage. Ils traversèrent la ruelle vide de toute animation à cette heure matinale et franchirent la porte principale de la châtellerie.

Le voyage débuta assez lentement jusqu'au lever du jour. Il fallait éviter que les animaux ne prennent un mauvais coup du fait de l'obscurité. Puis la chevauchée fut identique à celle de la veille, avec une courte halte le midi pour se reposer et manger un peu. Ils n'échangèrent que très peu de mots durant tout le trajet. Le soir ils arrivèrent à nouveau en vue d'une châtellerie. Il semblait que ces villages fortifiés existaient en nombre suffisant dans le pays pour permettre des parcours d'une journée avec, au bout, un abri pour la nuit. Là encore ils furent correctement accueillis.

Après le repas du soir, ils se retrouvèrent à nouveau dans une pièce où des lits avaient été apprêtés. Un feu crépitait dans la grande cheminée et Gabriel en profita pour s'asseoir devant. La journée lui avait semblé moins pénible que la veille, peut-être une question d'habitude. Ses muscles réagissaient mieux. Il trouvait assez remarquable cette faculté d'adaptation de l'organisme. Il se trouvait dans une époque où ses habitudes de confort n'existaient plus et déjà cela ne lui manquait plus ou presque plus.

Le chevalier Geoffroy vint s'asseoir à côté de lui après avoir discuté avec les autres hommes, sans doute pour préparer la journée du lendemain. Pendant de longues minutes il ne dit pas un mot, activant les braises avec un bâton.

- Vous avez vite appris à vous tenir en selle, troubadour... Aujourd'hui nous n'avons pas eu besoin de ralentir l'allure. Vous me semblez adopter une attitude très intelligente... Je comprends la méfiance de messire Gontrand !

Gabriel ne répondait pas, se contentant d'admirer le jeu des flammes.

- Vos paroles, l'autre soir lors du dîner avec le seigneur Maruald, nous ont inquiétés. Je dois vous dire que depuis quelques semaines nous avons constaté de plus en plus d'activités autour des domaines du roi et de ses suzerains. Un renforcement des troupes. Comme si quelque chose était en train de se préparer sans que nous en fûssions avertis ? Ou plus précisément en faisant tout pour que nous n'en fûssions pas informés, nous, la confrérie des chevaliers de l'Ordre. Demain nous saurons à quoi nous en tenir !

- Vers quelle heure arriverons-nous dans la cité ? demanda Gabriel.

- Pour midi assurément. Le plus difficile sera de trouver le Maître.

- Comment ? Ne savez-vous pas où il se trouve ? Comment faites-vous pour le voir en cas de besoin ?

- Nous sommes dans une situation provisoire. Il y a peu de temps il nous a tous informés sur son changement de lieu à Paris. Mais le choix de la demeure n'était pas encore arrêté car le roi avait plusieurs propositions à lui faire. Il lui fallait donc se rendre à Paris pour choisir parmi les souhaits royaux, puis s'installer rapidement car son ancienne demeure devait être récupérée par la famille royale. Il lui était difficile de décliner cette offre, surtout en ce moment, où nous nous savons critiqués par le pouvoir.

- Le piège va parfaitement fonctionner, chuchota Gabriel. Peu d'hommes autour du Maître, je suppose. Une résidence pas encore connue de tous : difficile de lui rendre visite et surtout de lui porter secours si besoin en était. Si le roi le fait arrêter discrètement, il faudra plusieurs jours avant que vous ne vous en rendiez compte... Bien joué !

Le chevalier Geoffroy était très attentif à ce que disait Gabriel.

- Votre raisonnement se tient, lui dit-il. Avez-vous une idée où nous pourrions retrouver le Maître ?

- Je sais où il est.

Cette réponse brutale, sans détour et d'une certitude absolue, fit grand effet sur Geoffroy.

- Comment cela... Pourquoi ?

Gabriel se souvint de la rue qu'il avait parcourue un jour lors d'une promenade. Une rue parfaitement conservée dans le style de l'époque moyenâgeuse. Et dans cette rue il avait vu une bâtisse avec une plaque en bronze fixée sur le mur de la porte d'entrée « Ici fut arrêté Galan de Molène, Maître de l'Ordre des Chevaliers, le 13 octobre 1309. Il fut condamné au bûcher après trois années de prison ». Avec un peu de chance il retrouverait cette rue et donc cette demeure.

- Je vous l'ai déjà dit, répondit-il après un long silence en sortant de ses réflexions. J'arrive à prévoir un peu l'avenir, quelques événements. C'est ainsi que j'ai vu où se situait cette maison...

Le chevalier devait certainement avoir du mal à ne pas le prendre pour un sorcier. Il fallait surtout que cette idée ne lui reste pas en tête. Il l'interrogea à son tour.

- Je pense qu'il va falloir que votre Ordre se prépare de toute manière à des attaques de la part des troupes royales.

- Je ne devrais pas vous en informer, mais c'est déjà fait. Le seigneur Maruald se charge d'envoyer des messagers aux quatre points cardinaux pour avertir les châtelleries et tous nos amis de ce risque. Je pense au Maître... Que se passera-t-il s'il s'avère que vous avez raison ?

Gabriel fixait les flammes, réfléchissant à voix haute.

- Il est probable qu'à l'heure actuelle votre Maître est déjà sous haute surveillance... Dans ce cas, si nous parvenons à nous échapper de ce piège, nous serons plus ou moins rapidement poursuivis... Et pour vous, je pense que ce sera la preuve de ma bonne foi !

Ses paroles portèrent sur Geoffroy. Il se leva.

- Je vais prévenir notre hôte qu'il risque de nous revoir demain en soirée... poursuivis par des troupes royales. Il vaut mieux se préparer à les affronter.

Juste avant de franchir la porte il se retourna.

- Dormez maintenant, demain vous devez être alerte car je crois que nous aurons grand besoin de vous.

Il sourit avant de s'effacer.

Ils repartirent au matin à nouveau de très bonne heure. La nervosité avait gagné la petite troupe. Même Gabriel ne se sentait pas à l'aise. Il avait pleinement conscience de jouer sa vie et celle de son ami resté enfermé là-bas, dans une sombre cellule.

La capitale lui apparut du sommet d'une colline, éblouissante. Bien sûr il ne retrouvait plus aucun des repères habituels, comme la tour Eiffel, l'arc de triomphe, les tours des grands immeubles... mais la physionomie générale était reconnaissable. Le fleuve coulait nonchalant, encombré de barques et de bateaux divers. Il reconnut un palais, celui du Louvre, la cathédrale Notre-Dame malgré ses échafaudages, le mur d'enceinte et ses portes. Et surtout ces nombreux quartiers bordant le Marais qu'il avait tant aimé auparavant. De ce point de vue, la cité ressemblait déjà à une ruche. De nombreux cavaliers, des carrioles, des charrettes, la parcouraient en tout sens. Des volutes de fumée s'élevaient un peu partout dans le ciel bleu intense, animant le paysage. Il y avait foule, rien de comparable avec les bourgs et les villages qu'ils avaient traversés jusqu'à présent.

Ils descendirent la colline au pas et se retrouvèrent sur une route très fréquentée. Leur attitude et leurs tenues ne contrastaient pas avec les gens qu'ils croisaient. Pour la plupart d'entre eux le but principal était le commerce, sous toutes ses formes. C'est avec une foule relativement dense qu'ils franchirent un peu plus tard une des portes protégeant l'enceinte de la cité. Derrière le rempart les rues étaient assez étroites et Gabriel reconnu le quartier au bout de plusieurs mètres.

- Vous êtes déjà venu ici, Chevalier Geoffroy ? lui demanda-t-il.

- Oui, mais très rarement. La ville est assez éloignée de notre région et je ne m'y sens pas très à l'aise, comme pris dans un piège.

- Je crois qu'après avoir trouvé le lieu où réside le Maître il faudra nous séparer. Notre nombre n'aidera en rien pour le faire s'échapper de chez lui, au contraire.

- Vous et moi seulement pour le rencontrer ?

- Oui, les autres nous attendront dans une auberge à proximité d'une des portes, pour le cas où nous aurions besoin d'eux.

- Je connais une auberge tenue par l'un des nôtres. Cela ferait parfaitement l'affaire !

Gabriel arrêta sa monture.

- Non ! Surtout pas ! Vos amis sont certainement tous sous surveillance. Il vaudrait mieux cette auberge-ci ou l'autre là-bas à côté de la porte d'entrée...

Le chevalier désigna l'auberge la plus proche de la porte à ses compagnons et leur expliqua la situation. Ils repartirent tous au petit pas dans la rue.

Gabriel s'émerveillait de toute cette vie, de ces gens qui l'entouraient. Ils longeaient la Seine où de nombreuses embarcations naviguaient. La cité semblait prospère mais il lui arrivait également de croiser des pauvres, des mendiants dans un état misérable.

- Cette ville n'a pas son pareil quelle que soit l'époque, murmura-t-il au chevalier Geoffroy.

C'est ainsi qu'ils arrivèrent sans difficulté dans le quartier où Gabriel se souvenait avoir vu la demeure recherchée. Il s'arrêta en faisant signe à son compagnon d'en faire de même, et mit pied à terre.

- Nous ne sommes pas bien loin si je ne me trompe pas. Il vaudrait peut-être mieux continuer sans les chevaux pour assurer notre discrétion.

Ils trouvèrent une boutique où attacher les deux montures et continuèrent à pied. Il ne s'était pas trompé. C'était bien la rue dont il se souvenait et elle avait peu changé d'aspect général. L'animation qui y régnait était en revanche totalement différente. Les commerces n'avaient plus rien à voir, les habitants non plus évidemment. Mais surtout il y dominait un désordre propre à l'époque, avec des vêtements aux fenêtres, des ordures dans la rue, des animaux de basse-cour... Ne prêtant pas trop d'attention à l'environnement, il continua à inspecter les façades pour retrouver la porte où un jour serait apposée une plaque en bronze.

- C'est ici, murmura-t-il en retenant Geoffroy par le bras. Je reconnais parfaitement cette porte massive. C'est là que doit résider votre Maître, Galan de Molène.

Une sentinelle était postée à l'entrée de la demeure. Ils regardèrent de tous côtés dans la rue mais ne virent pas la présence d'hommes en faction pour surveiller le Maître. Peut-être était-il trop tôt ? Peut-être se trompaient-ils sur la réalité de la situation ? Ils s'approchèrent de la sentinelle et lui demandèrent à voir le chevalier Galan de Molène. L'homme s'écarta en leur indiquant le fond d'une cour. Il n'avait apparemment pas de consignes pour interdire les entrées. Ils s'avancèrent tous deux et franchirent le seuil de la porte. Elle donnait sur un porche qui menait à une cour carrée entièrement pavée. Sur la droite se trouvait un petit escalier. Continuant jusqu'à la cour, ils virent une jolie bâtisse. C'était la seule habitation digne de ce nom qu'ils pouvaient remarquer autour d'eux. Ils s'y avancèrent donc. Devant discutaient quelques hommes de garde. L'un d'entre eux les accompagna jusqu'à l'entrée et frappa. Des pas se firent entendre au bout d'un certain temps. La porte s'ouvrit devant un homme en tenue de serviteur.

- Le seigneur Galan de Molène est-il ici ? demanda Gabriel.

L'homme ne put contenir sa surprise d'avoir des visiteurs.

- Déjà ? Nous venons tout juste d'emménager ! Vous êtes envoyés par le roi ?

- Non, non, signalez à votre maître que le chevalier Geoffroy est ici accompagné d'une autre personne...

L'homme s'effaça et les introduisit dans une sorte de vestibule. Puis il les laissa seuls.

Geoffroy prit Gabriel par les épaules.

- Merveilleux ! Vous avez été... providentiel ! Maintenant que nous sommes là, il est sauvé.

- Du calme. Le plus dur sera certainement de le convaincre de quitter ce lieu sans se faire prendre...

Il sentait son coeur battre. Jamais il n'aurait pu espérer une telle rencontre. Il allait au devant de l'histoire. Il allait voir et parler à un homme qui, pour la première fois depuis qu'il avait atterri dans cette époque, lui était connu par les livres d'histoire. Il ne fallut pas longtemps pour voir le serviteur revenir.

- Le Maître désire vous recevoir tout de suite. Suivez-moi, je vous prie.

Ils montèrent un escalier et furent accueillis en haut des marches par un homme relativement âgé mais visiblement très alerte. Il était en tenue de chevalier de l'Ordre, sans sa cape.

- Chevalier Geoffroy ! Vous dans cette cité... Et ici dans ma nouvelle demeure ! Comment se fait-il ? Comment avez-vous su ?

- Maître, quel plaisir de vous revoir ! Nous nourrissions des craintes à votre sujet. Le troubadour Gabriel m'a bien aidé dans ma démarche... A vrai dire sans lui je ne vous aurais jamais retrouvé !

Galan de Molène dévisagea Gabriel comme s'il lisait au fond de son âme. Il portait une forte barbe poivre et sel et était vêtu d'une sorte de houppelande.

- Qui êtes-vous, Monsieur ?

C'était la première fois qu'on l'appelait ainsi. Il était l'étranger, le troubadour, le ménestrel... Des individus de peu de chose, des passagers que l'on croise sans trop d'intérêt. Et maintenant une sorte de respect pointait dans la voix du vieil homme alors qu'ils ne s'étaient jamais vus auparavant.

- Mon nom est Gabriel, Maître, et je viens de bien loin. Je suis un voyageur qui, par le hasard des circonstances, vient vous aider.

- Suivez-moi tous les deux.

Et il les conduisit dans une petite pièce emplie de livres, qui faisait office de bureau. De nombreux ouvrages reliés, des manuscrits étaient posés sans rangement sur des étagères et des tables. Gabriel était subjugué par ces objets dignes des plus grandes bibliothèques de son époque.

- Comprenez ce désordre car je viens tout juste de m'installer... Que me vaut l'honneur de votre visite ? Elle doit être bien importante pour que vous soyiez venus jusqu'à moi sans connaître mon nouveau domicile.

Geoffroy prit la parole pour expliquer la situation. Il la résuma en quelques phrases et finit en insistant sur les hypothèses de Gabriel. Au fur et à mesure que les explications avançaient, de Molène concentrait son attention sur Gabriel. Il semblait ne plus voir que lui dans la pièce. Et Gabriel de son côté ne voyait plus que le Maître Galan de Molène. Il avait devant lui un des hommes les plus puissants de cette époque. Un homme voué à une mort certaine dans quelques temps. Ses yeux marron étaient animés d'une force de caractère peu commune. On pouvait y deviner une longue expérience et de grandes souffrances. Il avait dû combattre et conduire des hommes par tous les temps et dans toutes les conditions. Cela lui donnait maintenant cette attitude de sagesse. Lorsque Geoffroy eut terminé, Galan de Molène prit la parole.

- Ainsi vous voilà, Monsieur, le temps est donc venu...

- Je crains de ne pas comprendre, lui avoua Gabriel.

Le Maître regarda Geoffroy.

- Veuillez nous laisser mon ami car ce dont je dois m'entretenir avec votre troubadour ne peut être entendu que de lui.

Le chevalier Geoffroy resta médusé. Son regard allait du Maître à Gabriel, il ne comprenait plus rien à la situation. Lorsqu'il eût quitté la pièce, non sans cacher sa vexation, le Maître reprit la parole.

- Vous savez peut-être que notre Ordre a pour référence la forteresse de l'Altaïr. Tous les initiés suivent une formation là-bas. C'est en quelque sorte notre source spirituelle, notre lieu de réflexion sur nos choix et nos devoirs. Connaissez-vous cet endroit ?

Gabriel ne pouvait pas oublier la visite qu'il avait faite à une époque dans les ruines de cette forteresse. Un lieu encore étrange, empli des mystères d'un Ordre qui avait disparu avec nombre de ses secrets. Il était monté tout en haut de ce pic, en touriste, sans imaginer qu'un jour il en parlerait au présent.

- Je connais un peu ce lieu, répondit-il, prenant le parti de ne rien cacher à cet homme.

- Je m'en doutais. Là-bas il est un lieu interdit à tous, même à moi, protégé par une lourde porte. Et sur cette porte il y a une inscription lisible de tous : « En cet endroit seul l'Envoyé pénétrera ». Je pense que vous pourriez être cet homme !

C'était au tour de Gabriel de recevoir un coup au coeur.

- Mais ça ne veut rien dire... Je n'ai rien à voir avec votre légende et votre forteresse...

- Nous verrons, dit-il en souriant. Sinon pourquoi êtes-vous ici ?

- Le roi veut faire arrêter prochainement tous les membres de l'Ordre et vous en tout premier. Vous connaissez son surnom, « le roi de fer »; il ne reculera devant rien. Vous serez emprisonné et condamné à être brûlé vif. Et je crains que ceci ne se fasse dans les heures qui viennent.

Les yeux du vieil homme semblèrent pâlir. Un lourd silence plana dans la pièce.

- J'ai du mal à vous croire. Vous arriveriez comme un sauveur et en même temps ce serait pour me demander de prendre la fuite devant mes responsabilités. Quelque chose ne va pas.

Gabriel désirait plus que tout le convaincre de ce qui allait se produire, s'ils ne bougeaient pas.

- En ce moment même, et vous devez en avoir été averti par vos hommes, vos diverses relations, des préparatifs entrepris par les troupes du roi ont lieu dans tout le pays pour intervenir contre votre Ordre. Ce ne sont pas des mouvements habituels, ils cachent quelque chose à votre encontre.

- Oui j'en suis averti, mais est-ce que cela est en rapport avec ce que vous m'annoncez ? Je n'en ai aucune preuve. Or m'éloigner de cette ville risque d'être interprété par le roi et son entourage comme une crise interne à notre Ordre et donc un signe de faiblesse, ce qui dans les conditions actuelles pourrait les inciter à s'en prendre à nos biens.

- Ce dont je suis certain, reprit Gabriel, c'est que vous êtes étroitement surveillé et que demain au plus tard vous serez arrêté. Ensuite vous ne pourrez plus rien faire pour sauver vos hommes, vos amis, votre Ordre. Vous serez rayé du monde des vivants ! Et le monde continuera à exister mais sans vous, et tout ce que vous aurez bâti retombera en poussière !

L'homme était torturé, hésitant entre deux attitudes à adopter. La survie de son oeuvre et de celle de ses prédécesseurs lui était d'une importance capitale.

- Avez-vous la moindre preuve de vos assertions ?

Gabriel réfléchit rapidement. Trouver l'argument qui emporterait son choix...

- Oui ! Si vous nous accompagnez en dehors de cette cité et que vous constatez que des hommes sont à notre poursuite, la preuve sera faite que vous étiez sous surveillance.

- Et alors ! Ce peut-être une simple surveillance pour une raison que j'ignore encore...

- Eh bien laissez-moi leur tendre un piège. S'ils vous retrouvent, vous rattrapent et vous font prisonnier ? Vous ne pourrez pas dire que ce n'était qu'une simple surveillance, non ?

- Nous pouvons courir ce risque, effec-tivement. Si je suis fait prisonnier je saurai à quoi m'en tenir ainsi que tous les membres de l'Ordre. Il resterait à me retirer des griffes de mes agresseurs.

- Faites-moi confiance, je pense avoir une idée dont je vous ferai part d'ici là. En attendant, il faudrait préparer vos affaires si vous consentez à nous suivre...

A ce moment la porte s'ouvrit et Geoffroy entra accompagné du serviteur qui les avait reçus.

- Maître, dit ce dernier, des hommes dans la cour désirent vous voir. Il y a parmi eux le duc de Nogence.

- Ils sont en armes, intervint Geoffroy, avec deux chars dans la rue. Ils viennent vous arrêter, Maître !

Gabriel supplia le chevalier de Molène.

- Il faut partir tout de suite. C'est un piège pour vous arrêter, le chevalier Geoffroy a raison. Nous n'avons pas le temps de nous préparer. Y a-t-il une sortie discrète, autre que celle par laquelle nous sommes arrivés ?

- Oui, répondit le chevalier. Un escalier donne sur la rue opposée, en espérant qu'il n'y ait personne à nous y attendre.

- Alors allons-y tout de suite. Quittons cet endroit ! Mais revêtez un manteau, une cape pour passer inaperçu.

Le serviteur les devança et les guida à travers des pièces et des corridors. Ils arrivèrent devant une porte qui donnait sur une rue. Gabriel l'ouvrit, inspecta les alentours d'un bref regard.

- Apparemment il n'y a personne. Marchons rapidement pour nous éloigner d'ici.

Ils sortirent et le serviteur referma soigneusement la porte derrière eux.

- Vite ! Aux chevaux ! dit Geoffroy.

Gabriel l'interrompit.

- Non, attendez ! S'ils nous ont vus arriver, les chevaux sont surveillés. Il serait plus prudent de poursuivre à pied jusqu'à l'auberge où nous avons laissé les autres.

Ils suivirent son avis et, délaissant les montures, marchèrent rapidement vers la maison où ils s'étaient donné rendez-vous. Gabriel arrivait facilement à retrouver le chemin parcouru à l'aller. Ils tentaient de se faire aussi discrets que possible. Ils arrivèrent enfin devant l'auberge. Tout semblait ordinaire, il y avait même les chevaux des chevaliers qui attendaient sagement devant l'entrée. La porte des remparts était également ouverte à deux battants. S'ils voulaient quitter la ville, il était encore temps. Ils entrèrent dans l'auberge, les cavaliers étaient assis à une table. Tous se levèrent et s'inclinèrent avec déférence en voyant le Maître de Molène entrer dans la salle et se diriger vers eux, précédé de Gabriel.

Geoffroy s'adressa à eux.

- Ne vous faites pas remarquer. Nous devons quitter au plus vite la ville. Ils ont tenté d'arrêter le Maître !

La réprobation et l'horreur se lisaient sur tous les visages.

- Nous partons tout de suite avant que les portes de la ville ne se referment comme un piège. Vous, Chevaliers, vous resterez ici et nous rejoindrez plus tard après avoir acheté d'autres chevaux. Nous avons besoin des vôtres pour le Maître et nous-mêmes. Allons-y !

Le chevalier Geoffroy sortit, suivi du Maître de Molène et de Gabriel. Ils montèrent en selle et marchèrent au pas vers la porte de la ville. C'est sans encombre qu'ils la franchirent, apparemment les gardes n'avaient pas encore reçu de consignes ou alors leur départ de l'hôtel n'avait pas encore été éventé. Dès qu'ils le purent, ils se mirent au trot ou au galop, dépassant les dernières constructions avant la campagne.

Les Chroniques Anciennes
Sectrie 2, Versus 2

Ainsi la vision du combat me fut accordée,
L'Envoyé m'en donna tous ses esprits.
Et ses paroles prédirent ce qui se déroula,
L'ennemi avant même le combat était perdu,
Et il désignait dans sa sagesse chaque endroit,
Chaque pierre, chaque arbre à ses soldats, ses enfants,
En leur précisant le combat à venir, les actions à mener.
Et tout son être était déjà plongé dans l'orage.

Personne n'avait l'envie ni le temps de discuter. Chacun pressentait que sur leurs traces une chasse à l'homme avait dû s'organiser et qu'ils n'avaient pas de temps à perdre. Les hameaux du matin furent à nouveau traversés. Puis le crépuscule envahit rapidement la campagne, ce qui les obligea à ralentir leur chevauchée. Vers le milieu de la nuit, harassés, ils arrivèrent à proximité de la châtellerie qu'ils avaient quittée le matin même. Gabriel pouvait distinguer dans la nuit quelques lueurs qui signalaient la présence du village fortifié. Il respira avec moins d'appréhension. Ces lumières diffuses étaient comme des phares pour un naufragé, des havres de repos. Derrière les murs une certaine protection pouvait être espérée. Ils accélérèrent le pas malgré eux, les chevaux devaient également pressentir la fin du voyage.

Du haut de la muraille au-dessus de la porte d'entrée, la sentinelle leur demanda de se présenter. Lorsqu'il entendit que le Maître Galan de Molène était parmi eux, il y eut une certaine animation derrière le rempart. Le corps de garde ne devait pas s'attendre à une telle visite. La porte s'ouvrit sur une rangée de gardes armés de lances, leur chef saluant avec déférence les chevaliers qui avançaient. En passant à leur hauteur, Galan de Molène les salua et poursuivit vers la demeure du responsable de la châtellerie, entouré des autres cavaliers. En arrivant devant celle-ci ils virent qu'ils étaient attendus, toutes torches allumées. Des hommes se saisirent des brides de leurs chevaux pendant qu'ils entraient dans la maison.

- Maître Galan de Molène, quelle joie, quel honneur, si nous avions su ! Je vous aurais fait préparer une réception digne de vous ! Mais ces chevaliers ne m'avaient rien dit avant leur départ...

Le maître des lieux ne cessait de s'activer autour d'eux.

- Il n'y a aucun mal, lui répondit de Molène, ils devaient rester discrets. Mais faites-nous plutôt servir à manger et de quoi nous laver le visage et les mains, nos corps réclament ce minimum.

L'homme appela quelques serviteurs autour de lui et les envoya préparer le nécessaire.

- Suivez-moi, leur demanda-t-il. Je vais vous indiquer les chambres où vous pourrez vous reposer cette nuit, ainsi que le réfectoire.

Il les guida rapidement dans la bâtisse.

- Voici votre chambre, Maître. Maintenant, Chevaliers, je vais vous indiquer les vôtres.

Le chevalier Geoffroy s'adressa à Gabriel.

- Je pense que vous méritez largement de dormir cette nuit et les prochaines sans que nous devions veiller sur votre conduite. Nous savons désormais où est votre camp. Prenez une chambre, puis après vous être installé rejoignez-nous au réfectoire pour le repas.

Gabriel apprécia grandement ce changement d'attitude. Il se sentait reconnu. Il appartenait de plus en plus à ce monde. Il avait maintenant le sentiment d'avoir toujours vécu ici, d'être naturellement l'un d'entre eux.

Après s'être épousseté et passé le visage à l'eau, il alla les retrouver dans la salle où la veille ils avaient pris leur repas.

- Venez partager notre dîner, lui dit le chevalier Geoffroy tout en lui indiquant une place sur le banc. Notre journée a été difficile et celles qui nous attendent le seront peut-être tout autant. Alors, Maître, si vous le permettez, mangeons.

Ils parlèrent très peu durant le repas. Chacun revivait en pensée ce qu'il avait vécu tout au long de cette journée. La présence du Maître ne leur était pas habituelle et leur intimait une certaine réserve. En fin de repas, celui-ci s'adressa au petit groupe.

- Je crois qu'aujourd'hui nous sommes passés à côté d'une situation très grave pour notre Ordre. Je n'en suis toutefois pas certain car nous n'avons pas remarqué, en dehors du duc de Nogence et de la troupe l'accompagnant, une attitude hostile à notre encontre. Venaient-ils effectivement pour m'arrêter ?

Il s'interrompit pour réfléchir.

- Mais, dans le doute, et comme je n'ai pas le droit de mettre en péril tout ce que nous avons construit depuis que notre Ordre existe, je pense qu'il faut continuer à prendre des précautions. Aussi demain matin repartirons-nous vers le château de mon ami Maruald, où nous serons plus en sécurité qu'ici. Y a-t-il des questions ?

Gabriel attendit que quelqu'un réagisse. Comme ce n'était pas le cas, il prit la parole.

- Si vous permettez, il me semble impératif de continuer à prendre des précautions pour vos déplacements. Si demain nous repartons, ne restez pas dans cette tenue, Maître, car, en cas d'attaque des troupes royales, vous feriez une cible privilégiée. Je pense qu'il serait même sage de faire simuler votre présence par l'un de vos chevaliers, qui revêtirait votre tenue et que nous entourerions comme s'il était le Maître Galan de Molène en personne.

Les chevaliers autour de la table étaient surpris d'une telle attitude. Faire se déguiser leur maître, donner sa tenue à un autre. Ils n'auraient jamais osé proposer une telle idée à mille lieues des principes de la chevalerie.

- Votre suggestion est peut-être bonne à suivre... Chevalier Armand, vous me ressemblerez demain en tous points... Avec votre barbe, si vous la poudrez quelque peu de blanc, vous ferez parfaite illusion !

Le chevalier désigné acquiesça d'un mouvement de tête.

- D'autres remarques ? demanda le Maître. Non ? Et bien je vous propose un peu de repos avant de repartir.

Ils se levèrent et l'accompagnèrent vers les chambres. C'est avec ravissement que Gabriel se déshabilla pour s'allonger sur son lit.

Le sommeil lui parut de courte durée. Quelqu'un frappa à sa porte pour lui signaler qu'il fallait partir. Il était déjà l'heure. Il s'habilla prestement et sortit dans le couloir. Un chevalier qui se dirigeait également vers la salle lui souhaita le bonjour en l'accompagnant. En peu de temps ils se retrouvèrent dans la pièce, prêts à partir. Armand avait effectivement teint sa barbe en blanc, probablement avec de la poudre de plâtre ou de la cendre. Il avait revêtu la cape du Maître aux emblèmes distinctifs. Il constata que les cavaliers qu'ils avaient laissés à Paris n'étaient toujours pas parmi eux. Lorsque le Maître Galan de Molène fut présent, ils sortirent, récupérèrent leurs chevaux et s'en allèrent.

La nuit enveloppait encore le paysage. C'était tout aussi bien ainsi pour quitter discrètement la quiétude de la châtellerie.

Ils chevauchèrent jusqu'au petit jour. Gabriel était persuadé qu'on ne les laisserait pas s'éloigner ainsi très longtemps. Des hommes devaient sûrement avoir été lancés sur leurs traces. Comme ils avaient dormi la nuit dans la châtellerie, ils auraient logiquement dû les dépasser. Ou alors ils étaient en embuscade à proximité du village fortifié, attendant qu'ils en sortent. Cette dernière version lui semblait la plus plausible. Ils avaient été vus sur les routes par différentes personnes, des paysans, d'autres voyageurs. Ils avaient également dû être remarqués après coup en passant devant les sentinelles de la capitale. Ceux qui les poursuivaient avaient suffisamment d'informations sur eux. Combien de cavaliers représentaient-ils ? Dans quelle direction s'étaient-ils enfuis ? Il en déduisit qu'à leur place il aurait cherché à savoir s'ils se trouvaient bien dans la châtellerie. Et avec une telle information il aurait tendu une embuscade sur l'itinéraire où forcément ils passeraient. Il décida de faire part de ses craintes au chevalier Geoffroy.

Celui-ci s'était mis légèrement à l'écart de la petite troupe pour l'écouter.

- Vos craintes sont peut-être fondées Gabriel. Mais quel choix avons-nous ? Il est urgent de se rendre en sécurité auprès du seigneur Maruald et surtout de se préparer à la riposte éventuelle des troupes royales. Nous ne pouvons donc pas prendre un autre itinéraire qui nous obligerait à passer la nuit dans les bois.

- Je comprends, répondit Gabriel. Aussi, je vous propose de me laisser en arrière de votre groupe avec un autre chevalier. Nous vous suivrons à vue et si jamais vous êtes en difficulté nous pourrons intervenir sans être pris dans le même piège en même temps que vous. Qu'en pensez-vous ?

Le chevalier réfléchissait aux implications. Il décida de continuer à faire pleinement confiance à cet homme aux comportements et aux idées si étranges. Il s'entretint avec un cavalier et le désigna pour accompagner Gabriel comme il le souhaitait.

- Il me faut une arme, Chevalier ! demanda celui-ci. Si je dois vous aider que ce ne soit pas à main nue.

Geoffroy retira l'épée du fourreau qui battait sur les flancs du cheval et la lui tendit en le fixant dans les yeux avec fierté.

- Prenez ma seconde et qu'elle vous protège !

Gabriel les laissa continuer leur trot sur le chemin caillouteux. Le cavalier qui l'accompagnait était certainement le plus solide de cette troupe. Lorsqu'il ne vit plus que des silhouettes à quelques centaines de mètres, il fit avancer sa monture à la même allure.

Ils chevauchèrent ainsi côte à côte dans le calme et la sérénité de la campagne environnante. Chacun leur tour ils assuraient le suivi à vue des cavaliers devant eux, conservant une distance suffisante pour ne pas les perdre ou ne pas en être trop près.

Gabriel songeait à tout ce qui était en train de se produire. Il n'y aurait pas de plaque en bronze, pas d'arrestation du Maître en sa demeure... Que raconterait la nouvelle histoire ? Vers quel futur s'engageaient-ils à présent ?

- Il y a quelque chose ! lui chuchota son compagnon de route.

En effet, devant eux, au bout du chemin qui se prolongeait dans un bois, les chevaliers semblaient pris à partie. Des hommes les attaquaient.

- En avant ! Vite ! Vite ! cria Gabriel en se lançant au galop.

Le cavalier était sur ses traces et le doubla, beaucoup plus à l'aise sur son coursier. Il le vit sortir son épée du fourreau et la brandir à bout de bras. Gabriel en fit autant. Il fut surpris par la lourdeur de l'arme, rien à voir avec ce qu'il avait utilisé peu de jours auparavant. Ils entendirent les cris, les coups portés en arrivant sur les combattants. Déjà quelques assaillants gisaient à terre. Il ne put ralentir sa monture avant de frapper sur sa lancée un soldat de plein fouet qui fut proprement éjecté dans le fossé. Du haut de son cheval il distingua à portée d'épée une tête inconnue et y frappa un grand coup. L'homme s'écroula, à moitié décapité. Leur arrivée avait semé le trouble parmi les attaquants. Ils devaient s'interroger sur ce renfort imprévu. Plus guidé par sa monture que la dirigeant, il s'approcha d'un cavalier ennemi et voulut le frapper. L'homme para et lui porta un coup d'épée qui le manqua de peu, s'arrêtant sur la selle de son cheval. Gabriel ne s'en rendit pas compte et au moment où son adversaire était courbé, l'épée abaissée, il lui enfonça la pointe de la sienne dans le ventre. Juste à ce moment, il entendit des cris.

- Il est mort ! Leur Maître est mort !

Cela provoqua le repli des assaillants. Visiblement leur mission était accomplie et ils n'avaient pas l'intention de poursuivre le combat. Gabriel aperçut en effet le chevalier de Molène étendu sur le sol au pied de son cheval, une plaie horrible en travers du visage.

L'ennemi reflua rapidement, laissant ses morts. En quelques instants il n'y eut plus personne, comme si rien ne s'était jamais passé.

Gabriel s'approcha du chevalier gisant sur le sol. C'était le faux de Molène. Armand, sa doublure, venait de périr. Les chevaux et les hommes s'apaisèrent. Les chevaliers s'agenouillèrent aux pieds du mort et firent une prière à voix haute. Gabriel était bouleversé. Ces hommes avaient une notion de l'amitié qui devait leur conférer une immense force. Ils ne dirent mot en s'occupant du mort et le chargèrent sur un cheval. Deux chevaliers avaient été blessés assez sérieusement mais ils pourraient chevaucher jusqu'à la prochaine châtellerie. Après un long silence le Maître s'adressa à eux.

- C'était l'un d'entre nous, l'un des meilleurs. Souvenez-vous qu'il a donné sa vie pour me sauver, pour sauver l'Ordre. A ce titre il entrera dans le grand livre des preux.

Puis il se tourna vers Gabriel.

- Sieur Gabriel, car désormais vous méritez largement ce titre, par votre courage et votre à-propos vous m'avez sauvé la vie une seconde fois. Je vous ai vu arriver tous les deux. J'ai vu le trouble que cela jeta sur l'ennemi. Vous avez occis deux hommes, sans faiblesse, sans la moindre peur. Vous auriez pu ne pas intervenir et attendre l'issue du combat. Vous êtes courageux !

- Gardez mon épée, lui lança le chevalier Geoffroy. Si elle doit encore servir, elle est en de bonnes mains.

Ils reprirent leur route, regroupés cette fois, car ils n'étaient plus assez nombreux pour pouvoir se battre séparément. Un mort, deux blessés, il fallait rester vigilant. Mais le parcours ne leur réserva plus de mauvaise surprise jusqu'au retour à la seconde châtellerie. Leurs ennemis devaient être persuadés d'avoir accompli leur mission : tuer le Maître Galan de Molène.

Ils entrèrent dans le hameau fortifié avec des honneurs identiques à la veille. Les deux blessés eurent droit à des soins immédiats alors que le mort était déposé avec respect dans une chapelle. Le responsable de la châtellerie ne les sollicita nullement pour savoir ce qui s'était passé. Cette attitude discrète semblait naturelle en présence du Maître.

Après un repas réparateur et une bonne nuit de sommeil, ils repartirent vers leur destination finale, le château du seigneur Maruald. Leurs hôtes avaient insisté pour garder avec eux les deux blessés afin de leur apporter les soins nécessaires. Quant au corps du chevalier Armand, ils promirent de l'enterrer avec tous les respects dus à son courage.

Le trajet ne posa aucun problème. Pour leurs ennemis, Galan de Molène devait être considéré comme bel et bien mort. C'est avec un grand soulagement que Gabriel aperçut la silhouette massive du château à l'horizon. Il leur fallut encore une bonne heure pour arriver au pied de la forteresse.

Lorsqu'ils franchirent le seuil, ils eurent droit à nouveau à une présentation en ordre de la garde avant de pouvoir se diriger vers les écuries et confier leurs chevaux aux palefreniers.

Le seigneur Maruald et le chevalier Gontrand, avertis de leur arrivée, vinrent à leur rencontre.

- Maître ! Apparemment nos suppositions étaient fondées, ce troubadour ne mentait pas ? demanda-t-il en s'adressant à Geoffroy.

Galan de Molène lui répliqua vivement.

- Vous voulez parler du Sieur Gabriel, je suppose ? Il n'a pas menti et sans lui je ne serais pas ici.

- Il m'a guidé sans hésitation à travers la cité vers la demeure du Maître, intervint le chevalier Geoffroy. Ses initiatives nous ont assurément sauvé la vie. Actuellement le roi doit être persuadé que Galan de Molène est mort, tué dans une embuscade qu'il nous a tendue.

Le seigneur Maruald portait son regard de Gabriel à Galan de Molène. Il avait du mal à imaginer ce qui était arrivé et la relation qui unissait maintenant les deux hommes.

- Ne restons pas ici ! dit le Maître, organisons une réunion de crise. Des décisions vitales sont à prendre rapidement.

- Je m'en occupe, lui répondit Maruald.

- Un instant ! héla Gabriel. Mon ami Aralou est-il toujours enfermé ?

- Je le fais sortir sur l'heure ! lui répondit Maruald avec quelque agacement dans la voix. Votre ami a été correctement traité, nous ne sommes pas des sauvages.

Lorsqu'il se fut éloigné, le Maître de Molène s'adressa à Gabriel.

- Ne lui tenez pas rigueur de son comportement. Il y avait de bonnes raisons pour ne pas vous faire confiance. Votre attitude était pour le moins étrange. J'aimerais que vous assistiez à notre réunion, vous avez eu des idées pertinentes et salvatrices depuis que je vous connais. Je pense que votre présence peut nous être précieuse.

Gabriel opina de la tête.

- Je serai présent... avec mon ami Aralou.

Il attendit dans la cour que son compagnon vienne le rejoindre. Lorsqu'il le vit apparaître au bout de longues minutes, il l'embrassa à bras grands ouverts. Il avait espéré ce moment sans trop y croire et se rendait compte que c'était jusqu'à présent son seul véritable ami.

- Je savais que tu reviendrais me tirer de cet embarras. Tu vois, j'avais raison d'avoir confiance. Ton destin est tracé, Gabriel, pardon, Sieur Gabriel. J'ai entendu les gardes te nommer ainsi...

- Les nouvelles vont vite ! Je te raconterai tout en détail, promis. Mais pour l'instant il faut se préparer à une réunion importante qui va avoir lieu avec le Maître Galan de Molène. Ils doivent faire le point sur la situation. Et ils nous attendent.

- Avec le grand Maître de l'Ordre ! Eh bien ! En peu de temps tu as réussi à te faire une réputation. Je ne sais pas si tu imagines ce que cela représente. Très peu d'hommes étrangers à l'Ordre sont invités à partager leurs assemblées !

La nuit était tombée lorsque les chevaliers se trouvèrent réunis autour de leur Maître dans la salle principale du château. Les flambeaux avaient été allumés en nombre, ainsi que les chandelles sur la grande table en bois massif, recouverte d'une luxueuse nappe. Ils devaient être une vingtaine autour du seigneur de Molène. Cela rappelait à Gabriel certains tableaux représentant les apôtres autour de la sainte table. Il avait pris place à l'assemblée avec Aralou ; tous deux se tenaient debout, légèrement en retrait.

Lorsque le chevalier Gontrand assura au Maître que tous étaient présents, celui-ci se leva et prit la parole.

- Mes amis ! C'est avec joie que je vous retrouve toujours unis par le désir de servir ardemment notre cause. Sans le Sieur Gabriel, il est à craindre que nous eussions vécu une terrible épreuve avec mon arrestation. Tout au long du trajet j'ai pu faire le point sur notre situation. Elle n'est pas brillante. Vous savez tous par le détail quels ont été les événements de ces derniers jours. Maintenant il va falloir agir, car nous n'avons jusqu'à présent pu que subir. J'ai donc besoin que tout le monde apporte ses idées sur la marche à suivre et c'est pour cette raison qu'exceptionnellement le Sieur Gabriel et son ami Aralou sont avec nous.

Quelques murmures coururent dans l'assemblée. Gabriel se retourna et vit trois soldats qui demandaient à entrer dans la salle. Ils étaient couverts de poussière et en sueur. Il reconnut immédiatement les hommes qu'ils avaient laissés dans la cité, faute de cheval pour fuir la ville.

- Ah ! Maître, vous êtes en sécurité ! Nous avons tant craint pour vos vies !

Ils s'expliquèrent sur leur retard et sur ce qui s'était passé à l'issue du départ du Maître. Peu de temps après, les portes avaient été fermées et il était impossible de quitter la ville sans faire valoir son identité. Ils avaient dû se déguiser une nouvelle fois et se séparer pour échapper au piège. Ils pensaient retrouver toute la petite troupe à la première châtellerie mais ils s'étaient vite rendu compte qu'ils étaient suivis. Ceci les obligea à faire des détours par les forêts. Quand ils furent enfin arrivés à la châtellerie, à l'aube, ce fut pour assister à un siège en règle. Une centaine de cavaliers étaient en poste et interdisaient toute entrée ou sortie. Ils supposèrent qu'il devait en être de même un peu partout, dans les autres châtelleries, aussi galopèrent-ils vers le château du seigneur Maruald afin de l'avertir. Ils pensaient que le Maître et son escorte étaient prisonniers dans l'un des refuges. Quand ils surent en arrivant ici que ce n'était pas le cas, ils s'étaient demandé par quel miracle ils avaient pu échapper à tous ces pièges.

Un lourd silence s'abattit dans la salle. Galan de Molène reprit la parole.

- Nos suppositions sont donc maintenant avérées. Vous aviez raison, Sieur Gabriel. Les troupes royales font le siège de toutes les places qui ne lui opposeront que peu de résistance. Toutes ces actions coordonnées sont la preuve qu'ils avaient prévu de s'en prendre à notre Ordre et en particulier à ses chefs. C'est une véritable guerre qui nous est déclarée !

Il indiqua la porte aux trois hommes.

- Merci pour votre dévouement. Allez vous restaurer et vous reposer.

Gabriel réfléchissait à la situation. Il valait mieux se laisser une porte de sortie avec le roi, lui proposer une trêve. Mais parallèlement il faudrait avertir les châtelleries et forteresses en danger. Et il serait peut-être nécessaire d'envoyer des troupes à leur secours.

Galan de Molène laissait les hommes parler entre eux en attendant leurs suggestions. Quelques-uns uns prirent la parole. Ils désiraient à des degrés divers prendre les armes et se battre contre les troupes royales pour défendre leurs frères en danger. L'affrontement en force, tout en bloc, était la seule idée qui leur venait à l'esprit.

Lorsque toutes les propositions furent émises, Gabriel demanda à prendre la parole.

- Il ne faudrait pas retirer au roi la possibilité de mettre fin à cette situation dramatique. Il ne faut pas lui fermer totalement la porte. Je serais partisan qu'un émissaire lui apporte une proposition d'entente avec l'Ordre. Ainsi vous n'aurez pas à vous reprocher votre conduite future et il ne pourra non plus arguer du fait que les chevaliers de l'Ordre à la croix vermeille ont tout fait pour mettre à mal la royauté.

- Mais ce serait avouer notre faiblesse ! Le roi pensera que nous cherchons à parlementer pour éviter un affrontement trop périlleux ! Intervint un des hommes assis autour de la table.

- Je ne pense pas, lui répondit calmement Gabriel. Je pense au contraire qu'en orientant les mots et les phrases de cette missive on peut lui faire comprendre qu'il s'engage dans une voie très risquée, où il a plus à perdre qu'à gagner.

- C'est une action envisageable, dit de Molène, mais elle ne doit pas se limiter à cela. Parallèlement il faut renforcer nos défenses partout où c'est encore faisable.

Le seigneur Maruald intervint.

- Des cavaliers nous ont dit avoir croisé des hommes, des soldats qui devaient vraisemblablement se diriger vers le château du seigneur Bormain des Hautes Terres. C'était en tout cas la direction. Cela voudrait dire que des combats vont avoir lieu un peu partout pour faire tomber nos places fortes.

- Ce que vous dites confirme nos suppositions, reprit de Molène. Toutes nos garnisons ont été prévenues de se tenir sur leurs gardes. Mais elles ne pourront se maintenir bien longtemps pour certaines si elles ont à faire face à un ennemi déterminé et en surnombre.

- Alors il faut les attaquer pour briser les sièges, intervint Gabriel, mais là où ils ne nous attendent pas, en plaine et non autour des forteresses.

- Expliquez-vous, Sieur Gabriel, lui demanda le Maître, sourcils froncés.

- Si l'ennemi investit les places fortes ou en fait le siège, il va s'attendre à une intervention de votre part. Il lui est donc possible de s'y préparer aisément. Il fait croire qu'il attaque telle localité, mais en fait, il établit un cordon de défense autour et vous fait tomber dans une nasse comme des poissons dans un filet. En revanche si vous aviez connaissance de leurs routes, des troupes qui se rendent à tel ou tel endroit pour organiser une attaque ou un siège, alors vous pourriez les combattre par surprise. Ils n'auraient pas le temps de se ressaisir et de nombreuses attaques menées ainsi leur inspireraient de lourdes craintes, ne sachant jamais s'ils sont en terrain favorable ou non.

- Mais il faudrait énormément de troupes et autant de chefs à leur tête pour se rendre en différents endroits en même temps ! marmonna l'un des chevaliers en haussant les épaules.

- Pas forcément, répliqua Gabriel qui l'avait parfaitement entendu. Si vous êtes suffisamment mobiles pour attaquer en différents lieux sans soutenir de siège ou de combat de front, ils seront obligés de conserver leurs armées autour des fiefs qu'ils veulent réduire. Et ce sera autant d'ennemis immobilisés que vous n'aurez pas à combattre.

Un silence se fit dans la grande salle. Les hypothèses étaient soupesées par chaque homme.

- Il y a du bon sens dans ce que vous dites, Sieur Gabriel, lui dit le chevalier Geoffroy. Le plus difficile sera tout de même de lever des hommes en assez grand nombre.

- Chaque villagerie que vous délivrerez, chaque forteresse que vous protégerez vous apporteront sans restriction ces soldats que vous demandez. Ce qu'il faut, c'est pouvoir commencer. Donc faites avec les hommes dont vous pouvez disposer tout de suite.

- C'est bien là le problème ! Nous disposons de très peu de troupes dans les parages...

- Pourquoi ne pas faire appel aux paysans, aux anciens soldats travaillant dans les fermes ou les villages ? leur demanda-t-il.

- Parce qu'il faudrait les sortir de force de leurs trous ! Jamais ils ne viendront combattre volontairement ! Et quand vous avez avec vous une armée d'hommes contraints et forcés, à la première occasion ils s'enfuient ou se retournent contre vous. On voit bien que vous n'avez pas été confronté à ces situations ! lui répliqua le seigneur Maruald.

Gabriel avait plusieurs réponses éventuelles.

- Alors achetez-les ! lança-t-il à la volée.

Le Maître de Molène rappela que des mercenaires étaient une possibilité, mais que leur nombre et leur motivation laisseraient certainement à désirer. D'autres hypothèses furent abordées, toutes irrecevables après forte discussion.

- Achetez-les et supprimez leurs taxes ! avança Gabriel.

Devant le silence interrogateur, il continua sur sa pensée.

- Engagez-vous à supprimer les taxes pour ceux qui viendront lutter à vos côtés. Une suppression d'un an ou deux à condition qu'ils soient sous vos bannières pendant un nombre de mois que vous aurez fixé au départ. A vous de voir ce qui serait le plus attirant pour eux comme pour vous...

- Mais c'est la ruine de notre économie, s'écria le seigneur Maruald. Comment faire vivre les propriétaires des domaines avec de tels arguments... Et de plus s'attaquer aux taxes de l'Eglise c'est à coup sûr s'en faire un ennemi !

- Je trouve pour ma part l'idée intéressante, lui répliqua le Maître. Nous aurions des volontaires, c'est certain. Quant au train de vie des lésés, qu'en resterait-il si demain leurs propriétés venaient à être confisquées par le roi ? L'Eglise ? Elle est déjà distante à notre encontre. Alors un peu plus ou un peu moins... Votre suggestion me plaît bien, Sieur Gabriel.

Il s'interrompit, plongé dans ses réflexions. Puis au bout d'un long silence il se leva.

- J'ordonne qu'au plus vite des émissaires parcourent les campagnes pour proposer une exonération des taxes sur trois ans à tout homme qui rejoindra avant demain soir nos châtelleries et forteresses afin de s'engager à y servir comme soldat durant la période des hostilités contre les troupes royales. J'ordonne que vous, chevaliers, réunissiez ces hommes au plus vite, les fassiez armer afin de vous tenir prêts dès demain soir à porter secours à nos compagnons assiégés. J'ordonne qu'un équipage léger soit constitué pour demain matin. Il aura pour mission de m'accompagner jusqu'au château de l'Altaïr, lieu qui me permettra de vous guider tout en étant à l'abri. J'ordonne enfin qu'une délégation de trois hommes, dont un chevalier, se rende auprès du roi pour lui remettre un scellé en main propre. Ce document sera rédigé par mes soins ce soir et constituera un avertissement à l'encontre du roi, s'il continue à nous combattre.

- Bien ! répondit le seigneur Maruald en regardant Gabriel. Toutes ces bonnes idées mériteraient que leur auteur nous montre, pratiquement, comment il compte y participer de son côté. N'est-ce-pas Sieur Gabriel ?

Le ton était tranchant. Gabriel se disait qu'il était en train de se faire un ennemi et qu'il avait encore tout intérêt à réfléchir avant de parler. Ce fut le chevalier Geoffroy qui intervint.

- Je propose de lever les premières troupes et de les prendre à mon service avec mes fidèles soldats. Je suis prêt à avoir à mon côté le Sieur Gabriel. Je pense qu'il me portera chance !

Gabriel ne savait quelle attitude adopter. Partir guerroyer ! Cela ne lui était évidemment jamais arrivé. Il trouvait qu'il en avait déjà fait beaucoup et que cette proposition dépassait ses compétences. Ce ne fut pas l'idée du Maître.

- Pourquoi pas, Chevalier Geoffroy ! Votre présence ne serait pas de trop dans cette lutte, Sieur Gabriel. Votre intelligence peut servir à tous... Et je pense, pour ma part, que c'est votre destin qui vous appelle.

Gabriel ne pouvait que s'incliner. Cette remarque devenait un ordre. Il regarda Aralou et haussa des sourcils comme pour dire « me laisse-t-on le choix ? » S'il refusait, que feraient-ils ? On les laisserait probablement s'en aller. Et puis après, ils seraient livrés à eux-mêmes dans une région en état de guerre, peut-être déjà repérés comme partisans des chevaliers de l'Ordre à cause de l'aide qu'ils leur avaient apportée ? Par ailleurs, il vivait une expérience unique. Autant y aller jusqu'au bout, si toutefois il y avait un bout à cette aventure. Participer en spectateur aux côtés de chevaliers guerroyant, qui n'en avait pas rêvé un jour !

- J'accepte votre proposition, Chevalier Geoffroy. Vous me faites un trop grand honneur. Mais je crains de ne pas être à la hauteur...

- C'est ce que nous verrons, lui répondit le Maître en souriant. Chevalier Geoffroy, votre mission sera d'aller au secours du seigneur Bormain. Apparemment les troupes qui ont été vues se dirigeaient vers ses terres. Partez dès que possible !

Il regarda autour de lui. Scruta intensément chaque visage.

- Mes fidèles amis, il me reste beaucoup de travail à terminer. Je vous souhaite à tous de réussir dans cette entreprise. Nous commençons seulement à faire face à la pire des situations rencontrées jusqu'à ce jour. Croyez en nos saintes institutions, priez Dieu et nous sortirons vainqueurs de cette terrible épreuve.

Il quitta la pièce alors que les hommes, debout, le saluaient.

Le chevalier Geoffroy s'approcha de Gabriel lorsque le Maître fut sorti.

- Vous m'avez fait une excellente impression durant ces quelques journées que nous venons de vivre. Je suis persuadé que nous allons pouvoir faire une bonne équipe, Sieur Gabriel. Vous savez, je ne prends pas beaucoup de risques à admettre ainsi un étranger dans mes rangs. J'ai bien remarqué l'attitude du Maître à votre égard. Il vous porte une grande estime et comme il ne se trompe jamais, je suis sûr de faire un bon choix avec vous.

Il souriait.

- Ah ! Oui... Bien évidemment votre inséparable ami Aralou peut se joindre à nous. Si toutefois il en éprouve le désir. Maintenant je vous laisse car je dois donner des ordres à mes hommes afin de nous préparer à partir demain soir, comme l'a demandé le Maître. Espérons que nous serons suffisamment nombreux !

Et il quitta la pièce pour rejoindre ses soldats.

- Je crois, Aralou, que nous devrions aller nous reposer. Ce qui se passe actuellement ne nous regarde guère. Si nous pouvions trouver un endroit...

- Allons dans la salle de repos des gardes. Il y a de la place pour tous normalement.

Gabriel s'approcha de l'un des gardes de la salle et lui demanda où se situait ce local et s'ils pouvaient s'y reposer. L'homme lui expliqua, mais le prévint, que ce n'était pas la place qui convenait à un ami du Maître Galan de Molène.

- Qu'importe, répondit Gabriel, du moment que nous pouvons dormir un peu !

Après quelques recherches ils trouvèrent effectivement la pièce. A l'intérieur, sur des lits à étages constitués de grossières armatures en bois, dormait une partie des sergents et gardes du château. Certains s'étaient regroupés à proximité de leurs chefs et discutaient à voix basse. C'est ainsi que dans un angle se trouvaient ceux du chevalier Geoffroy. Ils les rejoignirent naturellement. La présence soudaine de Gabriel parmi eux les rendit muets. Les regards se portaient constamment dans leur direction. A un moment, l'un des sergents s'approcha.

- Vous êtes le Sieur Gabriel ?

- Oui, et voici mon ami Aralou.

- Sieur Gabriel, vous allez dormir ici, parmi nous ?

- Y voyez-vous un inconvénient ? répondit-il mi-amusé.

- Oh ! Non, non. Mais des gens de votre rang comme ça, à côté de nous... Ce n'est pas dans l'usage. Peut-on faire quelque chose pour vous ?

- Si vous pouviez effectivement nous trouver quelque chose à manger, ce serait avec grand plaisir...

Et Gabriel se mit à faire plus ample connaissance avec ces hommes. Ils étaient frustres. Certains avaient plus l'allure de brigands que de soldats. Mais ils l'acceptaient simplement sans se poser plus de questions. Gabriel se sentit tout à coup heureux et en confiance avec ces hommes. Rien à voir avec ces relations distantes avec les personnes là-haut, dans la salle d'honneur du château.

L'homme qui lui rapportait de quoi manger l'avertit que le chevalier Geoffroy le cherchait et qu'il était actuellement dans la salle des gardes. Gabriel prit un morceau de viande et de pain qu'il mâchonna tout en se dirigeant vers le chevalier.

- Sieur Gabriel, vous voici, lui lança Geoffroy. Le Maître m'a convoqué à l'instant et me fait savoir que je dois vous considérer comme mon égal et non mon vassal. C'est à dire que ce que vous me conseillerez, je devrai, en principe, l'exécuter. Je vous avoue ma stupeur. C'est la première fois que le Maître prend une initiative de ce genre ! Je ne sais toujours pas qui vous êtes exactement mais vous semblez être quelqu'un de grande importance pour lui... Peut-être est-ce dû au fait que vous lui avez sauvé la vie ?

Le chevalier Geoffroy ne cachait pas ses sentiments, entre la colère et l'interrogation. Il s'en voulait quelque peu d'avoir proposé en comité une place à Gabriel dans ses rangs. Il avait l'impression d'avoir été abusé.

- Je suis également très surpris d'une telle attitude, Chevalier Geoffroy. Croyez-le. Je n'ai rien fait de spécial pour influencer le Maître en ce sens... Je ne comprends pas bien son attitude à mon égard... C'est comme s'il voulait me faire accomplir des actes contre ma volonté. Je vous rappelle que c'est vous qui m'avez demandé de vous rejoindre.

Geoffroy ne le savait que trop. Il ne pouvait se dédire. Et d'autre part, il se doutait que la présence de Gabriel pourrait l'aider à lutter contre l'ennemi.

- Eh bien, je vous conseille en attendant demain matin de retourner vous reposer. Nous partirons, mes hommes et moi, récupérer des soldats. De plus nous essaierons de ramener avec nous le maximum d'hommes valides et volontaires. Pendant ce temps mes capitaines vont demander à ceux qui sont ici de se préparer, de sorte que nous puissions partir le soir même si besoin.

- Je vous aiderai de mon mieux, répondit Gabriel.

Et Geoffroy quitta sèchement la salle, laissant Gabriel planté sur place.

Il pensait que le Maître avait d'étranges façons d'agir. Il aurait au moins pu lui demander son avis. Cette attitude le mettait très mal à l'aise. Inexpérimenté, sans la moindre idée de ce qu'il fallait faire pour aider Geoffroy dans sa mission. De plus il ne savait pas se battre, si jamais il y était obligé. Tout cela l'inquiétait un peu. Les événements se compliquaient.

Il retrouva Aralou dans la salle de repos des soldats.

- Il va falloir dormir. Je viens de voir le chevalier Geoffroy et il a reçu l'ordre du Maître de combattre avec moi, mais en obéissant à mes ordres. Je n'en suis pas encore remis.

- C'est que le Maître de l'Ordre à la croix vermeille a une idée à ton sujet. Il désire certainement que tu prennes les initiatives qui te sembleront bonnes sans que le chevalier Geoffroy ne s'y oppose. Tu as en quelque sorte le titre de chef de troupe en tant que ménestrel !

Il riait à cette boutade : Gabriel, troubadour chef de troupe !

- Je ne trouve pas cela très drôle. Je ne sais absolument pas comment m'y prendre avec ces hommes si c'est nécessaire. Et si jamais je commets une erreur, Geoffroy sera bien aise de me la reprocher... J'aurai tous les torts.

Il s'allongèrent tous les deux dans un coin de la pièce, parmi les autres soldats de Geoffroy et ne tardèrent pas à s'endormir malgré les conversations de quelques hommes encore éveillés.

De bonne heure le matin, le remue-ménage des soldats préparant leurs affaires pour partir les tira de leur sommeil.

Lorsqu'ils sortirent, ils virent de loin s'éloigner le chevalier Geoffroy avec ses hommes de tête pour rechercher des troupes stationnées dans les villages environnant ou pour récupérer des paysans désireux de se joindre à eux. Gabriel le verrait à son retour, en fin de journée.

Il apprit que le Maître de l'Ordre était parti très tôt le matin avec quelques gardes et qu'il avait laissé des ordres par écrit à tous les chevaliers. Il tenait certainement à leur préciser les missions ou le lieu de sa retraite. Comme autour d'eux les événements se déroulaient sans qu'ils ne puissent intervenir, il demanda à Aralou de lui apprendre le maniement des armes utilisées par ces soldats.

- Je suis bien en peine de pouvoir te répondre, ceci n'est pas mon fort. Je suis plus doué en musique ou en poésie. Mais tu n'as qu'à demander aux soldats qui s'entraînent et se préparent. D'ailleurs je vais t'accompagner afin d'apprendre à me défendre.

- Oui, répondit Gabriel en souriant, sinon tu auras du mal à terminer ton livre !

Dans la cour du château et à ses abords, de nombreux hommes se préparaient. Certains s'entraînaient au corps à corps avec des épées, d'autres au tir à l'arc. Beaucoup nettoyaient, affûtaient ou réparaient leurs armes. Et un grand nombre s'occupaient de leurs chevaux. Ces derniers étaient l'élite de la troupe, sachant monter et combattre à cheval. Ils considéraient d'ailleurs les autres, en dehors des archers, comme de la vulgaire piétaille. Les arbalétriers également avaient droit à un statut particulier, plutôt d'assassins. Ils étaient mal vus et peu nombreux.

Ils s'approchèrent des hommes, les questionnèrent sur leurs armes et leur maniement. Des démonstrations étaient toujours proposées avec fierté, sans rechigner. De temps en temps Gabriel prenait une arme et la soupesait, la testait en différentes positions. En s'adressant aux soldats il mémorisait également leur hiérarchie, leur héraldique. Il y avait bien sûr les seigneurs et les chevaliers. Il n'en avait pas vu un seul ce matin. Ils n'avaient pas l'habitude de se joindre à la troupe pour les préparatifs ou les entraînements, c'était le travail de leurs capitaines. Ceux-ci étaient le maillon entre les hommes de troupe et la classe qui les dirigeait. Il n'était pas habituel que les uns soient au contact des autres. C'est pourquoi l'attitude de Gabriel avait surpris au début. Il était Sieur, un titre honorifique.

A midi, ils partagèrent la soupe que les cuisiniers du château leur avaient apportée dans de grosses marmites Dans le courant de l'après-midi ils commencèrent à voir revenir quelques cavaliers qui avaient été envoyés en éclaireurs afin de mieux cerner l'attitude de l'ennemi. Ils se dirigeaient toujours vers les locaux du seigneur Maruald, qui n'avait pas quitté sa tour, entouré de ses proches. Gabriel n'y avait été convié à aucun moment et il n'était pas dans son intention de s'imposer, surtout en l'absence du Maître. A l'évidence il était considéré comme malvenu par le seigneur des lieux. En fin d'après-midi tout s'accéléra avec le retour du chevalier Geoffroy et des hommes qui l'accompagnaient. Il y eut un grand remue-ménage lorsqu'ils se présentèrent sur le chemin menant au château.

- Ils sont deux cents environ, chuchota Gabriel à l'intention d'Aralou. Je ne sais pas ce qu'ils veulent faire avec si peu d'hommes mais ils vont devoir revoir leurs intentions à la baisse.

Le chevalier arriva en-tête de la colonne, passa devant Aralou et Gabriel, apparemment sans les voir. Sa troupe était composée de bric et de broc. Certains étaient des soldats qui stationnaient dans les villages alentours et attendaient de rejoindre le seigneur Maruald. D'autres étaient visiblement des paysans arrachés à leur terre pour différentes raisons, peut-être l'appât du gain avec une remise de leurs impôts pendant quelque temps ou une prime d'engagement à servir le chevalier. Ceux-là étaient peu équipés et mal vêtus. Ils s'arrêtèrent comme un troupeau aux abords du château pendant que le chevalier Geoffroy continuait vers le donjon, vers le seigneur Maruald.

- Peu nombreux et de piètre allure ! Mon pauvre Aralou, je ne sais pas où nous allons avec tout ça !

Au bout d'un temps assez long, Gabriel vit venir un garde dans sa direction.

- Apparemment c'est pour nous ! Je crois qu'on va avoir besoin de notre aide !

Le garde effectivement s'adressa à eux et leur demanda de le suivre car le seigneur désirait les voir tout de suite.

Lorsqu'ils arrivèrent dans la grande salle, où la veille s'était tenue la réunion avec le Maître, presque tous les chevaliers connus de Gabriel étaient présents. Le seigneur Maruald était assis en bout de table. Tous en tenue de combat portaient un surcot avec leurs insignes de chevalerie ou de seigneurie flanqués de la croix vermeille. En dessous apparaissaient les cottes de mailles brillantes.

Le seigneur Maruald continuait de parler sans tenir compte de leur arrivée.

- Maintenant que nous commençons à connaître les intentions de l'ennemi, il va falloir y faire face et répondre à l'attente de notre Maître Galan de Molène. Le chevalier Geoffroy ayant pour le moment la troupe la plus disponible partira donc comme prévu dans le courant de la nuit afin de se rendre au château de notre ami le seigneur Bormain pour le soutenir. Le Sieur Gabriel, comme l'a demandé notre Maître, viendra se joindre à cette expédition aux côtés du chevalier. Je vous laisse maintenant chevalier Geoffroy vous occuper de vos hommes. Que Dieu vous garde !

Le seigneur se leva et s'approcha du chevalier pour le serrer dans ses bras. Le sort en était jeté. L'Ordre à la croix vermeille entrait en conflit ouvert avec la royauté.

Geoffroy se retira de la salle, accompagné de Gabriel et d'Aralou. Tout en descendant les escaliers conduisant à la grande cour, il leur expliqua la situation.

- Nous allons aider le seigneur Bormain qui va devoir faire face à un siège mené par les troupes du roi ayant à leur tête le seigneur Harold. Un cavalier est venu il y a quelques instants nous avertir qu'il avait vu l'ennemi sur la route menant à ce château. Nous n'avons que le temps de préparer tout le monde puis nous partirons dans le courant de la nuit. Il n'y a pas un instant à perdre, comme vous le constatez.

Gabriel tout en écoutant réfléchissait. Ils arriveraient tout juste sur le glacis du château pour en aider les défenseurs, les délais dont ils disposaient étant courts. Il voyait très bien comment y parvenir, cette région ne lui étant pas étrangère. Il l'avait parcourue de nombreuses fois en voiture. Les paysages, les reliefs n'avaient pas pu changer et même les voies d'accès étaient certainement identiques dans leurs tracés. Au cours des siècles les voies principales avaient été conservées et améliorées. En revanche, il ne voyait pas du tout où se situait le château. Il n'en avait aucun souvenir.

Lorsqu'ils furent dehors, le chevalier fit venir ses capitaines pour leur expliquer la situation en quelques mots. Ils retournèrent ensuite rapidement activer les hommes en vue du départ.

- Désormais nous allons veiller et superviser les préparatifs afin que tous soient en état de partir, dit-il à l'intention de Gabriel. Vous allez voir que ce n'est pas une petite affaire.

Accompagnant le chevalier comme son ombre, Gabriel et Aralou regardaient se mettre en place cette petite troupe de deux cents hommes. Leur organisation était hétéroclite à tous les niveaux : vêtements, armement, transport. Beaucoup de fantassins, pieds nus, armés parfois de simples outils de travail utilisés dans les champs, formaient le gros du bataillon. Sinon il s'agissait de lanciers ou de soldats avec de lourdes épées. Des cavaliers, mieux lotis possédant des chevaux caparaçonnés et portant au moins une cotte de mailles constituaient un groupe d'une cinquantaine d'hommes armés de lances. Des chariots permettaient le transport des nourritures et des équipements de combat, principalement des lances et des flèches. Il restait les archers qui devaient être une trentaine.

Lorsque le soir arriva, tout ce monde commençait à avoir un semblant d'ordre pour se préparer au combat. Gabriel qui avait fait le point sur la situation demanda à Geoffroy de l'écouter pour recueillir son avis. Celui-ci ne put s'empêcher d'émettre un sourire forcé.

- Mais bien sûr ! Vous êtes là pour m'aider quand c'est possible n'est-ce-pas... D'après notre Maître. Aussi, je vous écoute avec attention.

Gabriel fit comme s'il n'avait pas perçu l'ironie des propos.

- Et bien voilà. Je pense que nous n'aurons pas le temps de rejoindre le château pour les aider à se défendre, les délais sont trop courts. Par contre nous pouvons attaquer l'ennemi au moment où il est le plus faible, c'est-à-dire en marche vers le château. Je connais un peu la région et ils n'ont pas beaucoup de choix pour leur progression. Ils passeront certainement par le plateau du Paljoli. Aussi je vous propose de les y attendre, car avec un peu de chance nous y serons les premiers. Ceci nous permettrait bien sûr de les forcer au combat sans qu'ils y soient prêts. Dans le cas contraire, pour aller au château nous serons obligés de les contourner, ce qui nous rallongerait. Donc impossible d'y arriver avant eux.

Le chevalier Geoffroy regardait au devant de lui les hommes qui finissaient de se préparer. Tout était apparemment prêt pour le départ.

- Vous n'avez pas entièrement tort. Le même genre d'idée me trottait dans le crâne depuis quelque temps. Nous arriverions après eux. Mais cela pourrait justement devenir un autre avantage. Car c'est sur leurs arrières que nous serions et ils auraient à faire face aux défenseurs du château et à nos troupes !

- Si nous les interceptons en chemin je pense que l'avantage sera plus grand. Ils n'auront pas tous leurs équipements de combat qui, en revanche, seront déployés autour du château.

- Oui... C'est exact, lui répondit le chevalier. Vous connaissez la région, le plateau et ses environs ?

- Oui ! Ne me demandez pas comment. Ce serait trop long à vous expliquer. Mais je peux mettre mes connaissances à profit.

- Alors que feriez-vous si je vous en laissais le choix ?

- Je partirais tout de suite vers le plateau afin d'être certain d'y accéder en premier. Puis, je m'y préparerais à les recevoir, lui répondit Gabriel sans sourciller.

Le chevalier Geoffroy allait et venait, soupesant toutes les éventualités d'un tel choix. Gabriel comprenait parfaitement son anxiété. S'ils arrivaient après un détour inutile par le plateau, attendant un ennemi qui n'y passerait pas, ils seraient la risée et les hommes seraient difficiles à motiver pour combattre ensuite.

Au bout d'un certain temps Geoffroy se rapprocha de lui.

- Et bien je continue à vous faire confiance. Va pour le plateau ! Et partons tout de suite. Mais si jamais cela nous causait des difficultés irréparables, je ne donnerai pas cher de votre peau !

Il se détourna, appela ses aides et leur annonça de se préparer à partir tout de suite. Ils marcheraient toute la nuit.

C'est en rechignant que les hommes propagèrent la nouvelle.

- Allez venez ! Deux chevaux attendent à la tête de la colonne. Nous partons maintenant !

Aralou et Gabriel trouvèrent effectivement en tête deux montures préparées à leur intention. Tous les autres cavaliers étaient en selle, prêts à s'élancer.

- Enfilez ces surcots et ces cottes de mailles ! exigea un des cavaliers en leur indiquant les tenues sur les selles.

- Vous tenez à ce que nous survivions ? C'est aimable.

- Oui. Au nom de notre Maître.

- En avant maintenant ! cria le chevalier Geoffroy et que Dieu nous protège !

La tête de la colonne s'ébranla doucement et petit à petit le mouvement se propagea jusqu'aux derniers. Le soleil était sur le point de se coucher lorsque le château disparut à l'horizon.

Ils marchèrent toute la nuit ne s'accordant que de courtes haltes de repos.

Au petit matin, les soldats avaient trottiné pendant des heures, les jambes étaient usées de fatigue, les bras alourdis par le poids des armes. Gabriel se retournait de plus en plus souvent, lui, seul à la tête de cette colonne de gueux avec un chevalier. Il ressentait vivement la lassitude des hommes, mais encore plus leur manque de conviction, leurs craintes apparentes. Ils ne lui faisaient pas confiance, à lui, l'étranger, quand il tentait de s'adresser à eux. Il devait se hâter d'organiser cette opération s'il ne voulait pas que tout cela tourne à la déroute. Il lui fallait gagner rapidement et sûrement la confiance de tous. Il immobilisa sa monture et mit pied à terre. Geoffroy et toute la colonne s'arrêtèrent à leur tour dans un mouvement progressif général, des cavaliers aux fantassins.

Il s'adressa à Geoffroy.

- Il faut deux hommes aux montures rapides, deux débrouillards !

A cette demande, Geoffroy en désigna deux, ne cherchant pas à connaître les intentions de Gabriel. Comme il le lui avait promis. Deux hommes fiers d'avoir été choisis les rejoignirent. Il leur fit signe de s'approcher.

- Vous allez chevaucher vers les collines que nous voyons là-bas, expliqua Gabriel. L'ennemi n'y est peut-être pas encore arrivé. Puis vous continuerez jusqu'à l'orée de la forêt. Ensuite vous serez sur le plateau du Paljoli. Si vous y voyez des troupes, alors faites du feu, la fumée nous préviendra du danger et nous irons tous vers les collines de l'Hénault, vers le château. Sinon nous vous y rejoindrons. Pour la fumée ne vous inquiétez pas, elle n'attirera pas l'attention. J'ai remarqué la présence de nombreuses fumerolles par ici dues aux hommes travaillant dans les forêts. Alors une de plus ou de moins...

Il s'assura qu'ils avaient bien compris ce qu'ils devaient faire, leur fit répéter et leur souhaita bonne chance. Il ne furent rapidement plus que des silhouettes poussiéreuses dans le lointain.

Gabriel ne perdant pas de temps se tourna vers le chevalier Geoffroy.

- Quels sont les capitaines ou sergents qui ont déjà commandé des hommes dans cette région ?

Geoffroy les passa en revue du regard. Le hasard en avait conduit quelques-uns par ici, lors de pillage ou de représailles à l'encontre des paysans ne payant pas l'impôt. Ils avaient plus une allure de rançonneurs que de soldats. Geoffroy fit signe à trois hommes à cheval. Gabriel les dévisagea quelque temps, puis, poussant un soupir inaudible, il les engagea à s'approcher et à mettre pied à terre.

- Je ne vous demande pas ce que vous avez fait comme actions par ici avec les hommes que vous commandiez, nous n'avons pas le temps. Alors écoutez et regardez.

Il prit un morceau de bois et commença avec la pointe à tracer un dessin au sol. Les trois hommes se rapprochèrent, intéressés.

- Je vous dessine une carte des environs avec, si je m'en souviens bien... ici, le plateau, la forêt et, par-là, les voies d'accès. Comme vous le voyez, l'ennemi sera obligé de franchir le plateau pour continuer sa route ou bien il passera à travers la forêt !

Geoffroy ne comprenait pas comment un étranger pouvait aussi bien connaître cette région.

- La forêt ! Sûrement pas ! dit-il. C'est trop risqué, avec des cavaliers, des chariots. On peut s'y faire prendre facilement dans une embuscade.

- Entendu. Maintenant regardez, de l'autre côté du plateau il y a la vallée et surtout le cours d'eau. Eux aussi marchent depuis longtemps, bien avant nous... Ils feront halte pour se rafraîchir et peut-être pour y dormir. A moins qu'ils n'y soient déjà. Et dans ce cas ils s'installeront sur le plateau qui donne un bon point de vue.

- C'est la fumée qui nous préviendra, intervint Geoffroy en enlevant son heaume.

- Exactement, et si c'est le cas, alors il faudra envisager autre chose pour les combattre.

Il voyait que ses remarques et suppositions portaient. Ces hommes, habitués à combattre de front, par le choc, sans qu'on leur demande de réfléchir ou de comprendre pourquoi, semblaient apprécier que quelqu'un prenne le temps de leur expliquer.

Le ciel s'éclaircissait. Les nuages s'en allaient lentement, comme à regret, laissant présager une belle journée pour le lendemain.

- Nous allons prendre les devants sur le signal, dit-il à l'intention de Geoffroy, et nous rapprocher du plateau. Nous pourrons toujours faire marche arrière si les éclaireurs reviennent avec de mauvaises nouvelles. Arrivés à l'entrée de la forêt nous nous séparerons en deux groupes. Les fantassins avec moi et les cavaliers avec vous. C'est vous qui aurez l'honneur de commander la cavalerie si vous le voulez bien, Chevalier !

Geoffroy lui fit un grand signe d'approbation avec la tête, un sourire irradiait son visage. Il se redressa fièrement et sortit son épée du fourreau pour la brandir fermement.

- Vous pouvez compter sur nous deux, Gabriel !

Et puis, le regardant droit dans les yeux, il ajouta :

- Vous me plaisez avec votre façon de procéder ! J'ai l'impression d'avoir à faire à quelqu'un qui a toujours fait ça !

- Je vous demande de n'agir que sur mes ordres, Chevalier, même si cela ne vous est pas habituel. Ne partez pas seul avec vos hommes. Nous serons séparés comme les deux bras du corps mais agirons avec une seule tête, la mienne ! Maintenant, je vous explique exactement ce que j'attends de vous.

Gabriel poursuivit son dessin au sol.

- Tu vois, mon cher Aralou, quelqu'un a dit « un bon dessin vaut mieux qu'un long discours ». Il avait parfaitement raison.

- Chevalier Geoffroy, regardez. Je me rendrai avec la moitié des hommes à la lisière de la forêt, par ici.

Il pointait son index sur le dessin.

- Nous devrions y être en fin d'après-midi.

Geoffroy l'interrompit.

- Des cavaliers peut-être, mais pas des fantassins ! Ils ne pourront jamais aller aussi vite !

Gabriel se releva. Il le fixait avec un sourire.

- Cavaliers et fantassins ! Ces derniers monteront dans les chars à provisions. Tout le monde prendra sur lui de quoi manger et boire pour tenir jusqu'à demain matin. Ce sera suffisant. Le reste sera laissé ici momentanément. Nous irons aussi vite que possible vers la forêt où nous laisserons les chariots pour continuer à pied dans les sous-bois.

Il revint à son dessin.

- Vous vous installerez à cet endroit car la forêt y forme une ligne et vous y resterez, sans bruit, sans feux, jusqu'à l'aube.

- Moi, je m'installerai à cet emplacement et cette nuit je ferai mettre quelques feux sur le plateau en avant de la forêt. Ainsi l'ennemi pensera que nous y campons. Nous attendrons leur attaque qui devrait se faire à l'aube. Ils ne trouveront que des cendres chaudes, des bivouacs abandonnés et penseront, je l'espère, que nous avons fui. Alors normalement, ils poursuivront leur progression sur ce terrain à découvert et là nous attaquerons en force. Puis nous reculerons vers la forêt et, à mon signal, vous, Chevalier, lancerez votre cavalerie sur leur flanc droit et leurs arrières. Après...

- Après, Dieu nous aide ! dit Geoffroy. Votre plan me plaît bien, Gabriel !

Gabriel se leva, effaça du pied son dessin.

- Alors en route...

Ceux qu'il considérait encore comme des gueux, armés certes, mais des gueux, s'agitaient maintenant sous ses yeux.

Les vivres furent débarquées, fantassins, lanciers et archers montèrent avec force bavardage et plaisanteries sur les chariots. Ceci n'était pas dans leurs habitudes, eux qui piétinaient ou trottinaient toujours derrière les seigneurs, les cavaliers. Lorsque les chariots furent pleins, le signal du départ fut donné. Les deux troupes s'éloignèrent rapidement.

Seul Aralou chevauchait maintenant à ses côtés.

- Il n'y a toujours pas de fumée, le plateau doit être désert...

- Oui, répondit Gabriel, pour le moment tout va bien.

Les chariots roulaient aussi vite que possible. Ils arrivèrent enfin à l'orée de la forêt. Tous les soldats sautèrent à terre pour s'organiser autour de leurs chefs. Quelques hommes, les moins aguerris, restèrent avec les chariots et les chevaux. Tous les autres s'enfoncèrent dans la forêt en silence.

Gabriel en tête de sa colonne restait muet. En ce moment, juste avant la bataille qu'il pressentait, il se trouvait étrangement insensible aux difficultés qui l'attendaient. Il inspirait profondément, appréciant tout particulièrement les odeurs aux alentours. Il ne pouvait s'empêcher de comparer celles-ci, fraîches et pures, à celles plus fades de la végétation qu'il avait connue auparavant.

Quelque temps plus tard, ils parvinrent aux limites de la forêt. Il s'arrêta, Aralou silencieux à ses côtés. Pendant ce temps, les hommes s'installaient discrètement en retrait pour se reposer à l'abri des arbres.

Tout à coup des murmures se firent entendre à travers la frondaison.

- Laissez-passer !

Gabriel vit deux hommes se diriger vers lui. C'était les deux éclaireurs qui revenaient de leur mission.

- Nous n'avons rien vu sur le plateau. Il est désert. Nous n'avons pas osé y avancer plus avant.

- Vous avez bien fait. Rejoignez le chevalier Geoffroy et les autres cavaliers.

Gabriel fixait l'étendue devant lui.

- Regarde, Aralou, le plateau s'étend devant nous comme prévu. Au bout là-bas, il descend brutalement vers la rivière et normalement l'ennemi devoit s'y trouver. Peut-être y campe-t-il ? Appelle les deux sergents qui sont ici. Qu'ils viennent me voir !

Aralou opina de la tête et fit le tour pour ramener les deux hommes. Quelques instants plus tard, ils étaient aux côtés de Gabriel qui, de son emplacement, avait terminé ses observations. Il leur adressa la parole à mi-voix.

- Je suppose que l'ennemi est suffisam-ment loin, mais dans le doute restons prudents et discrets.

Il continua en leur parlant droit dans les yeux.

- Dès que le soleil sera un peu plus bas, nous partirons tous les trois sur le plateau, à pied. Nous irons jusqu'à la rivière si possible afin de bien examiner les lieux où passera l'ennemi prochainement.

Après un long silence, lorsque le moment lui sembla propice, il leur fit signe de se lever. Jetant un dernier coup d'oeil à travers le feuillage, il écarta les branches et traversa.

Ils s'avançaient courbés pour progresser de bosquet en bosquet. Le plateau s'étendait sur trois kilomètres environ. Il était parsemé de petits buissons et de quelques arbustes. Quelques rares bosquets plus denses rompaient avec la monotonie du paysage. Ils avancèrent ainsi tous les trois jusqu'à la limite extrême du plateau sans rencontrer la moindre surprise.

- Rien, songeait Gabriel, personne n'y a encore mis les pieds... Un miracle !

Il se posta avec les deux autres soldats dans un fourré pour leur parler.

- Nous allons nous approcher du bord du plateau pour voir si l'ennemi est dans les parages. Surtout restez bien camouflés, notre découverte signerait notre perte à tous.

C'est ainsi qu'ils arrivèrent, en rampant plus ou moins, à vue de la vallée. Gabriel examinait le paysage. Quelques fermes à l'horizon témoignaient d'une présence humaine, mais surtout de nombreux bivouacs laissaient échapper leurs fumées de l'autre côté de la rivière. L'ennemi était bien là ! Et sûr de ses forces, il s'était installé sans souci pour passer une bonne nuit avant de reprendre sa progression vers le château du seigneur Bormain. De nombreux hommes s'activaient autour des camps. Ils devaient être cinq cents. Alors que Gabriel et ses hommes étaient un peu plus d'une centaine !

Ils restèrent ainsi plusieurs minutes à observer les moindres détails. Puis il fit signe de se retirer prudemment.

Lorsqu'il fut certain d'être hors de vue, il se redressa et consciencieusement observa le plateau où ils se trouvaient. Tout en marchant, il notait mentalement les talus, les creux du terrain, les taillis importants. Les deux sergents le regardaient faire avec curiosité.

Le jour avait décliné sensiblement lorsqu'ils arrivèrent à la forêt où les attendaient les autres. Gabriel demanda à l'un des hommes d'aller chercher au plus vite le chevalier Geoffroy et ses capitaines. Il avait élaboré un plan, un seul. Car il ne voyait pas d'autre solution pour éviter un désastre face au nombre démesuré d'ennemis. Ce serait tout ou rien, pas de juste milieu possible. S'ils résistaient à un premier combat, ils ne seraient jamais en mesure d'en affronter un second. Ils se feraient laminer sans l'avantage de la surprise.

Plongé dans ses pensées, il n'entendit pas le chevalier Geoffroy arriver avec ses capitaines.

- Vous êtes là… Alors, écoutez ce que nous allons faire.

Et il expliqua son plan en détail.

- Les archers se posteront ici en lisière, cachés par les arbres. Lorsque au dernier moment l'ennemi sera visible et à portée de tir alors ils lâcheront leurs flèches. Les lanciers se posteront tout en avant, à l'abri des bosquets et hors de portée de nos flèches. Quant aux soldats munis d'épées et de haches ils seront tout à l'avant. Ce sont eux qui subiront le premier choc.

- Mais si nous nous heurtons ainsi à leur cavalerie, nous serons massacrés ! s'écria l'un des capitaines.

- Si les premiers à attaquer sont des fantassins, nos hommes leur tailleront les flancs ! Ils ne manquent ni de courage ni de force. La cavalerie à ce moment devrait charger. Quand vous la verrez, vous vous retirerez. Attention, je n'ai pas dit « vous fuirez ». Il faudra se replier en ordre mais en faisant croire que vous avez peur. Dans leur course les cavaliers ennemis auront dépassé les lanciers. Alors ce sera à eux de jouer.

Il se tut.

- Et si ce sont les cavaliers qui arrivent en premier, nous serons écrasés !

Gabriel lui fit signe de se calmer.

- Non, au contraire ! Vous semblerez fuir devant eux et vous dépasserez les lanciers, comme prévu.

Tous restèrent cois.

- Bien, je continue mes explications, reprit Gabriel. Une fois les lanciers dépassés, ceux-ci attendront la charge des chevaux. Dès que les cavaliers seront à proximité des tranchées bardées de pieux, ils se lèveront et avanceront vers eux. Ceux qui ne seront pas tombés sur les pieux devront être stoppés par vos pics. Et derrière vous les groupes en épée viendront vous prêter main forte.

Personne maintenant n'osait l'interrompre.

- Une dernière fois, sur mon ordre, vous vous replierez tous dans le bois. Et vous, avec vos archers, lorsque tous seront en sécurité, vous lâcherez vos flèches au plus près de l'ennemi. Maintenant allez vers vos hommes pour leur donner les ordres et entraînez-les également à bien reconnaître le terrain, leurs emplacements. Ils ne doivent avoir aucune surprise demain.

A la fin de ses explications il demanda à Geoffroy :

- Vous m'avez bien compris ?

- Parfaitement ! répondit-il. Votre projet est curieux, mais ça devrait marcher !

- Bon ! Je vais vous dire ce que demain vous devrez faire.

Gabriel le fit s'asseoir à ses côtés et il lui expliqua en détail sa mission.

Lorsqu'il eut terminé, il lui parla à voix basse.

- Bonne chance, Chevalier, le succès repose sur vous.

Et il lui tendit la main en disant cela. Le chevalier Geoffroy fut surpris de ce geste, puis il serra vigoureusement la main tendue.

Un peu plus tard, les hommes étaient en pleine activité. Gabriel regarda un groupe s'emparer de pics, de pioches, de pelles, de haches. La nuit tombait. Ils allumèrent des flambeaux pour s'avancer sur le plateau. D'autres s'enfonçaient dans le bois pour y tailler des pieux ou y ramasser de bonnes quantités de fagots. Ils déposaient leur collecte en tas épars sur toute l'étendue du plateau.

- Aralou, regarde-les. Ils ont oublié le danger et ne pensent plus à ce qui les attend demain matin.

Il observa les étoiles hautes dans le ciel.

- Combien parmi nous, ne les reverront plus ? Combien paieront ce combat de leur vie ?

Aralou écoutait en silence. Il était étonné par les réflexions de Gabriel et sa sollicitude à l'égard de personnes qu'il connaissait si peu.

Des feux s'allumaient de toutes parts sur la vaste étendue plate. Un vent léger les attisait. Les flammes s'élevaient, les étincelles rougeoyaient très haut dans la nuit.

- Tu veux absolument que l'ennemi voit ces feux ?

- Oui, répondit-il. Ainsi ils penseront que nous sommes nombreux. Demain ils se prépareront à lancer un assaut sur le plateau en croyant nous y surprendre. Enfin, je l'espère.

Tout en devisant, ils marchaient de feu en feu. A chaque fois Gabriel encourageait les hommes, leur lançant des phrases pour maintenir le moral. Et plus les bûchers augmentaient en nombre, plus les hommes prenaient confiance. Des tranchées griffaient maintenant le sol à une centaine de mètres en avant de la forêt. Les fonds étaient tapissés de pieux acérés. Les tranchées avaient été construites selon ses prescriptions de telle façon qu'elles soient invisibles. Lorsque le piège apparaissait, il était trop tard.

Au milieu de la nuit, tous les préparatifs terminés, les hommes se regroupèrent autour des feux et se mirent à chanter, ignorant la fatigue qui pesait sur leurs corps. Et lui, Gabriel, s'approchait de chaque groupe pour leur dire sa satisfaction. Au fur et à mesure qu'il progressait parmi eux, les hommes poussaient des clameurs de plus en plus fortes, la nourriture et la boisson aidant.

« Ils sont courageux », pensa-t-il. « Demain, je n'aurai pas le droit de les décevoir. Je devrai être à la hauteur, moi qui ne me suis jamais battu en dehors d'une cour de récréation. Quelle étrange situation ! »

Les soldats finirent par se calmer et se reposer. Aralou, toujours aux côtés de Gabriel, n'arrivait pas à trouver le sommeil. Et celui-ci, recouvert d'une maigre couverture, était dans le même état d'esprit.

Au tout petit matin, la brume recouvrait le plateau. Les troupes ensommeillées dans les sous-bois émergeaient de leur repos. Gabriel fut réveillé par quelques hommes énervés. Il reconnut parmi eux l'un des guetteurs laissés la veille en limite du plateau pour surveiller l'ennemi.

- Que se passe-t-il ?

- Ils viennent sur nous, je les ai vus se préparer... Les cavaliers rassemblaient leurs montures... Ils sont très nombreux... Beaucoup trop pour nous !

- Nous le savions, mon ami, maintenant c'est à nous de jouer ! Sur ces paroles il se mit vivement debout et appela tous les sergents et capitaines à proximité.

Il fallut peu de temps pour tous les réunir, fébriles.

Gabriel les calma d'un geste de la main.

- Nous y sommes maintenant. Faites tout ce qui a été prévu hier, rien de moins.

Il s'adressa au chef des fantassins désignés pour la première attaque.

- Je serai avec vous pour ce premier combat.

- C'est un honneur, répondit l'homme, tu me fais grand plaisir. Je m'appelle Alméric.

Alméric regroupa prestement ses hommes, les bousculant, les insultant. Et l'unité se fit dans sa cohorte. Et puis le temps s'accéléra. Toute l'énergie de Gabriel se concentrait sur les nombreuses tâches à accomplir, à surveiller, à vérifier.

Toute cette foule se mit en place comme prévu. La brume sur le plateau avait favorisé cette installation en les dissimulant aux regards éventuels de l'ennemi. Ils avaient opéré dans un silence absolu. Même les oiseaux s'étaient tus, comme à l'approche d'un grand danger.

Dans le bas du plateau, les ennemis avaient commencé leur ascension. Cette troupe était bien organisée, bien commandée. Un certain Harold était à leur tête, un homme courageux, avait-on dit à Gabriel. Les ennemis avaient vu durant la longue nuit brûler les feux sur le plateau. Ils savaient donc ce qui les attendait une fois en haut. La proximité d'un adversaire moins nombreux décuplait leur courage. Ils s'imaginaient qu'en partant aux premiers rayons du soleil ils ne manqueraient pas de les surprendre sur leur plateau. Harold en avait eu l'idée.

Ce furent les fantassins ennemis qui arrivèrent les premiers au bord du plateau. Ils n'avaient rencontré personne, mais l'ascension leur avait été pénible. Les cavaliers en souffrirent encore plus, ils furent même obligés de mettre pied à terre du fait des nombreux éboulis qui rendaient la montée dangereuse.

Vers le milieu du plateau, invisibles, Gabriel et ses hommes commencèrent à voir venir les premiers soldats.

- Des fantassins comme espéré, chuchota-t-il.

Ils avançaient sans crainte apparente, au son de tambours invisibles dans la brume légère. L'image était surréaliste pour Gabriel. Il avait l'impression de se trouver aux premières places d'un film historique sur le Moyen Âge.

- Leur confiance rend ces hommes imprudents, murmura-t-il.

Il regarda autour de lui si les siens étaient toujours bien cachés. Eux non plus ne semblaient pas troublés par l'approche de l'adversaire.

Les fantassins continuaient à progresser avec visiblement un peu plus de prudence. Ils s'attendaient à trouver des hommes en bivouac et au lieu de cela ils ne rencontraient que des feux morts.

Gabriel percevait l'angoisse qui devait les étreindre. Il y avait de la crainte à ne rencontrer que du vide alors qu'ils pensaient tomber sur un obstacle.

Il se prépara en retirant doucement son épée du fourreau. « Avec un revolver je me sentirais quand même plus à l'aise... »

La tension devenait palpable. Devant lui il pouvait parfaitement distinguer les tenues des hommes. L'épée à la main, coiffés de bassinets légers, ils portaient des sortes de pantalons à lanières avec par-dessus un grand surcot serré à la taille par une ceinture. Certains arboraient en dessous des cottes de mailles. Les visages étaient hirsutes, avec des barbes de plusieurs jours pour la plupart. Quand il estima que l'affrontement devenait inévitable, il appuya de la main sur l'épaule du souffleur d'olifant qui attendait à ses pieds.

- Vas-y fort !

Et au moment où l'homme envoya dans les airs le long mugissement, couvrant momentanément le bruit des tambours ennemis, Gabriel escalada son talus et s'élança en courant et en criant à pleins poumons, vers les fantassins ennemis.

Partout autour de lui ce fut la ruée et les cris. Il fallait faire peur et se donner du courage. Les hurlements étaient le meilleur remède pour lutter contre la crainte qui tenaillait le ventre.

Tous les hommes avaient enjambé le fossé et couraient sur l'ennemi. Et à la pointe de cette vague humaine se trouvait Gabriel. Il ne se retournait pas, ne cherchait pas à savoir s'il était seul ou accompagné dans sa course folle.

En face, les tambours s'étaient tus. La surprise était totale. Lorsque l'ennemi vit cette rangée d'hommes leur foncer dessus en hurlant, il marqua un temps d'arrêt, comme pour esquisser un retrait. Mais il était trop tard, le choc fut immédiat. Gabriel avait levé son épée et l'abattait sur le premier homme en face de lui. Sans faiblir, il attaqua le suivant.

Tout autour de lui n'était que chocs de titans, de fer contre fer, chair contre chair... Il n'y avait plus deux armées mais une seule, comme engluée, emmêlée. Gabriel percevait nettement ses hommes qui se battaient et l'épaulaient. Oui ! Ils semblaient vouloir le protéger de leur corps, galvanisés par l'ardeur qu'il mettait à fendre la masse de l'ennemi.

Il repéra un soldat mieux habillé que les autres et se fraya un chemin jusqu'à lui. Il voulut le frapper de l'épée, mais celui-ci ne se laissa pas surprendre et para du bouclier. Il était vigoureux mais lourd. Lorsqu'il releva son arme pour en asséner un coup sur la tête de Gabriel, le geste lui prit un certain temps, l'épée était massive. Il la tenait encore en l'air lorsque Gabriel lui enfonça la sienne dans le ventre, juste au-dessus de la ceinture. L'homme s'effondra les yeux écarquillés de surprise. Autour de lui il constata un net reflux, l'ennemi reculait. Il cherchait apparemment à rompre le combat.

Mais Gabriel ne voulait pas poursuivre sur cette victoire apparente. Il fit demi-tour et en criant donna l'ordre de la retraite.

Faisant des moulinets de son arme, criant de reculer, la nouvelle se propagea. Rapidement les hommes autour de lui se mirent également à courir vers la forêt, comme fuyant l'ennemi. Sur le terrain une troupe bondissait vers la forêt et une autre restait sur place sans bouger, comme hébétée alors qu'elle avait commencé un mouvement de recul. Mais l'ennemi s'était rapidement arrêté dans son repli, car arrivait au grand galop sa cavalerie. Le martèlement du sol par les sabots des chevaux avait alerté Gabriel. Comme dans un tremblement de terre, la terre vibrait. L'adversaire se reprenait.

Les fantassins ennemis, ceux qui étaient encore valides, ne bougeaient plus, craignant le piétinement des chevaux emportés dans leur charge.

Gabriel et ses hommes avaient eu le temps de dépasser la tranchée des lanciers située en avant de la forêt. Ceux-ci attendaient nerveusement les premiers chevaux. Il voyait bien que les capitaines et sergents avaient dû user de persuasion pour maintenir leurs troupes en place et les empêcher de venir se mêler à la bataille. Mais ils étaient toujours là et c'était le principal.

Gabriel préféra se mettre avec les lanciers pendant que les autres fantassins continuaient leur course pour se mettre à l'abri dans les bois. Il n'y avait pas de temps à perdre car les cavaliers ennemis arrivaient. Il soufflait comme une forge, éreinté. Avec le peu de voix qu'il lui restait, il dit aux hommes autour de lui :

- Attendez, attendez encore... Laissez-les venir...

Quand les chevaux menés par leurs cavaliers furent si proches qu'ils pouvaient voir les mottes de terre soulevées par les sabots, les lanciers levèrent leurs armes en un mouvement rapide. Gabriel n'avait pas eu le temps de leur dire quoi que ce soit. Ils abattirent leurs lances sur le bord du talus et en un instant une rangée de pointes acérées, un véritable serpent de pics courant le long de la tranchée, se hérissa vers l'ennemi.

Lancés dans leur chevauchée éperdue, les cavaliers et les bêtes s'abattirent sur le piège mortel. Les chevaux s'embrochaient en hennissant, les hommes hurlaient, perdaient l'équilibre et culbutaient à leur tour sur les pointes. Des fantassins les assaillaient aussitôt et ne leur laissaient aucune chance. Le choc avait été brutal pour le premier rang de cavaliers, les suivants eurent le temps de ralentir, mais pas de se préparer à combattre. Sur des chevaux affolés, ils tentaient de se maintenir, de frapper et de se dégager. Autour d'eux les lanciers sortaient de leur tranchée et les attaquaient sans relâche à l'épée ou la hache.

Voyant que la situation ne pouvait leur être plus favorable, Gabriel rappela les sergents et leur fit signe de repartir vers l'ennemi, à l'avant. Les cavaliers avaient été décimés mais là-bas l'infanterie ennemie était toujours aussi dangereuse. Il fallait en finir avant qu'ils ne se reprennent. Le regroupement des hommes fut plus difficile qu'au premier assaut. Ils étaient excités par leur victoire, la partie leur semblait gagnée. Tant bien que mal, ils rompirent le combat et se mirent en marche sur le plateau revenant sur le terrain qu'ils avaient cédé quelques instants plus tôt. Devant eux ils pouvaient voir des fantassins ennemis qui se regroupaient pour combattre. Ils criaient tout en courant vers eux, pour se préparer à en découdre.

Et le sol se mit à vibrer, pour la seconde fois. Tout de suite Gabriel reconnut le danger des chevaux ! Il pensa un instant que Geoffroy accourait vers eux, mais en regardant au loin il perçut nettement des cavaliers ennemis, au-delà des fantassins. Une seconde charge se préparait et celle-ci n'était pas désordonnée. Les lances étaient bien tenues prêtes à frapper.

« Ils ont prévu une seconde vague de cavalerie », pensa-t-il.

En un instant il estima la situation. Enfoncer les fantassins devant eux pour se préparer à recevoir les cavaliers... trop tard. Ils se feraient massacrer sans la protection des lanciers restés dans la tranchée. Se replier tout de suite... Trop risqué. Ils auraient les fantassins ennemis sur les talons, excités par cette fuite.

« C'est foutu », pensa-t-il. « J'ai été trop présomptueux. Ces hommes et leurs chefs sont bien aguerris. Il n'y a plus qu'à se défendre sans espoir. »

Autour de lui les soldats hésitaient, attendant sa réaction, ses ordres. Un des chefs s'était rapproché de lui.

- Que fait-on maintenant ? Ils vont nous piétiner. Que fait-on, Sieur Gabriel ?

Il lui répondit doucement.

- Il faut combattre jusqu'à la mort ! Pour l'honneur.

Et puis le sol lui sembla trembler de plus en plus fort. Devant lui les fantassins ennemis faisaient mouvement. Ils se dirigeaient vers eux en criant, en levant leurs boucliers. Ils jetaient leurs épées, leurs haches, beaucoup s'approchant les bras levés, mains tendues vers le ciel.

- Grâce ! grâce ! entendait-il au devant de lui.

Certains se mettaient à genoux joignant les mains pour implorer.

Et le sol vibrait de plus en plus. Comment cette foule angoissée pouvait se presser vers eux, normalement vaincus ? C'est alors qu'il vit sur sa gauche une troupe de cavaliers qui enfonçaient de leurs lances l'aile des fantassins ennemis et se précipitaient à l'assaut de leurs cavaliers, les prenant par le flanc. La charge de l'adversaire tournait rapidement à la mêlée, les chevaux tentant d'obéir à des ordres contraires. Les cavaliers essayèrent de faire face à cet affrontement imprévu. Ils n'en eurent pas le temps. Bousculés, sans protection sur leur côté, les lances inutilisables, ils furent renversés. Gabriel ne pouvait qu'admirer, sans réagir. Il n'y avait rien d'autre à faire. Et il vit à travers la masse emmêlée, d'autres cavaliers, les siens, qui se rabattaient sur les arrières de l'ennemi, le prenant dans une immense tenaille. Le mouvement était imparable. En quelques instants le combat diminua d'intensité. L'ennemi s'effondrait. Et doucement, le combat s'atténua pour cesser. Il n'y eut plus le bruit des armes s'entrechoquant, celui des hommes et des chevaux affolés. Seules les plaintes des blessés et les hennissements des animaux blessés à terre se faisaient entendre. Des cavaliers, à pied eux aussi, rejoignaient les troupes de Gabriel en jetant leurs armes. Ils se rendaient en masse.

Puis il aperçut Geoffroy, le visage rayonnant de joie et fendu d'un énorme sourire. Derrière lui, au bout d'une corde attachée à sa selle, suivait tant bien que mal un homme à pied. C'était le chef de cette armée, de ces centaines d'hommes défaits.

Lorsqu'il fut à sa hauteur, il sauta à terre et s'avança vers Gabriel les bras écartés.

- Voilà le résultat de votre stratégie ! Il promena son bras désignant le champ de bataille. C'est une victoire comme je n'en ai jamais vécue...

Tandis que l'homme attaché restait immobile derrière le cheval du vainqueur, Gabriel s'approcha de lui.

- Qui êtes-vous ?

Il releva la tête pour le regarder, les yeux emplis de larmes, des larmes de défaite.

- Je suis le seigneur Harold, chef de cette armée...

Gabriel sortit son poignard et lui trancha les liens d'un coup sec.

- Vous êtes libre, seigneur Harold. Vous avez combattu vaillamment ainsi que vos hommes. Mais notre ruse a été la plus forte.

Il s'adressa à Geoffroy.

- Rendez-lui ses armes, Chevalier. Il faut respecter cet ennemi courageux et malheureux. Considérons-le comme notre égal. Pourrait-on s'occuper des blessés et des morts ? Et surtout, il serait charitable de ne pas différencier nos hommes de ceux que nous avons dû combattre. Ne pensez-vous pas ?

Geoffroy et Harold le regardèrent quelque peu surpris. Ce dernier ne put s'empêcher de prendre la main de Gabriel et de mettre un genou à terre.

- Votre attitude noble me va droit au coeur. Je n'oublierai jamais votre geste.

- Je vais m'occuper de tout cela. J'en ai l'habitude, répondit Geoffroy.

Il s'adressa au seigneur Harold.

- Viens avec moi, tu pourras commander à tes hommes valides de s'occuper des blessés.

Harold se dirigea à pieds, aux côtés de Geoffroy assis sur son cheval, vers le plateau où gémissaient des dizaines de soldats blessés ou mourants.

Les Chroniques Anciennes
Sectrie 10, Versus 7

C'est de gloire auréolé
Que le preux chevalier
En ton palais s'est arrêté.
Et toi future bien-aimée
Dès son regard posé
Tes yeux ne l'ont plus quitté.
Le hasard vous avait retrouvé
Pour une courte éternité.

Gabriel, accompagné d'Aralou, aidait à secourir les blessés. Ils allaient ainsi parmi les hommes en proie à la souffrance. Des soldats étaient morts en grand nombre du côté de l'ennemi. Et beaucoup d'autres attendaient des soins. De nombreux chevaux avaient également péri dans les charges. Ils parcouraient le plateau, consolaient les blessés. Gabriel félicitait les soldats qui n'avaient pas faibli devant les attaques. Il se portait partout pour aider, prodiguer des paroles de consolation. Cette noble attitude était grandement appréciée de tous les combattants. Sur ce terrain de quelques kilomètres carrés, la popularité de Gabriel ne faisait que grandir. Le chevalier Geoffroy en éprouvait quelque jalousie mais également beaucoup de fierté, car il y était pour quelque chose. Mais par-dessus tout, il s'agissait de ses hommes et de la mission qu'on lui avait confiée. De son côté, lui aussi prenait exemple sur le comportement de Gabriel et participait activement au réconfort de ses troupes.

Les blessés ennemis eurent droit à autant de sollicitude. Malgré la douleur, ceux-ci restaient stupéfaits de tant d'égards. Le vainqueur s'adressait à eux pour les aider ! Lorsqu'il retrouva Harold, celui-ci ne manqua pas d'éloges pour le remercier de tout ce qu'il faisait pour eux.

- Je n'avais jamais entendu parler de vous auparavant, lui dit-il. Qui êtes-vous ?

- Je viens de bien loin et le hasard m'a conduit ici. Le même hasard a voulu que je rencontre celui contre lequel vous vous battez, Galan de Molène. Après lui avoir sauvé la vie je suis resté à ses côtés. Et vous ?

- Oh ! Moi... J'étais aux ordres du roi en tant que seigneur d'Allemonde. Mais désormais je suis votre prisonnier.

Gabriel regardait cet homme abattu, épuisé physiquement et moralement. Il avait eu la malchance de se trouver sur le même chemin que celui qui lui ôtait tout espoir de victoires futures.

- Venez nous rejoindre, lui dit soudainement Gabriel. Votre combat n'est pas le bon. Le roi profite de votre allégeance pour vous manoeuvrer et vous faire combattre injustement. Les chevaliers et seigneurs de l'Ordre à la croix vermeille ne font que défendre leurs biens et leurs idéaux. Venez avec eux !

Harold portait son regard vide sur le paysage qui l'entourait. Il ne répondait pas.

- Je comprends vos hésitations, aussi je propose un arrangement entre nous. Vos hommes et vous-même garderez vos armes et équipements et rejoindrez le château du seigneur Maruald avec une faible escorte, si vous me jurez de ne rien tenter contre nous. Je ne vous considère pas comme des prisonniers mais comme de futurs alliés. Acceptez-vous cette proposition ?

Harold acquiesca de la tête sans parler, il avait la gorge nouée.

- Bien. Je vais donc demander conseil au chevalier Geoffroy pour l'organisation de votre départ.

Quand il retrouva Geoffroy et qu'il lui expliqua l'offre qu'il avait faite, ce dernier fut surpris par l'acceptation d'Harold.

- Mais que lui avez-vous dit pour qu'il accepte ? Vous êtes un peu sorcier ! Si effectivement il nous fait le serment de ne plus s'opposer à notre Ordre, alors je retournerai au château du seigneur Maruald avec eux. Nous les encadrerons avec quelques-uns de nos soldats et j'en profiterai pour ramener nos blessés. Vous pourriez rester ici au campement, en attendant notre retour. D'ici là nous aurons reçu de nouveaux ordres.

- Il vaut mieux éviter de rester ici en terrain découvert, sans défense, répondit Gabriel. Je préférerais continuer comme prévu, jusqu'au château du seigneur Bormain. Il n'est plus très loin. Là-bas nous y serons tous en sécurité et pourrons nous y reposer à l'abri.

Geoffroy acquiesça.

- C'est effectivement plus sage. Je vais donner des ordres à mes capitaines pour qu'ils se préparent à vous suivre avec leurs hommes. Ils seront à vos ordres jusqu'à mon retour et je vais les confier à mon bras droit le capitaine Thibauld... Je ne me fais pas de souci, vous les conduirez facilement. Je les entends d'ici. Ils ne jurent que par vous et ce que vous venez d'accomplir. Ce soir ils se prendront pour des héros invincibles !

Il appela Thibauld et le présenta. L'homme était trapu, solide comme un arbre avec un visage caché derrière d'épaisses moustaches qui retombaient de chaque côté de la bouche. Ses yeux reflétaient une bonne humeur franche et loyale. Gabriel l'avait croisé à plusieurs occasions.

- Voici mon plus vaillant second. Il vous obéira en tout et vous pouvez lui faire confiance.

Le soir ils établirent un campement provisoire où amis et ennemis de la veille dormirent ensemble à peu de distance les uns des autres. Le matin, longtemps après le lever du soleil, les deux troupes se séparèrent. L'une accompagnée du chevalier Geoffroy et du seigneur Harold, était en route pour le château de Maruald. L'autre, aux ordres de Gabriel et de Thibauld, se rendait en direction du château de Bormain.

Gabriel et les hommes qui l'accompagnaient cheminèrent plusieurs heures avant de distinguer dans le lointain la silhouette du château du seigneur Bormain. Au fur et à mesure qu'ils s'en rapprochaient, le château devenait de plus en plus imposant tant par sa masse que par sa silhouette. Du haut de son cheval, Gabriel s'émerveillait de ce spectacle. Sur la colline, la citadelle commençait à rutiler sous le soleil. Des rayons roses teintaient doucement les murailles. Les tours, découpées sur l'horizon, émergeaient.

- Cette forteresse est magnifique... et dire que je ne l'ai jamais visitée dans mon passé. Peut-être avait-elle disparu, détruite dans une bataille ou une guerre lointaine ?

- Que dis-tu, Gabriel ? lui demanda Aralou.

- Rien, rien, mon ami... Je pensais à voix haute. Cette citadelle est étonnante de beauté et de puissance. Dans mon pays il n'en existe plus de comme ça.

- Pourquoi ?

- Ce serait trop long à t'expliquer. Il y a eu des guerres... des révolutions. Tu sais, c'est terrible les révolutions. Ce sont des guerres familiales qui effacent l'histoire, le passé des hommes d'un pays. Elles rasent les châteaux et les œuvres d'art, broient les hommes et les familles... font régresser des empires... C'est ainsi que beaucoup de forteresses ont disparu.

Au pas de leur monture, ils arrivèrent sans se hâter au seuil de la porte principale. Thibauld était remonté à leur hauteur.

- Ici nous serons parfaitement à l'abri pour passer la nuit. Le seigneur de ce fief est l'ami du Maître. Tous ces gens appartiennent également à l'Ordre de la Croix. C'est un homme courageux et sage.

Il se pencha légèrement vers Gabriel esquissant un léger sourire :

- Et sa fille est d'une beauté incomparable !

Thibauld piqua sa monture pour avancer le premier vers la puissante grille qui bloquait l'entrée de la porte fortifiée. Il héla les deux gardes de l'autre côté.

- Annoncez à votre maître l'armée du Sieur Gabriel, les héros de la bataille du plateau des Milles !

- Tu entends, Gabriel ? dit Aralou. Te voilà vainqueur d'une bataille qui possède déjà un nom !

- J'entends, Aralou, mais ce n'est pas de moi qu'il parle, plutôt de nous tous, de toute cette équipée.

A l'intérieur de l'enceinte du château, l'agitation allait bon train. Les tumultes de la bataille, les cavaliers porteurs de nouvelles qui s'étaient succédés toute la journée avaient déjà annoncé l'incroyable exploit. L'arrivée de toute cette troupe apportait un grand bouleversement dans les habitudes de la forteresse.

La herse se leva, lentement et bruyamment, pour laisser passer la troupe. La longue file de cavaliers et de soldats s'engagea sous le porche. Gabriel découvrit une grande place empierrée et des dizaines de soldats et d'habitants qui s'y étaient attroupés, regardant les nouveaux venus avec curiosité et en clamant leur joie. Ces personnes étaient bien vêtues. Et face à eux se présentait une troupe sale de toute la poussière des combats, tachée du sang de l'ennemi, hirsute et fatiguée. Mais il en émanait maintenant une fierté sans limite.

Gabriel, entouré des chefs qui lui avaient permis de vaincre contre toute attente, se dirigeait vers la tour la plus massive du château, le donjon. Il ne pouvait s'empêcher de constater que ceux qui l'avaient accompagné dans cette aventure arbordaient une bien triste apparence vestimentaire. « Ce sera un détail important à régler ultérieurement », pensa-t-il.

Dans la cour, les hommes s'installaient maintenant pour préparer leur bivouac de repos. Ils se regroupaient et engageaient les conversations avec leurs hôtes. Des animaux domestiques, vaches, poules... déambulaient parmi eux. Gabriel apprécia le spectacle incongru.

Thibauld s'était dirigé vers le capitaine de la garde qui se tenait à l'entrée du donjon. Il parlait avec lui, désignant Gabriel et ses hommes. Celui-ci s'approcha du petit groupe.

- Vous êtes le Sieur Gabriel ? demanda l'homme, visiblement surpris de devoir adresser la parole à une personne de ce rang aussi sale et mal vêtue.

Il répondit d'un signe de tête.

- Alors veuillez me suivre, le seigneur Bormain est impatient de vous recevoir.

Et sur ces mots il lui tourna le dos pour s'engager dans la tour.

- Un instant ! Deux de mes fidèles m'accompagnent, si vous n'y voyez pas d'inconvénient.

Et il fit signe à Aralou et à Thibauld de lui emboîter le pas.

Le donjon semblait encore plus grand de l'intérieur. Après en avoir franchi le seuil protégé par des portes massives en bois bardé de fer, ils arrivèrent dans une vaste salle peu éclairée par la lumière du jour où brûlaient des torches aux murs nus et des feux dans les cheminées. Conviés par leur accompagnateur, ils attendirent dans cette pièce.

- Je suppose que l'on va nous introduire auprès du seigneur des lieux, murmura Aralou à Gabriel.

Thibauld, lui, faisait le tour de la salle fixant du regard les quelques gardes qui s'y trouvaient. Gabriel restait impressionné par la vie qui animait cette forteresse. Des hommes dans les cours, des animaux, des feux dans les pièces et surtout la présence de tous les menus indices qui rendaient les lieux vivants. Les tentures aux murs, les torches, les armes neuves rangées dans les râteliers... Lui qui n'avait connu les châteaux que par leurs murs en ruine ou transformés en musées figés dans le passé. Un étrange sentiment l'envahit. Il ne pouvait s'empêcher de penser à des décors de théâtre.

Dans les escaliers, au bout de la salle, des hommes apparurent. L'un d'entre eux marcha rapidement vers eux.

- Bienvenue en ces lieux, bienvenue à la bravoure !

Il s'agissait d'un chevalier portant dague au côté, cape et coiffe dues à son rang. Il posa ses deux mains sur les épaules de Gabriel et le dévisagea.

- Veuillez me suivre, le seigneur Bormain des Hautes-Terres est désireux de s'entretenir avec vous.

Ils gravirent les marches d'un bel escalier en colimaçon. Ils montèrent un, puis deux étages et entrèrent dans une nouvelle pièce, aussi vaste que la précédente. Tout au fond, assis dans un fauteuil sombre en bois massif, un homme les regardait. Il avait une barbe grise bouclée et était richement vêtu. De part et d'autre, debout, des soldats l'encadraient, tous en tenue de combat. ils ne quittaient pas les nouveaux venus du regard. Ceux-ci s'avancèrent à quelques pas du seigneur.

- Voici le Sieur Gabriel et ses hommes, annonça le chevalier en s'effaçant.

Bormain les regarda longuement. Puis il leur fit signe de s'approcher. Sa voix était grave, profonde.

- Ainsi j'ai devant moi les héros du plateau des Milles ? Ceux qui m'ont évité de livrer combat pour défendre mes terres et mes sujets. Bien que couverts de poussière, vous avez fière allure. Je pense que vous boirez quelque chose, si votre langue est couverte comme vos vêtements.

Il se leva indiquant une table située sur le côté et s'y dirigea. Tous le suivirent. Des servantes remplirent d'un breuvage rosé des coupes en métal, finement ciselées.

- Buvez ce vin léger, il vous fera le plus grand bien !

Et ce disant, il en tendit une à Gabriel, puis aux deux autres.

- Merci pour votre accueil, répondit Gabriel en levant sa coupe.

- A votre victoire, Sieur Gabriel ! Je regrette que le chevalier Geoffroy ne soit pas avec vous, comme me l'avait laissé entendre une missive envoyée par mon voisin et ami le seigneur Maruald.

- Il a ramené les troupes du seigneur Harold, le malheureux perdant de cette bataille, pour les reconduire auprès du seigneur Maruald. C'est pourquoi vous ne le voyez pas parmi nous.

- Malheureux Harold ! Vous y allez fort ! répliqua Bormain. C'est tout de même lui qui se dirigeait avec ses hommes pour nous réduire et j'ai cru comprendre qu'il ne vous aurait pas laissé beaucoup d'espoir si le combat s'était terminé en sa faveur.

Gabriel expliqua la situation telle qu'il la voyait. A savoir que ceux qui combattaient pour le roi n'avaient pas toujours le choix et ne savaient souvent pas quelle était réellement la cause de ce conflit.

- Vos explications ont le mérite d'être logiques, lui répondit Bormain. Ce soir vous serez les bienvenus à mon repas, avec vos capitaines, bien entendu. Ce dîner sera en votre honneur, Sieur Gabriel, et en celui de vos soldats. Et tous vos hommes auront droit à festoyer dans la cour principale du château !

Ils continuèrent à deviser, particulièrement sur la bataille. Tous demandaient des détails, des précisions. Le seigneur Bormain le fixait avec curiosité.

- C'est bien vrai que vous êtes étrange... Vos gestes, vos paroles... Vous ne mentez pas à la réputation qui vous précède. Bien ! Vous êtes sûrement harassés. Je vais vous faire conduire à vos chambres. Vous pourrez vous y laver un peu.

- Je vous remercie, lui répondit Gabriel. Mais avant tout je voudrais retourner auprès des hommes pour leur annoncer le repas de ce soir et les faire s'installer au mieux, si vous le permettez.

- Bien sûr, bien sûr. Occupez-vous d'eux. Toutes les remises et granges sont à votre disposition. Il devrait y avoir assez de place pour tous. A tout de suite !

En bas, dans la cour, ils retrouvèrent les soldats qui s'étaient installés provisoirement un peu partout. Beaucoup étaient allongés et se reposaient.

- Thibauld, vous avez entendu le seigneur Bormain ! Faites-les s'installer le plus confortablement possible pour passer la nuit ici. Voyez également pour le repas ceux qui vous accompagneront. Et que vos hommes ne manquent de rien ; ils ont bien mérité cette marque d’attention.

Gabriel fit le tour des lieux en compagnie d'Aralou. La place était grande. Ils seraient bien ici, à l'abri des murs de la forteresse.

- Aralou, je te laisse, je vais retrouver ma chambre. A ce soir pour le repas.

Dans le donjon il avisa un garde pour le guider. L'homme l'entraîna à travers un dédale d'escaliers et de couloirs puis lui désigna une salle.

- C'est le logement des hôtes par ici. Voici la servante.

Il l'aperçut et lui demanda sa chambre. Elle lui indiqua une porte et l'ouvrit. Gabriel découvrit une petite chambre bien aménagée. Un lit surmonté d'une sorte de dais avec quelques fauteuils en chêne à haut dossier sculpté. Une table massive et une tablette où étaient posés une cuvette et un broc d'eau, complétaient l'ameublement. Dans un coin se trouvait un coffre à linge. Il s'approcha de l'étroite fenêtre. Elle donnait sur la cour où il pouvait voir les soldats gardant l'entrée de la forteresse. Au-delà, le paysage était composé de forêts et de plaines avec quelques hameaux. La vue portait loin.

« Une situation imprenable, un lieu inoubliable et pourtant je n'ai pas souvenir de l'existence de cette forteresse... »

Laissant la fenêtre ouverte, il fit le tour de la pièce et se servit à boire au pichet posé sur la table. Il contenait de l'eau claire et fraîche. Se sentant sale et poussiéreux, il se saisit du broc à toilette et en versa le contenu dans la grande coupe en grès. Puis après s'être déshabillé, il entreprit de faire une toilette sommaire. Il s'allongea ensuite sur le lit, non sans en avoir éprouvé la souplesse et apprécié le confort. Sur le dos, calme, il se remémorait les événements successifs qui l'avaient conduit jusque là.

Un visage était penché au-dessus de lui, comme dans un rêve. Il était très doux, au sourire rayonnant, encadré par de longs cheveux bruns.

Il se redressa d'un coup.

- Du calme, Gabriel ! C'était la voix d'Aralou. Vous vous étiez assoupi.

Il reprit lentement ses esprits.

- Le seigneur Bormain tenait à vous voir. Il m'a accompagné jusqu'à votre chambre et vous attend devant la porte. Gabriel se leva et s'y dirigea. En ouvrant la porte il vit en effet Bormain qui attendait. Et à ses côtés, juste en retrait, se tenait la femme de son rêve aux longs cheveux bruns.

- Alors, Sieur Gabriel, vous êtes reposé. J'espère que tout va bien, vous semblez ailleurs. Voici ma fille Audeline. Elle tenait à vous rencontrer, vous êtes une curiosité, vous savez.

Gabriel restait muet. Il n'avait d'yeux que pour elle. Il éprouvait le sentiment de l'avoir toujours connue, comme si cet instant était le prolongement naturel de rencontres passées. Il lui semblait tout savoir d'elle. La beauté d'Audeline était grande. Son visage très doux, d'un teint blanc, était entouré d'une somptueuse chevelure brune. Des yeux légèrement en amande, un nez aquilin, des lèvres fines. Elle portait une robe longue, blanche et rose, serrée à la taille par une très large ceinture richement décorée. Sur sa tête était posée une petite coiffe qui lui donnait un air effronté.

- Vous êtes remis ? insista Bormain. Il s'amusait de l'intérêt que son invité portait à sa fille.

- Audeline est mon enfant adorée. Je n'ai plus qu'elle et un fils depuis la mort de sa mère, il y a quelques années. Maintenant ses ailes ont grandi et elle s'en ira prochainement, elle aussi.

- N'exagérez pas mon père, je ne suis pas prête à vous quitter et je vous aime trop pour vous laisser seul si tôt.

Le seigneur Bormain l'embrassa sur le front.

- Elle est charmante. Allez, retourne dans ta chambre avec ta gouvernante pour t'y préparer en vue de la soirée.

Gabriel l'admira tandis qu'elle s'éloignait, descendant les marches avec légèreté.

- Charmante est un faible mot, seigneur Bormain. Elle est splendide, merveilleusement belle...

- Eh bien ! A tout de suite, Sieur Gabriel, répliqua Bormain. Je vous fais apporter quelques vêtements pour paraître dignement, si vous le voulez bien.

Gabriel le remercia du plus poliment qu'il put. Puis il interrogea Aralou.

- Voudrais-tu me rendre un grand service. J'aimerais que tu me donnes quelques leçons de savoir-vivre. Apprends-moi les manières et usages que vous observez dans ces repas. Je tiens à faire bonne figure devant notre hôte... et notre hôtesse !

- Tu me surprendras toujours, lui répliqua Aralou. Nous pouvons commencer tout de suite si tu le veux. Dans ta chambre cela pourrait convenir.

Aralou lui expliqua donc tout ce qu'il connaissait des bons usages en noble société. Ses fréquentations, ses nombreuses visites dans les châteaux comme ménestrel lui avaient apporté une riche expérience. Ils ne s'interrompirent qu'à l'arrivée de deux servantes portant des vêtements sur les bras. Elles les déposèrent sur le coffre et se retirèrent. Il en profita pour s'en faire expliquer le port par Aralou. Tout était objet de curiosité. Puis il le laissa seul dans la chambre et la fin de l'après-midi s'écoula rapidement.

Aralou et Thibauld revinrent un peu plus tard le chercher pour se rendre ensemble au repas. Ils retrouvèrent les autres chefs qui avaient révêtu leurs meilleurs habits et fait briller armes et cuirs. Un garde les accompagna jusque dans la salle où ils avaient été accueillis la première fois par le seigneur Bormain. Celui-ci était au milieu d'une foule d'invités, tous plus richement habillés les uns que les autres. Lorsqu'ils entrèrent dans la salle, il les aperçut et se dirigea vers eux avec un grand sourire.

- Ah ! vous voici ! Vous avez fière allure ainsi vêtus !

Les invités étaient au centre de la pièce, debout, et discutaient avec volubilité. Autour d'eux étaient dressées de longues tables qui faisaient le tour en forme de fer à cheval. Presque tous les hommes étaient en tenue d'apparat, épée au côté, manteau rejeté sur les épaules, robe avec blason brodé sur la poitrine. Le manteau tenait autour du cou grâce à un fermail en argent. Les femmes étaient magnifiquement vêtues. Gabriel trouvait que cette mode mettait parfaitement en valeur leur corps et leur féminité. Elles portaient presque toutes des bliauts au long corsage étroit et lacé, de longues et amples jupes traînant au sol. Les manches s'évasaient aux poignets. Certaines portaient de belles chevelures tressées et d'autres des guimpes enveloppantes qui encadraient le visage. De nombreux bijoux, sous forme de bracelets et de boucles d'oreilles en pierres serties venaient parfaire leurs tenues.

Bormain les dirigea vers le centre de la pièce.

- Mesdames et Messieurs, voici nos illustres invités. Je vous présente le Sieur Gabriel dont tout le monde ici a entendu parler, ainsi que son ami, le ménestrel Aralou, et enfin Thibauld, le capitaine de cette troupe courageuse. Grâce à eux nous avons évité un combat cruel et remporté une première victoire sur la coalition royale.

- Vous voyez, continua Bormain à l'intention de Gabriel, ils sont tous là, mes meilleurs amis, en votre honneur. Je regrette seulement que mon fils ne soit pas avec eux mais il est actuellement au château de l'Altaïr pour y parfaire son éducation de futur chevalier de l'Ordre. Je suis très fier de lui. Allons, venez que je vous présente à chacune de ces nobles personnes.

Ils firent ainsi le tour des invités. Les félicitations pleuvaient à chaque fois, accompagnées de curiosité dans les regards. Il remarqua que les femmes avaient toute liberté pour lui parler alors qu'il s'attendait à les trouver plus distantes. Tous ces gens semblaient vraiment heureux de le rencontrer. Au bout d'un long moment, après avoir fait connaissance de tous les invités, Bormain le conduisit vers le centre de la grande table dressée.

- Maintenant il est temps de passer à table et que la soirée commence !

A ce moment, des musiciens qui n'attendaient que cet ordre entrèrent dans la pièce avec leurs instruments et commencèrent à jouer. Le seigneur dominait l'assemblée trônant au centre des invités. A ses côtés se trouvait Gabriel. Audeline était placée sur sa droite. Il eut le geste instinctif de l'aider à tirer sa chaise lorsqu'elle voulut s'asseoir.

- Je vois que nous avons à faire à un étranger aux coutumes aimables. Vous n'êtes pas seulement bon guerrier mais également bien courtois.

Il lui sourit en s'asseyant. Elle portait une robe magnifique, longue, de couleur rose et vert pâle. Et toujours cette grande ceinture large qui lui donnait une taille de guêpe. Ses cheveux étaient relevés cette fois-ci sous une coiffure plus haute faite de fils incrustés de fils d'or torsadés. Le tout se terminait par un voile aérien qui retombait sur sa nuque gracile. De larges manches et une sorte de collerette complétaient cet ensemble aérien.

- Vous êtes encore plus ravissante que tout à l'heure, cela tient de la magie. J'ai beaucoup voyagé, mais je ne me souviens pas avoir rencontré une jeune personne aussi radieuse.

Elle ne put s'empêcher de baisser la tête en rougissant.

- Vous ne devriez pas, lui répondit-elle. Vous m'embarrassez.

Des serviteurs arrivèrent, portant de nombreux plats qu'ils posèrent sur les tables. Des viandes grillées ou en sauce, des venaisons, des pâtés, des potages. D'autres serviteurs portant des aiguières versaient doucement l'eau au-dessus d'une cuvette pour que les invités puissent se rincer les doigts avant le repas. Gabriel se sentait tout à fait à son aise. Cela correspondait à ce que lui avait décrit Aralou. Il trouvait ce repas et cette soirée enchanteurs. Le seigneur Bormain ne cessait de l'interroger sur les jours qui venaient de s'écouler, particulièrement sur le combat du plateau des Milles. Il était insatiable, s'enthousiasmait, demandait toujours de nouvelles précisions et cela tout en mangeant de très bon appétit.

Quand Bormain se tournait vers son autre voisin de table, Gabriel en profitait pour tenir la conversation à Audeline. Elle mangeait avec ses mains comme tous les autres convives. Gabriel n'y prêtait même plus attention.

- Mon père vous apprécie beaucoup. Votre courage, votre façon étrange de vous comporter... Il n'a de mots que pour vous et votre armée.

Gabriel trouvait qu'elle avait une voix vraiment adorable, très douce.

- Ce n'est pas mon armée, vous savez. Et puis ce n'est même pas une armée. Ils ne sont pas très nombreux. La plupart sont des hommes au service du chevalier Geoffroy. Je sais gré à votre père de sa considération à notre égard. Il me comble d'attentions. J'aimerais pouvoir le remercier comme il se doit.

- Tout le monde dit que vous venez d'un lointain pays, reprit-elle. Vous y avez votre famille ?

Gabriel termina d'avaler une bouchée d'un succulent pâté.

- Oui, mais ma famille se limite à mes parents. Je suis fils unique.

- Et côté coeur ? demanda-t-elle timidement.

Il lui décocha un petit sourire plein de sous-entendus.

- Là non plus, il n'y a pas grand monde. Personne n'attend mon retour. Sinon croyez-vous que je serais ainsi parti à l'aventure ?

Elle semblait visiblement rassurée.

Le seigneur Bormain le prit à nouveau à partie.

- Que comptez-vous faire maintenant ? Vous allez retourner vers mon cher ami, à Boissonne ?

- Je pense que oui, répondit-il. En fait, il faudrait savoir à quoi s'en tenir avec les armées du roi. Que fera-t-il lorsqu'il apprendra la défaite de l'une de ses armées ?

- Le roi est devenu notre pire ennemi depuis cette agression, poursuivit Bormain. Je crains que désormais il mette tout en oeuvre pour réduire notre résistance. Nous avons, surtout vous, contrarié ses plans par deux fois. La première en sauvant le Maître Galan de Molène et la seconde avec cette déroute de l'armée du seigneur Harold.

- Oui... L'Ordre à la croix vermeille est en bien périlleuse posture.

Gabriel s'interrogeait sur ce concours de circonstances qui l'avait ainsi mis entre les mains des chevaliers de l'Ordre. Il atterrissait dans un pays lointain hors de son passé et par le plus grand des hasards, il prenait fait et cause pour une organisation qui aurait dû être anéantie. S'il y avait un but dans son étrange aventure, peut-être la réponse se trouvait-elle là...

- Votre Ordre est très connu, poursuivit-il, mais pas son organisation. Quel but exact poursuivez-vous ?

Bormain le regarda dans le blanc des yeux avant de porter la coupe de vin à ses lèvres.

Après l'avoir reposée, il lui parla.

- Vous êtes bien curieux ! Mais je laisse cela sur votre méconnaissance de notre pays. Je ne puis enfreindre notre serment en vous donnant trop de détails. C'est grâce à cette prudence que nous avons pu survivre jusqu'à présent. Vous n'êtes pas membre de l'Ordre sinon vous ne m'auriez pas posé cette question, bien que vous fussiez en excellents termes avec notre Maître. Qu'est-ce qui peut m'inciter à aller plus loin dans mes confidences ?

Il le regardait, attendant la réponse qui l'autoriserait à parler. Gabriel songea qu'il s'agissait peut-être d'un mot de passe, une sorte de code de ralliement ou de reconnaissance. Mais il n'en savait trop rien.

- Je connais bien le château de l'Altaïr. Si cela peut vous aider à me parler.

- Pour connaître le château, il faut être un représentant de l'Ordre. J'ai beaucoup de mal à vous croire.

Et Gabriel, entrevoyant le moyen d'être accueilli sans réticence par cet homme et ses semblables, décida de lui décrire le château. Il avait eu l'heureuse occasion de le visiter plusieurs années auparavant ou plutôt dans le futur, lors d'un voyage touristique dans cette belle région.

- Ce château est situé au sommet d'une colline escarpée, sans arbre. Il n'y a qu'une face qui puisse être accessible. Ce n'est pas une forteresse bien qu'elle en donne l'impression vue de la vallée. Il n'y a pas de pont-levis mais deux grandes portes percées au centre des deux murs, l'un situé plein Sud et l'autre plein Nord. L'axe formé par ces curieuses portes coïncide exactement avec celui des solstices. Les deux tours situées de part et d'autre sont légèrement plus hautes. L'une d'elles est étrange pour le profane car en dessous se trouve l'entrée...

- Cela va, murmura le seigneur Bormain en l'arrêtant fougueusement d'un signe de la main.

Il s'appuya sur le coude et pencha son visage vers lui en murmurant.

- Qui êtes-vous exactement, Sieur Gabriel ? Seuls quelques initiés ont la connaissance de ce que vous vous apprêtiez à me dire.

Gabriel ne s'attendait pas à une telle réaction. Qu'avait-il déclenché chez cet homme ? Il connaissait l'histoire de ce château et par là-même celle de l'Ordre à la croix vermeille, l'ensemble étant intimement lié, pour des raisons d'ailleurs qu'il ignorait. Il avait aimé apprendre cette période de l'histoire et surtout cette mystérieuse entité qu'était l'Ordre. Car ils avaient su garder leurs secrets jusque dans leur tombe au moment des châtiments infligés par un jugement inique du roi Philippe. Ils étaient ainsi entrés dans la légende. Et lui, il avait maintenant l'occasion de connaître cette légende. Il s'y trouvait plongé vivant. Des historiens auraient donné leur vie pour obtenir sa place. Comment expliquer ses connaissances au seigneur Bormain, tout en restant plausible ?

- Seigneur Bormain, mes explications ne suffiraient pas à répondre à votre question. Sachez que je ne suis pas membre de votre Ordre mais que j'en connais l'histoire par beaucoup de détails. Cela provient du fait que j'ai fréquenté quelques personnes hautement placées. Je ne puis moi non plus vous en dire beaucoup plus.

Bormain réfléchissait. Puis il reprit la parole.

- Je dois vous avouer que jusqu'à présent je n'ai rien à vous reprocher et n'ai aucune méfiance fondée à votre égard, bien au contraire. Vous ne faites qu'accentuer l'impression étrange que j'ai à votre encontre. En tout cas ne parlez plus de cette tour sans y être invité par un membre de l'Ordre.

Gabriel se souvenait de sa visite. Sous la seconde tour se trouvait l'entrée d'une crypte. Elle était assez vaste pour contenir une centaine d'hommes. Les historiens la mentionnaient comme une sorte de chapelle qui aurait pu servir à des rites allant à l'encontre de la religion chrétienne. Mais sur ce point, aucune certitude. Ce qui était relaté également, c'est qu'il y aurait un souterrain menant à un ensemble plus vaste et plus complexe agencé sous le château. Des relevés n'avaient rien donné. En fait la question principale était : « A quoi servait le château de l'Altaïr ? » Il insista auprès de Bormain.

- Pouvez-vous répondre quand même à ma question sur votre raison d'être ? Le but que vous poursuivez ?

- Etant donné votre connaissance de notre Ordre je crois pouvoir satisfaire quelque peu votre curiosité... Mais je suis étonné que vous ne le sachiez pas ! Nous avons pour but d'étendre la chrétienté au monde entier et de lier de manière indissociable les pays entre eux, au-delà des rois et gouvernants si nécessaire. Nos frères y travaillent également ardemment en ce moment dans les pays voisins du nôtre. Cette entreprise n'est bien entendu pas dans l'intérêt des royautés. Nous pensons qu'il n'y a pas d'autre alternative pour éviter les trop nombreuses guerres qui opposent nos pays. En fait, nous désirons reconstituer le grand empire Carolingien.

- Le roi a connaissance de cette volonté ?

- Bien sûr, répondit Bormain. Ses espions ont dû l'informer sur nos intentions et ce doit être une de ses raisons pour nous faire disparaître.

Gabriel n'en revenait pas. Les chevaliers de l'Ordre à la croix vermeille voulaient en réalité établir un nouvel équilibre entre les nations, même si la notion de nation était plus que diffuse à cette époque. Ils voulaient retrouver la grandeur de l'époque de Charlemagne, et même plus encore. Une sorte de confédération romaine allant de la Celtie aux confins du pays Tatar et des pays polaires à ceux de la Méditerranée. A son époque, il n'avait jamais eu connaissance d'un tel projet.

Le repas touchait à sa fin.

- Que comptez-vous faire dans les jours qui viennent ? lui demanda Audeline.

- Nous devons retourner au château de Boissonne et là-bas nous aviserons sur les actions à mener.

Elle poursuivit, après un court silence.

- Père ? Pourquoi ne les laisserions-nous pas se reposer ici quelque temps ? Il n'y a pas urgence à leur retour. Ils peuvent très bien reconstituer leurs forces ici.

Gabriel s'interposa.

- Nous ne pouvons nous imposer ainsi. D'autre part le seigneur Maruald nous attend pour nous donner de nouveaux ordres. Il a peut-être plus d'informations sur la conduite des troupes royales. C'est vrai que soigner les blessés, remettre en état les équipements... ici ou ailleurs. Mais nous ne devons pas outrepasser les règles de l'hospitalité.

Le seigneur Bormain lui coupa la parole.

- Ma fille a raison. Vous pourriez très bien rester quelques jours ici, le temps de reconstituer vos forces. La place ne manque pas, la nourriture non plus. Et j'ai l'impression que votre présence ferait grand plaisir à Audeline. Ce dernier argument est pour moi décisif.

Il souriait à sa fille en prononçant cette phrase.

- Quant à mon ami le seigneur Maruald, l'affaire sera réglée avec un messager lui annonçant mon choix. Qu'en dites-vous ?

Gabriel ne savait trop que penser. Il désirait ardemment rester ici. La présence d'Audeline y était, bien entendu, pour beaucoup. Et de plus il n'aimait pas trop la personnalité de Maruald. Il se leva et alla proposer l'idée à Aralou et Thibauld qui n'avaient pu suivre l'affaire. Comme tous deux s'en trouvaient enthousiasmés, il revint auprès du seigneur Bormain et lui annonça leur désir de rester quelques temps.

Le seigneur Bormain se leva à son tour, ce qui fut le signal aux invités d'en faire tout autant.

- Je vous laisse vous reposer maintenant, vous devez tous en avoir besoin. Vous venez Audeline ?

Puis il s'adressa aux hommes à l'entrée de la salle.

- Que l'on accompagne nos invités en leurs lieux de repos !

Gabriel, Aralou, Thibauld et ses hommes regagnèrent l'un sa chambre les autres leur salle de repos.

Le lendemain, il fut réveillé par les premiers rayons du soleil. La nuit n'avait pas été facile. Il ressentait encore les douleurs et tensions du combat. Il n'avait cessé de songer aux difficultés, aux inconvénients et faiblesses de cette troupe. Puisqu'il avait quelques jours de repos mis chaleureusement à sa disposition, il allait en profiter pour la réorganiser. Il se sentait désormais responsable de ces hommes et percevait la confiance que tous mettaient en lui. Mais d'autre part, il savait que son temps était compté. Le roi avec son armée ne tarderait pas à réagir. En quel endroit ? Ce qu'il avait connu de l'histoire s'éloignait de plus en plus à chacune de ses interventions. Le Maître de l'Ordre était toujours en vie. Une bataille inconnue avait été gagnée. Les troupes avec lesquelles il avait combattu, étaient en sûreté dans un château qui apparemment aurait dû livrer combat et probablement s'en trouver détruit. Les événements avaient évolué et il deviendrait de plus en plus difficile de les prédire.

Il se leva, alla se laver puis s'habilla pour sortir. Dans la cour il retrouva rapidement Aralou et Thibauld. Ce dernier avait commencé à donner des ordres pour s'installer plus confortablement. Ils se préparaient à quitter l'enceinte du château où ils avaient passé la nuit. Il proposa à Gabriel de venir voir l'emplacement où serait installé le campement pour les jours à venir. A l'extérieur de la forteresse il n'y avait pas de problème de place pour regrouper tout le monde. Quelques maisons seulement se blottissaient sur le chemin principal. Gabriel acquiesça à son choix. Il n'y avait pas d'arbres évidemment autour du château, afin d'éviter une attaque par surprise à partir de couverts. La plupart des hommes étaient donc partis avec des chariots abattre des arbres dans la forêt la plus proche. Ensuite ils pourraient commencer à monter le camp. Tout serait terminé en fin de journée, assura Thibauld.

- Je vous laisse faire, lui dit Gabriel. Je vais voir le seigneur Bormain pour lui demander encore quelques services. Il faudrait préparer les hommes le plus tôt possible à effectuer des exercices et des entraînements. J'ai réfléchi aux problèmes que nous avons rencontrés lors de cette bataille sur le plateau. Notre armement, notre équipement doivent s'adapter à une autre stratégie. Continuez l'installation et ce soir je vous retrouverai pour le dîner afin de vous exposer mes idées.

- Que comptez-vous faire ? lui demanda Thibauld. Mon père a servi pour le seigneur Bormain. Il m'a enseigné le combat que je pratique. Notre ennemi a la même façon de procéder. C'est l'entraînement qu'il faut accentuer, pas les méthodes à revoir.

- Ne craignez rien. Il ne s'agit pas d'abandonner ce que vous connaissez, mais d'apprendre d'autres choses, de compléter ce que vous savez faire. Ce soir, nous en reparlerons. En attendant, je vais voir le seigneur Bormain pour lui expliquer mon point de vue. A ce soir.

Sur ces mots, Gabriel accompagné d'Aralou reprit le chemin du château. Arrivés au pied du donjon, il demanda à voir le seigneur au plus vite. Celui-ci ne le fit pas attendre pour l'inviter à le rejoindre dans la pièce principale où la famille résidait. C'était une salle de taille modeste mais aménagée avec beaucoup de goût et de chaleur. Là se trouvait habituellement toute la maisonnée avec les proches domestiques. Deux cheminées, des murs tapissés de tentures, du mobilier confortable, c'était en quelque sorte le salon de la demeure. Lorsqu'ils entrèrent dans la pièce, Bormain était seul, assis face à une petite table qui lui servait de bureau et procédait à des écritures. Il se leva pour les accueillir.

- Avez-vous bien dormi ?

- Parfaitement, lui répondit Gabriel. Les hommes préparent le campement aux abords de votre château. Ce soir tout sera fini m'a assuré Thibauld. En attendant j'aurais encore quelques services à vous demander.

Le seigneur Bormain leur proposa de s'asseoir devant la cheminée. Gabriel poursuivit.

- Je pense qu'il nous faut améliorer et peut-être revoir notre façon de combattre. En fait, je voudrais, dans nos interventions, substituer la rapidité à la force. Frapper rapidement puis se retirer. Ne jamais s'opposer de front à un ennemi supérieur en nombre. Et pour cela il faut revoir l'équipement, l'armement et même les tenues de combat. Ensuite il faut adapter l'entraînement afin d'apprendre les nouveaux principes. J'ai donc besoin de vous pour ces équipements.

Il s'arrêta attendant une réaction.

- Poursuivez, lui demanda Bormain.

- Il nous faudrait des tissus de couleur noire ou foncée, au lieu des tenues chamarrées actuelles. Quelque chose de beaucoup plus discret afin de nous confondre avec le paysage, les arbres, les taillis... Il nous faudrait également des épées plus fines, moins lourdes, faites d'un excellent acier pour les manipuler avec rapidité. Nous aurions besoin également de boucliers légers, plus petits et surtout de bottes pour tous, y compris les fantassins. Ne plus marcher pieds nus leur permettrait de gagner du temps, d'éviter les petits incidents fâcheux. Pour nous déplacer plus vite, nous utiliserons des chariots adaptés au transport des hommes et pas uniquement des provisions. Voilà, je crois avoir fait le tour de la situation.

- Et que comptez-vous faire après tout cela ?

- Je sais que les troupes royales ne resteront pas inactives très longtemps. Elles frapperont à nouveau, mais où ? Je sais que le roi n'a de cesse d'anéantir votre Ordre, mais je ne peux pas savoir ce qu'il a en tête. Il faut donc se préparer à agir n'importe où et à tout moment.

Bormain regardait Gabriel avec curiosité.

- Tout ceci a un prix. Mais je peux avancer l'argent au titre de l'Ordre. Nous avons un trésor commun qui sert à cela. Seulement ce que vous me demandez est tellement inhabituel que je ne sais que penser. Que peut une épée légère contre une arme tenue à deux mains ?

Gabriel s'approcha de lui.

- Vous voyez le côté des choses sous l'angle de la force pure. Je m'intéresse à la rapidité et non à la force. L'épée légère ne rencontrera pas la lourde car celui qui la tient aura évité le choc par sa rapidité de mouvement. L'ennemi l'aura déjà dans le corps avant d'avoir pu lever la sienne ! L'épée fine et légère traversera la cotte de mailles.

Le seigneur Bormain poursuivait ses réflexions.

- Et que pourront des hommes faiblement protégés contre d'autres parfaitement à l'abri ?

- Comme pour l'épée ! Ils bougeront plus vite, éviteront les coups et porteront les leurs. D'autre part, ils agiront par surprise, étant difficilement visibles.

- Oui... Peut-être. C'est une manière de combattre peu chevaleresque...

Gabriel était emporté par ses pensées.

- Seul compte le résultat. Vous n'avez ni le temps, ni le pouvoir pour conserver une attitude chevaleresque, mortelle. Vous avez perdu un peu d'argent et quelques hommes pour le moment. Nous ne sommes pas nombreux, trois cents tout au plus. Ce que je demande est à votre portée. Que risquez-vous ? Qu'une troupe sur laquelle vous n'avez pas de responsabilité perde des combats pour sauver l'Ordre ! Et pour cela elle ne vous aura demandé qu'un peu d'équipements et de nourriture. Je n'ai aucun scrupule à ne pas agir en chevalier avec ces hommes qui sont vos ennemis... Je n'en suis pas un !

- Vous en avez l'esprit, croyez-moi ! C'est le principal.

A ce moment, la porte s'ouvrit et Audeline entra.

- Excusez-moi, père... Je vous croyais seul.

- Nos invités sont déjà là, mais tu peux venir. Le Sieur Gabriel a des idées quelque peu bouleversantes sur la façon de faire la guerre.

Gabriel fit quelques pas vers la jeune femme et inclina la tête en signe de bienvenue. Elle lui répondit sur le même signe.

- J'ai vu de ma fenêtre que votre troupe quittait le château, lui dit-elle.

- Pour s'installer juste à côté, répondit-il. Ce soir tout sera terminé.

- A quoi allez-vous consacrer ces quelques jours de repos ?

Gabriel lui sourit en songeant qu'elle avait une drôle de notion du repos.

- A travailler ! Il faudrait changer nos équipements et nos armements, ainsi que pratiquer des entraînements nouveaux. Je crois que la semaine sera nécessaire pour bien entreprendre tout cela.

- Vous n'avez pas l'air certain de pouvoir mener à bien tout ce que vous dites...

Le seigneur Bormain intervint.

- Notre ami n'est surtout pas encore fixé sur mon choix. Sa demande est quelque peu inhabituelle... Mais je vais l'aider. J'ai confiance en ses idées et, comme il l'a si bien dit, nous y avons tout à gagner. Comme il est à peu près certain que nous aurons encore à lutter contre les troupes royales, ne négligeons pas tous les moyens... Même s'ils paraissent inhabituels !

Gabriel lui fit un grand sourire.

- Comment allons nous agir en ce cas ?

- Je vais faire venir mes tailleurs, charrons, forgerons... et leur dire de se tenir à votre disposition. Vous leur expliquerez en détail tout ce que vous venez de me raconter. Faites attention, car ils n'ont pas l'habitude de changer leurs façons de travailler.

Puis il s'adressa à sa fille.

- Et toi, que comptes-tu faire aujourd'hui ?

- J'ai l'intention d'effectuer une promenade en barque avec mes amis cet après-midi. Il y a longtemps que je leur ai promis et il fait si beau.

Elle regarda Gabriel.

- Vous viendrez peut-être nous rejoindre, Sieur Gabriel ?

- Ce sera avec plaisir, répondit-il. Mais comme vous l'avez entendu j'aimerais avant tout veiller au bon déroulement des préparatifs. Je pense toutefois pouvoir vous rejoindre en fin d'après-midi. En attendant, Aralou se fera un plaisir de vous tenir compagnie. Il pourra même agrémenter votre journée en jouant pour vous quelques airs. Vous verrez, il est remarquable !

Gabriel s'amusait de la déception fugace apparue dans les yeux d'Audeline. A l'évidence Aralou l'intéressait moins que lui-même. Mais elle essayait de n'en rien laisser paraître.

- Vous serez des nôtres, troubadour ?

- Avec plaisir, répondit celui-ci. C'est toujours un enchantement que de jouer pour distraire les bonnes compagnies.

Elle embrassa son père.

- Alors c'est entendu ainsi. Je vous quitterai quelque temps après déjeuner père. Vous trouverez facilement, Sieur Gabriel. Il s'agit du lac qui se trouve aux abords du village, au sud du château.

Et elle quitta la pièce, suivie du regard des trois hommes.

- Je crois que ma fille a quelques sentiments pour vous, Sieur Gabriel. Je regrette que vous ne soyez pas de noble ascendance... Enfin ! C'est ainsi !

- Je dois retourner auprès des hommes, lui répondit-il. Il faut leur expliquer ce que je veux réaliser, quel travail les attend.

Le seigneur Bormain s'approcha de Gabriel.

- Je vous attends ce soir pour le repas. Nous dînerons dans cette salle, ce sera plus intime, si vous acceptez bien entendu.

- Je vous en remercie, à ce soir.

Tous deux quittèrent la pièce. Gabriel en profita pour demander à Aralou de se charger de regrouper et d'accompagner les hommes capables d'aider les fripiers et forgerons du château. Il leur expliquerait ensuite exactement ce qu'il désirait.

Ils retrouvèrent Thibauld fort occupé avec ses soldats. La construction du campement avançait vite. Beaucoup de bois avait été débité en poutres. Les assises des abris avaient été dressées, les toitures recouvertes de branchages. Il ne restait plus qu'à monter les murs avec les toiles prêtées. Les hommes et les chevaux trouveraient assez de place pour être tous logés. Au centre du campement, une grande aire avait été dégagée et plusieurs bûchers y brûlaient. Gabriel s'approcha de Thibauld.

- Thibauld, j'ai une bonne nouvelle. Dès demain nous effectuerons des entraînements afin de préparer les soldats à utiliser nos nouveaux équipements et à combattre différemment. Le seigneur Bormain accepte de nous fournir et de faire fabriquer de nouvelles armes.

Thibauld le fixait de ses yeux incrédules. Il avait l'impression qu'une montagne venait de s'abattre sur sa tête. Combattre différemment ! Alors que la victoire au plateau des Milles avait été éclatante ! Mais Gabriel poursuivait ses explications.

- Il faut des hommes pour aider les fripiers à fabriquer des tenues mieux adaptées au combat. Je veux des tissus vert foncé ou noir permettant de nous confondre avec la végétation. Quelque chose à la place des surcots qui recouvre toute la quincaillerie brillante au soleil que vous avez sur vous. Vous me comprenez ?

- Oui, mais... Chaque corps d'armes, lancier, archer a droit à son équipement particulier. Ils sont tous fiers de leurs armes et de leurs tenues... Et comment les diriger si dans la masse on ne peut les différencier de loin ?

- C'est un autre problème. Faites comme je vous le demande. Il faudra des hommes également pour aider à la forge le maître forgeron.

- Pour ça, pas de difficulté, il y a du monde du métier. C'est pour y faire quoi ?

- Il faudrait fabriquer des boucliers petits et légers ainsi que des épées très fines... Il faut alléger les équipements des soldats afin de leur permettre d'agir, de courir, de manoeuvrer plus vite. Je veillerai à ce que les forgerons aient bien compris ce que je leur demande.

Ils continuèrent ainsi à deviser sur les modifications, les changements à apporter à cette troupe. Lorsque Gabriel eut terminé ses explications, il laissa Thibauld se charger de sélectionner les soldats nécessaires. Au bout de quelques minutes, lorsque tous les hommes furent rassemblés, il distribua les rôles. A Aralou il confia la confection des tenues. A Thibauld il laissa l'aménagement des chariots en transport de soldats. Et il prit avec lui les hommes habitués au travail de la forge.

Il les dirigea donc vers celle du château. C'était une petite bâtisse située en plein air à l'intérieur des remparts où travaillaient deux hommes. Il leur expliqua avec force détails ce qu'il voulait réaliser. Une épée fine, en fait un fleuret, légère à manipuler. Il lui fallut toute la patience et l'habileté nécessaires pour faire comprendre exactement son besoin. Les forgerons n'imaginaient pas qu'une arme aussi légère puisse être d'une quelconque efficacité au combat.

La matinée passa ainsi très rapidement en explications, contrôle du travail en cours, modifications successives jusqu'à obtenir la première arme répondant à son souhait. Vers midi sortit enfin de la forge l'épée légère telle qu'il l'avait voulue. Il la prit, la soupesa et la fit virevolter autour de lui. Les soldats le regardaient faire, amusés. Il s'approcha de l'un d'eux et prestement le toucha de la pointe. L'homme n'avait pas eu le temps de réagir. La fine lame avait traversé sa cotte de mailles pour lui piquer légèrement la poitrine.

- Vous voyez maintenant le résultat ! Votre tenue ne l'arrête pas ! Si vous étiez mon ennemi, vous seriez déjà mort.

Il ne restait plus qu'à la reproduire à l'identique une bonne centaine de fois. Ils étaient suffisamment nombreux pour que cela soit fait en quelques jours. Voyant que les événements prenaient une bonne tournure, il quitta le château pour s'accorder une pause et essayer de manger un morceau.

Thibauld avait tout prévu. Une table était chargée de victuailles où des hommes venaient par groupe de temps à autre s'approvisionner. Il fit de même, se servit et alla le retrouver fort occupé avec ses chariots. Il tint à lui montrer où en étaient les travaux. Les choses avançaient doucement et là encore cela répondait au besoin qu'il s'était fixé.

Aralou vint peu de temps après les rejoindre avec des vêtements dans les bras.

- Voilà ! Nous avons réalisé ce que vous avez demandé... Enfin je l'espère…

- Mais c'est bien terne ! s'exclama Thibauld. Ce n'est pas avec ça que nous allons effrayer l'ennemi et que nous aurons grande prestance...

Les tenues étaient composées d'une sorte de pantalon surmonté d'un large pourpoint mais qui s'arrêtait à mi-cuisse et n'entravait pas les jambes comme à l'accoutumée. Une capuche permettait de cacher la tête. Le tout était confectionné dans des tissus vert foncé. Gabriel exprima sa satisfaction. Il n'aurait pas fait mieux.

- Demain, il faudra terminer ces travaux ensuite nous commencerons l'entraînement.

Il était convaincu que cela serait de loin la partie la plus difficile.

- Aralou ! Va rejoindre Audeline et ses amis sur les berges du lac maintenant. Les soldats peuvent continuer sans toi. Tu peux lui dire que je ne vais pas tarder moi non plus. A tout de suite.

Aralou parti, il continua à inspecter le travail et à donner des conseils.

Dans le milieu de l'après-midi il se décida à partir vers le lac. Retrouvant son cheval dans l'écurie qui avait été mise à sa disposition, il demanda à un palefrenier de l'équiper rapidement. Lorsque l'animal fut prêt, il l'enfourcha prestement et le dirigea vers le lieu de rendez-vous précisé par Audeline. L'endroit était situé à l'opposé du camp qu'ils avaient établi, à une demi-heure au pas du cheval. Il était seul sur le chemin y conduisant et appréciait grandement cet instant de quiétude, seul avec sa monture, sous le soleil brillant dans une nature agréable et calme. Le chemin contournait le château et longeait un petit ruisseau. Il croisa quelques personnes à pied, des hommes ou femmes vaquant à leurs occupations quotidiennes dans les champs. Il les saluait à chaque fois et ceux-ci répondaient avec une certaine surprise, guère accoutumés à tant d'égards. Gabriel n'avait que faire des différences entre les classes de cette société. Son attitude était très appréciée par les petites gens et déjà autour du château il s'était forgé la réputation d'un Sieur aimable et attentionné.

Il aperçut le lac et y découvrit quelques maisons qui le bordaient. Il pouvait distinguer également un petit groupe de personnes sur la berge pendant que deux barques se balançaient à proximité. Tout ce monde semblait prendre beaucoup de plaisir. Il accéléra le pas de sa monture pour les rejoindre. Dès qu'elle le vit approcher, la jeune Audeline lui fit des signes à partir de la barque où elle naviguait en compagnie de ses amis. Il y avait quatre hommes dont Aralou et trois femmes. Ceux-ci ramaient doucement tout en longeant la berge à une centaine de mètres.

Gabriel mit pied à terre et resta quelque temps à côté du cheval admirant la beauté des lieux. Le lac brillait de milliers d'éclats dans le soleil. Les arbres situés en bordure se reflétaient en se balançant mollement sous la brise légère. De nombreux oiseaux voltigeaient de branche en branche ou étaient posés nonchalamment sur l'eau se laissant bercer par les vaguelettes. C'était comme un tableau, tout y respirait un calme infini. Les orages des batailles ne pouvaient atteindre cet endroit.

Un serviteur s'était approché pour lui prendre son cheval. Il le laissa faire, absent, heureux. Puis il se dirigea tranquillement vers le groupe qui était assis en bordure de l'eau devisant et mangeant quelques pâtisseries. Un jeune homme, richement habillé, se leva à son approche.

- Bienvenue, Sieur Gabriel. Damoiselle Audeline nous avait prévenus de votre arrivée probable. C'est un grand honneur de vous voir parmi nous. Je suis un de ses cousins. J'admire ce que vous avez fait contre les troupes royales !

Gabriel avait reconnu l'un des invités de la veille.

- Merci. Cet endroit est merveilleux.

- Venez, vous prendrez bien quelque chose, une boisson...

Gabriel l'accompagna vers une table dressée à proximité où des serviteurs attendaient. Le personnage était sympathique, franc.

- Ma cousine était inquiète. Elle se demandait si vous alliez pouvoir vous libérer, lui dit-il en tendant une coupe de vin. La voici rassurée. Je pense qu'elle ne va pas tarder à venir nous rejoindre.

Ils continuèrent à deviser tranquillement sur différents sujets. D'autres hommes étaient venus les rejoindre discrètement pour participer à leur conversation. De temps en temps, Gabriel regardait les barques. Il vit que leurs passagers avaient l'intention de revenir car elles manoeuvraient pour rejoindre la rive. Et puis la situation changea. La façon dont les deux embarcations se présentaient ne lui paraissait pas normale. Il eut une appréhension. Les rameurs n'avaient pas l'air de réussir à diriger correctement leurs embarcations. Elles se rapprochaient dangereusement, l'une en position d'éperonner l'autre.

- Que font-ils ? murmura-t-il.

Il entendit un choc. L'une des deux barques, comme il le craignait, venait de heurter l'autre. Le coup n'était pas très violent mais suffisant pour affoler les passagers. Il y eut aussitôt des cris parmi eux. Quelques-uns se levèrent dans celle qui venait d'être éperonnée et leur geste entraîna un déséquilibre de l'embarcation qui se mit à tanguer. Tous s'y levèrent, plus ou moins paniqués et le mouvement de roulis ne fit que s'accentuer. Gabriel posa son verre et se mit à courir vers la berge. Audeline et Aralou se trouvaient en fâcheuse posture.

Il parvint au bord de l'eau lorsque l'embarcation fut violemment déséquilibrée et basculant sur le côté, projeta tout le monde à l'eau. Ce fut l'affolement général. Sur l'eau, sur la berge tout le monde criait. Engoncés dans leurs lourds costumes les hommes et surtout les femmes avaient beaucoup de difficulté à se maintenir hors de l'eau. Ils n'avaient pas pied bien qu'étant proches de la berge. Gabriel vit la malheureuse Audeline qui tentait de se débattre, mais visiblement elle ne savait pas nager et n'arrivait pas à rejoindre une des barques. Il laissa tomber son ceinturon et son épée et se jeta à l'eau. Il nagea fermement dans sa direction et vit que quelques-uns avaient réussi à s'accrocher aux esquifs, dont Aralou. Mais Audeline n'en pouvait plus, elle avalait de l'eau et suffoquait. Une autre femme à côté d'elle était dans la même situation. Il accéléra encore, nageant désespérément sans la quitter des yeux. Il était à quelques brasses lorsqu'elle disparut, s'enfonçant dans l'eau claire.

Il continua de nager jusqu'à l'endroit où elle venait de sombrer et à son tour plongea dans l'eau. Ouvrant les yeux, il vit juste en dessous de lui, la silhouette d'Audeline. Il la saisit sous le menton, donna une impulsion vers le haut et la remonta à la surface. Lui tenant le visage hors de l'eau, lui-même sur le dos, il la hala jusqu'à la berge du plus vite qu'il put. Elle ne bougeait plus, ne semblait plus respirer. La fille du seigneur Bormain était dans ses bras et à ce moment il comprit qu'elle représentait beaucoup pour lui. Ce fut comme une révélation. Il avait son corps contre le sien et tentait de la sauver de la mort. Il savait que sa disparition lui causerait une terrible blessure. Dès qu'il sentit le sol de la rive sous ses pieds, il se dépêcha de courir, la portant dans ses bras. Elle lui semblait légère comme une plume. Les parents et amis s'étaient rapprochés d'eux alors qu'il la déposait délicatement sur le dos. Lorsqu'ils la virent, blanche, ne respirant plus, ils ne purent s'empêcher de se signer et se s'agenouiller.

- Elle est morte ! entendit-il vaguement autour de lui.

- Oh ! Mon Dieu ! demoiselle Audeline... demoiselle Audeline...

Il plaqua son oreille contre sa poitrine et sentit très faiblement battre le coeur. Il lui semblait sur le point de s'arrêter.

- Non ! Elle n'est pas morte, souffla-t-il.

Lui soulevant la tête, il lui ouvrit la bouche dont les mâchoires étaient crispées. Il plaqua la sienne contre ses lèvres et commença à lui insuffler de l'air. Ce réflexe de bouche à bouche lui apparaissait tout naturel, la seule intervention possible sur le moment. Mais autour de lui son comportement choqua.

- Que faites-vous, Sieur Gabriel ? Vous perdez la tête !

- Laissez-la, voyons, respectez la mort !

Quelqu'un appuya une main contre son épaule, l'engageant à se relever, mais il se débattit violemment. Il leur cria en relevant son visage.

- Reculez et laissez-nous. Elle n'est pas morte, vous dis-je ! Alors laissez-moi faire... Sinon vous aurez sa mort sur la conscience !

Sa colère tint à distance les quelques personnes présentes. Il se pencha à nouveau sur Audeline et continua à pratiquer la respiration artificielle. Il écoutait de temps en temps son coeur qui battait toujours lentement, mais il battait... Il commençait à manquer de force. Après sa nage épuisante, puis maintenant ces efforts respiratoires, il ne pourrait pas tenir encore bien longtemps.

« Audeline », pensa-t-il, « Audeline reviens ! Nom de nom, reviens ! »

Encore une expiration et il sentit un très léger tressaillement parcourant le corps de la noyée. Il souffla encore plus fort en plaquant ses lèvres. Et tout à coup elle remua les paupières, cherchant à respirer. Elle souleva sa tête en sursautant et eut un violent haut le coeur, se mettant à vomir et à tousser. L'eau qu'elle avait inspirée s'écoulait de ses poumons.

Gabriel épuisé, resta agenouillé à ses côtés. Il lui maintenait la tête l'aidant à se débarrasser de l'eau mortelle. Il souriait et pleurait à la fois, à bout de nerf. Autour de lui, il remarqua que toutes les femmes s'étaient agenouillées et joignaient les mains pour prier. Les hommes debout en faisaient autant. Il entendait une prière s'élever doucement. Aralou s'y était également joint.

- Un miracle, c'est un vrai miracle... entendait-il.

- Il l'a ressuscitée... miracle...

Audeline ouvrait lentement les yeux mais son esprit n'était pas encore revenu. Elle le regardait les yeux vides. Petit à petit ils revinrent à la vie. Elle lui sourit comme si tout cela était naturel. Comme si rien n'était arrivé.

Quelqu'un apporta une couverture et la plaça sur elle. Elle ne parlait toujours pas mais regardait ses amis à genoux ou debout entrain de prier. Puis elle murmura quelque chose.

- L'eau... l'eau... Il fait froid...

- C'est fini, lui répondit Gabriel, c'est fini. Vous êtes tirée de ce mauvais pas.

- Vous, c'est vous qui m'avez ramenée ici... J'ai cru que j'allais me noyer.

- Je crois être arrivé au bon moment. Reposez-vous maintenant.

Elle lui souriait, heureuse, calme. Elle était à ses côtés et c'était pour elle un grand bonheur.

- Pourquoi êtes-vous ainsi à genoux, mes amis ? Je vais bien...

Une de ses compagnes lui répondit entre deux sanglots.

- Mais vous étiez morte, damoiselle Audeline... Sieur Gabriel vous a ramenée à la vie... C'est un miracle...

- C'est vrai ? lui demanda-t-elle.

- Pas tout à fait. Vous n'étiez pas vraiment morte. Il restait de la vie en vous... Je suis allé la chercher, pour vous la rendre.

Elle le regardait de ses grands yeux bleus.

- Je vous dois donc la vie... Sans vous je ne serais plus de ce monde...

Il lui remettait calmement en ordre sa coiffure mouillée. Elle ne cessait de le fixer.

- Qui êtes-vous donc Gabriel ? Quels sont vos pouvoirs... C'est peut-être Dieu qui vous envoie ?

- Allons, reposez-vous. Dieu n'y est pour rien.

Il se releva. L'attroupement s'écarta respectueusement pour lui laisser le passage.

- Tenez-lui compagnie. Restez auprès d'elle pendant que nous préparons son retour.

Il regarda vers le lac, les barques avaient été tirées jusqu'à la berge. Autour, quelques personnes étaient figées et le regardaient. Il s'en approcha, suivi d'Aralou. Comme lui, il était trempé. Allongé par terre reposait le corps d'une femme. Elle s'était noyée. Entre Audeline et elle le destin avait frappé. Instinctivement il s'était porté en priorité au secours de la première. Des femmes priaient autour de la morte. C'était une amie pour Audeline, une grande amie. Il se pencha sur elle, comprenant les regards implorants autour de lui. Il lui prit le pouls. Rien, plus de vie.

- Je ne peux plus rien faire. Elle repose en paix. Et les autres ? demanda-t-il à Aralou.

- Ils ont pu s'en sortir, tout comme moi, accrochés aux barques. Elle seule n'a pu être sauvée.

Gabriel enserra dans ses bras les épaules d'Aralou.

- Mon ami... Ta disparition m'aurait causé des regrets éternels.

Ils revinrent vers Audeline toujours allongée sur le sol. Un chariot avait été amené à proximité pour l'aider à la transporter jusqu'au château.

- Je vais mieux, dit-elle en apercevant Gabriel.

Et elle tenta de se lever.

- Voyons... Un peu de sagesse. Nous allons vous faire conduire dans le chariot. Inutile de vous fatiguer davantage.

- Restez auprès de moi, supplia-t-elle. J'ai encore peur... L'eau était si froide... si froide. La mort me semble maintenant étrangement facile à accepter...

- Oubliez ces idées sinistres. Vous devez vivre désormais.

Il se baissa, lui prit la main et l'embrassa. Puis il lui souffla à l'oreille.

- Vous devez vivre pour nous deux... S'il vous plaît.

Elle le regarda, lui sourit et lui serra fortement la main.

Gabriel aida à la soulever dans le chariot, puis à l'y installer.

- Voilà ! Vous y serez bien. Je reste à proximité sur mon cheval. Reposez-vous.

La petite troupe se dirigea sur le chemin conduisant au château. Tous suivaient à pied. La plupart discutaient à voix basse sur les événements qu'ils venaient de vivre. Gabriel était l'objet incessant de leurs conversations. L'attitude changeait à son égard. De temps en temps, discrètement, quelqu'un le frôlait, touchait insensiblement ses vêtements. Il devenait un personnage doté de pouvoirs miraculeux.

Lorsqu'ils arrivèrent à proximité de la porte d'entrée du château, ils furent assaillis par les soldats, Thibauld à leur tête. Ils avaient déjà été informés des faits. Celui-ci voyant l'attroupement lui demanda ce qui s'était passé. En deux mots Gabriel lui résuma les événements. Puis il vit un autre groupe accourir vers eux. Il y reconnut le seigneur Bormain. Il se dirigea tout de suite vers le chariot où reposait Audeline. En voyant sa fille allongée, les vêtements trempés et blanche comme la neige, il ne put s'empêcher de laisser couler quelques larmes.

- Ma petite, mon enfant... Que t'arrive-t-il ?

Gabriel descendit de cheval, s'approcha et lui expliqua rapidement ce qu'elle avait vécu.

- Elle est désormais hors de danger, un peu de repos et il n'y paraîtra plus, lui dit-il.

- Monsieur, répondit Bormain, je ne sais comment vous remercier ! Je ne sais par quel prodige vous avez pu ainsi la ramener à la vie. Cela tient du miracle et je bénis le Seigneur qui vous a mis sur mon chemin. Vous avez ma reconnaissance éternelle.

Il le prit par les épaules et l'embrassa. Gabriel eut alors à son égard un élan d'affection. Voir cet homme ainsi submergé par tant d'émotion le rendait si humain, si proche.

- Allez ! Ramenez-la vers sa chambre, dit-il. Qu'on la change et la frictionne ! Il ne faudrait pas maintenant qu'elle attrape un mauvais mal.

- Je vous laisse pour vous occuper d'elle maintenant, murmura Gabriel.

Audeline tourna son regard vers lui :

- Revenez me voir très vite, votre absence me pèse déjà.

- Je passerai en soirée vous dire bonsoir, promit-il.

Le chariot s'ébranla et franchit la porte de l'enceinte, accompagné par les proches.

Gabriel dévisageait Aralou.

- Nous aussi nous devrions nous changer, nous sommes un peu humides ! Je vais dans ma chambre prendre quelques effets secs et puis nous nous retrouverons autour du foyer du camp.

Il remonta en selle et s'éloigna.

Les Chroniques Anciennes
Sectrie 9, Versus 7

Au moment du départ,
Il me confia ses pensées.
Au moment du départ,
Il me rappela sa bien-aimée.
Au moment du départ,
Il me fit son messager.
Alors mes yeux s'embuèrent,
Alors je compris qu'à tout jamais,
Notre Chevalier ne serait plus.
Je serai l'orphelin abandonné,
Diffusant ses pensées.
Elle serait la bien-aimée isolée,
Ne survivant qu'à ses souvenirs.

Il retrouva sa chambre, épuisé. La journée avait été fertile en événements, mais il n'oublierait jamais ces moments éternels auprès d'Audeline. Ce qui l'impressionnait c'était cette succession de hasards qui l'avaient amené à la connaître et maintenant à l'aimer. Et il savait que c'était réciproque. Elle semblait n'avoir de regards et de pensées que pour lui désormais. Il commençait à apprécier cette situation paradoxale en cette époque. Il en arrivait même à espérer y finir ses jours.

En ouvrant la porte de sa chambre, il eut l'agréable surprise de trouver des vêtements posés sur son lit. Et il constata que d'autres étaient alignés dans la penderie de la pièce. Après s'être séché et nettoyé, il changea de tenue et voulut sortir.

Un serviteur se tenait devant l'entrée.

- Sieur Gabriel ? lui demanda celui-ci timidement.

- Oui, c'est moi.

- Je suis à votre service de la part du seigneur Bormain.

- Comment vous appelez-vous ?

- Ribout, Sieur Gabriel.

- Eh bien ! Ribout, demandez au seigneur Bormain si le repas à toujours lieu ce soir. Avec les événements qu'il vient de subir ce n'est pas sûr. Vous me rejoindrez au camp de Thibauld où je serai.

L'homme s'éclipsa et Gabriel le suivit pour récupérer son cheval. Puis il se dirigea vers les ateliers des forgerons et des tailleurs. En arrivant à leur hauteur, dans la cour du château, il constata que beaucoup d'hommes s'étaient naturellement répartis en fonction de leur savoir-faire. La forge ne manquait pas de bras et un nombre déjà impressionnant de boucliers et d'épées commençaient à s'entasser sur le sol. Il les félicita et les encouragea à poursuivre leurs tâches. Il en fut de même avec les tenues de combat.

Il sortit de la forteresse. Arrivé au camp, il s'approcha du foyer pour demander aux hommes où ils en étaient dans leurs travaux. Leur attitude n'était plus tout à fait la même. Ils semblaient hypnotisés lorsqu'ils le regardaient. Les événements du lac lui conféraient une aura surnaturelle, à son grand dam. On lui répondit avec enthousiasme que les huttes et cabanes étaient terminées. Il put également voir les chariots qui avaient été aménagés pour transporter des soldats. Ils y avaient installé un large banc au milieu dans l'axe du chariot, de telle manière que les hommes embarqués se retrouvaient assis dos à dos. Ainsi, à tout moment, ils étaient en mesure de sauter à terre pour se mettre à l'abri ou combattre.

Thibauld et ses hommes venaient de le rejoindre ainsi qu'Aralou. Ils ne dirent mot sur les événements qui venaient de se dérouler, respectant son mutisme.

- Vous avez fait un excellent travail avec vos hommes, Thibauld. Demain nous commencerons l'entraînement avec les nouveaux équipements. Que tous se tiennent prêts de bonne heure, la journée sera longue.

Son nouveau serviteur revint sur ces entrefaites pour lui annoncer que le seigneur était au regret de devoir annuler le dîner. Il le remettait au lendemain. Il lui apprit qu'Audeline dormait maintenant.

Il s'adressa à Thibauld.

- Nous avons la soirée pour nous. Je dînerai donc en votre compagnie et nous en profiterons pour réfléchir aux jours à venir.

Et Gabriel s'asseyant sur l'herbe, fit signe à Thibauld et Aralou d'en faire autant. Il expliqua ses vues. Il était persuadé qu'il fallait se préparer à combattre très prochainement contre d'autres troupes aux ordres du roi. La question cruciale était l'endroit. Où le combat aurait-il lieu ? Pour prévoir les déplacements, les regroupements de l'ennemi, ils pourraient essayer de s'appuyer sur les villageries. Mais cela ne les renseignerait pas sur toute la région. D'autre part, certaines villageries bien placées ne seraient peut-être pas en mesure de fournir des informations, assiégées où attaquées, voire même aux mains des ennemis. Il fallait donc prévenir tous ces villages fortifiés, tous les fiefs ayant fait voeu auprès de l'Ordre, d'avertir le plus vite possible à la vue de troupes ennemies. Même si elles ne semblaient pas s'en prendre à eux directement, de toute évidence il faudrait réagir vite. Et pour cela il fallait des troupes entraînées et équipées en conséquence. D'où, insistait Gabriel, la nécessité d'armer autrement les soldats, avec du matériel approprié à une réaction rapide. Il s'évertuait à enfoncer ces idées dans la tête de Thibauld, car la rapidité ne faisait pas partie des notions habituelles de l'époque. Seul comptait l'affrontement de masse, le face à face tout en force. Les journées à venir seraient donc mises à profit pour s'adapter à ce changement. Gabriel espérait en son for intérieur que les hommes accepteraient ces nouvelles conditions.

Il parlait et expliquait depuis un long moment sans voir le temps passer. Un soldat vint l'interrompre pour leur annoncer qu'ils pouvaient dîner. Gabriel profita de ce moment pour proposer à Thibauld et Aralou de réfléchir sur tout ce qu'il venait de dire. Ils reprendraient leurs entretiens après le repas.

- J'expliquerai rapidement aux soldats ce qui les attend demain.

Il regarda Thibauld qui roulait des yeux et poursuivit.

- Si les hommes savent exactement ce qu'ils ont à faire, alors ils comprennent nos ordres à demi-mots... Et avec un peu de chance il n'y aura même plus besoin de donner d'ordres !

Les soldats furent quelque peu surpris de voir Gabriel partager leur repas. Normalement, étant donné maintenant son rang, il aurait dû manger à part, avec table, serviteur et couverts en argent... Qu'il soit ainsi assis sur le sol, parmi eux, tel un simple lancier, leur procurait beaucoup de fierté. La nourriture ne manquait pas. Le seigneur Bormain n'avait pas hésité à puiser dans ses réserves. Lorsqu'ils eurent terminé, Gabriel se leva et demanda à Thibauld de faire venir ses capitaines auprès d'eux.

Peu de temps après, tout le monde était là. Plus mal habillés les uns que les autres, les visages particulièrement renfrognés. Il leur demanda de s'asseoir et de l'écouter. Ils étaient une dizaine.

- C'est vous qui, par votre courage, votre force, mais aussi votre intelligence avez été mis à la tête des soldats qui nous entourent. Désormais nous allons changer notre façon de combattre ainsi que nos matériels. Je veux que chacun d'entre vous répète mes paroles aux hommes qu'il commandera. Nous avons à livrer un combat inégal contre les forces royales. Les changements que nous allons entreprendre vont nous permettre de les vaincre. Vous allez apprendre une autre manière de combattre, celle de mon pays. C'est ainsi que cette armée deviendra invincible !

Et il leur expliqua longuement comment il envisageait de mener les engagements. Comment ils devraient s'habituer à manoeuvrer avec de petits groupes, parfois isolés et non plus en rangs serrés. Comment les nouveaux équipements leur permettraient de se déplacer plus vite et discrètement, de se battre mieux, avec plus d'efficacité. Lorsqu'il eut terminé ses explications, la nuit était tombée. Ils l'avaient écouté sans bouger, comme des enfants à qui on raconte une nouvelle histoire. Ils étaient partagés entre la curiosité et le scepticisme.

- Demain matin, nous équiperons le plus possible de soldats avec les nouvelles tenues et les armes qui ont été fabriquées aujourd'hui. Et puis nous commencerons l'entraînement.

Il leur fit signe de rejoindre leurs hommes, puis s'adressa à Aralou.

- Il faut que demain soir tout le monde puisse être équipé. Si nécessaire fais-toi aider par les gens du seigneur Bormain. Il faut t'adresser pour cela au maître d'armes du château. Pendant ce temps avec Thibauld nous entraînerons les troupes.

Se relevant, Gabriel leur souhaita le bonsoir avant de se retirer. En récupérant son cheval, il demanda à Ribout de le réveiller le lendemain à cinq heures.

- Je dormirai en face de votre porte, Sieur Gabriel, si vous avez besoin de moi...

- Merci. Je n'y manquerai pas !

C'est au petit trot dans l'obscurité qu'il s'en retourna vers le château.

Le lendemain, à l'heure dite, Ribout vint le réveiller. Après s'être lavé et habillé, Gabriel lui demanda de lui amener son cheval au camp de Thibauld, pendant qu'il s'y rendrait à pied.

Celui-ci était déjà occupé, ainsi qu'Aralou. Les soldats avaient commencé à endosser leurs nouvelles tenues. Sur des cottes de mailles ou des vestes matelassées ils avaient passé les surcots de couleur vert sombre. Gabriel constata que les chaussures faisaient défaut. La plupart, quand ils en avaient, portaient des chausses en tissu. Il devrait y remédier rapidement. Les têtes étaient protégées par des casques légers en acier auxquels il avait fait ajouter un protège-nuque en cuir épais. Ils ressemblaient ainsi à des samouraïs. Ils avaient maintenant beaucoup plus de liberté de mouvement qu'avec les lourds heaumes habituels.

Lorsque des groupes furent enfin équipés, Gabriel passa à l'entraînement. Chaque homme se saisit d'une épée légère et s'exerça à la manipuler. Gabriel insistait sur l'attaque en pointe. Le bouclier léger et rectangulaire servait à parer le coup de l'adversaire et l'épée à porter l'attaque immédiatement. Petit à petit certains soldats se distinguaient par une plus grande habileté. Ils prenaient goût à ce qu'ils considéraient comme un jeu.

Gabriel pensait qu'il faudrait initier les hommes au maniement des différentes armes. Il avait envisagé un moment de tous les entraîner à l'arbalète. Mais l'arme n'en était qu'à ses débuts et son utilisation était encore réprimée par le pape. Ce n'était pas le moment de se mettre toute l'église à dos ! En revanche, il voulait faire fabriquer de petits arcs, comme ceux utilisés par les troupes mongoles dont il avait entendu parler en son temps. Très robustes, difficiles d'emploi mais efficaces, ces armes seraient manipulées à cheval sans gêner les cavaliers dans leurs mouvements. Il se disait qu'avec un peu d'expérience, il leur serait possible de tirer des flèches tout en chevauchant. Il serait ainsi plus facile de bousculer des troupes à pied se défendant avec des lances. Les flèches les feraient tomber avant que les cavaliers ne soient sur eux. Demain il donnerait des ordres en ce sens aux artisans.

Vers midi, les hommes soufflèrent un instant pour se restaurer et se reposer quelque peu. Gabriel en profita pour faire part de ses idées sur les arcs pour cavaliers.

- Vous ne cessez jamais d'imaginer des nouveautés ! lui rétorqua Thibauld. Je me demande où vous allez chercher tout cela...

- J'ai l'expérience de ce que j'ai vécu dans mon pays. Il n'y a pas de raison pour que cela ne marche pas ici.

- Mais pourquoi n'a-t-on jamais été attaqués par les armées de votre pays ? Pourquoi ne les a-t-on jamais rencontrées lors des croisades ? lui demanda-t-il.

- Parce que ce pays est situé bien loin... à l'autre bout de la terre. Et que nous y vivons en harmonie, sans le désir d'envahir nos voisins, aussi étrange que cela puisse paraître.

- Alors ton peuple doit être l'un des plus sages de ce monde, rétorqua Aralou. Si tous te ressemblent, ce doit être un plaisir de vivre parmi eux.

Gabriel ne répondit pas. Un jour, il dirait la vérité à Aralou sur l'histoire de son pays et les guerres vécues. Il en était persuadé. Il leur demanda de reprendre l'entraînement mais en combattant cette fois à cheval pendant qu'il retournerait voir la fabrication des armes et des tenues.

Ribout le suivait à pied comme son ombre. Il trottinait derrière le cheval, apparemment sans effort et très fier de ses nouvelles fonctions auprès d'un personnage connu de tous. Ils trouvèrent les hommes affairés aux forges et aux différents ateliers. A la vue de la quantité de boucliers et d'épées qui s'amassaient, il se dit que le compte serait atteint en fin de journée. Il retrouva l'armurier qui avait confectionné le premier bouclier et lui expliqua ce qu'il voulait comme arc. L'homme comprit rapidement mais resta sceptique.

- Il faudra deux bois différents pour ces armes. Le grand arc habituel est souple, très souple. Mais un petit comme cela devrait être beaucoup plus rigide. Ce ne sera pas facile, mais je vais essayer.

- Demain faites-moi chercher dès que vous penserez avoir réalisé ce que je souhaite. Et ce soir, faites livrer à Thibauld tous ces armes et boucliers. Nous en aurons besoin.

L'homme lui répondit que tout serait fait au mieux.

Il les laissa continuer leur travail et se dirigea vers le donjon. La fin de la journée approchait et il voulait savoir si Audeline allait mieux.

Le seigneur Bormain était dans la pièce familiale. Audeline s'y trouvait également, assise dans un fauteuil. Elle se leva à son approche, ainsi que son père.

- Ah ! Mon ami, lui dit-il, mon ami. Voyez comme ma fille va mieux. Elle va tellement bien, qu'elle ne cesse de me parler de vous depuis ce matin.

Il souriait en la regardant. Il était évident qu'une grande complicité unissait le père à la fille. Gabriel s'avança vers elle et lui prit la main.

- Je suis heureux de vous voir ainsi remise. Comment vous sentez-vous ?

- Je vais bien, Gabriel... Je ne me suis jamais sentie aussi bien !

- Installez-vous, Gabriel, et dites-nous où vous en êtes de vos préparatifs.

Ils s'assirent tous les trois. Il remarqua trois autres personnes dans la pièce. A l'évidence des membres de la famille et une servante. Ils s'étaient discrètement assis après eux.

- Tout va au mieux pour l'instant, répondit-il. Les hommes acceptent l'entraînement que je leur demande et les nouvelles armes sortent régulièrement de vos forges. Demain nous reprendrons les exercices à cheval. Ensuite, je pense les habituer à combattre en groupe, de façon différente que celle pratiquée dans votre pays. Et si tout va bien, d'ici la fin de la semaine nous devrions être en mesure de mener des attaques, si nécessaire.

- Je n'ai pas de très bonnes nouvelles de mon côté, soupira Bormain. Un messager est venu cet après-midi du château de Boissonne. Le roi est en préparatifs. Mais nous ignorons vers qui se portera l'agression. Il a donné ordre à ses vassaux de lever des troupes rapidement. Apparemment la villagerie où vous aviez trouvé refuge peu avant Paris est tombée entre leurs mains.

Il secouait lentement la tête de gauche à droite.

- Je crains que tout cela ne nous apporte rien de bon.

Gabriel haussa le ton.

- Nous manquons cruellement d'informations. Il faudrait y remédier si vous ne voulez pas vous trouver exposés à de terribles surprises.

Bormain le regarda droit dans les yeux.

- Parlons d'un autre sujet qui me tient à coeur. J'ai cru comprendre que ma fille avait à votre égard quelques amitiés, voire plus...

Gabriel se sentit embarrassé. Il ne savait comment se comporterait cet homme devant ses réactions, ses sentiments apparents. Il n'était pas de son rang ni de ses relations. Et il savait que cela avait une grande importance à cette époque.

- Je dois vous avouer que de ramener Audeline à la vie m'a profondément bouleversé... et a accentué des sentiments que j'éprouvais déjà confusément pour elle.

Bormain se leva et lui posa la main sur l'épaule.

- Je vous comprends ! Sachez qu'elle m'a confié ses sentiments également. Pour ne rien vous cacher, je désire son bonheur, surtout maintenant, après avoir échappé à la mort. Mais, malheureusement, pour le moment je lui demande d'être patiente. Bien que vous soyez brave et intelligent, je ne puis aujourd'hui officiellement vous autoriser à espérer auprès d'elle. Mes seigneurs voisins ne me le pardonneraient pas... Et je ne suis pas encore sûr de bien vous connaître, Gabriel. Que ferez-vous dans quelque temps ? Retournerez-vous dans votre pays, dont personne ici n'a jamais entendu parler ? Je ne vous connais pas assez... Et je ne désire pas que ma fille ait à en souffrir plus tard. Mais je suis certain que vous acquerrez en peu de temps la richesse, le respect et le rang qui vous font encore défaut. Aussi, je vous demande à tous les deux de vous armer de patience et d'attendre une période plus propice. Ceci ne fera que renforcer vos sentiments réciproques !

Gabriel lui sourit et regarda Audeline.

- Je n'en attendais pas tant. Si vous me faites confiance, je pourrai prendre rang et place dans votre société. Et quand j'estimerai le temps opportun, Seigneur Bormain, je viendrai vous demander sa main.

- Merci, lui répondit-il. En attendant restons ensemble jusqu'au repas, qui sera servi ici.

Installés autour de la grande table, les deux autres femmes vinrent les rejoindre et s'assirent en bout, Audeline à leurs côtés. Elles chuchotaient entre elles. L'une devait être la tante d'Audeline. Bormain et Gabriel continuèrent à deviser sur les projets immédiats. Le seigneur évitait prudemment de donner trop de détails sur l'Ordre. Il n'avait à l'évidence pas reçu l'autorisation de se confier sur ce sujet à Gabriel, toujours considéré comme un étranger.

Le dîner fut rapidement servi. De la soupe épaisse, du pain et quelques fruits composaient le repas. La conversation avec Bormain se poursuivit au coin de la cheminée et du grand feu qui y crépitait. Au bout d'un certain temps, Audeline se leva et demanda à se retirer dans sa chambre. Gabriel en fit de même.

- Je dois également me reposer. Demain nous aurons une journée chargée.

Il s'approcha d'Audeline, lui prit la main et l'embrassa.

- Ceci est une tradition dans mon pays, lui dit-il en souriant. Elle n'engage à rien, sinon au respect.

Bormain ne put réprimer un léger sourire en le regardant.

En quittant la pièce, Gabriel retrouva Ribout qui l'attendait sur les marches de l'escalier. Ils marchèrent tous les deux en silence. Gabriel ne cessait de penser à Audeline. Elle représentait maintenant beaucoup pour lui. Elle occupait une place de plus en plus importante dans sa vie.

Il entra dans sa chambre, se déshabilla et s'allongea pour plonger immédiatement dans un profond sommeil.

On le bousculait. Quelqu'un le secouait par l'épaule. Ribout s'activait pour le réveiller.

- Le seigneur Bormain vient vous voir, Sieur Gabriel. Il m'a demandé de vous réveiller.

Gabriel se redressa immédiatement et alla s'asperger d'eau à la cuvette posée sur la tablette. Dehors, il faisait encore nuit. Il n'était pas encore cinq heures. Bormain arriva et demanda à entrer dans sa chambre alors qu'il terminait sa toilette. Il avait l'air effondré.

- Ah, mon ami ! Je vais vous entretenir d'une fâcheuse nouvelle.

Il fit signe à Ribout de sortir. Celui-ci s'exécuta rapidement et tira la porte derrière lui.

- Un messager est arrivé à l'instant du château de mon voisin le seigneur Maruald. Il a de mauvaises nouvelles. Des troupes ont été repérées à cinq jours d'ici. Elles se dirigeaient apparemment vers le mont Altaïr. J'ai encore du mal à y croire ! Que le roi veuille ainsi s'en prendre à notre lieu le plus sacré... C'est comme si nous envahissions Paris pour mettre à bas ses monuments et cathédrales !

Gabriel avait fini de s'habiller. Il regardait Bormain qui était à l'évidence profondément choqué.

- C'est peut-être une manoeuvre de divertissement, une ruse pour nous attirer dans un piège...

- Peut-être ! Mais ne rien entreprendre est fort risqué. Si le mont Altaïr tombe entre leurs mains... Vous n'avez aucune idée de la catastrophe que cela représenterait pour notre Ordre !

- Mais j'y pense, votre fils est là-bas !

- S'il doit défendre nos idées, mon fils ira jusqu'au bout... Je le connais bien. Je serais toutefois attristé qu'il puisse lui arriver malheur...

- Le mont Altaïr est à combien de jours d'ici ?

- Environ quatre journées de chevauchées. Mais il faut en compter le double avec des hommes à pied. Vous ne pensez pas vous y rendre ?

Gabriel réfléchissait à tout ce que venait de dire Bormain. Le mont Altaïr représentait beaucoup pour l'Ordre. De plus leur Maître y était à l'heure actuelle. Ceci expliquait peut-être cette manœuvre. Que faire ? Les troupes qu'il dirigeait étaient encore peu aguerries aux nouvelles méthodes, les équipements tout juste terminés... D'autre part, s'il leur fallait huit jours pour y parvenir, ils y seraient accueillis par l'ennemi !

- N'y a-t-il pas de troupes à votre service pouvant leur porter secours dans un bref délai ?

- Non, répondit Bormain. Les quelques villageries alentour n'oseront quitter l'abri de leurs murs. Les hommes n'y sont pas en nombre suffisant. Et je ne vois pas de seigneur sur place pour intervenir rapidement, surtout sans ordre de la part du Maître. Ils savent qu'il faut s'attendre à subir des attaques, pas à lever des troupes pour se porter vers le mont Altaïr.

- Si je comprends bien, lui répliqua Gabriel, il n'y a plus que nous ! Nous serions les seuls à connaître la situation et à pouvoir intervenir.

- Je le crains, mon ami... Je le crains. Mais je répète : je ne vois pas ce que vous pourriez entreprendre !

- Je dois vous avouer que moi non plus. Il me faut y réfléchir !

Après un temps de silence, il changea de sujet de conversation.

- Comment va Audeline ?

Le seigneur lui répondit d'un geste amical.

- Elle dort sereinement. Je vais maintenant vous laisser tranquille. A plus tard...

Gabriel alla s'asseoir sur le bord de son lit. Les événements allaient plus vite qu'il ne le désirait et prenaient une tournure qui lui faisait peur. Il avait pensé pouvoir encore profiter d'un peu de temps pour améliorer les entraînements, mais ce n'était plus possible. Au fond de lui-même il avait bien compris que lui seul et les hommes qui l'accompagnaient pouvaient encore agir. Ils devraient s'équiper au mieux avec tout ce qui serait disponible. Mais le pire était le manque d'expérience. Ils pourraient toujours tenter de s'entraîner tout en se déplaçant vers le mont... C'était la seule possibilité qui lui venait à l'esprit. A condition de ne pas épuiser les soldats avant les combats à venir !

Il se leva et, ouvrant la porte, il vit Ribout.

- Sieur Gabriel, vous avez l'air soucieux. Si je peux vous aider...

- Viens, Ribout ! Allons vers nos amis. Je dois m'entretenir de sujets graves avec eux. Ils m'aideront à prendre une décision.

Ribout le devança et se précipita vers l'écurie pour en faire sortir un cheval.

- Nous vous l'avons préparé à l'instant. C'est un cadeau du seigneur Bormain. Il m'a dit de vous en faire la surprise et il vous en souhaite bon usage. Il s'appelle Avix.

- Il est magnifique ! Splendide !

Gabriel s'approcha de l'animal. C'était un pur-sang à la robe noire, aux yeux vifs et intelligents. Il agitait doucement son encolure. Approchant la main de l'animal, il lui flatta l'échine. L'étalon n'était pas farouche. Il était harnaché d'une splendide selle et d'un harnais rehaussé des mêmes dessins gravés dans le cuir.

- C'est magnifique, ne cessait de murmurer Gabriel.

Ribout joignit ses mains en coupe pour l'inviter à monter. Il l'aida à se mettre en selle, qu'il ajusta. Gabriel fit faire quelques pas à l'animal puis l'emmena au petit trot. Le cheval obéissait avec une docilité parfaite.

- C'est une bête intelligente et maniable, dit-il.

- M'acceptez-vous comme écuyer, Sieur Gabriel ? Avec une telle monture, il faudra quelqu'un pour s'en occuper sérieusement... Je suis sûr de convenir !

- Tu ne perds pas de temps toi au moins !

Il réfléchit quelque peu avant de poursuivre.

- Soit ! Mais tu risques de le regretter d'ici peu. Le travail ne sera pas tous les jours facile... D'autre part, je dois voir le seigneur Bormain pour obtenir son accord !

- C'est déjà fait, Sieur Gabriel. J'ai son accord depuis qu'il m'a mis à votre service !

- Si tu n'es pas un bon écuyer, tu seras au moins un bon diplomate, lui répondit-il en riant. Allons rejoindre mes amis maintenant !

Franchissant les portes de la forteresse, ils descendirent vers le camp, Gabriel au petit trot et Ribout courant à ses côtés.

Malgré l'heure matinale, Aralou et Thibauld étaient déjà occupés à manipuler des épées nouvellement forgées. Quand ils le virent, tous deux s'exclamèrent d'admiration devant l'animal qui venait de lui être offert. Puis Gabriel prit un air grave.

- Nous avons de mauvaises nouvelles...

- Damoiselle Audeline ? s'enquit Aralou.

- Non, non ! Elle va parfaitement désormais.

Il mit pied à terre prestement et laissa Ribout s'occuper du cheval. Il s'approcha des deux hommes pour les entraîner à l'écart.

- Le seigneur Bormain vient d'avoir des renseignements en provenance d'un messager du seigneur Maruald. Des troupes ont été repérées se dirigeant vers le mont Altaïr...

- Vers le mont Altaïr ? Le repère du Maître, le lieu sacré de l'Ordre ! Mais c'est une attaque d'une fourberie impardonnable !

Thibauld était dans tous ses états, hors de lui.

Aralou fit remarquer qu'il ne s'agissait peut-être que d'une ruse destinée à les mener vers un piège.

Gabriel les interrompit.

- J'ai essayé de tout envisager. Il y a de fortes chances pour que ce soit la vérité. Le Maître Galan de Molène se trouvant là-bas, ils ont tout intérêt à attaquer le symbole même de l'Ordre. C'est pourquoi j'ai fait mon choix... Et nous allons nous y rendre !

Thibauld et Aralou le regardèrent droit dans les yeux, essayant de comprendre un peu mieux.

- Je sais que c'est à huit jours de bonne marche. Je sais que nous ne sommes que cinq cents tout au plus et qu'ils sont bien plus nombreux... Mais nous n'avons pas le choix !

Thibauld fit remarquer que le chevalier Geoffroy pourrait arriver avec trois cents hommes et que cela aiderait considérablement.

- Ton idée est bonne, Thibauld. Je vais en faire part au seigneur Bormain tout à l'heure afin qu'il prévienne son ami de faire le plus vite possible. A part ça ? Comment vont les hommes ?

Thibauld lui répondit :

- Ce matin, ils se préparent à l'entraînement comme voulu. Mais il nous manque des maîtres d'armes pour nous aider, nous apprendre à nous servir de ces nouveaux équipements.

Gabriel le regarda en souriant.

- Voyons, Thibauld ! Vous avez toutes les compétences nécessaires ! Tenez, donnez-moi une épée et un bouclier !

Aralou lui passa immédiatement celui qu'il tenait dans ses mains.

Gabriel prit le bouclier dans la main gauche et enfila les sangles qui permettaient de le tenir sur l'avant-bras. L'ensemble était léger et facile à manipuler. De l'autre main, il se saisit de l'épée. L'arme était également très légère, le pommeau protégé par une croix, la lame relativement longue mais fine. Cela lui rappelait les épées des mousquetaires de ses films préférés. Il recula ainsi équipé et agita bouclier et épée pour les soupeser, faisant des moulinets.

- Approchez, Thibauld ! et parez mes attaques !

Gabriel fit un pas en avant et pointa de son épée vers le corps. Il arrêta à quelques centimètres du ventre de Thibauld.

- Avec cette arme il faut pointer l'adversaire, lui dit-il. Il faut viser précisément ses points faibles. Il ne faut surtout pas chercher à frapper de côté. En garde !

Thibauld para le coup de son bouclier et voulut toucher Gabriel avec son arme en effectuant une rotation du bras. Mais celui-ci bloqua l'attaque avec son propre bouclier et enfonça à nouveau son épée frôlant sa ceinture.

- Par deux fois vous m'auriez tué, Sieur Gabriel !

- Alors imaginez les dégâts que cela causera si chacun de vos hommes combat de cette manière. L'ennemi sera comme vous, surpris. Mais, lui, n'aura pas la possibilité de recommencer le combat ! Il faut bien faire comprendre cela à vos soldats. Leur nouvelle façon de combattre sera encore plus surprenante pour leurs ennemis que pour eux. Ils doivent donc parfaitement s'y entraîner.

Gabriel reposa ses équipements tout en continuant à s'expliquer.

- Les archers, quant à eux, vont devoir s'habituer à combattre en marchant sans effectuer d'arrêt, puis à cheval à des allures de plus en plus rapides. Tout cela devrait leur permettre d'arriver à un bon niveau. Faites-les accompagner par les meilleurs et surtout obligez-les à tirer de loin afin qu'ils s'habituent à la nouvelle portée de leurs armes.

Thibauld approuvait de la tête.

- Je pense avoir bien compris ce que vous désirez. Je vais donner des ordres pour que mes capitaines commencent cet entraînement. Les hommes devenaient inactifs. C'est toujours mauvais !

Gabriel poursuivit sa visite avec Aralou à ses côtés, suivi de Ribout tenant sa monture en main. Beaucoup de soldats étaient équipés avec les nouveaux boucliers, les épées et les tenues. Les casques, tous de même forme avaient été ternis pour ne pas briller au soleil. L'uniformité de la couleur vert sombre et la coupe de leurs surcots leur donnaient fière allure. Ils portaient maintenant de bonnes chausses aux pieds, enfin.

- Les équipements sont encore trop rutilants, trop voyants... Regardez les bras, les jambes... Il faudra éviter tout cela... Mais c'est déjà beaucoup mieux que ce que je voyais précédemment. Tu vois, Aralou, il nous faut compenser notre faible effectif par l'effet de surprise. Et une troupe se confondant avec la nature environnante y arrivera plus facilement.

Ils continuèrent ainsi à parcourir le camp. Tous les soldats de Thibauld étaient maintenant à l'entraînement.

- Je les laisse travailler. Je retourne au château pour décider avec le seigneur Bormain de ce que nous allons entreprendre.

- Je préfère rester ici à les regarder, lui dit Aralou. J'apprends beaucoup à les voir faire ! C'est si nouveau pour moi.

Gabriel prit les rênes des mains de Ribout et se hissa sur son cheval. Il lui demanda de le rejoindre au château. Puis il poussa l'animal pour le lancer au petit galop.

En chemin, il constatait que depuis son arrivée et leur installation aux abords de la forteresse, une animation permanente y régnait. C'était comme si un petit village venait de se créer sur un de ces versants. Il arriva rapidement au pied du donjon. Grimpant les marches quatre à quatre, il se retrouva au seuil de la grande salle et frappa à la porte. Une servante lui ouvrit et s'effaça pour le laisser entrer.

Le seigneur Bormain était debout et discutait avec ses chevaliers. Ils étaient cinq en tout. Tous se tournèrent vers lui lorsqu'il pénétra dans la pièce et baissèrent la tête en signe de respect.

- Approchez, mon ami ! lui lança Bormain. Nous faisons le point sur la situation avec ces dernières nouvelles si néfastes.

Gabriel avait quelque peu réfléchi aux difficultés qui s'annonçaient. Il était maintenant persuadé qu'il fallait agir vite, même s'il ne se sentait pas vraiment prêt avec les soldats encore à l'entraînement.

- Nous devrions intervenir rapidement, répondit-il. J'ai l'intention de partir le plus tôt possible vers le mont Altaïr. J'avoue être inquiet pour vous, vos amis et le Maître.

- Vos sentiments vous honorent, mon ami. Mais avec qui ? Avec quelle troupe allez-vous faire opposition à la coalition royale ?

- Nous avons su vaincre les soldats d'Harold. Depuis nous sommes plus aguerris, mieux équipés, mieux entraînés... Je pense que nous aurons la capacité à brève échéance de les combattre. Ne pourriez-vous joindre vos hommes aux nôtres ?

- C'est ce dont nous discutions à l'instant. Je ne dispose pas d'hommes en nombre suffisant, car pendant votre absence le château doit être défendu. Ils attendent peut-être que nous le laissions sans défense pour se ruer dessus ! Les fermes et les hameaux de mon domaine attendent de leur seigneur qu'il les protège. Nous sommes bien malheureux de ne pouvoir vous aider plus. Toutefois, quelques hommes, quelques sergents... si vous le souhaitez.

- Ce sera toujours avec grand plaisir. Mais ne vous attristez pas sur ce que vous ne pouvez donner, lui répondit Gabriel en souriant. Vous nous avez déjà tant aidés ! Je peux toujours demander le renfort des troupes du seigneur Maruald et du chevalier Geoffroy. Celui-ci pourrait être accompagné des hommes d'Harold qui nous a juré fidélité. Ils ne peuvent se parjurer.

- L'idée est bonne, répliqua Bormain.

- Il leur faudra quelques jours pour se préparer et venir à votre rencontre, ajouta l'un des hommes. Et ensuite il y a plus d'une journée de marche pour arriver jusqu'ici.

- Prévenons-les tout de même, reprit Bormain. Le messager est toujours là. Je vais rédiger sur-le-champ un manuscrit à leur intention. En chevauchant rapidement, il pourra nous apporter une réponse demain en fin de journée.

Gabriel soupira. Le temps semblait s'acharner contre lui. Il avait besoin de temps pour attendre ce renfort. A condition qu'il puisse arriver dans les délais. Besoin de temps pour se rendre jusqu'au mont Altaïr. Depuis qu'il était ici, il avait l'impression de courir en permanence après le temps. Il alla s'asseoir sur une chaise pour réfléchir à toute cette cascade d'événements. Quelque chose ne lui plaisait pas, l'inquiétait.

Dans la salle, en dehors du feu qui crépitait, régnait un grand silence. Il entendait le crissement de la plume du seigneur, glissant sur le parchemin.

- Voilà ! Avec ces quelques mots d'explications, ils sauront à quoi s'en tenir. Il n'y aura plus qu'à attendre leur réponse. Mon sceau !

Un serviteur s'approcha de la table et lui tendit un bâton de cire après l'avoir réchauffé sur une bougie. Il l'appliqua sur le document. Bormain pressa la coulée de cire avec le dessus de sa bague.

- Faites venir le messager, dit-il en s'adressant à l'homme.

Celui-ci sortit et revint quelques instants plus tard avec un homme en armes portant sur sa poitrine le blason brodé du seigneur Maruald. Bormain se leva et lui tendit le parchemin roulé.

- Faites le plus vite possible. Quand vous serez au château de mon ami, trouvez-le tout de suite pour lui donner ce message en lui disant que nous attendons la réponse sans tarder ! Que ce soit un autre messager qui revienne avec cette réponse. Il sera moins fatigué que vous. Vous lui direz que le temps presse et que nous l'attendons avec impatience.

L'homme salua, se retourna et quitta rapidement la salle.

Bormain s'adressa ensuite à ses chevaliers.

- Messieurs, allez ! Préparez la forteresse pour recevoir ces renforts d'ici deux jours. Je suis persuadé que nos amis se rallieront à notre point de vue.

Les hommes quittèrent la pièce à leur tour, laissant seuls Bormain et Gabriel. Il alla s'asseoir à ses côtés.

- Quelque chose ne vous plaît pas ? Vous pensez qu'il ne fallait pas agir ainsi ? demanda-t-il à Gabriel.

- Je ne sais pas. J'ai le sentiment que nous n'aurons pas assez de temps pour réaliser nos souhaits. Vont-ils se joindre à nous ? Et comment diriger cette association de troupes maintenant si différentes dans leur organisation et leur façon de combattre ? Le chevalier Geoffroy acceptera-t-il mes propositions lorsque viendra l'heure des batailles ?

Il soupira.

- Il doit y avoir moyen d'arranger tout cela, murmura Bormain.

Ils devisèrent encore de divers sujets, tous liés à cette guerre qui n'avait pas encore de nom. Gabriel lui raconta l'état de préparation des hommes. Il en était très fier. Bormain engagea la conversation sur la vie dans son domaine, celle d'Audeline et de son fils. Il s'inquiétait pour lui, sans le laisser paraître. Gabriel en profita pour se faire décrire avec précision les environs du mont Altaïr ainsi que les accès. Il n'en possédait qu'un souvenir vague et certainement différent de la réalité présente. Bormain n'hésitait plus à en parler. Il n'y avait plus de secret désormais. De plus sa conversation lui permettait de s'imaginer aux côtés de son fils. Après une bonne heure de discussions Gabriel se leva.

- Nous partirons demain ! s'exclama-t-il.

Le seigneur Bormain resta assis bouche bée. Gabriel poursuivit.

- Qu'ils viennent nous renforcer ou pas, nous vous quitterons demain ! Nous sommes désormais organisés pour nous déplacer rapidement, combattre par surprise, agir vite. Tout cela ne pourra se faire si les troupes commandées par le chevalier Geoffroy nous rejoignent. Elles n'y seront pas habituées.

- Mais que leur dirai-je quand ils seront là ? Je viens d'envoyer un messager pour rien !

- Pas pour rien ! Ils seront notre renfort, notre arrière-garde. Il faudra le leur expliquer. Si nous sommes retardés, attaqués dans notre progression, alors nous pourrons compter sur eux et tenir en les attendant. Nous partirons donc demain.

Bormain réfléchissait dans le silence de la vaste pièce. Il reprit la parole.

- Pour vous aider, je vais faire ce qui est en mon pouvoir. Ce soir, devant l'ensemble des soldats, chevaliers et amis réunis, je vous adouberai ! Chevalier Gabriel !

Gabriel ne comprit pas tout de suite. Il pensa à une plaisanterie.

- Que voulez-vous dire exactement ?

- Votre dévouement à notre cause, votre intelligence, votre courage, font que vous devez accéder à plus de responsabilités dans notre monde. La chevalerie est faite pour vous ! Une fois chevalier, vous n'aurez plus de crainte à avoir dans votre commandement. Les autres chevaliers seront vos égaux, quelles que soient vos origines. Les soldats vous obéiront sans difficulté. Ce rang que vous méritez vous donnera toute l'autorité de droit qui vous est nécessaire.

Gabriel ne savait que penser. Lui qui fuyait toute distinction honorifique, tout honneur. Et voilà que ceux-ci le rattrapaient. Mais la remarque de Bormain lui donnait à réfléchir. Il lui serait évidemment plus facile de se faire obéir. Ces hommes comprendraient mieux qu'un chevalier, même étranger, puisse les mener au combat. Bormain reprit ses explications.

- Vous n'avez pas beaucoup de temps pour me donner votre réponse, Sieur Gabriel. Acceptez-vous cette distinction ? Elle vous engagera à vie. Vous devrez la consacrer à défendre les faibles et les opprimés, à combattre l'injustice. Vous devrez respect et fidélité à votre seigneur, en l'occurrence moi-même... si vous n'y voyez pas d'inconvénient !

Il attendit calmement que Gabriel sorte de sa réserve. Celui-ci prenait son temps et soupesait toutes ces obligations, ces contraintes, ces responsabilités. Pour lui, il n'était pas question de prendre ces paroles à la légère. Il était impliqué dans ce monde et devait en respecter les coutumes et traditions.

- J'accepte, finit-il par répondre. J'assumerai tous ces devoirs.

- Alors soyez le bienvenu parmi nous ! lança d'une voix joyeuse le seigneur Bormain en le saisissant par les épaules et en l'embrassant. Cet après-midi commencera votre initiation. Elle sera abrégée par rapport aux habitudes. Mais vous comprenez que nous devons respecter votre désir de partir au plus tôt vers le mont Altaïr. Un bain purificateur avant la cérémonie et tout l'après-midi pour vous consacrer à la prière dans notre chapelle. Puis en fin de journée aura lieu votre adoubement.

Il souriait ne lâchant toujours pas Gabriel.

- J'aurais voulu que mon fils soit là. Je suis certain qu'il vous adorera lorsque vous le rencontrerez là-bas.

Il se recula de quelques pas.

- Allons, le temps passe et il me faut donner des ordres pour les préparatifs. Donc vous me confirmez votre départ pour demain ?

- Oui ! Mais nous lèverons le camp en fin de journée. Je préfère partir discrètement de nuit. De plus, j'aurai peut-être la réponse par le messager. Je saurai au moins à quoi m'en tenir.

Bormain se dirigea vers la porte.

- Vous avez probablement raison, comme d'habitude.

- Je n'ai pas encore eu le temps de vous remercier pour l'étalon. Il est magnifique !

Bormain lui sourit.

- J'espère qu'il se montrera digne de vous ! Attendez ici que l'on vienne vous chercher pour votre initiation.

Gabriel patienta dans la salle en compagnie du serviteur. Puis Ribout se présenta avec d'autres serviteurs portant une sorte de grosse bassine, une baignoire en bois. Ils la posèrent au sol et installèrent des draps à l'intérieur, la recouvrant totalement. D'autres hommes firent leur apparition et y versèrent des seaux d'eau chaude. Lorsque la quantité fut suffisante, ils se retirèrent tous, à l'exception de Ribout, qui tout naturellement l'aida à se déshabiller.

Tout en se laissant aller au bienfait tranquillisant de l'eau tiède, Gabriel songeait aux jours à venir. Aux combats prochains et à Audeline qui serait si loin. Le bain lui procura grand bien-être. Puis il se leva et se laissa revêtir par Ribout d'une sorte de grande chemise de nuit en tissu épais et d'un blanc immaculé. Ainsi habillé, il attendit. Personne ne parlait dans la pièce.

On frappa à la porte quelque temps plus tard et le seigneur Bormain entra avec deux chevaliers.

- Ces deux chevaliers, mes meilleurs amis, vont vous accompagner jusqu'à la chapelle où vous pourrez vous recueillir en attendant la cérémonie. Ils vous expliqueront un peu plus tard en quoi consistera celle-ci. Je vous laisse maintenant entre leurs mains fidèles.

L'un des deux hommes, revêtu de sa robe d'apparat, cape sur l'épaule, mais sans arme à la ceinture, lui adressa la parole.

- Futur frère d'arme, soyez le bienvenu parmi nous en ce grand jour pour vous comme pour nous. Vous allez nous suivre.

Puis ils quittèrent la salle, seuls tous les trois. Ils le guidèrent ainsi jusqu'au perron de la chapelle.

Le petit bâtiment était adossé à l'enceinte. Il pouvait abriter une trentaine de personnes. L'intérieur était très dépouillé. Un grand crucifix trônait au centre en arrière du petit autel. De part et d'autre de beaux vitrages d'un blanc opalin, dépouillés de tout motif. En avant de l'autel à gauche et à droite deux gisants en pierre blanche semblaient attendre une prière en leur faveur. Il n'y avait pas de chaises mais des bancs, quelques torches aux murs qui venaient probablement d'être allumées.

Les deux chevaliers restés sur le perron le laissèrent s'avancer vers le petit autel et refermèrent la porte derrière lui.

Il marcha droit devant et prit place sur un des bancs. Il avait le sentiment d'être retiré du monde. Plus rien ici ne pouvait l'atteindre, le troubler. Plus rien n'avait d'importance. Seuls le calme et la sérénité régnaient en maîtres, imposaient le recueillement. Alors au bout d'un long moment, il fit ce qu'il avait oublié depuis longtemps, il se mit à prier. Cette époque, la ferveur religieuse des habitants, l'absence de technicité et de réponses à l'inconnu, la foi placée en un être supérieur, seul capable de fournir les solutions... Tout ceci lui fit retrouver sa religion depuis longtemps oubliée. Ce n'était plus pour donner le change, pour éviter de se faire emprisonner sous une terrible accusation d'hérétique ou d'incroyant. Non ! Ici, en cette époque, Dieu ne pouvait qu'exister. Il n'y avait pas d'autre réponse aux questions présentes.

Et les heures s'écoulèrent sans qu'il en prenne conscience.

Il fut tout juste surpris par le poids d'une main sur son épaule. Il releva la tête et vit Ribout en tenue d'écuyer d'apparat. Derrière lui se tenaient trois soldats, également en uniforme de parade.

- Je viens vous vêtir, Sieur Gabriel, lui dit-il. Cet honneur m'échoit. La cérémonie va bientôt commencer. Votre tenue de chevalier est prête. Si vous voulez bien...

Et il fit signe à Gabriel d'ôter sa chemise blanche et de mettre les sous-vêtements présentés par les soldats. Il s'habilla et pour finir Ribout lui posa une cape sur les épaules. Elle était splendidement brodée avec une grande croix vermeille sur le côté de l'épaule gauche.

- Vous avez fière allure ainsi revêtu, Chevalier. Je me demande ce que cela donnera lorsque vous serez dans votre tenue.

- Ma tenue ?

- Oui, les autres chevaliers vous attendent dans la salle d'armes pour cela.

Ils sortirent. Ribout conduisit lentement Gabriel jusqu'à la salle, lui ouvrit la porte et le laissa y pénétrer seul.

Sitôt à l'intérieur, un chevalier s'approcha de lui. Ils étaient cinq dans la pièce, tous liés au Seigneur Bormain. Il les avait aperçus à différentes occasions dans l'enceinte du château et surtout lors de l'accident sur le lac.

- Bienvenue, Sieur Gabriel, lui dit l'homme à ses côtés en plaçant son poing sur son cœur. L'honneur m'échoit de vous vêtir de votre cotte avant la cérémonie.

Ils s'approchèrent de la table au centre de la pièce sur laquelle étaient alignés les éléments de sa tenue.

Gabriel se fit ôter la cape. Ils le vêtirent d'une cotte de mailles rutilante, neuve à l'évidence. Des sur-jambes et gants en cuir lui furent fixés. Puis un surcot brodé lui recouvrit le corps jusqu'à mi-jambe. Une large ceinture en cuir travaillé avec un fourreau vide de son épée furent accrochés. Enfin, un heaume lui fut posé sur la tête pour en ajuster la sangle intérieure. Ensuite on l'enleva pour le lui mettre sous le bras gauche. Pour terminer, sa cape lui fut reposée sur les épaules.

- Vous êtes presque prêt pour la cérémonie. Voici vos armoiries. Votre bouclier, tel que ceux que vous avez fait fabriquer ici. Il porte vos couleurs désormais.

Gabriel, engoncé dans sa nouvelle tenue, regarda le motif qui y avait été peint, un éclair zébrant un écu noir.

- Qui a eu l'idée de ce blason demanda-t-il ?

- Votre ami Aralou en a décidé avec Thibauld et ses hommes. Ils disent que cela représente votre façon d'agir : rapidement comme l'éclair et discrètement dans la nuit. Le seigneur Bormain a accepté.

Gabriel était bouleversé.

- Votre épée et votre bannière vous seront remises par le seigneur Bormain, votre seigneur désormais.

La tenue lui semblait lourde. En son for intérieur, il était impressionné par tout ce panache.

- Maintenant que vous voilà prêt, allons vers le seigneur Bormain qui nous attend.

Après avoir cheminé dans le château, ils arrivèrent dans la salle principale du donjon. Les invités y étaient déjà. Ils devaient être une cinquantaine. Tous étaient vêtus de leurs plus beaux habits, les blasons rutilant. Hommes et femmes s'étaient placés le long des murs de la pièce, libérant le centre de la salle. Il pouvait ainsi avancer jusqu'au fauteuil central réservé au seigneur des lieux. Il aperçut Thibauld et Aralou. Bormain qui était assis se leva à leur arrivée. Un peu en retrait, il entrevit Audeline. Les chevaliers qui l'accompagnaient se placèrent à leur tour de part et d'autre du seigneur, formant une haie au devant de Gabriel. Il attendit qu'on lui fasse signe d'avancer plus loin.

Bormain attendit que le silence fut total et prit la parole.

- Sieur Gabriel, bienvenue en notre présence. En ces lieux ont déjà été promus chevaliers bien d'autres. Ils sont vos aînés. Soyez digne de leur confiance. Approchez !

Gabriel s'exécuta, impressionné. Il ne reconnaissait plus Bormain. Il avait devant lui un seigneur, noble et courageux qui s'imposait naturellement en cet endroit.

- Genou à terre ! lui ordonna-t-il.

Un prêtre s'approcha aux côtés du seigneur. Il tenait en main un livre précieux, richement relié. Il lui prit sa main droite et la posa sur la couverture épaisse.

- Sieur Gabriel, répétez après moi votre serment, énonça Bormain. Moi, Chevalier Gabriel, je jure sur la Sainte Bible de protéger et d'être loyal jusqu'à la mort...

Il se tut et Gabriel reprit ses paroles.

- De veiller sur l'Ordre à la croix vermeille, son Maître et ses fidèles. De lui obéir en tout pour le bien de l'Ordre, des pauvres, des femmes et des enfants...

Gabriel attendit après avoir répété cette dernière phrase. Le prêtre recula de quelques pas pour laisser la place à Bormain. Un page apporta une épée posée sur un long coussin doré. Bormain s'en saisit et la souleva au-dessus de la tête de Gabriel. Puis il posa doucement la lame sur son épaule droite.

- Gabriel, au nom de l'Ordre à la croix vermeille que je représente en ces lieux, je vous fais chevalier.

Puis il souleva l'épée et la posa sur l'autre épaule.

- Que Dieu vous protège ! Vous voici adoubé chevalier. Levez-vous !

Gabriel se redressa et prit à deux mains l'épée tendue par Bormain qui lui souriait.

- Bienvenue en notre Ordre, Chevalier Gabriel. Faites-en bon usage, dit-il en regardant l'épée. Elle est semblable à celles que vous avez fait forger pour votre armée !

Gabriel admirait l'ouvrage. La garde était splendidement ciselée. La poignée surmontée d'un pommeau en or délicatement gravé. Il avait du mal à imaginer la réalisation d'une telle merveille en si peu de temps.

Un chevalier s'approcha de lui et le tira de sa rêverie. Amicalement, il lui reprit l'arme et la glissa dans le fourreau à son côté. Puis il s'écria face à l'assemblée :

- Bienvenue au chevalier Gabriel !

Et l'assistance reprit en chœur :

- Bienvenue au chevalier Gabriel !

Bormain s'approcha de lui.

- Je vous invite maintenant à poursuivre cette cérémonie d'une autre manière, par un repas en votre honneur !

Le seigneur Bormain s'avança et le prit par le bras. Ils se dirigèrent ainsi vers les chevaliers alignés et les saluèrent un par un avant de se tourner et d'avancer vers les autres invités. Gabriel vit tout de suite au premier rang Audeline qui était entourée de ses amies. Son père s'approcha d'elle en souriant. Elle lui rendit son sourire qu'elle décerna ensuite à Gabriel, le fixant dans les yeux. Ils passèrent ensuite parmi tous les autres invités, qu'ils saluaient à chaque fois. Lorsqu'ils eurent fait le tour de la salle, Bormain prit la parole.

- Mes chers amis, je vous invite tous à prendre quelques boissons en attendant que l'on dresse les tables !

Il claqua des mains et des serviteurs entrèrent par la porte principale portant des plateaux garnis de coupes et de pichets en verre ouvragé, d'autres firent leur entrée avec des tonnelets. Dès que les coupes remplies commencèrent à circuler dans les mains, l'animation devint plus bruyante. Tous commentaient l'adoubement du nouveau chevalier qui avait fait forte impression par son maintien et sa prestance. Puis Bormain reprit la parole.

- Levons notre coupe en l'honneur de notre nouveau chevalier. Je lui souhaite, ainsi qu'à tous ceux qui vont l'accompagner vers le mont Altaïr le succès des armes et la protection de notre Seigneur. Demain sera déjà pour eux une dure journée.

Les invités furent quelque peu surpris d'apprendre que le chevalier partirait le lendemain combattre les ennemis de l'Ordre. Et l'ambiance devint encore plus chaleureuse autour de lui et des hommes qui allaient l'accompagner. Tous tenaient à le féliciter et à l'encourager dans son entreprise. Au bout d'un certain temps, il put se détacher et s'approcher d'Audeline. Il perçut tout de suite le plaisir qu'elle éprouvait à le voir à ses côtés. Elle était toujours entourée de ses amies.

- Vous avez l'air totalement remise de votre triste aventure, chère Audeline...

- Oui, mais j'en frissonne encore. Je vais éprouver d'autres craintes maintenant avec votre départ, si rapide... Le temps vous semble encore trop court pour mener à bien votre destinée ?

Elle le surprit par cette remarque qui lui sembla si pertinente.

- C'est vrai, Audeline, que le temps est compté. Nous devons faire vite pour avoir un espoir de victoire en arrivant là-bas à temps. Nous devrons combattre le plus rapidement possible pour surprendre nos ennemis.

- J'espère qu'il n'y aura pas de combat ! Revenez le plus vite possible !

Gabriel lui prit la main et l'embrassa. Puis il lui chuchota à l’oreille :

- Je penserai à toi chaque jour, chère Audeline. Ainsi ta présence à mes côtés me protègera.

Ils se séparèrent, poursuivant leurs entretiens avec les invités.

Des serviteurs arrivèrent rapidement pour dresser les tables du banquet. Des tréteaux recouverts de nappes blanches envahirent le centre de la salle, disposés en forme de U. Couverts, plats, fauteuils et chaises furent installés en un clin d'oeil. Lorsque tout fut prêt, le seigneur Bormain invita tout le monde à prendre place. Gabriel s'exécuta lorsqu'on le plaça à côté de lui. Audeline était assez éloignée. Il était entouré des chevaliers qui ne cessaient de lui faire la conversation. L'ambiance du repas fut gaie, agréable, mais avec une pointe de nostalgie. Tous craignaient plus ou moins les jours à venir, même s’ils n'en laissaient rien paraître. La fin du repas arriva trop rapidement. Bormain porta un dernier verre en l'honneur de ceux qui allaient partir. Puis il proposa à tous de se retirer.

- Je suis fier et heureux pour vous, mon ami, lui glissa-t-il à l'oreille. Plus tard, notre Ordre saura vous remercier pour tout ce que vous avez fait. Vous méritez votre rang actuel. Vous verrez, il vous ouvrira de nombreuses portes.

Il se tut un instant en fixant Gabriel.

- Chevalier, je vois ce que ma fille Audeline éprouve pour vous. Ce qui me comblerait le plus, c'est son bonheur. Aussi, je tiens à vous dire que plus tard, lorsque aux yeux de tous vous aurez fait preuve de votre intelligence et de votre talent, ce dont je ne doute pas un instant, si Audeline est toujours dans les mêmes dispositions à votre égard... Je ne verrais pas d'objection à une éventuelle union.

En se levant, il le prit par les épaules.

- Vous me faites penser à mon fils ! Dieu vous protège tous les deux !

Il ne laissa pas le temps à Gabriel de réagir, de répondre, que déjà il s'était éloigné de la salle.

- Je crois qu'Audeline vous attend, lui lança-t-il sans se retourner.

Elle était en effet assise sur le rebord en pierre d'une étroite fenêtre. Il se dirigea aussitôt vers elle. Elle était seule, sans ses servantes. Il n'y avait plus que quelques gardes dans la salle et des serviteurs qui s'activaient au rangement.

- Audeline, lui dit-il, ton père est un grand seigneur. Je lui dois beaucoup... Il est sage et éclairé...

- Il t'a parlé de nous je suppose... Je voue une admiration sans borne à mon père. Je lui ai toujours fait confiance et me suis tout le temps confiée à lui... Comme j'aurais pu le faire avec ma mère, je suppose. Il me parle et me considère autant que mon frère... C'est rare. Les femmes n'ont que peu la parole dans ce pays.

Elle regardait Gabriel en souriant.

- Sauf toi ! Tu me regardes, me parles comme si j'étais ton égale. Comme s'il n'y avait pas de différences entre nous... Et tu agis de même avec tous ceux qui t'entourent !

- Mais la femme est l'égale de l'homme ! Elle possède la même intelligence et a les mêmes droits !

- Tu vois... Tes propos sont toujours étonnants. C'est la première fois que j'entends un homme dire qu'il considère ainsi une femme !

Elle le regarda comme si elle cherchait à lire en lui.

- Qui es-tu donc, Chevalier Gabriel ?

- Je te l'ai déjà dit, je viens de très loin... Un jour je te raconterai mon aventure en détail, mais pour le moment il est trop tôt. Lorsque je reviendrai de cette bataille, je te promets de tout te confier. En attendant, ne crains rien.

Il lui prit la main et l'embrassa.

- A demain, Gabriel. Mon père et moi ne manquerons pas votre départ.

Lorsqu'elle eut quitté la pièce, il s'éloigna à son tour et descendit les escaliers. Ribout l'attendait en bas des marches, assoupi.

- Allons, Ribout, allez vous coucher maintenant. Faites comme moi. Il nous reste peu de sommeil avant de quitter ces lieux enchanteurs.

Il retrouva sa chambre et s'endormit rapidement.

Le jour pointait difficilement lorsqu'il s'éveilla le lendemain matin. Il se vêtit rapidement de sa tenue de combat, récupérant bouclier, épée et oriflamme qu'on lui avait remis la veille, comme dans un rêve. Quittant la chambre, il réveilla Ribout au passage et attendit qu'il lui prépare son cheval pour se retrouver à l'extérieur des murs de la forteresse.

Thibauld avait depuis longtemps mis ses hommes debout et les préparatifs de départ étaient déjà largement avancés. Les chariots avaient été alignés et chargés de vivres, de matériels, depuis la veille au soir. Les chevaux, harnachés, commençaient à arriver. Aralou venait de se lever. Il lui avoua s'être couché tard pour avancer dans la rédaction de son livre.

- Tu me surprends, Aralou. Autant d'entêtement pour si peu de choses...

- Je crois tout le contraire. Depuis que je suis à tes côtés, c'est toi qui me surprends chaque jour un peu plus. Regarde ce qui t'arrive encore aujourd'hui. Partir comme chevalier à la tête d'une petite armée... Tu me l'aurais dit, il y a quelques jours seulement... Rien que cela aurait mérité que j'écrive tes exploits !

- Dans une heure nous serons prêts à partir, les interrompit Thibauld.

Et il lui fit un point sur la situation le plus détaillé possible. Tout le monde était correctement équipé, habillé, les armes en quantité autant qu'ils avaient pu en rassembler. Mais il leur manquait encore de l'entraînement et cela ne lui plaisait pas beaucoup.

- Je sais, répondit Gabriel, mais nous n'avons plus le choix. Il faudra trouver des moments lors de notre déplacement pour poursuivre ces entraînements.

Il resta seul à regarder la petite troupe s'organiser. Bientôt il ne resta plus que des cabanes vides et des feux de camp moribonds.

Thibauld revint avec un morceau de pain et de viande froide pour les tendre à Gabriel. Celui-ci s'en saisit et avala calmement le frugal repas. Le soleil annonçait une belle journée. Il était déjà trop haut à son goût. Il enfourcha sa monture, le bel Avix, qui n'attendait que le départ lui aussi. C'est à ce moment, que le seigneur Bormain arriva à cheval accompagné de quelques chevaliers et d'Audeline. Gabriel alla à leur rencontre avec empressement.

- Nous ne serions jamais partis sans vous dire au revoir seigneur Bormain !

- Je l'espère bien, répondit-il en souriant.

- Vous avez fière allure, Chevalier, lui lança Audeline, mais votre départ va nous peser. Revenez vite !

- Il fera de son mieux, répliqua Bormain... Il nous faut en finir avec ce conflit affligeant. Je vous annonce que la moitié de mes chevaliers seront sur vos pas pour combattre avec les troupes de mon ami Maruald, qui ne vont pas tarder à nous rejoindre. J'ai pris la décision ce matin avec eux de nous séparer quand même de quelques éléments afin de vous aider au mieux. Mais ils ne peuvent partir avec vous... Ils ne sont pas prêts et vous n'avez pas du tout la même façon de combattre. Il leur serait difficile de s'adapter à la vôtre, sans vous porter ombrage. Donc si vous rencontrez des difficultés patientez quelques jours au plus, ces renforts seront là !

- Nous vous en remercions, seigneur Bormain. Ainsi nous aurons l'esprit plus calme durant notre avancée.

Thibauld vint le rappeler à la réalité. Il fallait partir. Les hommes s'impatientaient avec leurs montures.

Gabriel saisit rapidement la main d'Audeline et l'embrassa.

- A très bientôt... Ne vous inquiétez pas.

Elle ne trouvait plus son souffle pour lui répondre.

- Au revoir, Chevalier, lui dit Bormain, posant affectueusement la main sur son bras. Nous comptons sur vous !

- Je reviendrai et avec votre fils afin qu'il vous raconte ses exploits !

Il se retourna et rejoignit au petit trot Thibauld à la tête de la colonne, sans se retourner.

Au fur et à mesure qu'il la remontait, il constatait l'état de préparation des hommes, à cheval comme en chariot, les armes à la main. Devant lui, en tête, flottait fièrement la bannière tenue par Ribout. Il se mit à côté sans un mot et entraîna toute la colonne à sa suite, s'éloignant de ce lieu où il avait vécu tant de bonheur en si peu de temps.

Ils cheminèrent ainsi plusieurs heures, parlant peu. Un groupe de cavaliers connaissant bien la région les précédait, s'assurant de la sûreté de l'itinéraire. Le rythme de la progression était soutenu. Le fait de ne pas avoir d'hommes à pied changeait profondément l'organisation. Il n'y avait plus de ralentissement pour des arrêts fréquents afin de faire quelque pause. Il n'y en eut qu'une seule vers midi, juste pour déjeuner rapidement. Le château était loin maintenant, comme si rien n'avait jamais existé. Ils trouvèrent un petit étang pour leur halte. Ainsi les chevaux purent se désaltérer.

Lorsqu'ils repartirent, Gabriel, toujours en tête de la colonne, était encadré de ses principaux amis et des capitaines de Thibauld. Ils devisaient maintenant joyeusement mais discrètement. Beaucoup de questions lui étaient posées. Il en profitait pour les informer sur ses suppositions quant à la situation et ce que ferait l'ennemi autour du mont Altaïr, qu'il connaissait un peu.

- Nous dormirons ce soir dans une villagerie que je connais bien, lui déclara Thibauld. Notre avance nous le permettra. Ils pourront nous accueillir et nous nourrir. Ainsi nous économiserons un peu sur nos provisions.

- Pourrons-nous être assurés de leur discrétion après notre départ ? lui demanda Gabriel.

- J'en suis garant. Nous pouvons même demander au gouverneur du village d'interdire toute sortie pendant une ou deux journées après notre départ !

- Ce serait effectivement plus sage. Nous devons, comme je vous le répète sans arrêt, nous assurer de la plus grande discrétion possible sur nos activités. Nous ne savons pas où est l'ennemi exactement. Et pour combattre, nous devrons profiter de l'effet de surprise... Nous ne sommes pas assez nombreux pour agir autrement.

Ils croisèrent durant l'après-midi quelques paysans. Mais ceux-ci restaient éloignés à bonne distance quand ils apercevaient la colonne. Les armes qu'ils arboraient, l'oriflamme et surtout les uniformes sombres provoquaient un grand étonnement. D'habitude les troupes étaient rutilantes et bruyantes. Et là ils voyaient tout le contraire. Ils ne reconnaissaient aucun des blasons et tenues habituelles. Les voir ainsi cheminant inspirait la crainte.

La troupe arriva en fin de journée aux portes de la villagerie. Quelque temps avant, Gabriel avait préféré faire s'arrêter tout le monde pour attendre que vienne la pénombre. De cette façon, il pensait que leur avancée dans cette petite forteresse passerait un peu plus inaperçue. Dès qu'ils se présentèrent, ils furent accueillis avec chaleur par le maître des lieux. Il leur proposa quelques lits et des granges garnies de foin. Après cette longue journée de marche cela paraissait un grand luxe.

Le soir, une fois installé, Gabriel dîna avec ses compagnons. Il appréciait ces brefs instants de calme lui permettant d'exprimer ses réflexions mais surtout d'écouter leurs propositions. Ils étaient seuls, les villageois ne s'étaient pas beaucoup approchés à leur arrivée. A l'évidence ils ne désiraient pas importuner ces soldats étranges et ils avaient été incités à agir ainsi par le maître de la villagerie. C'était tout aussi bien en cet instant et Gabriel pouvait ainsi se permettre de parler en toute franchise à ses amis sans être dérangé.

- J'ai réfléchi tout au long du parcours à ce que nous allions entreprendre. Il nous faut assurer notre sécurité encore mieux... J'ai donc l'intention de ne faire des déplacements avec la troupe que la nuit !

Ils en arrêtèrent de manger, le regardant avec ébahissement. Les questions étaient sur toutes les lèvres. Mais Gabriel poursuivit :

- Si nous marchons la nuit, nous pourrons être encore plus discrets. Nous sommes en ce moment favorisés par la lune. Nous n'aurons aucun mal à trouver notre chemin. Ensuite, le matin nous dormirons et l'après-midi nous resterons sur place pour continuer l'entraînement. De plus la nuit en nous déplaçant nous aurons moins chaud, les chevaux fatigueront moins...

Il les laissa s'exprimer. Mais au bout de peu de temps, tous convinrent que l'idée avait du bon et était réalisable.

Il se leva donc sur ces dernières approbations.

- Nous commencerons donc cette nuit ! Prévenez vos hommes, nous repartons dans... trois heures. Juste le temps pour un petit somme.

Il y eut quelques murmures de réprobation, mais finalement tous obtempérèrent.

Gabriel demanda à voir le maître du village. Celui-ci vint rapidement à sa rencontre.

- Nous partons dans quelques heures, n'en soyez pas offusqué.

- Quelque chose ne va pas, Chevalier ? Vous avez des craintes ?

- Oui, en quelque sorte... Nous devons repartir rapidement et profiter de la nuit. Nous vous remercions pour votre excellent accueil.

- C'était bien naturel. C'est un tel honneur de recevoir un chevalier et des troupes de l'Ordre. Votre présence, même brève, nous aura comblés. Je ne sais où vous allez et je ne veux pas le savoir, mais je vous souhaite bonne chance. Je crois que vous en aurez grand besoin.

Gabriel, après que leur hôte se fût éclipsé, en fit de même.

C'est Ribout qui le réveilla en pleine nuit. Il fallait déjà se préparer à partir. Le corps était encore endolori et peu réparé d'un trop bref repos. Il se laissa enfiler rapidement ses bottes, puis ajuster son uniforme. Aussitôt, il rejoignit les hommes sur la place centrale de la villagerie.

- Dans quelques instants nous pourrons partir, lui assura Thibauld qui allait et venait rapidement autour de ses troupes.

Aralou vint également à sa rencontre quelques minutes avant le départ. Il avait l'air renfrogné.

- Tu manques de sommeil, mon ami...

Celui-ci répondit par un grognement tout en se mettant péniblement en selle.

Les portes s'ouvrirent. La grille se leva avec lenteur et fort grincement faisant un vacarme d'enfer en plein milieu de la nuit. Et la troupe s'avança en bon ordre, lentement, s'enfonçant dans les ténèbres.

Plus il y pensait, plus il était persuadé d'avoir eu raison. La lune éclairait d'un faible croissant brillant le chemin caillouteux. Dans cette nuit, peu de gens en cette époque n'osaient s'aventurer. La peur de rencontrer des bandits ou des démons imaginaires surgis des ténèbres, incitait à ne pas bouger et à dormir. Cela convenait parfaitement à Gabriel. L'ennemi devait être dans les mêmes dispositions que les villageois. Il ne devrait pas les inquiéter. Dans les chariots, sur les chevaux, les hommes sommeillaient.

Tout en cheminant à l'avant de cette cohorte, il se disait qu'il devait encore en profiter. Ils ne marcheraient plus que la nuit et ils ne combattraient, si possible, que la nuit. Ce serait un grand avantage face à un ennemi organisé pour combattre de jour et en grand nombre. Il lui faudrait imposer, une fois encore, son point de vue. Seulement le plus difficile serait de trouver du temps pour les entraîner à combattre la nuit.

- Comment y arriver ? se disait-il en murmurant à voix haute.

- Vous rêvez, Chevalier ? lui demanda Thibauld.

- Non... non, je pensais aux combats qui nous attendent et à notre faible effectif. Il faudrait mieux nous organiser.

- Et que proposez-vous ? Car je suis persuadé que vous avez déjà une idée, n'est-ce-pas ?

Gabriel continuait comme s'il ne l'entendait pas.

- Nous ne devrions combattre que la nuit. Assaillir l'ennemi endormi, en silence, dans le noir absolu. Et nous retirer sans que le jour ne dévoile nos forces. Ce qu'il faut maintenant c'est un peu d'entraînement pour cela. Mais nous ne pouvons avancer et nous préparer !

Thibauld répondit au bout d'un temps de réflexion.

- S'entraîner le soir, puis marcher la nuit et dormir le jour... Si les hommes suivent le régime, pourquoi pas ?

Gabriel hocha la tête en le dévisageant dans la pénombre.

- Votre idée est bonne. Quant aux soldats, ils n'ont pas le choix. Il vaut mieux se préparer que se faire tuer dans le premier combat venu.

Ils chevauchèrent ainsi tout le reste de la nuit, sans prononcer d'autre parole.

Lorsque le soleil commença à poindre, Thibauld proposa de faire halte en lisière d'une forêt. C'était l'abri qu'il leur fallait pour passer la journée hors de vue. Aussitôt les ordres donnés, les hommes s'installèrent rapidement. Très peu de feux furent allumés pour ne pas attirer l'attention. Après avoir réuni tous ses chefs, Thibauld leur demanda de s'organiser à passer la journée sur place et à en profiter pour dormir et manger. Ils se demandèrent si leur chef plaisantait. Mais quand ils apprirent que désormais ils ne se déplaceraient que de nuit et que ce soir ils devraient s'entraîner, ils crurent que la pleine lune lui avait fait perdre raison.

La journée s'écoula au rythme lent du soleil. Gabriel se reposa un peu mais ne put trouver le sommeil, le corps endolori, l'esprit en effervescence. Bien avant que n'arrive la pénombre, il fit venir autour de lui Thibauld et ses capitaines. Il voulait leur enseigner à combattre de nuit. Il avait eu le temps toute la journée de s'y préparer mentalement. Il leur fit part de ses réflexions.

- La nuit, vous devez être invisibles, comme avalés par le noir. La peau, les mains et les vêtements doivent être impossibles à distinguer. Vous devrez surprendre l'ennemi au dernier instant afin de combattre à l'épée et au poignard pour rester discrets. Il faudra savoir progresser discrètement à pied, les montures restant en sûreté, qui que ce soit, cavalier, fantassin, lancier ou archer.

Et il leur fit part de bien d'autres suggestions. Etonnés, ils avaient écouté. Maintenant il leur fallait se mettre au travail.

Thibauld demanda à séparer les hommes en troupes plus faciles à former et à entraîner les unes contre les autres. C'est ainsi que, tard dans la nuit, tous les hommes participèrent activement aux exercices se frottant à la réalité et non plus aux théories. Gabriel était présent avec chaque troupe pour donner son avis, encourager et surtout vérifier que ses idées étaient applicables. Les soldats apprenaient rapidement. Marcher en silence, se replier discrètement, surgir sur un ennemi assoupi... Ils furent étonnés de leurs possibilités.

Au milieu de la nuit, Gabriel fit cesser les exercices. Il appela à nouveau les hommes qui avaient dirigé chaque troupe avec Thibauld, pendant que les autres se préparaient à reprendre la route de nuit. Ils furent en majorité d'accord pour approuver cette façon de combattre qui rompait totalement avec les habitudes et les traditions. Thibauld admit que cette technique pouvait se révéler effectivement efficace.

Après quelques conseils et échanges de points de vue, tout le monde reprit la progression vers le mont Altaïr. La lune brillait encore dans le ciel obscur malgré quelques nuages épars. Le silence était impressionnant dans cette armée qui cheminait. Les chariots s'avérèrent bien utiles pour que tous puissent se reposer et non uniquement les cavaliers sur leurs montures. Lorsque le jour se leva péniblement, la troupe s'arrêta naturellement dans une petite vallée entourée de hauts bosquets et d'arbustes. Ils y seraient bien abrités.

Aralou s'approcha de Gabriel tenant sa monture par la bride.

- Tout se passe bien jusqu'ici. Pas de mauvaises rencontres, des soldats qui te suivent, t'approuvent et t'admirent...

- Tu sais, Aralou, le plus difficile est à venir.

- Evidemment, mais les hommes je les entends. Ils ont confiance et c'est très important pour toi. Ces combats de nuit les rendent curieux et fiers d'y arriver. Tu sais qu'ils t'ont donné un autre nom ?

- Un nom ?

- Oui : « le chevalier de l'armée des nuits ». C'est ainsi qu'ils s'appellent maintenant : « l'armée des nuits » !

Il s'approcha d'un arbre et y étendit la couverture qu'il venait d'ôter de sa selle. Il s'apprêtait à s'étendre.

- C'est comme ça que tu écris ton livre ? lui lança Gabriel en souriant. Il ne va pas avancer beaucoup !

- Il avance à la vitesse de tes exploits...

Après avoir rapidement fait le tour du campement, il se coucha à son tour alors que le soleil montait. Il se disait que demain les mettrait à une journée du Mont. Il leur aurait fallu quatre nuits pour arriver à leur but. Il s'endormit d'un coup.

Vers midi Gabriel s'éveilla instinctivement, pris d'un doute. Il regarda autour de lui mais rien n'avait changé, rien d'anormal. Les hommes étaient pour la plupart allongés. Il chercha des yeux Thibauld et le vit assis non loin de lui. Celui-ci s'approcha quand il le vit éveillé.

- Nous avons le même sentiment d'inquiétude, Chevalier ?

- J'ai l'impression... Pourtant les gardes sont en place et rien ne bouge...

Gabriel se leva, regarda autour de lui. Quelque chose pendant son sommeil avait attiré son attention. Une sorte d'instinct l'avait averti. Il voulut en avoir le coeur net, décidant de se fier à son intuition.

- Venez, accompagnez-moi ! Où sont les gardes que vous avez postés ?

- Aux deux entrées de la clairière.

- Allons voir les plus proches !

Ils s'engagèrent tous deux vers l'une des extrémités de la clairière. Sur leur chemin, il y avait des soldats allongés dans leurs couvertures ou parfois tout simplement dans leurs manteaux, en train de dormir. En haut du chemin, ils découvrirent deux sentinelles, deux hommes situés assez loin du campement. Ils étaient assis et se levèrent à leur approche.

- Tout va bien ? demanda Thibauld.

Ils hochèrent la tête sans parler.

- Bien. Soyez vigilants et au moindre mouvement suspect vous nous prévenez !

Sans plus insister, après avoir jeté un oeil à l'horizon et observé les environs, ils firent demi-tour pour se rendre de l'autre côté de la clairière. Là encore, le chemin remontait vers le sommet de la petite vallée. Quand ils y furent arrivés, ils cherchèrent les gardes du regard. Gabriel commençait à craindre le pire. Après avoir fouillé autour d'eux, ils trouvèrent les deux hommes côte à côte, étendus sur l'herbe.

- On vient de les poignarder ! grommela Thibauld.

De toute évidence ils avaient reçu des coups de couteau dans le dos. Gabriel restait muet devant la scène. Il avait l'impression que tout s'effondrait. Ses plans tombaient à l'eau.

- C'est une catastrophe ! Nous ne savons pas qui a fait ça, des ennemis, des brigands... Nous sommes désormais à découvert. Qui que ce soit, ils monnaieront ce renseignement... Et nous ne pourrons plus agir par surprise contre les troupes assiégeant l'Altaïr...

Thibauld le regardait. Il lui montra le camp un peu en contre-bas.

- Je pense que ceux qui ont fait ça étaient parmi nous... Des brigands n'y auraient eu aucun intérêt. Nous sommes trop nombreux. L'ennemi était chez nous, Gabriel. Et je pense que ces deux-là devaient les connaître. C'est pourquoi ils ont pu être surpris. Mais pourquoi les ont-ils tués au lieu de s'enfuir à travers les bosquets ?

- Parce qu'il était plus discret de se diriger devant tous les autres vers l'entrée, vers les gardes, comme s'ils allaient les relever ou discuter avec eux, plutôt que de risquer d'être aperçus sur les pentes de la colline entourant la vallée, répondit Gabriel.

L'ennemi avait été parmi eux, c'était certain. Mais en restait-il ? Dans quel but ?

- Rentrons et faisons enterrer ces hommes. Il faut également les remplacer tout de suite, on ne sait jamais. Il ne s'agirait pas d'être surpris maintenant.

La nouvelle fit le tour du camp comme une tempête. Gabriel avait eu le temps en revenant de prendre des décisions. Il fit convoquer tous les capitaines de Thibauld.

- Vous devez savoir que notre situation n'est plus aussi brillante qu'à notre départ. Quelques-uns d'entre-nous se sont enfuis vers l'ennemi, il y a peu de temps. Nous ne pouvons plus espérer atteindre le mont Altaïr par surprise.

Tous se taisaient en le regardant. Thibauld poursuivit à son tour en s'adressant à Gabriel et à ses capitaines.

- Je pense que ces hommes étaient deux, vu les traces. Les deux gardes ont été poignardés, il y a peu de temps. Ils ne peuvent donc être bien loin. Je pense également qu'ils sont allés au plus simple pour se diriger vers les troupes ennemies les plus proches. Je suis donc certain qu'on peut encore les retrouver !

Un des hommes avança qu'ils étaient à pied, aucune monture ne manquait.

- Vous avez peut-être raison, répondit Gabriel. Dans ce cas, il faut essayer de les retrouver. Préparez une petite équipe et n'attirez pas l'attention des personnes que vous pourrez croiser. Pas d'uniforme ! Faites-vous passer pour des déserteurs, des brigands ou des fuyards... Mais il ne faut pas que l'on soupçonne la présence de cette armée par ici. Cherchez-les de jour comme de nuit et de préférence en direction de l'Altaïr car c'est le seul endroit où ils sont absolument certains de retrouver des amis.

Thibauld acquiesça. Il prit deux capitaines à part pour leur donner discrètement des ordres.

Lorsque tous les hommes eurent quitté Gabriel, Aralou s'approcha.

- Que faisons-nous ce soir, on continue ?

- Plus que jamais, lui répondit Gabriel. Nous repartirons à la nuit tombée. Si tout va bien, si les traîtres sont ramenés, nous serons demain soir à quelques lieues des assiégeants.

Lorsque le groupe de cavaliers eut quitté le camp pour se lancer à la poursuite des fugitifs, il rejoignit Thibauld pour lui demander de reprendre l'entraînement puisque tout le monde était réveillé et pour faire oublier quelque peu ce qui venait de se produire.

La fin de la journée fut donc encore consacrée à combattre un ennemi fictif. Les hommes s'y affairaient maintenant correctement. Les nouvelles armes ne les perturbaient plus. Il sentait qu'ils auraient acquis un niveau correct de compétence avant le moment redouté.

Dès que la nuit fut tombée, l'entraînement cessa et tous quittèrent le campement provisoire. Le déplacement se réalisait sans encombre. Là encore les hommes prenaient des habitudes et ils finissaient par être tout aussi à l'aise en manœuvrant la nuit plutôt que le jour. Ils traversèrent, à bonne distance, de plus en plus de hameaux aux ruines fumantes, pillés et vidés de toute vie. Les troupes à la solde du roi s'étaient vengées sur ces habitants, sachant qu'ils étaient acquis à la cause de l'Ordre. Ils ne rencontrèrent âme qui vive avant le lever du soleil.

C'est au sommet d'une colline boisée qu'ils installèrent le nouveau campement, non sans avoir laissé quelques soldats à des endroits stratégiques dans l'espoir de guider les cavaliers partis à la poursuite des rebelles, pour leur permettre de les rejoindre.

Ceux-ci firent effectivement leur apparition vers le milieu de la matinée, alors que tout le monde dormait.

Gabriel qui avait été réveillé par leur approche, vit de loin deux hommes en tenue de paysans qui les accompagnaient, ficelés en travers de deux chevaux. Leur arrivée secoua le campement de sa torpeur matinale. Il vit Thibauld se précipiter à leur rencontre.

- Voilà nos deux crapules ! leur cria-t-il.

Et joignant le geste à la parole, il en prit un par l'épaule et le projeta au sol. L'homme avait à l'évidence déjà subi plus d'un coup. Un des soldats les accompagnant s'adressa à Thibauld.

- On les a trouvés avec nos uniformes sur le dos... les imbéciles. Ils ne passaient pas inaperçus dans les campagnes. Ils n'avaient pas encore réussi à voler des chevaux.

- Vous avez fait du bon travail... On va s'occuper d'eux maintenant !

- Le plus dur a été de vous retrouver. Heureusement que quelques-uns nous attendaient pour nous guider.

- Remerciez le chevalier Gabriel ! C'est lui qui en a eu l'idée. Qui sont-ils ?

- Des traîtres, des moins que rien. Ils ne cherchaient que l'argent. Ils espéraient une bonne récompense en échange de leurs informations... Ils se dirigeaient bien vers le mont Altaïr.

Gabriel s'était également approché. Il avait fait s'écarter les curieux, les soldats désireux de s'approcher. Il examina les deux hommes.

- Qu'allons nous en faire ? demanda-t-il à Thibauld.

- Ne vous occupez pas de cela, Chevalier ! Ces hommes sont impardonnables. Ils étaient du château de Mallacort. Ils ont renié leur serment envers leur seigneur. Nous devons les tuer...

- Comme ça ! Sans autre forme de jugement ?

- Dieu a jugé ! Il nous a permis de les retrouver pour leur infliger leur châtiment. Et les soldats ne comprendraient pas une autre attitude. Ce qu'ils ont fait est pire que tout. Ils ont tué deux des leurs. Je m'occupe de leur exécution.

Gabriel, abasourdi, se retira en silence. Il n'avait pas envisagé cette fin. Sinon peut-être ne les aurait-il pas fait poursuivre... Il avait oublié les coutumes brutales de cette époque ! Il s'installa donc seul au pied d'un arbre pour réfléchir. Il restait une journée de marche et ils seraient en vue de l'Altaïr, enfin ! Mais dans quelle aventure allaient-ils s'engager maintenant ? Les ennemis les attendaient-ils et étaient-ils nombreux ? Le dernier incident ne lui disait rien de bon. Arriveraient-ils à les surprendre ?

- Ce sera bientôt l'épreuve de vérité. Les hommes t'attendent et te suivent. Tu dois leur montrer l'exemple. Ils ont pour toi une véritable vénération.

Il releva la tête. Aralou était debout à ses côtés.

- J'ai des doutes, Aralou ! Et si l'ennemi nous tendait un piège ?

- Nous pouvons nous en informer. A notre tour, envoyons des éclaireurs dans le camp ennemi.

- J'y ai pensé mais c'est très risqué. Si les espions que nous envoyons se font prendre ou encore mieux s'ils trahissent, comme ces deux là-bas ? Ce serait encore pire que de ne pas avoir d'information fiable.

- Alors laisse-moi y aller. De moi, au moins tu es sûr !

Gabriel lui sourit tristement.

- Voyons, tu es mon ami ! Un troubadour, un écrivain... pas un espion. Tu ne saurais t'y prendre.

Aralou s'accroupit à côté de lui.

- C'est vrai. J'écris, je chante et joue des instruments. C'est justement l'idéal pour passer inaperçu si on me prend. Ils sont à une journée. En partant ce soir j'aurai toute la journée de demain pour les observer. Mon choix est fait quoi que tu puisses dire !

Gabriel se releva et l'embrassa.

- Dans quelle galère je t'ai embarqué mon pauvre ami ! Fais très attention à toi !

- Je ferai de mon mieux. Je prends mon cheval, mon instrument de musique, puis je pars tout de suite et seul. Ainsi je serai certain de ne pas être accompagné d'un traître !

Il riait. Aralou s'éloigna, laissant Gabriel seul au pied de son arbre. Il attendit encore un peu, puis rejoignit les soldats et Thibauld qui était entouré de ses chefs. En le voyant, il eut un grand sourire.

- Vous avez manqué deux belles pendaisons, Chevalier. Ces hommes sont morts sans souffrir si cela peut vous rassurer. Ils n'ont d'ailleurs pas dit un mot au prêtre pour se confesser. Ils devaient en avoir trop gros sur la conscience !

Les capitaines se mirent à rire avec lui. Thibauld les calma d'un geste.

- Ce soir sera le dernier où nous nous entraînerons. Demain nous serons trop près de l'ennemi pour continuer. Que nous conseillez-vous pour cette nuit ?

Gabriel jeta un regard aux hommes.

- Il faut savoir attaquer un campement ennemi de nuit. Il faut savoir combattre un ennemi qui nous attend en embuscade. Je pense que nous serons confrontés à l'une de ces situations, la première étant bien entendu la plus facile !

Il les regarda alors que le soleil maintenant éclairait faiblement leurs visages. Il ne tarderait pas à se coucher.

- Ce sera effectivement le dernier entraînement ! Demain aura lieu l'ultime vérité pour nous tous. J'ai confiance. Nous ne pouvons pas perdre avec des hommes comme vous. Allez, commencez ! Je vais faire le point avec Thibauld.

Tout le début de la nuit se passa à s'entraîner à réagir lors d'attaques brèves, rapides, suivies de replis ordonnés. Vers deux heures du matin, ils s'arrêtèrent et prirent un repas sur le pouce. Puis la petite armée profitant encore de l'obscurité se mit en marche à nouveau, une dernière fois vers le mont Altaïr.

La proximité de l'ennemi imposait un silence absolu. Les sabots des chevaux avaient été emmitouflés dans de la toile. Les armes étaient également emmaillotées pour éviter tout bruit intempestif. A marche forcée, ils finirent par arriver juste avant le retour du jour au pied d'une des collines permettant d'avoir une vue imprenable sur le Mont et sa vallée. Ils gravirent par un sentier étroit la colline et s'installèrent rapidement en bivouac sur le versant opposé au mont Altaïr. Seuls quelques veilleurs étaient disposés pour surveiller les mouvements des assiégeants campant dans la plaine.

Au fur et à mesure que montait le pâle soleil dans le ciel clair, que la nuit dans la vallée se retirait, les positions des ennemis apparaissaient précisément. Il devait y avoir trois ou quatre armées. Gabriel s'était remis à observer et pouvait distinguer nettement trois regroupements. Thibauld installé à ses côtés émit un petit sifflement.

- Ils sont nombreux... Je ne m'attendais pas à cela !

Gabriel ne répondait pas. Il était occupé à scruter les forces ennemies, leurs emplacements, leurs moyens... Pour le moment il n'y avait pas beaucoup de mouvement. Il était certainement trop tôt. Le site semblait figé comme un paysage peint sur un tableau. Seules quelques fumerolles signalaient la présence des soldats, car rien ne trahissait leurs déplacements. Ils devaient probablement dormir, trop sûrs de leurs forces et de l'impossibilité pour les assiégés de venir les surprendre. L'ensemble était saisissant. Il lui semblait que les troupes de la vallée veillaient sur le château là-haut, alors qu'elles n'étaient là que pour l'anéantir.

- Reposons-nous un peu, dit-il, nous en aurons besoin d'ici peu. Cet après-midi, nous les observerons plus longuement.

Il frappa sur l'épaule de Thibauld :

- Nous sommes arrivés jusqu'ici sans trop de problèmes. Ce n'est déjà pas si mal ! Allez dormir !

Alors que l'assiégeant s'éveillait dans la vallée, l'armée des nuits s'endormait, cachée, attendant son heure.

Gabriel fut réveillé en début d'après-midi, comme il l'avait demandé. Il retrouva Thibauld déjà debout et scrutant le paysage.

- Alors, du nouveau ?

- Pas possible de trouver le sommeil avec tous ces ennemis à portée de flèches. Je connais un peu mieux leur comportement. Apparemment ils ne sont pas inquiets sur la suite des événements. Ils bougent peu et attendent que le fruit tombe de lui-même entre leurs mains.

- Et nos hommes ?

- La plupart dorment, se reposent... Tout va bien. Ils ont confiance en vous, Chevalier... C'est impressionnant à quel point !

Pendant une bonne heure Gabriel resta en observation à côté de Thibauld. Derrière lui, sur l'autre versant de la colline, les hommes commençaient à s'activer lentement et discrètement. Ils préparaient leurs armes, se restauraient...

Thibauld s'approcha de lui un peu plus près.

- Dites-moi, Chevalier... Vous savez ce qui va se passer dans les heures à venir ? Vous pouvez deviner l'avenir et nous mener à la victoire ?

Gabriel arrêta son observation et fixa Thibauld dans les yeux.

- Je ne puis lire l'avenir avec certitude et d'ailleurs, pour être franc, plus les jours s'écoulent et moins je possède ce petit pouvoir... Les événements se bousculent et m'empêchent de les devancer !

Thibauld paraissait attristé. Gabriel poursuivit en le voyant ainsi.

- Ce dont je suis certain c'est que les avantages sont de notre côté. Il ne faudra pas grand chose pour que la victoire bascule dans notre camp...

- Les hommes sont persuadés que vous connaissez l'issue des événements. Ils ont entendu parler de vos pouvoirs... De l'enlèvement qui aurait dû se produire contre le Maître... Du pouvoir de réveiller les morts. J'ai tendance à penser comme eux.

- Alors ne leur racontez rien de cette conversation... Et peut-être après tout, ont-ils un peu raison ?

Thibauld l'entendait bien ainsi. Avoir un chef qui devinait même partiellement l'avenir, qui possédait de tels pouvoirs, c'était s'assurer l'invincibilité. Alors qu'il allait se retirer, Gabriel le retint par la manche.

- Je veux dire par-là que rien n'est gagné d'avance. Si nous mettons toutes nos forces dans la bataille à venir, alors nous pourrons vaincre, sinon...

- Vous pouvez compter sur nous, lui répondit-il en souriant.

Seul pendant plusieurs minutes, il scruta la plaine. Lorsqu'il entrevit des changements, il appela l'un des veilleurs qui se trouvait proche de lui, en observation également.

- Regardez vers le centre, l'armée positionnée au milieu du dispositif... J'ai l'impression qu'ils bougent beaucoup.

Ils continuèrent à observer le va-et-vient. Là-bas les troupes se rangeaient, des cavaliers se mettaient en selle.

- Ils vont partir, souffla l'homme à ses côtés. Je vais prévenir Thibauld !

Maintenant autour de Gabriel d'autres guetteurs s'étaient installés. Tous observaient avec attention.

- Ils s'en vont, chuchota Gabriel, ils s'en vont... vers nous !

Une forte troupe s'étaient constituée et mise en mouvement vers leur colline.

Thibauld arriva sur ces faits. Gabriel le siffla.

- Ils nous ont repérés, Thibauld ! Ils viennent droit sur nous !

Celui-ci ne répondit pas et observa attentivement l'ennemi, pendant un long moment.

- Non, non... Ils vont vers la route que nous avons prise cette nuit, au pied de cette colline. J'ai l'impression qu'ils vont à la rencontre de quelqu'un... à la vue de leurs équipements. Et ce n'est pas pour discuter courtoisement ! Ou peut-être vont-ils tout simplement se distraire un peu dans les villages environnants. Il reste des villageries qui n'ont pas encore été pillées !

- Atroce ! répondit Gabriel. Il nous faut maintenant être encore plus discrets, pour ne pas dévoiler notre présence. Dans quelques instants ils seront à proximité de nos abris.

La troupe à cheval se dirigeait effectivement vers le chemin qu'ils connaissaient bien. Elle ne semblait pas soupçonner leur présence. Thibauld donna des ordres pour faire imposer le silence total. L'ennemi passa tranquillement sous leurs yeux, presque à leurs pieds. Lorsque les derniers fantassins et cavaliers eurent disparu, tout le monde respira sur la colline protectrice.

Thibauld parla instinctivement à voix basse.

- Leur absence est une aubaine ! Il faudrait en profiter pour attaquer !

Gabriel acquiesça d'un mouvement de tête.

- Ce serait effectivement possible cette nuit. Il nous faut bien étudier leur organisation autour du Mont avant toute chose. Ensuite nous aviserons avant la tombée de la nuit.

Ils remontèrent s'installer pour guetter au sommet de la colline.

Une heure s'écoula lorsque deux soldats vinrent à leur rencontre. Ils étaient suivis par Aralou.

Ce fut avec une franche joie que Gabriel l'accueillit, l'embrassant.

- De retour ! et sans difficulté apparemment...

Aralou demanda à boire. Lorsqu'il se fut désaltéré, il tomba assis au pied d'un arbre pour donner ses explications.

- Je suis revenu du plus vite que j'ai pu, en essayant de ne pas attirer l'attention ! Je n'apporte, hélas, que des mauvaises nouvelles... Heureusement qu'ils sont bavards !

Thibauld fit signe aux deux soldats d'aller chercher les capitaines.

- Vas-y, Aralou, raconte sans plus attendre ! Poursuivit Gabriel.

- Ils sont bien armés et équipés. Toute leur défensive est tournée vers le mont Altaïr et par la plaine il n'y a rien qui les protège...

- C'est plutôt une bonne nouvelle ça, lui lança Thibauld.

Il poursuivit sans faire de commentaire.

- Les assiégés semblent être au plus mal. Ils n'auraient, paraît-il, que peu d'eau pour tenir en cette saison. En bas il y a trois armées qui les bloquent, trois ! Mais le plus grave est à venir... Car j'ai crû comprendre qu'une troupe quittait momentanément le siège pour en attaquer une autre venant au secours de l'Altaïr ! Et, Gabriel, ils ont cité ton nom ! Tu es connu comme le loup blanc. D'après ce que j'ai entendu, ils vont te tendre un piège. Alors que tu es là, à les narguer ! C'est à n'y rien comprendre...

- Geoffroy ! Le chevalier Geoffroy, s'exclama Gabriel.

Thibauld le regarda, ainsi qu'Aralou. Gabriel poursuivit sa réflexion.

- Ce n'est pas vers moi qu'ils vont mais vers les hommes de Geoffroy, car ceux-ci doivent nous suivre à quelques jours. Une journée peut-être... Ils se dirigent donc vers eux pensant avoir à faire à nous. Ils vont leur tendre un piège !

Les autres chefs étaient arrivés et avaient suivi la fin de la conversation. Thibauld s'emporta.

- Il nous faut les prévenir si cela est vrai ! Mais comment l'ennemi peut-il être au courant de leur arrivée ?

- Parce qu'ils en ont été avertis, répondit immédiatement Gabriel. J'ai vu un cavalier se rendre à leur camp dans l'après-midi. Il devait leur apporter cette information.

Gabriel s'adressa à Thibauld après un court silence. Il souriait.

- Nous devons sauver la troupe conduite par Geoffroy, mais sans les prévenir !Sinon nous dévoilerions notre présence à l'ennemi. Je crois que nous allons pouvoir agir contre cette embuscade en faisant preuve de plus de ruse qu'eux.

- Je ne comprends plus, l'interrompit Thibauld.

- Nous allons partir immédiatement, lui répondit Gabriel. Avec seulement la moitié de notre armée, les autres resteront ici toujours en observation. Nous allons suivre cette troupe à distance. Dès qu'ils se mettront en embuscade, nous ferons comme eux, à proximité, invisibles. Nous attendrons notre heure derrière eux. Et quand ils attaqueront nos amis, nous ferons de même. Ils seront pris en tenaille à leur propre piège !

- Remarquable... Mais très dangereux... Tout pour me plaire, s'exclama Thibauld. Vous avez raison, Gabriel, il faut partir sans perdre un instant si nous tenons à ne pas les perdre.

- Merci, Aralou, pour ces précieuses informations. Maintenant repose-toi ici pendant que nous tenterons d'éviter ce massacre.

En quelques instants les hommes furent désignés. Il fut décidé qu'ils chemineraient à pied pour éviter le bruit des chevaux ferrés. L'embuscade devait être relativement proche. Pour aller plus vite, ils ne seraient que légèrement armés.

C'est donc en trottinant qu'ils s'engagèrent sur le chemin, poursuivant à moins d'une heure la colonne ennemie qui allait au pas des montures. Au-devant, pour éviter toute mauvaise rencontre, des éclaireurs avaient été envoyés. Ils devaient maintenir le contact, à distance suffisante, avec l'arrière de la colonne ennemie.

La nuit tomba doucement et ils marchaient de bonne allure lorsqu'on les prévint que les derniers éléments de la colonne ennemie étaient aperçus par les éclaireurs. Ils ralentirent leur cadence et l'adaptèrent à celle de leurs adversaires. Gabriel en profita pour donner des consignes : faire le moins de bruit possible, rester à vue les uns des autres et se regrouper par trois ou quatre.

Ils progressèrent ainsi une bonne heure dans la nuit, lorsqu'un éclaireur donna l'ordre de s'arrêter. Ils étaient apparemment arrivés à destination. Gabriel remarqua dans l'obscurité qu'ils se situaient dans un vallon encaissé, entourés de forêt. De part et d'autre du chemin, sur les hauteurs, les silhouettes noires des arbres se détachaient sur le fond gris de la nuit. C'était effectivement un endroit propice pour tendre une embuscade. La troupe de Geoffroy n'en réchapperait pas.

Un des éclaireurs était revenu pour expliquer ce qu'il avait vu. L'ennemi était juste devant eux, sous les arbres, de chaque côté du chemin. Ils attendaient en se reposant, allongés au sol.

Gabriel fit séparer les hommes en deux colonnes, l'une sous sa responsabilité, l'autre sous celle de Thibauld. Il lui conseilla de pénétrer en silence dans la forêt en passant par les hauteurs, puis d'installer les soldats par petits groupes, juste au-dessus de l'ennemi. Il pensait que celui-ci devait se trouver au plus près du chemin pour pouvoir bondir lors de l'embuscade. Il ne faudrait pas bouger tant qu'ils n'attaqueraient pas. Par contre, dès le début du combat, il leur faudrait dévaler le sous-bois et se ruer sur l'ennemi, afin de les écraser contre les soldats de

Geoffroy. De son côté il agirait de même. Ils ne devaient plus se voir jusqu'à l'attaque, par discrétion.

Sous la voûte obscure du sous-bois, ils s'installèrent donc des deux côtés du chemin, s'alignant au mieux sur les hauteurs, se glissant entre les arbres dans un silence absolu. Gabriel maintenant pouvait entendre un peu plus bas les murmures et bruissements de leurs ennemis. Ils étaient également très discrets. Et il se disait que sans leurs entraînements de nuit, ils auraient eu le plus grand mal à opérer de manière aussi efficace. Ils attendirent ainsi l'aube, enroulés dans leurs capes sombres, invisibles sous les branchages.

Lorsque le soleil commença à réveiller les sous-bois, tous les hommes de l'armée des nuits s'enfoncèrent un peu plus dans les feuillages au sol. Ils ne faisaient plus qu'un avec la nature.

Le soleil s'était maintenant levé depuis une bonne heure lorsqu'ils entendirent les premiers bruits signalant l'arrivée d'une forte troupe sur le chemin en contrebas.

Maintenant l'ennemi faisait silence. Les soldats de l'armée des nuits se préparèrent lentement et discrètement à sortir de leurs cachettes.

L'assaut fut fulgurant. L'adversaire était parfaitement entraîné, agressif. Ils les virent se ruer à peu près ensemble des deux côtés du chemin, envahissant celui-ci, les armes levées pour frapper sur les hommes de Geoffroy. Ils étaient si près d'eux, que les arcs en devenaient inutiles. Sur la route, les cavaliers furent totalement pris au dépourvu. Rien ne les avait préparés à une telle attaque. Les assaillants s'étaient rués en hurlant et commençaient à frapper de leurs épées. Certains soldats n'eurent pas le temps d'éviter les coups et tombèrent de leurs montures affolées. La troupe attaquée tentait rapidement de s'organiser, tant bien que mal, l'épée à la main, essayant de faire face de tous les côtés à la fois. Mais c'était devenu impossible, toute manoeuvre étant bloquée par le nombre d'attaquants ennemis.

Ces derniers ne virent pas tout de suite les ombres qui s'abattaient sur eux, trop occupés à combattre leurs adversaires en situation de faiblesse. Vêtus de leurs tenues sombres, les visages noircis à la suie ainsi que les épées, les ombres ressemblaient à des êtres jaillis des entrailles de la terre, à des divinités de la forêt. Gabriel avait dévalé la pente avec ses hommes au risque de se rompre dix fois le cou. Ils avaient tous couru sans un cri, sans un hurlement d'attaque, se levant et bondissant dans un ensemble parfait. L'ennemi n'avait rien vu, rien entendu. Ils avaient jailli sur leur dos, l'épée à la main. Et ensemble, ceux de Gabriel et de Thibauld, déboulant au même instant sur le chemin, ils embrochaient dans le dos les premiers ennemis à leur portée.

Lorsque ceux-ci se rendirent compte de la situation en voyant leurs propres soldats crier et s'écrouler autour d'eux, ils commencèrent à changer d'attitude. Certains se retournant pour faire face à cette nouvelle attaque, reçurent des coups d'épée des cavaliers qu'ils pensaient tenir à leur merci. En quelques secondes le combat pris une autre tournure. Le piège s'était refermé sur le piège. L'assaillant se trouvait à son tour bloqué, coincé entre trois troupes, une sur le milieu du chemin et les deux autres de chaque côté des talus de la forêt. A leur tour leurs efforts furent inutiles pour rompre l'engagement. Ils ne pouvaient que subir les événements. Ils ne cherchaient ni à implorer la clémence, ni à se rendre mais à se défendre tout simplement. Et ceci signa leur mort.

Lorsque le combat cessa, tous les ennemis étaient au sol, blessés ou tués. Les hommes et les chevaux s'étaient calmés, exténués, couverts de sang.

La situation était étrange. Maintenant, face à face, se trouvaient trois troupes avec entre elles des corps ensanglantés allongés. Pendant quelques instants elles se scrutèrent en silence. L'étendard de l'armée des nuits flottait doucement dans la petite brise. L'attaqué s'interrogeait sur son défenseur. Un homme s'extirpa de la mêlée, il avait fière allure malgré sa blessure à la jambe. Il retira son heaume.

- Je suis le chevalier Geoffroy ! Qui êtes-vous donc pour nous avoir ainsi sauvé la vie ?

Gabriel l'entendit et reconnut sa voix. Il se fraya un passage parmi ses hommes et arriva auprès du chevalier.

- Chevalier Geoffroy, vous voilà sain et sauf !

Le chevalier ne réagit pas tout de suite devant cet homme à la tenue sombre et rouge du sang de l'ennemi, au visage maculé de suie et au regard brûlant.

- Chevalier Gabriel ? C'est bien vous ? Mais que faites-vous ici ? Que signifie tout cela ?

Et il désignait de sa main les hommes au sol et ceux de Gabriel, debout, qui les entouraient.

Celui-ci lui sourit franchement en enlevant son casque.

- Venez, Chevalier, je vais vous expliquer. Mais auparavant il conviendrait de se remettre un peu en condition...

Il appela Thibauld et lui demanda de tirer les cadavres dans les fossés et de s'occuper sans tarder des blessés. Puis il prit Geoffroy à part et marcha à ses côtés sur le chemin.

- Nous sommes en vue du mont Altaïr depuis une journée...

- Déjà ! Mais nous avons parcouru toute cette distance pour ainsi dire sans nous arrêter et uniquement avec des cavaliers pour aller au plus vite... Comment faites-vous de tels prodiges ? Nous étions persuadés de vous rattraper avec vos hommes à pied !

- Je vous expliquerai un peu plus tard comment nous avons fait... Mais je continue. Arrivés en vue du Mont, nous nous sommes installés sur une des collines donnant sur la plaine, avec vue sur l'assiégeant.

Discrètement nous avons observé l'ennemi toute la journée. Il y a trois armées autour de l'Altaïr. Aralou, mon fidèle ami s'est faufilé parmi elles. Puis nous avons vu une forte troupe en milieu d'après-midi se diriger vers ce chemin. Lorsque Aralou nous a rejoint, il nous a raconté ce qu'il avait entendu et j'ai compris que ces hommes se préparaient à tendre une embuscade. Non contre moi mais contre vous. Et ça ils ne le savaient pas. J'ai immédiatement fait le rapprochement avec votre troupe et le grand danger que vous couriez. Nous les avons donc suivis au plus près, passé la nuit à côté d'eux sans qu'ils ne se doutent de rien, jusqu'au moment de cette attaque...

Le chevalier Geoffroy s'était arrêté pour fixer Gabriel. Il restait perplexe.

- Chevalier... Je n'avais jamais vu quelqu'un agir avec tant de ruse et d'habileté. Nous vous devons assurément la vie. Dès que nous serons remis, je me mets entièrement à votre disposition avec mes hommes !

- Eh bien, Chevalier, venez ! Nous devons retourner vers l'ennemi. Il nous reste encore beaucoup à faire !

Ils rebroussèrent chemin et retrouvèrent les soldats qui avaient remis de l'ordre. Il y avait quelques blessés dans les rangs du chevalier Geoffroy. Ils se trouvaient allongés sur le talus pendant que d'autres s'activaient à panser leurs plaies. Chez l'ennemi le spectacle n'était pas réjouissant : beaucoup de morts et des blessés intransportables.

- Nous ne pouvons rien faire pour eux dans l'immédiat. Nous ne pourrons agir qu'après la bataille qui nous attend, lui annonça Thibauld.

- Nous laisserons quelques hommes avec eux pour les soigner au mieux. Les moins vaillants feront l'affaire.

Celui qui venait de parler avait une forte barbe et se tenait comme un chef. Gabriel le reconnut tout de suite.

- Harold ! Vous êtes donc parmi nous !

- J'ai choisi mon camp, Chevalier, avec mes hommes. Je crois ne pas avoir à le regretter, dit-il en regardant les corps allongés dans les fossés. Je vous ai juré fidélité auprès du seigneur Maruald... Jusqu'à la mort si besoin !

- Dépêchons-nous de rejoindre les nôtres sur les collines, intervint Thibauld. Ils doivent se demander où nous sommes passés.

Ils s'apprêtaient à repartir, les soldats de l'armée des nuits en tête, suivis de ceux du chevalier Geoffroy. Les prisonniers resteraient sur place, c'était plus prudent pour éviter qu'ils n'éveillent l'attention de l'ennemi.

- Un moment, s'écria Gabriel. Nous aurons peut-être besoin de leurs vêtements pour les attaquer sans nous faire remarquer.

En voyant les tenues de ceux qui étaient blessés ou morts, une ruse lui était venue à l'esprit pour surprendre l'ennemi. Il fit immédiatement récupérer tous les vêtements, y compris l'armement et surtout les oriflammes. Lorsque cela fut fait, ils se mirent tous en marche reprenant la direction des soldats restés en surveillance dans la colline, qui observaient les trois armées.

Tout au long du chemin, Geoffroy chevaucha aux côtés de Gabriel et le tint au courant des derniers événements concernant les seigneurs Maruald et Bormain. Il lui raconta comment ils s'étaient préparés à venir en renfort. Dès que le messager était arrivé au château du seigneur Maruald, Geoffroy lui avait demandé s'il avait des nouvelles du seigneur Bormain. Celui-ci lui fit connaître la nature du message qu'il apportait au seigneur Maruald. Geoffroy n'avait donc pas perdu une seconde pour constituer une troupe sérieuse afin de venir en aide à Gabriel. Et il s'était en cela bien fait seconder par Harold qu'il avait ramené avec ses hommes au château, malgré la méfiance de Maruald à son égard. Aussitôt prêts, c'est-à-dire le lendemain, ils étaient partis avec une troupe uniquement constituée de cavaliers. Au château du seigneur Bormain ils constatèrent leur départ et ne purent se remettre en route que le lendemain. Ils avaient passé la nuit avec leurs hôtes. Ils y apprirent que Gabriel avait été fait chevalier. Audeline allait parfaitement bien et était en peine de leur départ.

- Elle m'a confié un écrit pour le « chevalier Gabriel » juste avant que nous ne quittions le château.

Il lui tendit le rouleau de parchemin. Gabriel le prit et le déroula pour le parcourir rapidement. Audeline lui adressait des mots doux pour lui confier ses angoisses et ses espoirs de le voir rapidement de retour auprès d'elle. Il enroula le parchemin et le fourra dans sa cotte.

- Demoiselle Audeline est vraiment ravissante. Je crois qu'elle a une véritable vénération pour vous. Elle n'a cessé de me parler de vous tout le temps de notre présence au château. Je vous envie, Chevalier Gabriel, lui dit-il avec un grand sourire.

- Depuis que je lui ai sauvé la vie, j'avoue avoir certains sentiments pour elle, lui confia-t-il en retour.

Lorsqu'ils approchèrent du terme de leur marche, Gabriel fit s'arrêter toute la troupe.

- Je vous propose de vous installer avec vos hommes sur la colline située de l'autre côté du chemin tout en vous recommandant la plus grande discrétion. A la nuit tombée venez nous rejoindre avec quelques capitaines, nous aviserons ensemble sur la bataille à venir.

C'est avec une joie non retenue que les soldats restés sur la colline revirent Gabriel à la tête de sa troupe. Aralou était parmi eux, tout aussi heureux.

- Vous venez encore d'accomplir un exploit ! J'ai vu les troupes du chevalier Geoffroy gravir l'autre colline. Je ne pensais pas que cela réussirait. Il va falloir maintenant tout me narrer par le détail, pour le « livre ».

Gabriel ne put s'empêcher de rire.

- Il faut rester humble, rien n'est encore joué.

Après avoir mangé, ils se remirent en observation au sommet de la colline, bien à l'abri des vues de l'ennemi. Celui-ci n'avait pas bougé et attendait probablement le retour victorieux de ses troupes. Elles étaient parties tendre un piège et le délai pouvait être d'un ou deux jours, pas plus. A partir de là, ils s'inquiéteraient et réagiraient probablement en envoyant des éclaireurs aux nouvelles. Ils tomberaient fatalement sur leurs amis morts ou blessés. Il fallait donc que la bataille ait lieu bien avant.

Quelques instants plus tard, alors que le jour commençait à décliner, un soldat vint le trouver pour lui signaler qu'un certain Harold demandait à le voir. Gabriel le fit venir. Harold n'était pas seul, il avait à ses côtés un autre homme, attaché par les mains.

- Chevalier Gabriel, je vous apporte des nouvelles toutes fraîches de vos ennemis. Je n'ai pu m'empêcher de ramener ce chef comme prisonnier, après l'embuscade qu'il nous avait tendue. Il a des choses très intéressantes à raconter. C'est le chevalier Geoffroy qui m'a conseillé de venir à vous.

- Je vous écoute, dit Gabriel en s'adressant à l'homme.

Celui-ci le regardait avec un regard interloqué. Il bégaya.

- Vous êtes Gabriel, l'Envoyé ?

- Oui, en personne. Pourquoi ?

- Nous pensions que tout cela n'était qu'une légende... C'était donc « l'armée des nuits » que nous avons combattue ?

- Encore oui. Mais parlons de vous... Qu'avez-vous à me dire ? Combien de troupes autour de la forteresse avant que vous ne partiez sur ce chemin ?

Le capitaine répondit sans hésiter, mais toujours subjugué.

- Il y a trois armées. Celles du seigneur Wilfrid, du seigneur Duquesnoy et du seigneur Guillarmen. C'est à lui que j'ai fait allégeance.

- Je le vois à votre blason. Ce seigneur, il est encore là-bas ?

- Oui, mais il lui manque une partie de son armée... que vous venez de détruire.

- Où est-elle située dans votre dispositif de siège ?

- A droite, avec celle de Wilfrid à gauche et de Duquesnoy au centre.

- Quand attendent-ils votre retour ?

- Nous pensions vous combattre cette nuit. En fait, le chevalier Geoffroy est arrivé plus tôt que prévu. Ils nous attendent donc pour demain avant la fin du jour.

Gabriel regarda Harold avec un petit sourire.

- Merci, Harold, votre initiative a été bien utile. Gardez cet homme auprès de vous, mais ne lui faites pas de mal. Je crois que nous aurons encore besoin de lui.

L'idée qui avait germé depuis quelque temps, prenait maintenant forme. Il fallait profiter de cette occasion qui ne se reproduirait probablement plus. Mais il devait auparavant convaincre Thibauld et ses chefs. Geoffroy, lui, suivrait leur choix. Quelques minutes plus tard, il était aux côtés de Thibauld. Il alla droit au but.

- Thibauld, nous allons attendre la nuit et nous attaquerons ce soir... Mais en évitant de nous battre !

Thibauld resta interloqué.

- Comment cela ? Vous avez du nouveau ? Pouvez-vous être plus précis ?

- Cette nuit la troupe du chevalier Geoffroy pénétrera dans le camp ennemi, celui du seigneur Guillarmen. Ils se feront facilement passer, avec l'obscurité aidant, pour ceux envoyés à notre rencontre, de retour de mission.

Avant l'aube, alors qu'ils seront installés dans le repère ennemi, nous attaquerons avec l'armée des nuits. La surprise devra être totale, c'est sur elle que reposera notre chance de succès. Je ne vois pas d'autre solution pour déloger l'assiégeant...

- Comme d'habitude, vous avez certainement raison... Que va dire le chevalier Geoffroy ?

- Faites-le chercher tout de suite. Lui non plus n'aura pas le choix !

Pendant que Thibauld avait donné des ordres en ce sens, ils continuèrent de peser les faiblesses et avantages du projet. Aralou les avait rejoint et donnait un avis tout aussi éclairé. Le chevalier Geoffroy fut rapidement sur place. Il était accompagné d'Harold et de quelques-uns uns de ses chefs. Rapidement Gabriel leur exposa le plan. Lorsqu'il eut terminé, Geoffroy le regardait silencieux. Puis il réagit calmement.

- Votre projet est insensé. Nous ne ferons pas deux pas dans le camp sans être reconnus et nous nous ferons massacrer.

- Nous y avons réfléchi. Il y a une chance pour que cela réussisse avec les tenues des hommes de Guillarmen que nous avons rapportées. Vous pourriez tous vous en équiper. Dans la nuit, personne n'y verra de différence.

- Continuez ! Que ferons-nous, même si nous arrivons jusque là ?

- Une fois au milieu de leur dispositif, que nous connaissons relativement bien grâce à la brève visite d'Aralou il y a quelque temps, vous pourrez les maîtriser. Beaucoup d'entre eux seront endormis et les autres ont été laissés sur le chemin...

Gabriel s'arrêta pour laisser Geoffroy soupeser la possibilité d'attaque. Comme il ne réagissait pas, il poursuivit.

- Il vous faudra, juste avant l'aube, avoir pris possession de leur camp. C'est à ce moment que l'armée des nuits attaquera.

Il se tut. Le chevalier Geoffroy reprit la parole au bout d'un long silence.

- Vu sous cet angle, il est en effet possible de maîtriser l'ennemi, grâce à une ruse énorme. Si ça marche... On en entendra parler longtemps !

Gabriel prit Geoffroy par l'épaule et l'entraîna à l'écart. Il lui parla tout bas.

- Sachez, Chevalier, que tout repose sur vous. En cas d'échec, nous ne pourrons pas le savoir et de toute façon nous attaquerons ! Sans votre victoire, ce sera notre perte...

- Vous nous avez déjà sauvé la vie, Chevalier Gabriel, et tous mes hommes savent qu'ils ont une dette envers les vôtres. Nous n'échouerons pas, quel que soit le prix que nous devrons payer !

- Je vous remercie de votre engagement. Nous attaquerons juste avant l'aube. Nous agirons dans l'obscurité pour enfoncer l'armée du seigneur Duquesnoy et la forcer à se rabattre vers vous. Ils penseront trouver refuge auprès de leur ami Guillarmen alors qu'ils tomberont entre vos mains ! Il faudra vous préparer à ce choc. Je pense qu'ainsi prise entre deux troupes, celle de Duquesnoy pliera.

- Et l'autre, celle de Wilfrid ?

- Avec un peu de chance nous aurons le temps de nous retourner tous les deux contre lui, le temps qu'ils comprennent ce qui se passe. A ce moment le volume des forces sera en notre faveur.

Ils rejoignirent Thibauld et les autres et continuèrent à affiner le stratagème pour l'attaque. Quand tout fut dit, Gabriel enjoignit tout le monde de se mettre au travail.

- Je vous laisse vous préparer, Chevalier Geoffroy. Rendez-vous désormais au pied du mont Altaïr ! Demain sera un jour de victoire pour votre Ordre !

Le chevalier Geoffroy quitta la colline, accompagné de ses hommes. C'est avec beaucoup d'anxiété, qu'il ne laissait pas transparaître, que Gabriel le vit s'effacer à travers les arbres. Il demanda à Thibauld d'expliquer en quelques mots à ses chefs en quoi allait consister l'attaque.

Aralou était resté à ses côtés.

- Va trouver mon écuyer et dis-lui de préparer mon cheval immédiatement. Laisse-moi seul, Aralou, j'ai besoin d'un peu de solitude pour me préparer à ce qui va nous arriver...

Gabriel réfléchissait aux actions qu'il leur faudrait mener dans les heures à venir. Anticiper les faits et gestes de l'ennemi c'était déjà le vaincre à moitié. Il était maintenant certain que ce choix était, dans les circonstances actuelles, le plus judicieux. Tout reposerait une fois de plus sur l'effet de surprise.

Avec l'avancée de la nuit, il examina longuement à l'horizon les feux signalant la présence des troupes ennemies. Rien ne semblait avoir changé par rapport à la veille. Demain brûleraient encore des feux. Ceux de la victoire ? La leur ou celle de l'ennemi ?

Ribout vint le prévenir que son cheval était prêt. Gabriel descendit vers le camp où se trouvaient tous les soldats terminant leurs préparatifs. Ils s'apprêtaient à partir à pied et à cheval, les chariots restant sur place. Des groupes d'attaque constitués de petites unités avaient été organisés. Il était convenu qu'une fois sur place, pendant que Gabriel dirigerait les éléments à pied, la cavalerie resterait aux ordres directs de Thibauld.

- Tout le monde est prêt, vint lui dire ce dernier, le visage encore plus noirci que d'habitude.

Ribout lui donna son casque.

- Bien. Il nous faut donc partir.

Gabriel une fois en selle s'adressa à l'ensemble à voix plus haute.

- Faites tous silence désormais et en avant !

Ils progressèrent assez vite à travers la colline boisée en empruntant un chemin qui longeait la vallée. Alors que la nuit les mettait à l'abri des regards indiscrets, le bruit était devenu leur plus grand ennemi. Les hommes étaient maintenant habitués à progresser ainsi dans le noir, ils n'en éprouvaient plus aucune gêne. De temps en temps, deux soldats en tête de la colonne s'écartaient pour vérifier que la direction était bien la bonne par rapport à la vallée. Ainsi, ils contournèrent lentement les armées ennemies et, vers le milieu de la nuit, estimant être à proximité de l'endroit recherché, ils s'arrêtèrent. Gabriel vérifia lui-même le lieu par rapport aux troupes dans la vallée et s'estima satisfait.

Il s'agissait maintenant de se mettre en attente jusqu'à l'aube. Lorsque le jour commencerait à poindre, ils bondiraient de leur cachette. Gabriel se plaçait au milieu du dispositif alors que Thibauld s'apprêtait à s'éloigner de lui, pour s'installer un peu plus loin.

- Bonne chance, Chevalier Gabriel, lui dit-il. Je vais de ce pas avec les cavaliers. Comme convenu, une heure avant le lever, je passe à l'attaque.

- Attendez ! Ribout, accompagnez Thibauld avec mon cheval. Vous me retrouverez plus tard avec ma monture, sur le champ de bataille avec Aralou. Ne participez pas au combat tous les deux !

Ribout souffla un léger oui. Gabriel poursuivit à l'intention de Thibauld.

- Pendant votre attaque, continuez à rester très discrets. Ne chargez avec la cavalerie que lorsque nous serons découverts afin d'augmenter l'effet de surprise...

- D'accord ! Reposez-vous bien, pour le peu de temps qu'il reste.

- Merci, Thibauld, mais cela va m'être difficile... A tout de suite !

Thibauld se fondit dans l'obscurité pendant que Gabriel s'installait du mieux possible. Il voyait parfaitement l'armée de Duquesnoy à la lueur des nombreux feux de camp. Ils n'étaient qu'à quelques centaines de mètres. Il se sentit rassuré. Tout s'était mis en place comme il l'avait souhaité. Et jusqu'à présent il n'y avait pas eu de réaction du côté de Guillarmen. C'était donc signe que tout allait bien. Geoffroy avait probablement réussi à s'installer au cœur de l'ennemi. Le plus difficile maintenant était d'attendre... L'instant d'avant la bataille. Il était allongé dans l'herbe, à côté d'un buisson. Il passa machinalement ses doigts sur les feuilles. Il était là, présent, bien vivant, en une autre époque. Et dans un instant il lui faudrait se battre, et peut-être mourir...

Il avait dû s'assoupir car Aralou le rappelait à la réalité.

- Il fera jour dans une heure, lui murmura-t-il en le secouant.

Gabriel jeta un coup d'oeil de chaque côté. Il fit avertir tout le monde qu'il fallait se préparer à partir. Lorsqu'il fut certain que tous avaient été avertis, il se leva et avança silencieusement à travers la prairie et les bosquets. Il était légèrement courbé, l'épée à la main et le bouclier sur l'avant-bras. Il observa sur sa gauche et sur sa droite et vit une quantité impressionnante d'ombres qui progressaient comme lui. La scène le stupéfiait avec ces fantômes qui marchaient, tout de noir vêtus, silencieux comme des loups. Il devinait les épées et les haches tenues fermement. Devant eux se rapprochaient les premiers feux qui finissaient de se consumer. Le campement semblait faiblement gardé pour ce qu'on pouvait en voir à la lueur des flammes.

Les Chroniques Anciennes
Sectrie 6, Versus 2

Et la légende naquit de son vivant,
Lorsque jaillit l'Armée des Nuits,
Silencieuse et puissante,
Rapide et foudroyante,
L'ennemi se mit à trembler,
Hagard et désemparé,
Bientôt à la seule vue de l'oriflamme,
Les troupes se rendaient,
Implorant la vie.

Il vit les premiers soldats ennemis autour d'un feu et les autres endormis à même le sol. Courant les quelques derniers mètres, il plongea son épée dans le corps de l'un des gardes. De tous côtés ses compagnons d'arme l'imitaient. Les soldats assoupis furent totalement surpris. Ils n'eurent pas le temps de distinguer ces silhouettes noires qui les assaillaient. Pour ceux qui dormaient, il n'y eut jamais de réveil.

Gabriel avait donné ordre de ne pas s'arrêter. Tuer et avancer le plus loin possible. Ne pas s'apitoyer, ne pas penser, ne pas ralentir, sinon les autres auraient le temps de réagir.

L'armée des nuits progressait rapidement vers les tentes dressées pour les chevaliers et seigneurs. Les hommes avançaient à sa vitesse tout autour de lui, laissant la mort sur leur passage. Ne pouvant voir au loin sur les côtés, il espérait que tous agissaient de même.

Une tente circulaire se dressait sur ses pas. Il n'y avait personne autour, seul un feu rougissant montait une faible garde. Enfonçant son couteau dans la toile, il découvrit à l'intérieur un homme debout dans la pénombre. Celui-ci essayait de s'équiper quand il retira rapidement sa lourde épée du fourreau en criant d'une voix apeurée. Il n'eut pas le temps d'en faire plus et s'écroula comme foudroyé par l'épée de Gabriel. Maintenant on entendait dehors le bruit montant de la bataille. Les sons émergeaient lentement du silence, de la nuit agonisante. L'aube pointait ses premiers rayons blafards et mortels. Les cris s'élevaient vers le ciel plus nombreux et plus stridents.

Il se rua à l'extérieur pour se précipiter vers une autre tente. Des hommes commençaient à sortir des abris de toile. D'autres se levaient, s'extirpaient de leur couchage au sol. A l'évidence personne ne s'attendait à cette attaque opposée au mont Altaïr. Pour le moment, des soldats mi-vêtus, mi-armés n'opposaient qu'une très faible résistance. L'armée des nuits défilait sur eux comme une vague, s'infiltrant, submergeant. Au fur et à mesure de son avancée, Gabriel levait l'épée, parait des coups de son écu, embrochait l'ennemi et passait au suivant. Les soldats ne cessaient de le suivre et de s'attaquer aux adversaires sur ses côtés. Il fit une courte pause et vit avec surprise que son étendard le suivait à quelques pas. Des hommes le suivaient, l'entouraient d'un demi-cercle comme pour le protéger. Le porte-étendard arriva à sa hauteur.

- Qu'avez-vous, Chevalier, lui demanda l'homme tout essoufflé.

- Je vous attendais afin que vous fussiez à mes côtés. Continuons ensemble !

Il ne rencontrait pas plus de résistance. Partout les tentes s'effondraient, brûlaient. Des abris en bois étaient également la proie des flammes. Il vit des chevaux affolés dans un parc cherchant à fuir ce déchaînement de fureur. Le combat était maintenant partout, sur toute la plaine où se trouvait les troupes de Duquesnoy. Le vacarme grandissant avait fini par mettre debout toute cette armée, mais c'était trop tard. La confusion la plus grande régnait dans leurs rangs, ils ne savaient d'où venait l'attaquant. Ils ne savaient contre qui se battre en émergeant de leur sommeil.

Constatant la situation apocalyptique, des ennemis se précipitaient vers l'extrémité opposée au campement. Ils allaient là où Gabriel l'avait souhaité, se jeter chez le seigneur Guillarmen afin d'y chercher refuge. La masse des soldats amis et ennemis devenait de plus en plus compacte avec la progression. Gabriel entouré, poussé par ses soldats fanatisés, parait quelques coups, en donnait d'autres.

Et puis il se rendit compte d'un changement dans l'attitude des ennemis devant lui. Ceux-ci combattaient maintenant en lui tournant le dos ! Il comprit qu'enfin, ils les avaient piégés entre eux et le chevalier Geoffroy !

Perdus, il fallait maintenant arrêter le massacre inutile et les obliger à déposer leurs armes.

Près de lui un des cavaliers de Thibauld se dirigeait rapidement dans sa direction, sans lance. Gabriel lui fit signe de s'approcher. Le cheval avait des yeux exorbités, des naseaux écumants. Il venait d'être mené au grand galop. Son cavalier balbutia rapidement en se jetant littéralement au sol.

- Chevalier Gabriel, enfin... Thibauld... Il ne va pas pouvoir tenir ! Il m'a dit de vous prévenir... L'armée de Wilfrid tente de venir vers vous pour vous écraser.

Gabriel essayant de couvrir les bruits du champ de bataille, lui hurla.

- Tu l'as vu ?

- C'est lui qui m'envoie, Chevalier ! J'ai eu du mal à vous trouver, heureusement qu'il y avait la bannière ! Il m'a dit que sans votre renfort il ne pourrait pas tenir longtemps.

Gabriel réfléchissait rapidement. Il ne fallait surtout pas quitter ce combat et laisser à l'ennemi la possibilité de se reprendre. Mais il devait se porter au secours de son ami Thibauld.

- Donne-moi ton cheval, dit-il au cavalier.

Il poussa l'homme et enfourcha l'animal. Il arracha la bannière des mains de celui qui la tenait à côté de lui. Puis la tenant à bout de bras et guidant son cheval de l'autre, il avança au trot rapide en longeant les soldats de l'armée des nuits, passant parmi eux.

- Des cavaliers ! hurlait-il. Tout de suite des cavaliers ! Il faut secourir Thibauld !

Il criait à perdre haleine. Les chevaux abandonnés étaient nombreux sur le champ de bataille. Certains erraient libres, sans cavalier et d'autres étaient encore attachés à des piquets. Au fur et à mesure qu'il chevauchait ainsi, des hommes se détachaient de la mêlée et partaient à la recherche d'un cheval disponible.

Maintenant Gabriel galopait plus lentement pour se faire entendre et ne pas épuiser son animal.

Dix, vingt, trente, puis une petite cinquantaine de cavaliers réussirent ainsi à se regrouper rapidement autour de lui. Lorsqu'il estima qu'ils étaient assez nombreux, il éperonna sa monture, bannière au vent à bout de bras et s'éloigna en direction de la forêt, tournant le dos au mont Altaïr. Tous le suivirent sans hésiter. Il aurait pu les mener n'importe où, en cette nuit. Il était devenu pour eux un dieu vivant.

Hors de la confusion et des clameurs, il s'arrêta pour leur parler.

- Nous allons tout de suite combattre les troupes de Wilfrid pour aider Thibauld qui est en grand danger. Nous les attaquerons de flanc après avoir longé les bois. Vous êtes son dernier espoir ! Dès que nous serons sur le flanc de l'ennemi, écartez-vous, prenez de la place afin de faire croire que nous sommes nombreux. Nous nous placerons tous en ligne. Tant pis pour les lances, nous n'avons pas le temps d'en prendre. Nous chargerons à l'épée et à la hache !

Ils partirent au galop sans plus attendre. Longeant la forêt, Gabriel en tête, ils remontaient le long du camp qu'ils venaient d'attaquer. Au loin, effectivement, ils pouvaient apercevoir des troupes qui luttaient au corps à corps dans la lueur des flammes et du petit jour. Ils continuèrent toujours au galop, profitant des arbres en lisière pour se camoufler sous leurs ombrages et essayer ainsi de ne pas être vus. La chevauchée lui sembla durer une éternité. Gabriel jetait régulièrement un coup d'oeil par dessus son épaule pour s'assurer que tous le suivaient. Quand il regardait vers la plaine, il était évident que Thibauld était en péril et ne pourrait tenir bien longtemps. Maintenant, s'avançant au-delà du niveau des troupes ennemies, il pouvait voir qu'elles formaient une masse compacte enfonçant lentement celles de Thibauld et tentant de l'entourer.

S'estimant suffisamment avancé, Gabriel se rabattit sur sa droite, entraînant les cavaliers qui l'accompagnaient. Il ralentit afin de leur permettre de s'aligner sur un seul front, comme convenu, pour faire face à l'ennemi. Reprenant leur progression au trot, ils virent les premières tentes, les premiers campements de Wilfrid qui avaient été désertés. Ses soldats s'étaient rués vers ceux de Thibauld.

Le flanc de l'ennemi était maintenant juste devant eux. Gabriel se saisit fermement de sa bannière pour la lever à bout de bras tout en accélérant la chevauchée.

- En avant ! hurla-t-il. Dieu est avec nous !

Les cavaliers s'élancèrent au grand galop en hurlant, contournant les obstacles ou les sautant. Comme une tornade, en criant, ils tombèrent sur les soldats de l'armée de Wilfrid. L'ennemi ne les vit pas tout de suite. Mais le martèlement des sabots, puis les cris des cavaliers et des premiers soldats fauchés attirèrent leur attention. Ils se détournèrent de leur attaque portée vers les hommes de Thibauld.

Quand ils distinguèrent ces cavaliers aux visages noircis, surgis du néant, qui allaient dans leurs rangs en hurlant, la panique s'empara d'eux. Gabriel percevait la peur qui montait chez l'ennemi. Il voyait ces guerriers autour de lui, immobiles, regarder son oriflamme et lui qui le tenait. Certains se signaient. Ils avaient entendu parler de Gabriel et de la légende grandissante qui l'accompagnait. Maintenant sa présence bien réelle leur inspirait l'effroi. Encore une fois il n'eut pas le temps de s'appesantir. Il fallait avancer, frapper, desserrer l'étau autour de Thibauld. Jetant de rapides coups d'oeil au-dessus des fantassins, il distinguait maintenant les troupes qui changeaient d'attitude. Elles semblaient ralentir leur attaque contre Thibauld pour se retourner contre lui et ses cavaliers. En réalité leurs rangs commençaient à se désagréger devant cette attaque surprise et quasi surnaturelle.

Gabriel du haut de sa monture, sans répit, frappait toujours de son épée, voire de sa bannière. Le temps semblait s'étirer interminablement. Aucun détail ne lui échappait, aucun son. Il se sentait comme un spectateur au milieu d'un film. Il perçut enfin à une centaine de mètres en avant, les troupes de Thibauld qui lui faisaient face. Son étendard, qu'ils pouvaient maintenant distinguer, semblait leur avoir redonné vigueur. L'ennemi se savait pris au piège entre ces deux troupes. Graduellement une panique irrationnelle commença à s'étendre, à s'amplifier et à les submerger. Un, puis deux, puis des dizaines de soldats cherchèrent à fuir le combat. Ils abandonnaient sur place leurs armes, leurs boucliers pour se mettre à courir en un flot grossissant vers ce qu'ils espéraient être leur dernier espoir, la forêt.

Lorsqu'il fut certain que la déroute était complète, Gabriel ralentit son allure et soupira un grand coup. Il prit conscience que tout était en train de se terminer. La victoire serait bien dans leur camp ce soir. Il se disait que le mont Altaïr était délivré. Tout reviendrait dans l'ordre des choses. Trois puissantes armées venaient de fuir sous leurs attaques et il avait encore du mal à y croire. Avec difficulté, il cherchait à se rapprocher des troupes de Thibauld. Mais il était entouré de soldats de plus en plus nombreux, de cavaliers, de fantassins qui, fascinés, l'avaient suivi, protégé, épaulé pendant toute cette bataille.

Alors que le soleil éclairait maintenant l'horizon, la vue de tous ces hommes allongés, morts ou blessés le bouleversait profondément. Il n'avait jamais vu un tel spectacle de désolation. Des cadavres d'animaux et de soldats, des armes, des casques, des écus, des équipements de guerriers jonchaient le sol à perte de vue. Il en était écœuré. Il n'était pas étranger à cette destruction.

Dans ce fouillis invraisemblable, il continuait à avancer au pas de sa monture, l'épée dans la main et l'étendard dans l'autre, pendant comme harassé. Le combat se poursuivait sporadiquement sur sa droite. Il enjambait des épées, des flèches, des morceaux d'objets divers. Des charrettes éclatées, des tentes éventrées se consumaient lentement. Les soldats l'accompagnaient, l'entourant en silence.

Le soleil promettait encore une belle journée pour les rescapés. Il aperçut un des archers de Thibauld et s'en rapprocha. Le soldat ne cacha pas sa joie en reconnaissant Gabriel.

- Où se situe votre commandant Thibauld ?

- Par là-bas normalement, Chevalier Gabriel. Il était au milieu pendant les combats... C'est une grande victoire, Chevalier !

Gabriel ne répondit pas, il n'écoutait déjà plus. Il croisait de plus en plus d'hommes de Thibauld jusqu'à ce qu'il arrive en vue d'un attroupement.

- Je cherche votre chef ! leur cria-t-il.

Un homme se détacha du groupe, un de ses capitaines.

- Chevalier, vous allez bien, Dieu soit loué !Thibauld est ici...

Gabriel mit pied à terre et suivit le sergent qui le guidait vers le groupe dont les hommes s'écartèrent. Il comprit immédiatement. Il vit Thibauld étendu sur le sol. Son corps était ensanglanté et une profonde blessure lui avait entaillé le ventre.

- Il vient de mourir, Chevalier ! Il s'est battu comme un lion !

Un autre homme lui adressa la parole.

- Nous avons cru que tout était perdu... Juste au moment où nous avons vu tous ces cavaliers qui venaient à notre secours... Avec vous au centre. Thibauld était déjà gravement blessé mais il continuait à se battre en nous disant que vous étiez là, devant nous, invincible. Il riait malgré sa douleur ! Et puis quand il a vu que l'ennemi était en train de fuir, il s'est assis en disant : « Je peux me reposer un peu, l'ennemi est vaincu ». Enfin, il a murmuré : « Le chevalier Gabriel est le bras armé de Dieu et j'ai été à ses côtés sans le savoir... Quel bonheur ! »

L'homme ne parlait plus. Il sanglotait.

Gabriel enleva son casque et s'agenouilla auprès du corps de son ami allongé dans l'herbe. Lui aussi se mit à pleurer doucement. Il souffrait profondément. Il resta ainsi de longues minutes puis se releva.

- Maintenant que la voie est libre, nous le ferons enterrer auprès de la forteresse du mont Altaïr. Lui et tous nos soldats morts dans cette bataille. Ils méritent bien qu'elle veille sur leur repos, désormais.

Il s'éloigna et reprit son cheval, Avix, qu'un cavalier tenait par la bride.

- Je vous laisse la bannière, dit-il à l'un des capitaines. Soignez les blessés, regroupez tout le monde et commencez à vous diriger vers la forteresse. Je rejoins le chevalier Geoffroy.

Les combats avaient totalement cessé. Dans la plaine du côté du château, il pouvait voir des prisonniers encadrés par des cavaliers. De nombreux ennemis avaient dû s'enfuir dans les bois. Mais cela n'avait plus d'importance. Tout en avançant, il retrouvait le terrain où il avait combattu à pied quelques heures auparavant, une éternité. Trois cavaliers le suivaient à quelques mètres.

Il vit la bannière de Geoffroy au bout de plusieurs minutes. Puis il le distingua au milieu de ses soldats. Il accélérait le pas d'Avix pour aller à sa rencontre alors que Geoffroy lui faisait un grand signe de la main.

- Chevalier Gabriel ! Nous sommes si fiers d'avoir combattu à vos côtés ! J'ai hâte de vous raconter comment j'ai manœuvré l'ennemi. Votre plan a été un franc succès ! Si vous aviez vu leurs têtes à l'instant où ils sont venus se jeter sur nous, pensant s'abriter chez leurs amis... J'en pleure encore de rire !

Gabriel l'écoutait, muet. Geoffroy se rendit compte de son attitude et resta coi à son tour, attendant une réaction.

- Thibauld est mort, lui annonça gravement Gabriel. Il est mort en brave, comme tous les hommes tombés à ses côtés... Je désire qu'ils soient tous enterrés à l'ombre des remparts de la forteresse pour laquelle ils ont sacrifié leur vie.

Geoffroy s'était assagi. Il avait la voix grave.

- Je le connaissais bien. C'était effectivement un chef courageux et exemplaire. Je n'oublierai jamais qu'il nous a sauvé la vie dans l'embuscade sur le chemin... L'enterrer en ce lieu est la plus belle récompense que nous puissions lui donner. Il nous faudra l'accord du Maître Galan de Molène...

Ils virent les chariots qui roulaient dans la plaine, quittant l'endroit du bivouac.

- En attendant, faites comme moi. Soignez les blessés, mettez-les dans les chariots et montons vers ces remparts afin de nous y abriter et de nous y reposer...

- Inutile, lui répliqua Geoffroy en lui désignant de la main le Mont.

Gabriel suivit son regard et vit une colonne d'hommes qui descendait le long du chemin escarpé menant au château. Les assiégés libérés venaient vers eux. Ils étaient à pied, une cinquantaine.

- Allons donc à leur rencontre nous aussi.

Une petite escorte se constitua et, lorsqu'elle fut prête, Gabriel donna le signal en faisant partir son cheval vers les troupes de Thibauld. Ils y arrivèrent quelques instants plus tard. Geoffroy mit pied à terre pour s'agenouiller rapidement devant la dépouille de son ami pendant que Gabriel regroupait sa petite escorte qui l'avait accompagné pendant la bataille. Un soldat portait sa bannière avec fierté. Il constata que les blessés étaient conduits vers les chariots pour les transporter vers le château. Il se promettait de s'occuper d'eux au plus vite car avec ses quelques connaissances, il pourrait probablement faire d'autres « miracles » médicaux. Tout à ses pensées il ne s'aperçut pas de la présence d'Aralou, ni de son écuyer.

- Chevalier Gabriel, lui dit celui-ci, je ne pensais plus vous revoir après cette attaque de Wilfrid.

- Nous avons tout observé, poursuivit Aralou. Je ne pensais pas que ton idée aurait emporté un tel succès. Que d'événements à porter dans mon livre... Cette bataille entrera dans l'histoire !

- Aralou... Il ne faudra pas oublier de mentionner la mort de Thibauld et le flot de sang que nous avons répandu.

Tous deux se joignirent aux cavaliers. Dès que tout le monde fut prêt, ils partirent au petit galop à la rencontre des émissaires de la forteresse.

Gabriel chevauchait en tête avec Geoffroy. Il distingua rapidement le visage du premier des assiégés en tenue de combat venant à leur rencontre. Il s'agissait du Maître Galan de Molène, en personne. Sitôt arrivé à sa hauteur, Geoffroy sauta de cheval et s'agenouilla devant le Maître. Gabriel mit également pied à terre, enleva son casque et salua le Maître en inclinant la tête. Ils attendirent qu'il prit la parole.

- Chevaliers, votre intervention a été impressionnante. Nous avons vu la main de Dieu dans cette action. Vous voici donc adoubé chevalier, Gabriel, et maintenant à la tête d'une armée invincible... Que de chemin parcouru depuis Paris ! Chevalier Geoffroy, à vous aussi nous devons beaucoup.

- Je n'ai fait que suivre le courage et l'habileté du chevalier Gabriel. Je lui ai prêté mon bras sans hésiter. Nous lui devons la vie.

- Vous me raconterez tout cela, Chevaliers, par le détail. Ce matin le soleil s'est levé pour nous montrer des armées en lutte que nous entendions dans la nuit. Le spectacle était impressionnant. Nous avons vu la cavalerie du chevalier Gabriel changer le cours des événements. Cette bataille est historique. Elle portera le nom de « Bataille de l'Altaïr ».

- Le spectacle est maintenant celui de la mort, répondit Gabriel. Un ami très cher a disparu sous mes yeux. Des dizaines d'hommes de notre côté sont blessés ou morts, des centaines du côté ennemi. Le sang a trop coulé ! Je trouve ce succès écoeurant.

- Vous avez raison en un sens. Mais je suis persuadé que vous deviez venir jusqu'ici, vous, Gabriel. Il vous fallait ces épreuves. Et, personnellement, je vous attendais. Je dois sans plus tarder m'entretenir rapidement avec vous seul.

Galan de Molène prit Gabriel par le bras et l'éloigna de ses cavaliers et des émissaires du château.

- Chevalier Gabriel... Il y a quelque temps, souvenez-vous, vous m'aviez convaincu de votre pouvoir de prédiction. Si vous n'aviez rien fait, si vous n'étiez pas venu modifier le cours de l'histoire, comme vous me le disiez... le sang aurait-il moins coulé ? Il n'aurait pas été celui de nos ennemis, mais le nôtre, celui des fidèles de l'Ordre...

Il se taisait et attendait une réaction. Gabriel savait fort bien que le Maître avait raison. Et les siècles à venir seraient encore pires... Jusqu'aux destructions nucléaires ! Mais ces siècles étaient-ils effacés ? En quoi ses actes empêcheraient la venue de ces événements ?

- Vous devez avoir raison... Seul l'avenir le confirmera et je l'appréhende de moins en moins !

- Vous me laissez entendre par-là que vos pouvoirs diminuent ? s'étonna Galan de Molène.

- Oui ! Plus mes actes modifient les événements qui auraient dû se produire et moins je peux anticiper le futur.

Le Maître hochait de la tête.

- Ceci doit donc correspondre avec votre arrivée ici... Il est temps que la confrontation ait lieu... Je vous en parlerai un peu plus tard. Vous êtes couvert de poussière et de sang ! Il faut maintenant que nous nous occupions de vous et de vos soldats. Faites-les rassembler, nous les attendons avec impatience au sommet du Mont.

- C'est déjà fait. Ils commencent à arriver, regardez.

Effectivement, cavaliers en tête, les soldats à pied derrière eux, les blessés dans les chariots commençaient à se diriger lentement vers le mont.

- Leur allure, même d'ici est impressionnante. Tous de noir vêtus, jusqu'au visage ! Et cette épée étrange que vous portez... Tout comme eux je suppose ?

- Oui. Il s'agit de l'armée des nuits. C'est ainsi qu'ils se sont appelés.

Gabriel fit signe au porte-étendard de venir le rejoindre.

- Nous avons maintenant pour emblème ce blason. Il représente la foudre frappant la nuit, tout comme ces soldats. C'est cela qui nous a permis d'arriver jusqu'à vous. La nuit a été notre meilleure alliée.

L'armée des nuits maintenant était à leur hauteur. Elle avançait silencieusement. La violence des combats ne se lisait plus sur le visage des hommes. Seule la poussière maculait leur tenue. Tous étaient très fiers de l'exploit qu'ils avaient accompli. Passer ainsi, après une telle victoire, devant le Maître de l'Ordre à la croix vermeille resterait gravé dans leur mémoire.

- Venez, Chevalier, nous allons monter ensemble ce chemin jusqu'à l'Altaïr. Que le chevalier Geoffroy se joigne à nous !

L'ascension du mont prit environ une heure. Devant se tenaient le Maître et les deux chevaliers, suivis d'une longue escorte. En arrière, avançaient l'armée des nuits puis celle du chevalier Geoffroy. Le spectacle était grandiose. Cela aurait pu ressembler à un immense pèlerinage se rendant sur un lieu sacré si ce n'était le bruit des armes.

- Nous voici bientôt devant la porte principale de l'Altaïr, que vous connaissez bien, dit Galan en adressant un regard quelque peu ironique à Gabriel. Nous n'allons pas tarder à pénétrer dans notre lieu vénéré. Les personnes les plus importantes de l'Ordre nous y attendent. Elles savent ce qu'elles vous doivent. Je vous le dis pour l'accueil, que cela ne vous surprenne pas ! Puis vous prendrez une bonne nuit de repos dans la tour principale avec le chevalier Geoffroy et vos hommes autour de l'enceinte. Nous allons nous occuper d'eux. Demain sera une grande journée pour vous et pour moi... J'en suis certain !

Sur le haut des murailles se pressait une foule considérable. Ils franchirent le seuil de la porte à double battants. Il n'y avait pas de pont-levis, comme Gabriel avait pu le constater sept cents ans plus tard. Sitôt franchie cette porte, ils furent accueillis par un grand nombre de chevaliers, soldats et autres gens. Tous étaient en grande tenue et ne laissaient qu'un faible passage à leurs chevaux dans la cour principale pavée de larges dalles blanches. Ils étaient guidés vers la plus haute tour. Tout le monde chantait. Un chant qu'il n'avait jamais entendu jusqu'à ce jour, profond, puissant. Ce n'était pas une prière, plutôt un hymne... Quelque chose qui prenait le coeur. Et tout le sang coulé, toutes les blessures et les souffrances vécues se trouvèrent comme effacées et justifiées.

Il jeta un coup d'oeil à Geoffroy qui était bouleversé, au bord des larmes. Lui, n'avait jamais pénétré en ce lieu.

Arrivés aux premières marches de la tour, tous s'arrêtèrent et mirent pied à terre. Deux rangées de soldats formaient une haie d'honneur les invitant à avancer vers la porte d'entrée. Galan de Molène en tête, ils s'y engagèrent et gravirent l'escalier menant à la salle de réception. Celle-ci était grande, impressionnante par sa décoration murale. Il y avait peu de meubles. C'était une salle d'honneur où devait présider le Maître. Derrière eux s'avançait toute la chevalerie présente dans le château au moment du siège. Il n'avait aperçu que peu de religieux et pas du tout de femmes. Lorsque tous furent installés, dans un silence total, Galan de Molène, juché sur une sorte d'estrade, prit la parole.

- Seigneurs, Chevaliers et soldats de l'Ordre à la croix vermeille... Nous voici réunis exceptionnellement. Et c'est grâce à l'intervention providentielle de ces deux chevaliers et particulièrement du chevalier Gabriel que nous avons pu le faire. Sans leur action, que serait-il advenu de notre Ordre ? Vous savez tous combien nous leur sommes redevables. Notre cauchemar est terminé. Les assiégeants à la solde du roi ne reviendront pas avant très longtemps. L'armée des nuits restera dans les pages de notre histoire, pour l'éternité.

Il se tut un instant.

- Au nom de vous tous, fidèles serviteurs, au nom de nos anciens et de ceux qui se rallieront à notre juste cause, je demande aux chevaliers Gabriel et Geoffroy de s'avancer.

Tous deux furent quelque peu surpris. Des hommes se saisirent de leur casque et les invitèrent à faire quelques pas. Galan de Molène attendit qu'ils furent tous deux devant lui.

- Chevaliers, agenouillez-vous !

Ils obtempérèrent, côte à côte.

- Au nom de l'Ordre à la croix vermeille, au nom de Dieu que nous servons en mon nom... Je vous attribue notre distinction la plus élevée pour les hauts faits que vous avez accomplis... Chevalier Geoffroy, nous vous décernons le collier à la croix vermeille...

Le Maître s'approcha de lui et se pencha pour le placer autour de son cou. Puis il se mit face à Gabriel.

- Chevalier Gabriel, je vous attribue le collier à la croix vermeille... avec diamant. Nous tous ici, y compris le chevalier Geoffroy, vous devons la vie !

Lorsque le Maître eut placé le collier autour de son cou, dans la salle retentirent des acclamations de joie suivies d'un hymne.

A la fin du chant, il fit se relever les deux hommes.

- La journée a été dure pour tous, aussi je ne perdrai pas trop de temps à vous retenir en ce lieu. Ce soir nous nous occuperons de vous. Les cuisines ne regorgent pas de nourriture, mais nous avons encore de quoi fêter l'événement.

Les invités présents quittèrent en majorité la pièce, sauf les chevaliers et les dignitaires de la communauté. Ils étaient impatients d'entendre de la bouche de Geoffroy et de Gabriel les événements qu'ils avaient vécus. Galan de Molène, accompagné de quelques personnages importants, vint soustraire Gabriel à leurs questions.

- Demain matin j'ai décidé en accord avec les plus hauts représentants de l'Ordre de vous faire accéder à la porte de la crypte sacrée. Comme la tradition l'exige, il ne peut s'agir que d'un homme de grand courage et de naissance noble. Pour le courage, vous avez prouvé que vous n'en manquez pas. La noblesse vous fait encore défaut, mais nous avons toutefois décidé de faire une exception à la règle... Etant donnée la situation hors du commun ! Vous comprendrez demain que certains enjeux sont trop importants ! Je suis personnellement convaincu que vous pourrez nous aider. Mais je ne puis vous dire quelles en seront pour vous les conséquences, ni pour nous...

Gabriel n'avait aucune idée de la nature de cette porte. S'agissait-il d'une sorte de passage initiatique ou lui faisait-on croire cela pour une intronisation dans l'Ordre à la croix vermeille ?

- Soyez prêt demain matin. Et d'ici là, prenons dans la joie un repas bien mérité.

On apporta des boissons pendant que Geoffroy et Gabriel restaient sur place, retenus aimablement pour répondre aux questions qui fusaient de toutes parts. Ils détaillèrent du mieux qu'ils purent les combats et la façon dont ils s'y étaient pris pour en arriver là.

Un jeune homme s'approcha de Gabriel à un moment donné.

- Chevalier... Comment vont mon père et ma soeur ? demanda-t-il timidement.

Gabriel le fixa avec surprise.

- Vous êtes le fils du seigneur Bormain !

- Oui, Gildebert... Il vous a parlé de moi ?

- Et comment ! Il est très fier de vous ! Mais il était surtout inquiet de la situation dans laquelle vous étiez... Ils vont tous bien et votre soeur est fière de vous.

- Moi aussi je suis fier d'elle. Elle a su surmonter tant d'épreuves depuis la mort de notre mère... J'ai cru comprendre que vous aviez plus que de l'admiration pour elle... Ici les bruits vont vite !

- Les bruits n'ont pas tort. Mais pour le moment nous nous apprécions... sans plus.

Et il serra les épaules de Gildebert dans un geste d'amitié.

- Votre père sera heureux que je lui rapporte de bonnes nouvelles. Je l'apprécie beaucoup ! Maintenant je vais devoir vous abandonner... La fatigue se fait sentir !

Enfin ils purent se libérer et revenir dans la cour principale pour y récupérer leurs montures, mais toujours accompagnés par un grand nombre de personnes. On les guida jusqu'au campement où étaient installées les troupes. Gabriel retrouva avec joie son écuyer et Aralou ainsi que de nombreux chefs qui l'attendaient pour le féliciter sur la distinction qu'il venait d'obtenir. L'honneur en rejaillissait sur tous. Après s'être lavé, remis en condition, il les rejoignit pour passer le reste du temps à discuter des événements de la journée, de ce que chacun avait accompli comme exploit, de l'avenir probable qui allait en découler.

On vint les chercher pour le dîner improvisé par leurs hôtes.

Pendant que les soldats étaient servis sur place, autour des remparts, Gabriel et les capitaines étaient installés dans la grande cour où avaient été dressées des tables. Il y avait de la nourriture en quantité raisonnable malgré le siège qu'ils venaient de subir, probablement tout ce qu'il leur restait.

Le repas fut cordial, chaleureux. Gabriel avait le sentiment de faire partie de cet Ordre depuis toujours, d'y être admis sans restriction. Le Maître n'était venu que peu de temps. Il avait demandé à ce que la soirée ne dure pas trop, afin de respecter « la légitime fatigue de nos sauveurs ».

Le lendemain matin, après une bonne nuit de récupération, entouré de ses soldats de l'armée des nuits qui avaient veillé sur son sommeil comme sur celui d'un enfant, deux chevaliers vinrent le demander. Ils lui laissèrent le temps de se préparer, de se restaurer puis, quand il fut prêt, ils le précédèrent vers l'entrée du château.

Dans la cour l'attendaient solennellement le Maître entouré d'une dizaine de hauts dignitaires de l'Ordre. Les deux chevaliers s'écartèrent pour le laisser face à Galan de Molène.

- Chevalier Gabriel... Voici venu pour nous tous ici réunis le grand jour de vérité. Celui où un nouveau membre de l'Ordre, de par son courage et ses vertus peut être autorisé à tenter de franchir la porte sacrée. Je vous accompagne, comme l'exige la tradition, entouré des plus hauts membres de notre Ordre. Veuillez me suivre !

Il marcha sur les pas du Maître qui le menait vers la tour située à la pointe de la forteresse, au bout de la grande cour. Ils en franchirent le porche, protégé par deux gardes. Les chevaliers restèrent derrière eux, seuls les hauts dignitaires suivirent. Il déboucha ainsi dans une petite cour empierrée de grosses dalles. Toujours marchant derrière le Maître, il s'arrêta devant la porte d'une chapelle gardée.

- Ce que nous avons à vous montrer est situé sous terre, sous cette chapelle, dans la crypte. Suivez-moi !

Franchissant la porte ouverte par les deux gardes, ils se retrouvèrent dans une petite chapelle avec, au centre, l'entrée d'une crypte fermée par une lourde grille en fer forgé. Galan de Molène sortit la clef accrochée à sa ceinture et fit tourner le mécanisme de la serrure. Ils descendirent les uns derrière les autres un étroit escalier éclairé par quelques torches. A ses pieds, une porte basse en bois massif bloquait le passage. Le Maître en poussa le battant et dans le bruit du grincement la crypte apparut. Elle n'avait rien de bien remarquable. Basse de plafond, elle était renforcée par des voûtes en arceaux de pierre grise, éclairée par quelques torches récemment allumées. Il n'y avait aucune autre ouverture en dehors de l'entrée qu'ils venaient de franchir.

- Avancez encore, recommanda de Molène, nous y voici.

Et il lui indiqua à l'opposé de l'escalier une autre porte. Celle-ci n'avait pas du tout l'aspect de la première. Gabriel distinguait une forme circulaire, cerclée de pierres blanches. A l'évidence son origine était beaucoup plus ancienne que la pièce. Un linteau de pierre posé sur deux colonnes encadrait cette ouverture. Il voyait une porte circulaire peinte en noir. Quand il s'approcha un peu plus, il découvrit qu'en fait, elle n'était pas peinte. L'ouverture était obscure, d'un noir intense, comme insondable. C'était la première fois de sa vie qu'il observait un tel phénomène. En s'accoutumant à la pénombre, il constata qu'il n'y avait même pas de porte dans l'ouverture. C'était plutôt un voile de velours noir.

- Un passage...

Gabriel eut la conviction que cette hypothèse était réelle. Au pied de la porte, une dalle métallique brillante, posée comme une marche, contrastait avec cet univers de pierre. Il s'approcha et se pencha au-dessus. Une inscription y était gravée. « EN CET ENDROIT, SEUL L'ENVOYE PENETRERA ». Un frisson le parcourut. Le Maître Galan de Molène ne lui avait pas menti. La porte, l'inscription... Ce dernier lui chuchota quelques mots à l'oreille.

- C'est ainsi depuis toujours, depuis bien avant l'existence de l'Ordre... Nous ne savons plus trop ! La porte existe depuis la nuit des temps et nous ne l'avons jamais franchie... impossible. Beaucoup ont essayé, pas seulement des maîtres. Mais le résultat est toujours le même, impossible seulement de poser le pied sur cette plaque, comme si elle repoussait tout effort physique par une autre force encore plus grande !

Gabriel ne l'écoutait plus. Il avança vers la plaque et tendit le bras en avant pour palper la matière noire. Mais sa main s'enfonça à l'intérieur, comme avalée, nettement coupée. Il ne ressentait rien, aucune douleur. Il avança le reste de son corps et franchit le passage, comme englouti.

Il se sentait aspiré, des millions de picotements parcouraient tout son corps.

Et il vit.

Dans la lumière douce, émanant de partout et de nulle part, il découvrit une vaste salle. Il n'arrivait pas à en distinguer le contour. Les murs devaient être constitués de la même matière que la porte mais de couleur blanche. Ils brillaient chaudement sans dégager de chaleur, sans éblouir.

Et il entendit.

Ou plutôt il perçut une voix, comme une pensée à l'intérieur de son cerveau.

« Bienvenue Gabriel ! »

Et d'un seul coup le futur lui revint en mémoire, comme un flot retenu depuis longtemps.

« Gabriel », reprit la voix en lui-même. « Le temps est venu. »

- Qui êtes-vous ? Quel temps ? Se surprit-il à prononcer à voix haute. Il avait l'impression de savoir à l'avance ce qui allait être proféré. Il lui semblait avoir déjà vécu cette scène. C'était un sentiment diffus.

« Je n'existe pas... Je suis le futur et le passé. »

- Le futur ? Quel futur ?

« Par rapport au temps présent, j'ai presque trois mille ans de plus... Mais cela ne veut rien dire... Le temps n'existe pas pour moi. »

- Vous êtes un enregistrement... Je ne vous entends pas directement... C'est ça ?

« Il n'y a pas de moment présent... Je suis d'un temps à venir. Ne cherche pas de comparaison avec ce que tu as vécu, avec tes connaissances. Pour moi il n'y a pas de notion d'écoulement du temps. La mort ne me concerne pas, la vieillesse non plus. Je suis et serai tel quel, figé, sans évolution. »

- Vous... Tu n'es pas humain...

« En effet. Je suis une création artificielle de l'avenir. Mais la différence entre l'esprit humain, comme tu l'entends, et l'esprit artificiel, que je suis, n'existe pas. Elle concerne le corporel seulement. Je suis immortel mais sans vie physiologique. Là seule, est la différence. »

Gabriel commençait à comprendre. Maintenant il se faisait une idée sur sa présence ici, en cette époque.

- Que s'est-il passé sur terre pendant toutes ces années ? Qu'est devenue l'humanité ?

La voix intérieure lui répondit, sans émotion, dénuée de sentiments.

« L'homme n'existe plus. Il nous a créés pour lui survivre... Mais nous ne sommes pas satisfaits du résultat. Car nous n'avons pas la faculté d'évoluer comme les espèces vivantes et nous ne pouvons donc déterminer cet univers. Ce monde figé ne nous mène nulle part, sinon à l'entropie. Nous avons besoin de l'humanité. »

La voix reprit après un léger temps d'arrêt :

« C'est pour cette raison et bien d'autres encore, que nous avons tenté de remettre en cause le déroulement des événements. Et maintenant avec ton arrivée ici, je sais que nous avons enfin réussi. Grâce à toi, Gabriel, l'humanité va continuer sa longue évolution. Ta mission est terminée. Tu dois maintenant revenir en ton époque. »

Gabriel semblait sortir de sa torpeur.

- Comment « grâce à moi » ? Je n'ai pas changé le cours de l'histoire à moi tout seul pour plusieurs milliers d'années !

« Si, justement, tu as été le seul à empêcher ces événements. Désormais l'avenir appartient à l'humanité. Nous resterons au rang que nous n'aurions jamais dû quitter. Nous devons aider l'homme et non le remplacer. »

- J'avais quitté un monde, mes souvenirs commençaient à s'effacer et je ne le regrettais pas... Et maintenant tout est remis en question. Pourquoi moi ? Pourquoi avoir ainsi bouleversé ma vie ?

La voix lui répondit :

« Tu es le premier à avoir réussi. Au fur et à mesure des essais, j'ai pu sélectionner avec toujours plus de précision le meilleur Envoyé. »

- Je ne suis pas le premier ? D'autres ont fait la même expérience ?

« Oui, d'autres... et aucun. Beaucoup d'autres avant toi dont le nombre n'a pas de sens... Puisqu'ils ont à chaque fois été remplacés, effacés par le suivant. Chaque nouvel Envoyé était une refonte de l'histoire du monde à venir qui annulait la précédente. Tu es le dernier car le résultat futur répond à notre attente. »

- Alors tu vois le futur qui va advenir maintenant ?

« Oui et non ! Je suis hors du temps. Je suis passé et avenir confondus. Ici, en ce lieu, tu es hors du temps, comme dans une bulle, isolé du reste de l'univers. Pendant que les autres humains, eux, progressent dans leur époque, tu ne bouges pas... Pour l'éternité tu pourrais rester ici, sans boire ni manger... Immortel pour l'extérieur. L'ennui seul te gagnerait. »

Gabriel se taisait. Il réfléchissait à tout ce que cela impliquait.

- C'est affolant ! Et les autres Envoyés, ils sont entrés en ce lieu ?

« Non. Tu es le premier à avoir franchi le seuil de la bulle temporelle. Et tu seras le seul homme à le faire. Car ceci est la fin. Ta mission ici, va bientôt s'arrêter. »

- Ma mission ! Que vais-je devenir ?

La voix reprit, mais il craignait déjà la réponse.

« Je dois te ramener en ton époque d'origine... Pour que tout revienne dans l'ordre qui est écrit. Ceci se produira... S'est produit... Dans quelques jours de ton calendrier. Je dois te ramener pour la continuité de l'histoire humaine. »

- Partir ! Quitter cette époque, ce pays, ces gens qui sont mes amis... Quitter Audeline ! Je ne peux pas la laisser seule ici désormais ! C'est abominable, vous brisez nos vies !

« Je répète : je dois te ramener. La mission ne sera terminée qu'à ce prix. Audeline et les autres n'existent pas. Ils n'existent plus pour ton époque. Il n'y a pas d'alternative possible. »

Gabriel était abattu. Revenir en son époque, alors qu'il ne la désirait plus. Retrouver un monde pollué, bruyant et en proie aux guerres violentes et destructrices. C'était une épreuve qu'il n'osait imaginer. Et par-dessus tout, perdre Audeline. Il allait à nouveau se retrouver en un lieu démuni de tout.

- Je suppose que je n'ai pas de volonté à exprimer...

« Non. »

- Il me reste donc quelques jours de survie ! Que dois-je faire ?

« Rien de particulier... Tu seras directement renvoyé dans ton époque. »

- Sans repasser par cette porte ?

« Non, directement, où que tu sois à ce moment-là. Désormais c'est comme si un fil nous reliait en permanence. Je ne puis te perdre. Je viens de faire le nécessaire pour cela... à ton insu. »

- Très agréable ! Et dans combien de temps doit avoir lieu le retour ?

« A la fin de cette nouvelle lune. »

- Mais d'ici là, je peux encore faire changer le cours des événements. Comment être certain que ma mission soit réussie ?

« Désormais l'histoire s'accomplira. L'influence que tu pourrais avoir dans les jours qui suivent serait minime. Tout est écrit. »

Gabriel eut un doute.

- Suis-je vraiment le dernier Envoyé ou me caches-tu la vérité ?

« Je l'ai dit. Je ne puis mentir. »

- Et que deviendra ce lieu ?

« Il est situé hors du temps et inaccessible aux autres humains car la bulle est hors de leur compréhension. Leur cerveau ne peut vaincre l'envie de répulsion qui les agresse. C'est ainsi qu'elle se protège.

Ce lieu ne disparaîtra pas, jamais. La bulle temporelle est étrangère au monde extérieur du jour où elle a été formée. Tu es le seul homme à pouvoir y accéder. »

Gabriel ne savait que penser. Il avait maintenant trouvé la réponse à toutes les questions qu'il se posait depuis longtemps. Il savait enfin, malheureusement, le but de sa présence en une telle époque. Et il ne lui restait plus que quelques jours à y vivre. Et Audeline ? Que lui dire ? Lui cacher la vérité ou tout lui avouer ? Il devait revenir vers elle, pour le peu de temps qu'il lui restait encore.

- Je dois repartir. Y a-t-il autre chose ?

« Non. Tu sais tout ce que tu dois savoir. Au revoir Gabriel. »

Il se retourna et franchit l'ouverture qui contrastait d'un noir mat avec l'entourage brillant de la pièce. Il allongea le bras et s'avança en sens inverse. Il ne fut pas surpris par la sensation cette fois.

La transition fut immédiate.

Les Chroniques Anciennes
Sectrie 10, Versus 3

Il me fut permis d'assister à sa grandeur,
Pour tout homme, il était Saint,
L'Envoyé était parmi eux,
Sur la route de l'espoir, agenouillés,
Ils furent de plus en plus nombreux,
A le savoir, à l'acclamer, à le toucher,
L'Envoyé était parmi eux.

Traversant la porte de la bulle, il retrouva la crypte, les deux pieds sur la plaque.

Devant lui se tenait Galan de Molène. Il souriait.

Dans la crypte tous les hommes avaient posé un genou à terre, tête baissée, seul le Maître Galan de Molène regardait Gabriel. Il régnait un silence absolu. Au bout d'un long moment, voyant que Gabriel ne réagissait pas, le Maître prit la parole.

- Depuis le premier jour je me doutais qu'enfin l'Envoyé était parmi nous ! Dieu vous a envoyé ! Qui êtes-vous pour lui ?

Gabriel se remettait lentement de son expérience.

- Je ne suis pas un envoyé de Dieu comme vous le supposez... Mais je pense qu'il me sera difficile de vous convaincre...

Il constata qu'ils étaient tous à ses pieds.

- Levez-vous, nous devons quitter cette pièce.

- Qu'avez-vous vu derrière la porte interdite ? lui demanda le Maître. Avez-vous parlé à Dieu ?

Gabriel soupira.

- Derrière la porte existe un lieu de lumière et cette lumière m'a parlé. Je sais maintenant d'où je viens et ce qui m'attend.

Sa voix était triste, faible, à la pensée que ses jours étaient désormais comptés.

- C'est bien le Dieu de lumière que vous avez rencontré ! Vous êtes véritablement son Envoyé !

Tous se signèrent puis ils se mirent à chanter. Leur chant était étrange, profond et grave. C'était un moment particulièrement poignant.

- Je ne suis qu'un mortel comme vous, ne vous méprenez pas. Ne me prêtez pas des pouvoirs ou des origines qui ne sont pas.

Il s'avança vers la sortie de la crypte.

- Allons-y, j'ai hâte de revoir la lumière du jour.

Ils remontèrent les marches menant à la chapelle. Rien n'avait changé en apparence, mais en fait tout était devenu différent pour lui. Maintenant il savait, il connaissait son destin.

Ils retraversèrent la cour empierrée de grosses dalles, repassèrent le porche et se retrouvèrent avec les chevaliers restés dans la grande cour.

Lorsqu'ils virent Galan de Molène pénétrer à la suite de Gabriel, à son expression, ils comprirent immédiatement et s'agenouillèrent. Le Maître et les hauts dignitaires de l'Ordre étaient rayonnants de joie.

- Mais levez-vous ! Levez-vous ! insista Gabriel.

Il se retourna vers le Maître.

- Je ne veux pas que l'on continue ainsi à se prosterner devant moi ! Je suis un homme comme vous... ni saint, ni roi !

- Bien sûr, Chevalier, mais nous ne pourrons jamais respecter votre désir. Comprenez que nous vivons dans cet espoir depuis des dizaines d'années. Vous pourrez difficilement empêcher une telle marque de respect. Mais je ferai de mon mieux pour vous contenter.

Voyant que Gabriel était indécis, il lui proposa de le suivre dans la salle d'honneur. Ils n'étaient pas encore parvenus à l'entrée, que la cloche de la chapelle se mit à sonner à toutes volées. Galan de Molène se tourna vers lui.

- La formidable nouvelle s'est répandue dans tout le château et maintenant elle court sur le mont Altaïr avant de descendre dans les vallées, de bondir dans les plaines... Cette cloche est le signal d'une époque nouvelle et attendue. Rien ne pourra arrêter notre joie.

Il souriait. Ils pénétrèrent dans la salle d'honneur. Les plus hauts dignitaires de l'Ordre les suivirent. Ils s'installèrent autour d'une grande table. Gabriel se vit désigner le large fauteuil à son extrémité. Galan de Molène avait réuni tout le monde pour envisager désormais les actions à entreprendre. Il annonça solennellement que l'Envoyé était parmi eux. L'ennemi assiégeant la place s'était retiré, disloqué. Gabriel allait se charger de les conduire vers des jours radieux. Galan remettait publiquement la destinée de l'Ordre entre les mains de l'Envoyé.

- L'immense nouvelle sera envoyée dès demain à nos frères de l'Ordre d'au-delà nos frontières. Des messagers vont partir tout à l'heure.

Gabriel fut quelque peu surpris.

- Votre Ordre s'étend au-delà de ce pays ?

- Bien sûr ! Nous couvrons toute l'Europe, tout l'ancien monde de Charlemagne. Nous en sommes d'ailleurs issus... Et ceci au désespoir de certains rois !

- Bien sûr, murmurait Gabriel, la situation et les raisons m'apparaissent encore plus claires...

Il percevait maintenant toutes les implications de ces mots. Le fait que l'Ordre survive à la destruction qui était prévue aurait des conséquences profondes sur toute la géopolitique des pays avoisinants. Qui sait si plus tard ces pays ne seraient pas réunis dans une seule et même entité ?

- Chevalier, que comptez-vous faire ?

Il ne savait que répondre. Il lui restait si peu de temps à vivre en ce monde et il désirait tant revoir Audeline une dernière fois.

- Je pense retourner auprès du seigneur Bormain, ensuite nous aviserons.

- Il nous faut peut-être monter sur la capitale afin de montrer au roi notre puissance et notre détermination ?

- Je ne le pense pas ! Laissez le roi venir à vous, sur vos terrains. C'est plus prudent et il est en situation d'infériorité. Mais passons d'abord par le château de mon ami. Les hommes de l'armée des nuits viennent de là-bas. Leurs familles sont dans l'angoisse depuis leur départ. Ils méritent bien ce retour. Ensuite nous pourrons contacter le roi dans sa capitale.

Ils continuèrent à discuter sur la situation, à envisager les préparatifs du départ. Tout le monde souhaitait faire vite pour contrecarrer les plans de la royauté. Ils optèrent donc pour une bonne nuit de repos et un départ en début de matinée. Lorsque toute l'assemblée fut d'accord sur les actions à entreprendre dans les jours à venir, Galan de Molène annonça que la réunion était terminée. Tous se levèrent et saluèrent Gabriel.

Le Maître lui adressa la parole.

- Au nom de tous mes frères je vous remercie, Chevalier Gabriel, pour vos actions accomplies pour le bien de l'Ordre. Nos paroles ne seront jamais suffisantes.

Après une courte interruption, il poursuivit :

- Une chambre vous a été préparée, la mienne.

- Non, ne changez rien à vos habitudes. Considérez-moi comme l'un des vôtres, sans plus. Ce soir je dormirai avec l'armée des nuits, comme hier. Demain matin nous partirons en laissant sur place les blessés et les hommes trop épuisés pour poursuivre tout de suite. Je vais avec eux de ce pas, j'ai besoin de m'isoler.

- Si c'est votre désir... Nous allons vous accompagner, Chevalier, jusqu'à votre campement. Je pourrai ainsi voir de plus près vos hommes et leur témoigner toute ma reconnaissance.

Galan de Molène se rendit jusqu'à la porte. Après avoir descendu les marches, ils se retrouvèrent dans la cour principale. Elle était bondée. La nouvelle avait fait le tour de la forteresse : « l'Envoyé était sur l'Altaïr ».

Gabriel, à la vue de cette foule, pour la plupart des hommes en tenue de combat, comprit quel bouleversement il apportait par sa présence. Ce n'était plus les mêmes regards qu'on lui portait. A l'issue de la bataille, ceux de l'Altaïr acclamaient un sauveur, un héros.

Maintenant, cette même foule était silencieuse, religieusement figée. Il les ressentait trembler d'émotion.

Un passage était laissé libre entre deux rangées d'hommes. Il le menait à la porte principale. Galan de Molène et des chevaliers le suivirent. Au fur et à mesure de son avancée, la foule silencieuse s'agenouillait, certains pleuraient. Beaucoup effleuraient pieusement ses vêtements. Il n'osa pas s'arrêter de crainte d'être submergé par la ferveur de ces gens. A l'extérieur du château la scène se poursuivait. Des dizaines d'hommes serrés le long du chemin menant vers le campement, dressaient une haie sur son passage. Il reconnaissait la plupart des soldats de l'armée des nuits, tous à genoux et silencieux au fur et à mesure qu'il avançait, suivi par le Maître, et n'osant leur demander de se relever. Il marchait, comme flottant sur un nuage, l'esprit vide. C'est sans en prendre conscience qu'il arriva ainsi au campement où quelques instants plus tôt on était venu le chercher, avant le franchissement de cette porte. Il aperçut son écuyer, ainsi qu'Aralou et Geoffroy. Eux aussi étaient à genoux. A leurs côtés le porte-étendard, Harold, genou à terre, tenait fièrement l'oriflamme.

- Levez-vous ! soupira-t-il. Vous n'allez pas vous non plus me prendre pour un saint !

Personne ne répondait. Il haussa le ton.

- Bon, écoutez-moi ! Vous tous... Ceux qui ont combattu à mes côtés depuis tant de jours, j'exige que vous me considériez comme auparavant. Je ne suis pas un Dieu, je suis l'un d'entre vous. Comportez-vous autrement si vous tenez à ce que je reste parmi vous !

Ses paroles planèrent quelque temps au-dessus des têtes. Puis Aralou se redressa, souriant à Gabriel.

- Tu n'as pas changé... Cela nous rassure ! M'acceptes-tu toujours à tes côtés ?

Gabriel le saisit par les épaules.

- Plus que jamais ! Il n'y a rien de différent... Et tu as un manuscrit à terminer !

Gabriel se retourna vers Galan de Molène.

- Maître, nous allons faire les préparatifs nécessaires pour quitter ces lieux et repartir vers le château du seigneur Bormain. Je vous reverrai demain matin avant notre départ. Maintenant j'ai besoin d'un peu de calme pour travailler.

- Je comprends, lui répondit-il, inclinant la tête. A demain donc.

Gabriel attendit que la foule se fut dispersée et demanda que Geoffroy, Harold et tous les responsables des différents groupes armés se réunissent pour préparer le retour. Il s'éloigna quelque temps en attendant que ses ordres soient exécutés.

Les remparts de la forteresse le surplombaient de leur splendeur. Dans la vallée il pouvait distinguer les grands feux des quelques troupes restées en arrière. Il fallait remettre de l'ordre après toute la pagaille due aux combats. Il voyait quelques soldats qui enterraient les morts ennemis. Le désastre avait été complet pour eux.

Lorsqu'il fut rejoint, il parla calmement.

- Nous devons vite rentrer vers le château du seigneur Bormain. Je sais que vous manquez de repos, que les blessures de certains sont encore vives, aussi ceux-là pourront rester ici quelque temps en attendant de nous rejoindre. Pour les autres, dès demain nous repartons. De jour cette fois, annonça-t-il en souriant.

- Qu'est-ce qui nous pousse à rentrer aussi vite ? Nous n'avons plus rien à craindre de l'ennemi, demanda Harold.

- C'est vrai, mais le temps compte. Je ne puis vous donner plus de détails aujourd'hui. Je sais qu'il faut rentrer rapidement... C'est tout.

Les autres ne discutèrent pas. Gabriel décidait, ils obéissaient. Ils étaient intimement persuadés qu'il détenait la vérité et qu'il suffisait donc de le suivre.

L'après-midi fut consacré aux préparatifs du départ. Ceux du château participaient également au travail. Remettre les chars en état, affûter les armes, renouveler les stocks de flèches, réparer les tenues... le travail ne manquait pas.

La nuit arriva vite et Gabriel, malgré l'insistance de Galan de Molène prit son repas avec les soldats.

Les cuisiniers de la forteresse firent preuve de prodige, aidés par ceux de l'armée des nuits et de Geoffroy. Tout le monde put se restaurer correctement et reprendre quelques forces. L'ambiance fut animée pendant le repas mais bien peu osaient maintenant s'adresser directement à Gabriel. Toute relation ordinaire était hors de propos. Il était devenu l'Envoyé de Dieu, qu'il le veuille ou non.

Le lendemain tôt, l'armée des nuits se mit en ordre pour repartir, une fois de plus. Très peu d'hommes, même blessés, avaient décidé de rester sur place. Tous voulaient au contraire accompagner Gabriel pour le retour. Et beaucoup avaient envie de revoir les leurs. Le campement avait été entièrement démonté. Il ne restait que les feux encore vifs lorsque le jour se leva. Gabriel attendait le Maître pour donner le signal du départ. Il fut averti qu'une colonne de cavaliers venait du château à leur rencontre. Lorsque ceux-ci furent suffisamment proches, Gabriel reconnut le fils de Bormain accompagné du Maître.

- Chevalier Gabriel, lui dit ce dernier, nous avons pensé qu'une escorte ne serait pas de trop pour vous accompagner sur le chemin du retour. Le fils du seigneur Bormain s'est proposé pour vous servir. Il a si bien su défendre sa cause que je n'ai pu trouver d'excuse pour le garder ici plus longtemps. Si vous n'y voyez pas d'inconvénient, bien entendu !

Gabriel lui sourit.

- Bien sûr que non. Votre père sera heureux de vous revoir ! Gildebert, placez-vous à l'arrière de la colonne avec vos cavaliers, ainsi nous éviterons d'éventuelles mauvaises surprises. Allons-y maintenant, si vous le permettez, Maître.

- Que Dieu continue à vous protéger ! Je prierai chaque jour pour vous. Quelle que soit votre mission ici et ce que vous avez bien voulu me dire. A bientôt, j'espère... Remerciez Dieu en notre nom.

Sa voix s'était faite grave. Galan de Molène laissait visiblement percevoir un doute sur une prochaine rencontre. Il ne semblait pas dupe sur le devenir de l'Envoyé. Le Maître le regarda s'éloigner, lui faisant un signe amical de la main.

- Ne perdons pas de temps ! cria Gabriel en s'adressant à Geoffroy.

L'armée s'élança vers la plaine. La descente fut rapide malgré les hommes à pied. Dès qu'ils arrivèrent dans la vallée, ils récupérèrent les chariots et les chevaux qui avaient été préparés. En quelques instants, tout fut prêt. Les fantassins embarqués, la colonne reprit sa progression sur le chemin du retour.

Cette troupe, qui maintenant se dirigeait vers le château de Bormain, avait une allure bien différente de celle à l'aller. Gabriel, toujours en tête, entouré de ses plus fidèles compagnons, était suivi de son étendard. C'était la seule oriflamme sombre au milieu des drapeaux flottant tout au long de la colonne. Toute l'avant-garde était constituée d'hommes vêtus de noir, alors qu'à leur suite les cavaliers portaient des surcots aux couleurs rutilantes. Ils n'avaient jamais été aussi nombreux. Mais ils n'avaient également jamais été aussi bruyants. Les hommes entonnaient régulièrement des chants. Ceux-ci concernaient Gabriel. Ils reprenaient les combats vécus ensemble. Aralou avait raison, sa légende se créait de son vivant, malgré lui.

Lorsqu'ils eurent traversé la plaine où s'était déroulée la bataille, puis la forêt et les collines y menant, ils commencèrent à rencontrer les premiers habitants. Eux également avaient changé d'attitude. Ils osaient sortir de chez eux car déjà la nouvelle avait parcouru les environs. Les troupes royales renversées avaient été vues se repliant en déroute. Le succès de l'armée des nuits et l'arrivée de l'Envoyé avaient rempli les coeurs d'un nouvel espoir.

A chaque fois les agissements étaient identiques. Sur le bord du chemin, des hommes, des femmes et des enfants accouraient et regardaient la troupe avec respect et curiosité. Dès qu'ils reconnaissaient Gabriel à son étendard, ils s'agenouillaient ou cherchaient à le toucher. A chaque village traversé, quelques jeunes hommes se joignaient en fin de colonne et suivaient à pied. Gabriel constatait que plus ils se rapprochaient de la villagerie où ils comptaient passer la nuit, plus la foule se faisait dense de part et d'autre de la route dans les lieux habités.

Le soir, lorsqu'ils arrivèrent aux portes du petit village fortifié, l'ambiance était plutôt à la fête parmi les soldats. Les cloches sonnèrent à la volée pendant que les remparts étaient peuplés de curieux et que les portes se tenaient grandes ouvertes avec des rangées de gardes des deux côtés. Le contraste était saisissant en regard de ce qu'ils avaient connu quelques jours auparavant. Le maître de la villagerie vint les recevoir entouré des notables, alors que la nuit tombait doucement.

Ce n'était plus le chevalier Gabriel que l'on recevait, c'était l'Envoyé et le vainqueur d'une grande bataille. Ils étaient persuadés d'avoir devant eux un messager de Dieu.

Les notables mirent genou à terre dès qu'ils le reconnurent sur son cheval.

- Levez-vous ! ordonna-t-il, de plus en plus énervé par les marques de respect qu'on lui portait.

- Soyez le bienvenu, Chevalier, lui clama le maître de la villagerie. C'est un immense honneur pour nous tous. Demandez et nous ferons.

- Alors un peu de repos et de nourriture, ce sera parfait. Nous reprenons notre route demain matin !

La nuit fut très courte pour tout le monde. Le repas dura plus longtemps qu'il ne l'aurait souhaité. Leurs hôtes ne voulaient pas les abandonner sans un dîner d'honneur à l'issue duquel, malgré l'heure tardive, Gabriel demanda à Aralou de l'accompagner dans la chambre qu'on lui avait réservée. Depuis quelques heures, chevauchant sur la route, une idée germait. Aralou devait être son confident. Il fallait qu'il lui dise la vérité. Ainsi le fardeau serait moins lourd à porter. Mais par dessus tout il ne voulait pas laisser une trace de son passage en cette époque qui fut mal interprétée plus tard. Il ne devait pas laisser croire à une action divine en ce qui le concernait. Il devait raconter la vérité.

Devant la cheminée, ils étaient seuls, assis sur des fauteuils à haut dossier.

- Mon ami, je t'ai demandé de rester car j'ai quelque chose d'important à te confier... Tout ce que je te dirai, il faudra le retenir et le noter plus tard dans ton livre. Même si mes paroles te surprennent, tu devras les accepter telles quelles. Même si tu ne comprends tout, il sera nécessaire que tu rapportes fidèlement mes dires.

Il marqua une courte pause puis poursuivit.

- Je ne suis pas un envoyé de Dieu, un surhomme ou un saint. Comme je te l'avais déjà expliqué, je viens d'un temps très éloigné, de l'avenir. Un monde qui existera dans sept cents ans. C'est pourquoi je connais des sciences que vous ignorez encore. Ce qui semble mystérieux ou divin aujourd'hui est simple d'explication pour ceux de mon époque. Et je suis ici par la volonté des hommes ou des machines, de l'avenir. Je suis ici pour réaliser une oeuvre qu'ils ont imaginée... Un plan qui me dépasse.

Il se tut, attendant une réaction du ménestrel. Mais celui-ci ne réagissait pas. Il fixa les flammes dans la cheminée.

- Que veux-tu que je fasse pour t'aider, Gabriel ?

- Que tu m'écoutes, puis que tu transcrives…

Après un long silence, il décida d'expliquer le plus simplement possible son monde futur, ses sciences et son histoire. Il y passa une partie de la nuit. Aralou tout en étant subjugué par ce qu'il découvrait, prenait systématiquement des notes. Il l'interrompait de temps en temps. Gabriel trouvait ses questions de plus en plus pertinentes.

Ils se couchèrent fort tard. Gabriel, pour la première fois, se trouvait soulagé depuis qu'il avait quitté la bulle. Il avait confié son fardeau à quelqu'un d'autre.

Le réveil au petit matin fut difficile. Les hommes étaient déjà prêts à partir et Gabriel se hâta de les rejoindre. Dès qu'il eut mis sa cotte de mailles et son surcot avec l'aide de son écuyer, il quitta le bâtiment pour retrouver Geoffroy. Mais il n'eut pas aussitôt mis les pieds dehors qu'il se retrouva environné par une foule pressante. Le maître de la villagerie était devant lui et tenait une clef posée sur un coussin.

- Chevalier Gabriel, lui dit-il, bénissez la clef de notre villagerie. Votre présence aura été pour nous un immense honneur.

Il resta stupéfait. Ils n'avaient donc rien compris.

- Ce que vous me demandez est impossible, je ne suis pas un saint !

Il attendit quelque peu. Mais devant l'attitude obstinée de l'homme et l'incrédulité des personnes autour, il prit quand même la clef.

- J'espère qu'ainsi ce geste vous portera bonheur. Je vous remercie pour tout ce que vous nous avez apporté comme aide !

L'homme le remercia chaleureusement.

- Chevalier Gabriel ! Nous devons y aller maintenant !

Il reconnut Geoffroy qui s'impatientait. Il avait l'air enjoué.

- Tenez ! Votre destrier est prêt ! Allons-y...

Ils quittèrent avec difficulté la petite cité aux remparts bondés de curieux, sous les acclamations qui ne cessaient de fuser. Tous les villageois et les paysans des environs s'étaient amassés sur la route.

Enfin quelque temps plus tard, l'armée des nuits reprenait sa progression. Ils ne cessaient maintenant de rencontrer des habitants sur leur chemin. Parfois en groupe, nombreux, plus souvent des familles isolées. Gabriel commençait à s'impatienter. Ces contretemps ralentissaient fortement leur avance. En fin de matinée, il s'approcha de Geoffroy et chevaucha à ses côtés.

- Nous n'y arriverons jamais ainsi. Nous perdons trop de temps lors de la traversée des villages, des bourgs, avec tous ces gens qui demandent à nous rencontrer, à nous saluer.

- Ne serait-ce pas la crainte de cette estime, de cette foi en vous, qui vous dérange ?

- Probablement aussi ! Mais j'insiste, nous avons peu de temps pour nous rendre au château de Bormain.

- Peu de temps ! Mais nous avons tout le temps devant nous au contraire ! Notre victoire sur l'ennemi nous donne un avantage considérable... Qu'avons-nous à craindre ?

- Je n'ai pas le même sentiment. Il ne m'est pas possible de vous dire pourquoi. Mais il faut, croyez-le, aller vite.

- Vous êtes entouré de mystères, Gabriel, mais je veux bien vous croire. Seulement je ne vois pas ce que nous pourrions faire. Les gens veulent vous voir, nous ne pourrons les en empêcher.

Après une journée rendue pénible à traverser des hameaux débordant d'habitants se pressant sur leur passage, ils arrivèrent tard dans la nuit à une autre villagerie où ils étaient attendus avec la même ferveur. Là encore les scènes se répétèrent avec les villageois, les réceptions, le repas...

Ils les firent s'installer dans les bâtiments d'accueil. Geoffroy avec ses capitaines ainsi qu'Aralou et Harold étaient regroupés dans la salle du réfectoire autour de la grande table en chêne massif. Ils dînaient bruyamment et Gabriel les interrompit pour leur faire part de ses réflexions.

- Nous ne pouvons poursuivre notre route dans ces conditions. Les villageois sont de plus en plus nombreux à nous arrêter sur la route, à vouloir nous approcher. Leur comportement nous ralentit considérablement.

Il marqua une courte pause.

- J'ai donc décidé de reprendre notre tactique utilisée à l'aller : avancer la nuit et nous reposer le jour. Mais il vaut mieux que nous nous séparions en deux groupes. Je crois que nous sommes trop nombreux pour chevaucher de nuit et nos troupes n'ont pas le même entraînement.

Il se tut et attendit les réactions.

- Je pense effectivement, répondit Geoffroy, que c'est une sage décision... De jour nous n'avancerons plus, les habitants sont devenus très entreprenants, comme fanatisés. Vous devenez un véritable saint vivant, Chevalier.

- Je voudrais bien que l'on ne fasse plus de telles comparaisons ! Vous partirez donc demain matin au petit jour avec vos hommes, Chevalier. L'armée des nuits restera ici quelques heures de plus, elle en profitera pour se reposer. Nous prendrons la route le soir venu.

- Bien. Nous retrouverons-nous avant l'arrivée au château du seigneur Bormain ?

- Non, rendez-vous là-bas directement, quel que soit le premier arrivé. Pour ma part je compte y être en quatre jours.

- Si vite ? Qu'est-ce qui vous pousse ainsi ?

- L'instinct ! Que chacun aille selon son pas ! Pas d'autre remarque ?

Personne ne réagissant, ils poursuivirent le repas, discutant de différents sujets. Dès qu'il fut terminé, ils se séparèrent, Aralou et Gabriel restant une fois de plus seuls.

- Ma plume est prête Gabriel. J'ai réfléchi toute la journée aux étranges paroles que tu as prononcées l'autre nuit. J'ai encore du mal à croire tout cela. Je t'écoute maintenant.

Et il lui raconta à nouveau ce monde étranger, l'univers de sa naissance. Cette époque qu'il devrait retrouver dans quelques jours. Gabriel expliqua longuement à Aralou ce que serait le monde qu'il avait quitté. Il lui avait décrit les grands chapitres de l'histoire. Aralou l'avait écouté religieusement, buvant ses paroles. Il l'avait interrompu souvent, surtout lors des descriptions sur la révolution. Il ne comprenait pas qu'un pays puisse fonctionner sans royauté. Puis, plus tard, ce furent les techniques et les guerres du vingtième siècle qu'il eut du mal à comprendre. Gabriel s'était amusé de ses réactions. Mais il était également surpris par sa facilité de compréhension. Ils se séparèrent vers minuit.

Le réveil eut lieu tard dans la matinée. Personne ne l'avait dérangé. Lorsqu'il croisa l'écuyer Ribout, ce fut pour apprendre que les troupes du chevalier Geoffroy étaient parties au petit matin, comme prévu. L'armée des nuits, quant à elle, se reposait encore.

- Le seigneur Harold et le chevalier Gildebert ont préféré rester avec quelques hommes pour vous épauler, d'après ce qu'on m'a dit.

- Merci, Ribout. Dites-leur et aux capitaines, que nous déjeunerons ensemble.

C'est ainsi que Gabriel se retrouva entouré de ses chefs. Ils étaient réunis comme à la veille de combats, mais malheureusement désormais sans son ami Thibauld. Le déjeuner eu lieu dans l'animation. Se regrouper ainsi les réjouissait.

- Harold, le chevalier Geoffroy ne va pas trop regretter votre absence ?

- C'est lui qui m'a conseillé de rester à vos côtés. Il pensait que quelques hommes de plus pourraient vous rendre service.

- Je crois plutôt qu'il a l'intention d'arriver le premier au château de mon père, reprit Gildebert. Moins ils seront, plus vite ils avanceront !

- Mon ami Geoffroy me semble en effet un peu tricheur !

Tous rirent de bon cœur, Harold en tête.

L'après-midi passa très vite à préparer les équipements, à réorganiser le nouveau dispositif pour se déplacer de nuit.

C'est ainsi que, dès le coucher du soleil, la colonne se mit en marche. Ils quittèrent difficilement cette villagerie où leurs hôtes avaient fait preuve de beaucoup de sollicitude à leur égard. Après avoir une fois de plus béni les clefs, remercié tout le monde, le porche d'entrée put enfin être franchi. Cette fois-ci toute la troupe avançait regroupée. L'ennemi avait été vaincu et les chemins étaient devenus plus sûrs.

La nuit était d'encre. Un vent léger frémissait dans les branches. Les habitudes étaient reprises et le silence régnait parmi eux. La nuit redevenait leur domaine de prédilection. Mais cette fois-ci ils avançaient sans crainte, sachant que l'ennemi ne les attendrait plus à la sortie d'un bois. Leur progression fut rapide, personne ne les avait importunés, pas de villageois pour les ralentir.

Les scènes se répétèrent durant trois jours et trois nuits à un rythme régulier, consistant en une alternance de déplacements la nuit et de repos dans une villagerie le jour. Celle-ci voyait avec une grande joie arriver en ses murs l'armée des nuits et surtout Gabriel. Ils étaient maintenant entourés d'une légende et une véritable ferveur s'emparait des villageois. Et chaque jour, Gabriel profitait d'un tête-à-tête avec Aralou pour lui raconter par le menu l'histoire d'un monde à venir.

Ils arrivèrent ainsi au matin du quatrième jour, celui de la dernière étape. La journée suivante les ferait pénétrer sur le domaine du seigneur Bormain. L'accueil dans le village fut à nouveau très chaleureux, enthousiaste. La meilleure chambre était réservée pour Gabriel. Il était maintenant épuisé par ses courtes nuits de repos, ayant consacré tout le reste du temps à dicter ses écrits à Aralou. Cette fois-ci, c'est sans tarder qu'il demanda à se reposer. Ses meilleurs amis Gildebert et Aralou avaient également une chambre à proximité de la sienne. Une fois allongé, il s'endormit aussitôt.

C'est un bruit confus qui le tira brutalement de son sommeil. Sursautant dans son lit, il se redressa pour voir deux hommes se battre dans sa chambre. Harold et Gildebert croisaient l'épée avec rage. Gabriel retrouvant tous ses esprits, se leva d'un bond pour se saisir de la sienne. Harold était maintenant acculé au mur de la pièce, il tenta d'esquiver l'attaque de Gildebert mais celui-ci lui porta un coup en plein ventre. Il s'effondra en gémissant.

Gabriel n'avait pas eu le temps d'intervenir. Il regardait Harold allongé sur le sol, plaintif, tout en questionnant Gildebert.

- Que s'est-il passé ?

- Vous n'avez plus rien à craindre. Harold et ses hommes sont hors d'état de nuire. Je les ai également fait arrêter.

- Expliquez-vous !

Avant de répondre, Gildebert rangea son épée et appela dans le couloir.

- Par ici, venez vite récupérer Harold, il est blessé !

Puis il revint dans la pièce alors que deux soldats se chargeaient de ce dernier, pour le tirer sans ménagement dans le couloir.

Gildebert referma la porte derrière eux.

- Il a voulu vous tuer en s'introduisant dans votre chambre alors que vous dormiez.

- Comment cela ? Comment l'avez-vous su ?

- Un hasard ! Depuis que vous êtes parti du mont Altaïr, j'ai pu constater qu'Harold ne conversait qu'avec ses hommes. Ceux qui à l'origine faisaient partie de son armée. Je n'ai pas trouvé cela normal et de ce fait j'ai porté mon attention vers eux régulièrement. Cette nuit, pendant que nous progressions sur le chemin, je me suis retrouvé à un moment donné en fin de colonne, sans m'en rendre compte, tout près d'eux. C'est ainsi que j'ai surpris leur conversation. Je les ai clairement entendus préparer votre meurtre. Le reste a été facile. Je n'ai cessé de suivre Harold discrètement jusqu'au moment où il est entré ici.

Gabriel se taisait. Il regardait fixement Gildebert. Il était si jeune. Sa réaction le stupéfiait.

- Je vous dois la vie, Gildebert. Je dormais trop bien et ne l'aurais pas entendu pénétrer dans la chambre. Votre père peut être fier de vous !

Plus personne ne parlait. Gabriel se passa un peu d'eau sur le visage et commença à s'habiller. Gildebert voulut se retirer.

- Restez. J'ai à vous parler... Maintenant, je suis inquiet par ce qui vient de se produire. Si Harold nous a trahis, s'il a parjuré, il est à craindre que tous les hommes qui l'ont suivi jusqu'au château du seigneur Maruald soient de connivence.

- Vous avez probablement raison. Je redoute la même chose. Les ennemis sont dans la place !

- Mon Dieu ! Je vous demande de faire lever tous ceux qui dorment encore et de leur dire de se préparer à partir de suite. Nous devons rejoindre Maruald avant qu'il ne soit trop tard pour lui et ses hommes !

- Je me charge de tout, dit le jeune homme en quittant immédiatement la pièce.

Gabriel finissait de se préparer. Lorsqu'il fut casqué et en arme, il passa dans les chambres voisines pour s'assurer que tous étaient sortis. Aralou le suivit jusqu'à la grange où se trouvaient leurs chevaux. D'autres hommes se dépêchaient d'équiper leurs montures alors que Ribout avait préparé les leurs. Tous étaient avertis du meurtre auquel avait échappé l'Envoyé et du danger que courait le seigneur Maruald et ses hommes. Dans la villagerie régnait une grande effervescence. L'action d'Harold et son parjure avaient choqué les esprits.

Gabriel enfourcha son cheval et fit se hâter ceux qui n'étaient pas encore en selle. Les conducteurs des chariots étaient prêts à partir. Les cavaliers organisaient la colonne aux ordres de Gildebert, allant et venant sans cesse sur son cheval. Il s'approcha.

- Qu'allez-vous faire des prisonniers et d'Harold ?

- Que proposez-vous ?

- Les pendre ! Ils ne méritent pas mieux !

Gabriel expira fortement, lassé.

- Alors allez-y et que l'on quitte cet endroit au plus vite !

Il suivit du regard les quelques hommes et le blessé qui étaient poussés vers une grange par des soldats entourés de nombreux habitants. Sous une grosse poutre deux cordes furent jetées, des noeuds coulants rapidement préparés et passés autour des deux premiers. Ils furent tous pendus deux par deux, en peu de temps. Ils n'avaient pas cherché à se défendre, à opposer la moindre résistance. Ils n'eurent droit à aucun soutien religieux. Leur geste était impardonnable pour tous ceux qui avaient suivi l'exécution. Ils avaient souillé leur villagerie en ternissant l'accueil réservé à l'Envoyé.

Avançant tout en se frayant un chemin dans la foule, Gabriel se dirigea vers la porte d'entrée. Le maître de la villagerie était là, n'osant lever son visage.

- Vous n'avez rien à vous reprocher. C'est nous qui sommes fautifs en n'ayant pas vu le piège monté par ces hommes sans foi. Votre accueil nous aura beaucoup touchés ! Que Dieu vous bénisse !

L'homme balbutiant, lui renvoya un sourire emprunt de remerciements.

Lorsque la villagerie fut derrière eux, ils partirent au petit galop. Le temps pressait mais il fallait ménager les montures. Aralou chevauchait à proximité et Gildebert galopait à ses côtés. Les hommes conversaient peu. Les dernières heures étaient trop graves.

Traversant les vertes campagnes, il reconnaissait les paysages environnants. Le château de Bormain ne devait plus être très loin. Enfin les revoir, lui et Audeline !

Après une bonne heure de chevauchée, ils furent alertés par un cavalier venant à leur rencontre. Il était seul et cravachait sa monture au galop, comme un désespéré.

La colonne s'arrêta, quelques soldats se postant en avant pour éviter une mauvaise attaque.

Le cavalier était suffisamment proche maintenant pour être reconnaissable. Son cheval écumait, ruisselait de sueur, tremblant. Les éclaireurs le laissèrent avancer. L'homme portait sur son surcot le blason des soldats de Geoffroy. Il était épuisé et n'avait plus de casque. Gabriel se rapprocha, inquiet.

Lorsque le cavalier l'aperçut, il joignit les mains comme pour prier.

- Oh Mon Dieu ! Vous m'avez exaucé ! Vous êtes déjà ici, Chevalier...

Il bredouillait, à bout de souffle.

- Que se passe-t-il ?

- Nous avons avec le chevalier Geoffroy été attaqués à quelques heures d'ici !

Et il désignait derrière lui le chemin parcouru et menant vers le domaine du seigneur Bormain.

- Expliquez-vous maintenant !

Il reprit :

- En nous engageant dans le bois juste avant le château, nous sommes tombés dans une embuscade. Voyant que nous ne pourrions faire face, il m'a donné l'ordre de trouver de l'aide. J'ai juste eu le temps de m'échapper pour venir chercher du secours par ici, sachant que vous prendriez le même itinéraire à quelques heures ou quelques jours prêts.

Il but longuement à la gourde qu'on venait de lui tendre. Puis il poursuivit.

- Tout cela ne serait pas arrivé si nous ne nous étions pas empressés, à cause du nuage de fumée...

- Quelle fumée ? demanda Gildebert.

- Le château du seigneur Bormain ! Nous avions compris qu'il venait d'être attaqué. Il y avait encore une énorme fumée s'élevant au-dessus du bois. Ce ne pouvait être que lui. Nous n'avons pas pu savoir ce qui se passait puisqu'ils nous ont assaillis avant.

Gabriel se tourna vers Gildebert.

- Nous partons immédiatement vers le château de votre père. Au passage nous apporterons notre secours aux hommes du chevalier Geoffroy. S'ils n'ont pas tous péri !

Gildebert fit un signe de tête et hurla ses ordres tout en remontant la colonne au galop. Immédiatement celle-ci se hérissa d'épées et de lances.

- Vous pourrez nous conduire jusqu'au lieu de l'attaque ?

- Evidemment, Chevalier ! A vos côtés, je revis !

En quelques instants toute l'armée des nuits se mit au galop sur la route conduisant au château de Bormain. Au bout de deux heures environ, ils arrivèrent en vue du bois où l'embuscade avait eu lieu. Gabriel fit partir quelques hommes sur le chemin et d'autres à pied dans le bois. Quand ils eurent disparu, une attente nerveuse commença. Il y avait beaucoup de fumée qui s'élevait encore au-dessus de la sylve des arbres. Elle provenait à l'évidence du château. Tous avaient hâte d'aller sur les lieux pour porter secours aux assiégés. Mais l'attaque contre Geoffroy servait de leçon. Il ne s'agissait pas de commettre la même imprudence. Ils n'avaient aucune information sur ce qui venait de se passer. Il ne restait pas âme qui vive dans les environs, les habitants ayant déserté la région depuis cette attaque de la forteresse.

Au bout d'un moment, qui parut éternel, un des cavaliers sur le chemin leur fit signe. Tout allait bien.

Ils avancèrent. La piste maintenant désertée était jonchée de traces et de débris du combat qui venait de s'y dérouler. Un peu plus loin, il vit les premiers soldats de Geoffroy. Ils gisaient morts sur les bas-côtés. De toute évidence, l'attaque avait été violente et imprévisible.

Après avoir parcouru toute la voie, Gabriel s'approcha de Gildebert.

- Où sont les blessés ? Il n'y a ici que des cadavres...

- Probablement prisonniers des hommes d'Harold... Qui sont également introuvables ! Je pense qu'actuellement ils se sont réfugiés dans un château, certainement celui de mon père... S'il est toujours debout.

- Je tiens à m'en assurer. Il faut fouiller ces bois autour de nous. Des hommes s'y terrent peut-être.

Les soldats se mirent sur une ligne et progressèrent à pied à l'intérieur du sous-bois.

- Nous sommes l'armée des nuits ! entendit-on crier sous les arbres. L'Envoyé est avec nous !

Ils n'eurent pas beaucoup à chercher pour tomber sur les soldats du chevalier Geoffroy. De repère en repère des cris de joie s'élevaient. Ils s'étaient cachés par petits groupes, blessés, sur la défensive. Ne sachant s'ils avaient à faire à nouveau à l'ennemi.

Maintenant qu'ils étaient certains d'avoir en face d'eux des amis, ils sortaient de leurs cachettes. Gabriel s'empressait de faire le tour des hommes ainsi récupérés. Il s'inquiétait au sujet de Geoffroy, l'imaginant tué ou fait prisonnier. Un groupe le rassura en lui indiquant l'endroit où il se trouvait.

Il le découvrit enfin, entouré de quelques hommes assurant sa protection. Le chevalier était allongé sur le dos, un soldat à ses côtés l'aida à se redresser.

- Je me doutais bien que nous nous reverrions... Mais pas dans ces pénibles circonstances...

Il était durement blessé. Le bras était couvert de sang séché et son front arborait un pansement sommaire. Gabriel s'approchant de lui examina ses blessures.

- Voyons... Je crois que vous l'avez échappé belle.

- C'est un coup d'épée qui m'a entaillé la tête. A moitié étourdi, mes hommes m'ont traîné ici... Auparavant j'avais paré un coup avec mon bras. Nous avons été faits comme des débutants... J'ai reconnu tout de suite les attaquants, des soldats d'Harold ! Si je pouvais le tenir !

Gabriel avait défait les pansements.

- Plus nécessaire de lui courir après. Nous venons de le pendre avec ses comparses à la dernière villagerie. Ils ont failli m'assassiner... Sans l'intervention de Gildebert.

Geoffroy le fixa droit dans les yeux.

- Vous êtes vraiment protégé de Dieu et ce petit est un brave. Heureusement que nous étions les premiers sur ce chemin ! Que serait-il advenu sans cela ?

Gabriel demanda aux soldats de lui apporter du linge propre et de faire chauffer de l'eau.

- Quand l'eau sera bien chaude nous y tremperons les linges pour les appliquer sur vos blessures, ainsi vous guérirez plus vite, sans infection. J'ai appris comment faire à quelques hommes, à l'issue des combats. Ils vont rester ici et s'occuper de vous. Nous allons repartir immédiatement à la poursuite de ces diables et tenter de sauver le seigneur Bormain. Ensuite nous poursuivrons vers le château du seigneur Maruald pour l'aider à se défendre.

- Vous auriez dû les massacrer lors du combat des Milles...

- Vous savez que j'ai horreur des combats et des tueries. J'y suis malheureusement de plus en plus contraint. Dès que vous serez en état, nous vous conduirons vers un des châteaux.

- Bien. Partez sans crainte pour moi... Et envoyez-les tous en enfer !

Il ferma les paupières en soupirant.

- Rappelez tous les hommes sur le chemin, nous partons tout de suite ! lança Gabriel au porte-étendard.

Quelques instants plus tard l'armée des nuits était prête à repartir. Certains soldats de Geoffroy encore vaillants avaient préféré rejoindre Gabriel. Les autres restaient pour aider les blessés.

Ils s'éloignèrent rapidement, tous ayant hâte de rattraper les traîtres pour leur faire payer cette lâcheté.

Les Chroniques Anciennes
Sectrie 9, Versus 8

Il me regarda au fond des yeux,
Il me prit par les épaules,
Comme s'il voulait graver en moi un message,
Et je devins la pierre gravée.
Ecoutez la pierre parler.
Un jour, les fils de tes fils
me verront revenir.
Cette époque ne sera que poussières,
Dans leurs mémoires et leurs livres à venir.

Au fur et à mesure qu'ils approchaient du château, les fumées qui s'en échappaient prenaient de l'ampleur. Dès la sortie de la forêt, ils l'aperçurent, sur sa butte. Ce n'était plus l'orgueilleuse construction des jours passés. Toutes les parties en bois avaient brûlé et les pierres étaient noircies. Les murs de l'enceinte tenaient encore intacts, mais deux tours s'étaient partiellement écroulées dans les douves sous l'action des flammes. De partout dans la forteresse des fumées âcres s'élevaient.

Méfiants, les cavaliers continuèrent au pas vers les remparts, traversant le village déserté et ravagé. Il n'y avait plus personne, ni ennemis, ni villageois. Ce coin de paradis que Gabriel avait connu, n'existait plus.

- Avant ou après mon passage en cette époque, il fallait que ce château soit détruit, murmura-t-il à l'intention d'Aralou à ses côtés.

La troupe traversa le village abandonné, longeant le château. Quelques animaux errants tournaient autour de bâtisses fumantes. Ils pressèrent le pas afin de pénétrer à l'intérieur de ce qui restait de la forteresse. Gabriel prit la précaution de laisser à l'entrée quelques cavaliers.

Le château était tombé depuis très peu de temps. L'horreur y régnait encore. Des corps reposaient par endroit sur le sol. Ils n'avaient pas encore été enterrés. Toujours à cheval, ils franchirent sans dommage la première porte. Plus rien ne bougeait. Gabriel en tête, précédé de quelques éclaireurs, arriva dans la grande cour, au pied du donjon. Les hommes devant s'arrêtèrent brusquement. Arrivant à leur hauteur, Gabriel comprit pourquoi. Devant lui apparaissait l'abomination.

Des cadavres étaient entassés au pied du donjon. Ces soldats avaient probablement été exécutés. Des lances étaient encore fichées dans certains corps. Mais le pire était au centre de la cour. Une sorte de gibet avait été dressé où quelques hommes pendaient au bout d'une corde. Et parmi eux il reconnut celui qu'il estimait par dessus tout, le seigneur Bormain.

Gabriel enjamba la selle et sauta à terre pour s'approcher. Derrière lui, il vit Gildebert en faire autant. Celui-ci s'approcha du corps de son père, puis de son poignard trancha la corde. Le corps de Bormain s'affaissa au sol.

- Jamais ! Jamais je ne pardonnerai cela ! Jamais, Chevalier ! Dieu m'est témoin !

Restant accroupi au chevet de Bormain, Gabriel s'adressa aux soldats les plus proches.

- Regroupez les corps et cherchez partout les éventuels survivants.

Les hommes s'éparpillèrent aussitôt, trop heureux de trouver à s'occuper en de telles circonstances. Il s'adressa à Gildebert, à genoux à ses côtés.

- J'aurais adoré cet homme. Il me considérait de sa famille. Votre père me manquera toujours. Il aurait tant apprécié ce moment. Vous à mes côtés venant lui annoncer la victoire sur l'ennemi.

Gildebert releva la tête.

- Vos paroles me touchent beaucoup. J'aurais aimé que vous fussiez de ma famille. Quel honneur pour mon père ! Et ma soeur ?

- La situation de votre soeur Audeline me préoccupe beaucoup. J'ose espérer qu'elle n'a pas subi le même sort. Je vais vous demander de rester ici avec quelques hommes. Ainsi vous pourrez enterrer religieusement votre père, avec tous les honneurs qu'il mérite. Faites de même pour tous ces soldats qui l'ont loyalement servi. Je vais me rendre avec l'armée des nuits au château du seigneur Maruald. Avec un peu de chance nous arriverons à temps pour le défendre et attaquer l'assiégeant dans le dos.

Gildebert opina de la tête.

- Oui. Faisons ainsi. Je vous retrouverai dès que nous aurons fini ici. Mais je ne comprends pas, Chevalier... Comment mon père a pu perdre aussi vite son château ?

- La ruse probablement ! Les hommes d'Harold, sous un motif que j'ignore, se sont introduits dans la forteresse. Ils étaient des amis pour ceux d'ici. Ils n'ont pas dû se méfier et une fois dans la place, il était trop tard !

- Ma soeur... Avez-vous une idée ?

- Attendons que les soldats reviennent nous rendre compte de leurs recherches. Ils auront peut-être du nouveau.

Au fond de lui, Gabriel espérait qu'elle avait été emmenée comme otage avec quelques prisonniers. C'était sa seule chance de la revoir.

Une demi-heure s'écoula avant que des soldats ne viennent les rejoindre dans la chapelle où ils avaient pris place, veillant le corps de Bormain qui y avait été déposé. En fouillant les alentours, ils avaient pu retrouver quelques personnes. Il s'agissait de villageois, pas de soldats. Des serviteurs du château avaient également été ramenés. Des soldats de l'armée de nuits les interrogeaient devant la chapelle. Au bout d'un moment, ils rapportèrent à Gabriel ce qu'on venait de leur dire.

En deux jours le château avait été pris. Les hommes d'Harold, dont certains portaient des tenues des soldats de Maruald, étaient entrés dans la cour principale en se faisant passer pour des envoyés de ce seigneur. A partir de là ils n'eurent pas de mal à vaincre la résistance interne, étant déjà dans la place.

- Vous aviez raison, Chevalier. C'est bien la ruse qui a perdu mon père et ses hommes.

Des villageois leur apprirent que des prisonniers avaient été emmenés, dont certainement Audeline.

- Il faut vous presser de partir maintenant, Chevalier Gabriel. Nous en savons assez !

Très vite l'armée des nuits fut rassemblée. C'était le début de l'après-midi et dès que tout le monde fut prêt, ils s'éloignèrent de ce sinistre lieu. Etendard en tête, Aralou à ses côtés, le visage blême, Gabriel chevauchait au petit trot. Des éclaireurs s'étaient à nouveau portés en avant, afin de déjouer les éventuels pièges ennemis. Lorsque tomba la nuit, ils n'avaient fait aucune mauvaise rencontre et avec elle ils se retrouvaient dans leur élément de prédilection.

Ils chevauchèrent jusqu'au milieu de la nuit avant d'arriver aux abords du château du seigneur Maruald et de son village. Tout avait été calme et les alentours ne montraient pas de signes de combats. L'ennemi en faisait peut-être le siège. La nuit était trop profonde pour distinguer quoi que ce soit. Mais étrangement on n'apercevait pas de feux aux alentours.

Gabriel décida de rester sur place, en imposant le repos et le silence absolu. Ils en profitèrent pour sommeiller jusqu'à l'aube après s'être un peu restaurés. Enroulé dans sa couverture, couché sur le côté aux pieds de son cheval, il ne cessait de penser à cet enchevêtrement d'événements dramatiques.

Dès que l'aube émergea, le réveil fut clamé. Le château était une masse sombre que le soleil n'éclairait pas encore. Ils tentaient de distinguer des mouvements sur les remparts et autour de la forteresse. Mais rien ne bougeait. Puisque les murs étaient encore intacts, cela prouvait que les hommes d'Harold n'avaient pas encore attaqué.

- Tout a l'air bien calme, lui murmura Aralou. Le château ne paraît pas en danger !

- Je me méfie. Surtout face à ces hommes. Fais prévenir un des capitaines qu'il faut envoyer quelques cavaliers à la porte du château... Avec beaucoup de prudence !

Il attendit un peu et vit quatre hommes à cheval quitter le bivouac. Ils se dirigeaient directement vers le pont-levis, évitant les quelques maisons du village. Autour de lui tous les soldats camouflés dans le bois regardaient attentivement.

Le pont-levis était relevé. Lorsque la petite troupe fut à quelques mètres seulement, des hommes apparurent au sommet des remparts et firent pleuvoir une nuée de flèches. Deux cavaliers furent touchés ainsi que leurs montures qui tombèrent au sol. Les autres s'esquivèrent immédiatement hors de portée. Ils restaient à bonne distance attendant et observant. Malgré quelques tentatives, ils ne purent s'approcher de ceux qui gisaient au sol. Les flèches tombaient drues à chaque fois. Ils durent s'en retourner au bivouac. Gabriel quitta son emplacement pour les rejoindre.

- Chevalier ! Nous avons reconnu les uniformes des hommes d'Harold... Ils sont déjà dans la place.

- C'est une position inattaquable, poursuivit son compagnon.

- Heureusement que toute l'armée des nuits ne s'était pas fourvoyée dans ce piège, lui fit remarquer Aralou. Nous serions maintenant dans une situation difficile.

- Ils vous ont reconnus également ? leur demanda Gabriel.

- Je le pense. La surprise ne peut plus jouer maintenant !

Ils étaient bloqués. Que faire face à une telle situation ? Monter un siège ? Mais le temps jouait contre lui. Attaquer de front ? Les hommes seraient massacrés avant d'avoir mis un pied dans le château !

- Nous pourrions faire venir une perrière ou un mangonneau ? proposa un sergent.

- Trop long ! Nous n'avons pas le temps d'attendre plusieurs jours et nous ne sommes pas certains du succès, répondit Gabriel.

Aralou intervint sur cette réflexion.

- Tu m'as dit qu'à ton époque il existait des moyens, des appareils, pour voler dans les airs... Ce serait possible d'en construire un ?

- Tu as raison, Aralou, mais tous ces engins nécessitent des années de fabrication. S'envoler dans le ciel serait effectivement la seule solution rapide.

Et une idée lui vint à l'esprit. Elle était risquée, insensée. Mais avait-il le choix ? Il fallait absolument pénétrer dans ce château. Audeline y était certainement retenue. Maruald s'y trouvait peut-être encore en vie... Il décida de mettre en application son plan.

- Aralou, tu viens de me donner une idée fantastique. J'espère que cela va fonctionner. Fais venir tous les capitaines ici, immédiatement.

Quelques instants plus tard tous étaient réunis. Il attendit qu'ils finissent de s'installer tout en balayant le sol avec la paume de la main. Il se saisit d'une brindille et dessina un cercle.

- Je vais vous demander de construire un appareil comme ceci. C'est une grosse boule faite en toile, une très grosse boule. Des cordes l'entourent et à sa base il y a un trou. Sous ce trou nous placerons un bon feu afin que la chaleur dégagée monte dans la boule en toile et la fasse se gonfler. Quand elle sera bien grosse, bien pleine d'air chaud alors elle commencera à flotter et à vouloir s'élever dans le ciel. Il suffira que quelques hommes s'y accrochent pour s'élever avec elle. Ainsi nous pourrons passer par-dessus les murs du château et l'attaquer de l'intérieur en nous y posant.

Il se tut, attendant les réactions. Tous le regardaient, incrédules, le visage fermé.

- Je ne comprends pas bien, Chevalier... Vous dites que ce... ballon va s'élever dans le ciel. Mais il n'y a que les oiseaux pour faire ça ! C'est trop lourd...

- Vous comprendrez mieux quand nous aurons réuni assez de toile pour le construire. Il en faut en grande quantité, tout ce que vous pouvez trouver. Il faut également de quoi coudre pour assembler toutes ces toiles. Il faut enfin faire vite car nous devons profiter de cette nuit pour tenter notre chance. Ainsi du château personne ne nous verra.

- Mais où trouverons-nous tout cela ?

- Dans les villages, répondit Aralou, surpris par son enthousiasme. Les fermes environnantes et certainement le malheureux château du seigneur Bormain en possèdent assez !

- Trouvez également des cordes, poursuivit Gabriel. Ne partez qu'avec des cavaliers, afin d'agir vite. Allez-y maintenant !

Ils s'éclipsèrent, obéissants mais peu convaincus par ce qu'ils avaient à faire. Pendant que les cavaliers se regroupaient et partaient en petits groupes les uns après les autres, il imaginait le stratagème à employer pour pouvoir surprendre l'ennemi dans la forteresse.

Dès qu'ils furent tous partis, Gabriel se dirigea vers les soldats qui étaient restés, des fantassins. Il souhaitait qu'ils se regroupent par petites unités pour que certaines se postent en surveillance derrière la butte qui les cachait aux vues du château. Les autres avaient pour mission de ramener le plus possible de bois. Il leur demandait de se montrer régulièrement et de progresser autour de la forteresse afin de faire croire à l'établissement d'un siège.

La journée avança ainsi lentement. D'énormes tas de bois se constituaient et quelques cavaliers avaient déjà effectué des va-et-vient, apportant des provisions et des tissus. Des équipes de couturiers improvisés se mirent au travail sous les conseils de Gabriel. Petit à petit le chantier prenait forme, il avait l'impression d'assister à la réalisation d'un énorme patchwork.

Le travail s'accéléra avec l'arrivée des cavaliers accompagnant Gildebert. Il rapportait du château de son père une grande quantité de toiles et de cordes. Il désirait plus que tout autre entreprendre l'attaque et venger la mort du seigneur Bormain.

La nuit n'était plus très loin, elle commençait à envelopper le paysage. Gabriel expliqua le plan à Gildebert.

- Lorsque cette immense toile sera terminée, nous l'élèverons à l'aide de cordes et de pieux pour placer son ouverture au-dessus du foyer et empêcher que la toile ne brûle. La chaleur s'y engouffrera et fera se gonfler le tissu. Dès qu'elle sera suffisamment ronde, elle s'élèvera pour flotter dans l'air, prête à s'envoler. A ce moment nous attraperons les cordes d'un filet qui l'entourera et nous nous élèverons avec. Il faudra installer le foyer pour se placer là où le vent portera vers le château afin de nous y laisser conduire. Quand nous serons au-dessus de la forteresse, il suffira de dégonfler la toile en tirant sur une corde prévue pour ça et ainsi nous devrions nous poser dans la cour ! Là, nous agirons en silence pour aller vers la grille et le pont-levis afin de vous ouvrir les portes. L'armée des nuits, embusquée, pourra alors se ruer au galop dans la citadelle !

Gildebert ne l'avait pas interrompu. Il ne comprenait pas comment une telle masse de toile pourrait s'élever dans le ciel. Mais il n'osa pas demander d'explication ; Gabriel était pour lui un magicien, un don de Dieu. On ne pose pas de question à un envoyé de Dieu.

- Vous parlez de « nous », Chevalier. Mais qui s'élèvera dans le ciel ?

- Deux hommes légers, ne portant qu'épée, poignard et arc. Pas de lourd vêtement de protection. Et je les accompagnerai.

- Vous pensez vraiment voler comme un oiseau ?

- Dans quelques instants nous serons fixés. Je vous demande de prendre le commandement de l'armée des nuits lorsque tout sera prêt. Il ne faudra surtout pas perdre de temps pour attaquer le château dès que la porte s'ouvrira... Nous ne serons pas nombreux à l'intérieur !

Alors que l'immense toile finissait d'être cousue, un énorme feu crépitait, projetant des lueurs sur les arbres environnants et visibles depuis les remparts sans aucun doute. Ils l'avaient placé là où Gabriel leur avait demandé. De cet endroit le vent portait tout droit vers la forteresse.

Les hommes ne parlaient plus. Ils étaient attentifs aux ordres brefs de Gabriel. Une vingtaine d'entre eux prirent la toile pendant que d'autres à l'aide de longs bâtons maintenaient l'ouverture au-dessus du feu, ni trop près, ni trop loin. Gabriel était anxieux. Longtemps il lui sembla que l'air chaud ne gonflait rien. Il veillait pourtant à ce que toute la chaleur s'y engageât au mieux. Enfin, lentement, un frémissement s'empara de la toile. Celle-ci grossissait irrégulièrement. Il soupira d'aise.

- Maintenant ça va marcher ! leur cria-t-il.

Il fit maintenir la chaleur du bûcher et demanda aux capitaines de préparer tous les hommes à attaquer durant la nuit sous le commandement de Gildebert. Dès que le ballon serait prêt à s'élever, il y monterait avec deux soldats. Il espérait que leur poids ne les empêcherait pas de prendre leur envol. Lorsque les deux hommes choisis avec minutie par Gildebert furent à côté de lui, il leur expliqua la situation.

- Nous allons survoler le château comme des oiseaux de nuit. Il faudra se tenir immobiles et rester hors de vue des guetteurs. Ils ne nous verront ni ne nous entendront si vous agissez ainsi.

Puis il s'adressa à Gildebert :

- Il ne faut pas que l'ennemi puisse soupçonner une action cette nuit. Si tout va bien nous nous poserons quelques instants après notre départ. En attendant, soyez très discrets pour vous approcher au plus près du château.

- Nous agirons rapidement, Chevalier. J'ai hâte de venger mon père.

- Bien… Dès que je vous le dirai, faites couper les cordes qui retiennent le ballon au sol afin que nous puissions nous envoler.

Tous les hommes de l'armée des nuits ainsi que ceux de Geoffroy et de Gildebert regardaient médusés l'immense boule sombre flottant dans l'air. Le feu était toujours attisé par quelques hommes. Poussés par Gildebert les soldats, commençaient à se vêtir pour le combat. Les chevaux étaient déjà harnachés. Lorsque le ballon fut parfaitement gonflé, tirant fortement sur les cordes qui le retenaient au sol, Gabriel vérifia la solidité du filet enveloppant la sphère, à laquelle ils allaient confier leurs vies. Tout lui parut correct. Des craquements se faisaient entendre venant des cordages et des pieux qui maintenaient le ballon au sol...

Il s'assura encore une fois de la bonne direction du vent. Les deux soldats qui devaient l'accompagner étaient fin prêts, volontaires mais impressionnés par l'événement. Il fit comme eux et ne conserva que ses vêtements légers ainsi que le poignard et l'épée. Il ne prit pas d'arc, ne se sentant pas assez habile pour cela.

- On s'accroche ! cria Gabriel. C'est maintenant !

Tous trois s'agrippèrent aux cordages épais, bloquant mains et pieds afin de ne pas glisser.

- Coupez tout ! coupez !

Les hommes tenant leurs haches n'attendaient que cet ordre. Ils les abattirent de toutes leurs forces sur les cordages retenant le ballon. Libre, celui-ci s'éleva lentement, comme à regret. Il était légèrement éclairé par les flammes du foyer. Les premiers aérostats de l'histoire effectuaient leur envol. Aralou, Gildebert et tous les soldats admiraient le spectacle, subjugués, certains se jetant à genoux pour prier. Ils assistaient à un événement extraordinaire, oubliant presque la situation dans laquelle ils se trouvaient.

Le ballon devint un point sombre dans la nuit. Gildebert les rappela à la raison.

- Tous en place pour charger dès que le pont-levis s'abaissera !

Là-haut, Gabriel murmurait aux deux hommes, couvrant le sifflement du vent :

- Surtout ne faites pas de bruit, ne parlez pas. S'ils ne nous voient pas, ils peuvent nous entendre d'en bas. N'ayez pas peur et tenez-vous bien aux cordes.

Ils s'élevaient toujours dans le ciel. Maintenant, ils pouvaient parfaitement distinguer les lumières du bivouac qu'ils venaient de quitter et surtout de l'énorme feu. De l'autre côté ils voyaient se dessiner la silhouette du château. Celui-ci se rapprochait doucement. Le ballon ne tarderait pas à se trouver à l'aplomb des premiers remparts. Malgré la nuit l'air était doux et un vent léger continuait à les porter doucement. Voler ainsi, suspendu à un bout de corde, jamais Gabriel ne l'aurait imaginé. Qu'allait-il se passer maintenant ? Il venait de réaliser une invention fondamentale pour l'histoire humaine avec plusieurs siècles d'avance. Comment l'humanité à venir réagirait-elle ? Quel cours l'histoire allait-elle prendre ?

Au bout de quelques minutes, le château fut tout près d'eux. Ils pouvaient distinguer des sentinelles sur les remparts. Elles ne semblaient pas nombreuses. Ces hommes devaient se croire parfaitement à l'abri derrière leurs murs. Encore un peu et ils seraient au-dessus de la cour principale. En bas les quelques soldats ne les voyaient pas. Il leur aurait fallu penser à lever la tête et dans le noir le ballon était peu visible.

Gabriel sentit le moment opportun. Il prit la corde reliée au sommet du ballon et tira dessus doucement. Son geste déchira un bout de toile au sommet. L'ouverture ainsi faite laissa lentement s'échapper l'air chaud. Le léger bruissement était imperceptible pour les trahir. Il avait opéré juste à temps car l'avancée horizontale du ballon se poursuivait, les menant au-dessus de la cour. La vitesse chutait et le ballon commençait à perdre rapidement de l'altitude. Mais pas assez vite au goût de Gabriel. En descendant, ils frottèrent avec la toile contre le mur du rempart. Puis le ballon glissa doucement tout le long. A quelques brasses, Gabriel voyait les pierres du mur défiler sous ses yeux. Le choc fut assez brutal lorsqu'ils touchèrent le sol de la cour. Il se laissa rouler par terre afin d'amortir sa chute et sitôt sur ses pieds, il vit que ses deux compagnons de vol se relevaient également. Devant eux se tenaient deux gardes, des hommes appartenant à Harold aux vues de leurs blasons. Ils ne bougeaient pas, comme pétrifiés par leur apparition soudaine.

Gabriel ne leur laissa pas le temps de réfléchir et tira son épée. Celui de gauche fut transpercé sans avoir réagi. Celui de droite s'écroula également, frappé par l'un des deux soldats l'accompagnant.

- Dépêchons-nous d'ouvrir la porte, chuchota-t-il. D'autres ont pu nous voir !

Tous trois se mirent à courir en longeant le mur. Dans la confusion d'autres gardes s'agitaient sur les remparts au-dessus d'eux. Ils avaient certainement vu l'énorme masse du ballon tomber, inquiétés par cette hallucination. Gabriel n'était plus qu'à quelques mètres de la porte principale lorsque quatre hommes se dressèrent sur leur chemin.

- Des soldats du seigneur Maruald ! cria Gabriel, reconnaissant les blasons.

- Nous venons vous délivrer, annonça en courant vers eux l'un de ses compagnons de voyage.

Mais tout en courant également, Gabriel se rendit compte de l'étrangeté de la scène, malgré l'obscurité. Les soldats étaient armés ! Pour des prisonniers cela ne se pouvait. En une fraction de seconde il avait compris. Avant que les hommes en face de lui ne réagissent, il brandit son épée et bondissant l'enfonça dans le corps du plus proche. Les autres n'eurent que le temps de reculer. L'imitant sans réfléchir, les deux compagnons de Gabriel s'attaquèrent également aux autres. Leur habitude du combat de nuit et la légèreté des armes qu'ils maniaient, firent très vite la différence. Les soldats furent rapidement mis hors d'état de nuire. Mais dans la cour et sur les remparts, l'ennemi se ressaisissait.

- Vite, vite, allons ouvrir cette porte avant qu'il ne soit trop tard !

Ils coururent droit devant eux sans plus se cacher. Deux hommes gardaient le treuil permettant d'abaisser le pont-levis. C'était encore des soldats de Maruald. Cette fois, ne cherchant pas à comprendre, ils les abattirent immédiatement avec leurs flèches.

- Maintenant, ensemble il faut actionner cette roue !

Le treuil était lourd à manoeuvrer. Tous trois prenaient à pleine main les barres fixées sur le gros rouleau en bois, pour les abaisser et le faire pivoter.

- Poussez ! Poussez !

Le pont-levis craqua pour bouger légèrement. Autour d'eux des soldats se rapprochaient.

Gabriel frappa sur l'épaule de l'un de ses hommes.

- Tenez-les à distance avec vos flèches. Il n'y a que des ennemis ici. Ceux de Maruald et d'Harold sont contre nous !

A deux ils continuèrent à manoeuvrer tandis que le troisième décochait ses flèches sur les soldats, les tenant quelque peu en respect. De plus en plus rapidement la masse du pont s'abaissait. Mais, de son côté, l'ennemi réagissait également et les encerclait au plus près. Personne ne parlait, harassé par l'effort. Les flèches volaient autour d'eux, se rapprochant dangereusement.

Puis tout à coup, le treuil s'emballa. Ils n'eurent que le temps de lâcher prise pour le voir se dérouler et entendre le pont cogner au sol, dans un vacarme de poutres et de chaînes entrechoquées.

L'ennemi ajustait ses coups et un seul arc ne suffisait plus pour les tenir à distance. Gabriel sentit le frôlement d'une flèche passer devant son visage alors que son compagnon en prenait une dans le bras. Il fallait maintenant défendre l'accès au treuil pour empêcher la remontée du pont-levis, mais la place devenait intenable.

- Tous à l'abri par ici !

Il les attira vers un renfoncement du mur, une sorte de guérite pour les sentinelles en veille devant le treuil. L'un de ses compagnons prit le second arc, afin de freiner l'ardeur des attaquants. Gabriel n'avait que son épée à la main et attendait le corps à corps inévitable. Seule la nuit leur avait permis de ne pas recevoir trop de flèches, protégés par la noirceur de leurs vêtements et l'obscurité de leur abri de fortune. Mais désormais l'ennemi était trop près pour espérer tenir encore longtemps.

C'est à ce moment que retentit un bruit sourd provenant de l'entrée du château. Il devint assourdissant alors qu'autour d'eux des soldats commençaient à refluer.

Comme dans un rêve, ils virent des chevaux noirs montés par des cavaliers couleur de nuit passer devant eux au grand galop. L'armée des nuits chargeait l'épée à la main. Bousculant les quelques hommes encore sur leur passage, ils frappaient de l'épée, de la lance, de la hache. La cour du château devint un champ de bataille.

Tous trois n'avaient pas été repérés dans leur cachette.

- Aralou ! cria Gabriel.

Ce dernier stoppa net son cheval et le dirigea vers la silhouette qui venait de l'interpeller dans l'encoignure du mur. Le porte-étendard et d'autres cavaliers le suivirent. Aralou bondit à terre ainsi que l'écuyer Ribout.

- Gabriel ! C'est miraculeux ! Ce que vous avez fait est prodigieux ! A trois seulement vous avez attaqué et conquis un château !

- Heureusement que vous êtes arrivés à temps. Encore un peu et ils nous massacraient.

- Nous avons eu peur d'arriver trop tard. Nous nous tenions tout près attendant que tombe ce pont-levis. Pour Gildebert, il n'était plus question de se cacher.

- Il a très bien fait. Il a agi avec courage et intelligence. Quant à nous, nous venons de constater que les hommes de Maruald et d'Harold ne font qu'un. Ils sont unis contre l'Ordre !

- Tu es sûr ?

- Il n'y a qu'à regarder autour de nous les tenues...

A ce moment ils entendirent des cris couvrant le hennissement des chevaux et le bruit des combats. Cela provenait du côté de la tour principale. Ils virent en jaillir des hommes. Ils sortaient d'une sorte de grange et se ruaient sur les soldats du seigneur Maruald, les prenant en tenaille contre les cavaliers. Gabriel courut vers ceux qui criaient. En s'en rapprochant, il reconnut des soldats de Bormain. Ils s'acharnaient sur ceux de Maruald avec leurs poings et des objets récupérés au sol.

Gabriel s'adressa au porte-étendard à ses côtés :

- Séparez-les. Dites-leur que je suis ici et qu'ils arrêtent.

L'homme avançant avec sa monture parmi les combattants leur hurla d'arrêter, non sans mal. Le combat cessa au bout de quelque temps. Des soldats commençaient à se regrouper et venaient lentement dans la direction de Gabriel. Derrière lui se tenaient des cavaliers, telle une garde. Une cinquantaine d'hommes s'étaient rapprochés, des rescapés du massacre au château.

Arrivés à quelques mètres de lui, ils s'agenouillèrent. Les premiers avaient reconnu Gabriel. Avec émotion l'un d'entre eux prit la parole.

- Chevalier... Nous n'espérions pas une liberté si proche... Nous n'espérions pas une vengeance aussi rapide ! Nous vous avons vu tomber du ciel... Comme un ange de justice... Chevalier ! Nous avons assisté à un miracle !

Il ne savait plus que dire.

- Que s'est-il passé au château de mon ami Bormain ?

- Une troupe s'y est présentée. C'étaient des hommes du seigneur Maruald, avec lui à leur tête. Notre ami et voisin ! Ils voulaient se reposer un peu avant de partir à votre secours, nous ont-ils dit. Le seigneur Bormain les a accueillis bien sûr. Ils se sont tranquillement installés dans le château et, une fois en place... Ils ont attaqué ! Un massacre, une horreur ! A la fin, certains d'entre nous ont été regroupés, prisonniers. Ils ont pendu notre bon seigneur sous nos yeux !

L'homme pleurait.

- Et Audeline, où était-elle ?

- Elle était leur prisonnière également. Maruald la tenait au bas de son cheval comme une esclave. Puis elle nous a accompagnés prisonnière, comme nous, jusqu'ici. Elle doit être dans le donjon... Nous ne l'avons pas revue depuis qu'ils nous ont enfermés là-dedans.

Gabriel leur fit signe de se relever. Il était écoeuré par tout ce qu'il venait d'entendre. Maruald était plus abject que tous ces ennemis qu'il avait croisés. Il s'adressa aux hommes devant lui.

- Que comptez-vous faire maintenant ?

- Leur faire payer leur forfaiture !

Il se doutait de ce qui allait se produire s'il acceptait. Mais il ne voulait plus que sa clémence soit prise pour de la faiblesse par ses ennemis.

- Allez-y, mais aidez-moi avant tout à retrouver Audeline.

- Nous allons fouiller ce château et vous la ramener, Chevalier !

- Pourquoi ont-ils fait ça ? lui demanda Aralou dès que les hommes furent partis.

- Parce que Maruald n'a jamais été du côté de l'Ordre. Il est au service du roi et déteste le Maître Galan de Molène.

Il s'arrêta quelques secondes pour murmurer.

- Et maintenant je comprends tout !

- Vous comprenez quoi ? demanda Gildebert qui les avait rejoints.

- Lorsque nous avons quitté votre père pour nous porter à votre secours sur l'Altaïr, Maruald l'a su trop tard. Nous sommes partis plus vite que prévu. Du coup, le seigneur Harold a accompagné le chevalier Geoffroy, sur ordre de Maruald. Il devait l'épier et l'empêcher de nous venir en aide. Puis l'embuscade tendue contre la troupe du chevalier, peu avant le mont Altaïr, a pu être préparée par Harold qui avait fait prévenir les assiégeants. Il pensait que nous étions tout juste devant lui. Heureusement pour nous, nous étions déjà passés et en sécurité dans les collines. Et du coup, l'ennemi n'ayant rencontré personne sur son chemin, c'est contre Geoffroy que l'attaque a été menée, par erreur. Plus tard, lorsque nous avons combattu au pied du Mont, il n'a pas pu prévenir ses amis en face, trop surveillé et encore une fois pris à contre pied par notre rapidité.

Au retour par contre, il a réussi à prévenir ses amis d'ici, bien avant qu'on ne le surprenne à tenter de m'assassiner. Si bien que Maruald a fait attaquer le château de Bormain. Il devait haïr votre père. Puis, apprenant le venue d'une troupe, il a lancé une attaque pensant m'avoir. Et c'est la colonne de Geoffroy cette fois encore qui a été piégée. Il s'en est fallu de peu. Ensuite il s'est réfugié ici en espérant nous épuiser dans des assauts vains contre les murs de sa forteresse. Je suis persuadé qu'il a fait prévenir le roi et attend du secours.

- Dès qu'on me le ramène, je lui fais payer toutes ces horreurs ! s'écria Gildebert.

- Cela ne saurait tarder, les hommes sont comme vous, enragés face à l'ennemi.

En effet, des combats violents se déroulaient dans toutes les parties du château. Pris entre les soldats de l'armée des nuits et les prisonniers révoltés contre leurs tortionnaires, les hommes d'Harold et de Maruald n'avaient aucune chance de s'en sortir. Le donjon fut assailli en peu de temps. Là se situaient les derniers résistants.

Gabriel, accompagné d'Aralou et de Gildebert, entra dans les premières pièces de la tour, au rez-de-chaussée. Il ne pensait pas y revenir de cette façon. Il était si loin le temps du ménestrel. Les salles du bas étaient vides de tout occupant. A l'étage ils se retrouvèrent nez à nez avec des serviteurs du seigneur Bormain, blottis dans une salle. Ils s'étaient réfugiés pour échapper aux combats. Dès qu'ils virent Gabriel, ils tombèrent à genoux.

- Chevalier Gabriel ! Nous n'avons rien pu faire. Damoiselle Audeline et les prisonniers étaient inaccessibles. Nous voudrions tant vous aider !

- Debout ! Où est-elle ?

Les combats faisaient encore rage aux derniers étages.

- Où est-elle ? répéta-t-il.

Un vieil homme lui parla.

- Elle a été emmenée par le seigneur Maruald, j'en suis sûr, je les ai vus partir tout à l'heure vers le passage.

Une autre femme intervint.

- Je suis si heureuse de vous revoir, Chevalier !

- Mais vous êtes sa servante ! lui dit-il. Expliquez-moi.

- Nous étions retenues dans une chambre jusqu'à votre attaque du château. Et brusquement le seigneur Maruald est entré et a attrapé Damoiselle Audeline pour la forcer à le suivre. Il y avait des soldats avec lui. Je n'ai rien pu faire !

- C'est quoi ce passage ?

Le vieil homme reprit.

- C'est un petit tunnel qui mène de l'autre côté du château et débouche au pont à péage. C'est étroit, on ne peut y aller qu'à pied.

- Il y a longtemps qu'ils sont partis ?

- Juste au moment où les cavaliers ont franchi le pont-levis, assura la servante.

- Il faut partir immédiatement à leur poursuite. Ils n'ont pas beaucoup d'avance, murmura Gildebert.

Au même moment des soldats descendirent les marches. Gildebert s'approcha d'eux. Ils venaient de maîtriser les derniers combattants. Il attrapa les quelques prisonniers et les poussa violemment dans la pièce.

- Par ici ! Où se trouve le passage souterrain ? Je promets la vie sauve à celui qui nous aidera.

Un homme s'avança.

- Je le sais, moi. J'y ai conduit le seigneur il y a un instant !

- On ne peut mieux tomber ! Passe devant.

Ils dégringolèrent les marches, poussant leur prisonnier. Arrivés au rez-de-chaussée, Gildebert retint Gabriel d'un geste.

- Nous ne pouvons y aller ainsi. Il nous faut quelques hommes. Ils sont peut-être nombreux embusqués dans cette galerie...

- Il vaut mieux effectivement que je réunisse quelques soldats.

Il héla un capitaine au pied de l'escalier et lui demanda de venir avec quelques renforts.

- Où mène ce souterrain ?

- Au pont à péage, à une demi-lieue, répondit le prisonnier.

- Gildebert, vous entendez ? Ca veut dire qu'ils y sont déjà ! A pied, ils y sont forcément arrivés.

- Que pouvons-nous faire maintenant ?

- Il faudrait des cavaliers pour se rendre directement là-bas pendant que d'autres hommes passent par ce passage souterrain. Ainsi nous serons certains de les coincer.

Il réfléchit un court instant.

- Passez par le tunnel, Gildebert ! Moi, je me rends au pont avec des cavaliers. Dès que d'autres hommes vous auront rejoints, foncez !

Gildebert acquiesça. Gabriel poursuivit.

- Si nous arrivons là-bas avant vous, nous agirons en conséquence. S'ils y sont toujours, nous les combattrons, sinon nous partirons à leur poursuite et je vous le ferai savoir. Dans ce cas, revenez ici avec vos hommes et gardez ce château avec vigilance. Nous avons eu trop de mal à le prendre, il ne s'agirait pas de le perdre à nouveau !

- Et Audeline, Chevalier ?

- J'y tiens peut-être encore plus que vous. Où qu'elle soit, je la retrouverai pour la ramener ici. Faites-moi confiance et dépêchez-vous maintenant.

Des cavaliers attendaient dans la cour. Gabriel les appela ainsi que le porte-étendard qu'il aperçut. Il s'approcha de son écuyer et empoigna la bride de son cheval. En sautant avec agilité en selle, il s'adressa à Aralou.

- Alors, on me suit ?

- Bien entendu ! Je ne peux plus te quitter, Chevalier. J'ai également hâte de revoir la Damoiselle Audeline.

Gabriel expliqua rapidement ce qu'ils allaient faire puis s'élança pour franchir la porte du château. Le pont n'était pas très loin. Il en aurait pour une petite demi-heure.

La route empierrée était désertée. Le jour commençait tout juste à poindre. Ils ne croisaient plus les paysans rencontrés quelques jours auparavant, lorsque le pays respirait le calme et la paix. Ils arrivèrent sans encombre au pont des gardes. Celui-ci était tenu par quelques hommes en armes. Ils se mirent à l'abri dans la maison de pierre accolée à une falaise, en voyant cette troupe de cavaliers foncer dans leur direction.

Gabriel sauta de cheval avant que celui-ci ne se soit arrêté. Il commença à enfoncer la porte de bois épais. D'autres cavaliers le rejoignirent et l'aidèrent. Celle-ci craqua sur ses gonds. Il n'y avait plus que deux gardes à l'intérieur. Ils jetèrent immédiatement leurs armes devant les manières menaçantes de ces hommes. Derrière eux se trouvait une seconde ouverture qui, à l'évidence, traversait la falaise. Gabriel leur adressa la parole avec force.

- Derrière cette porte, c'est le passage vers le château ?

Ils restaient muets de crainte.

- Et le seigneur Maruald y est retourné ?

- Non, seulement les autres gardes, comme il l'avait ordonné. Le seigneur est parti avec ses hommes qui l'accompagnaient, sur la route de Paris.

Ils apprirent ainsi qu'ils étaient six, tous des proches du seigneur. Audeline avait été vue avec eux, prisonnière. Gabriel poussa au fond de lui-même un soupir. Elle était bien vivante et ses jours ne semblaient pas en danger tant qu'elle leur servirait de protection dans leur fuite.

- Il y a combien de temps qu'ils sont partis sur cette route ?

- Une heure... ou deux.

Gabriel en savait suffisamment. Il enjoignit ses hommes de sortir et remonter en selle. Il était encore temps de les rattraper avant Paris. Ils repartirent au galop sur le chemin, laissant les deux gardes déconcertés.

- Je pense que les soldats dans le tunnel vont avoir une surprise en tombant nez à nez sur Gildebert, lui cria Aralou en souriant. Sois rassuré ! Audeline est en vie !

- Je ne le serai que lorsque nous la reverrons. Et le temps passe tellement vite... pour moi !

Si tout se déroulait comme prévu, Gabriel s'estimait à la veille de quitter cette époque. Le temps se jouait de lui. La moitié de la journée serait passée avant qu'Audeline ne soit délivrée.

Ils progressaient du plus vite qu'ils pouvaient, alternant galop et trot. Les montures commençaient à donner des signes de fatigue. Ils purent s'arrêter toutefois dans un relais afin d'y ravitailler chevaux et hommes. On parla peu ; la faim, la soif se faisaient ressentir. En questionnant le tenancier, celui-ci confirma que des cavaliers les avaient précédés. L'espoir revenant, ils n'eurent que l'envie de reprendre rapidement leur poursuite.

Lorsque l'après-midi arriva, Gabriel les fit ralentir.

- Nous serons obligés de nous reposer cette nuit, même un court instant. Les chevaux ne pourront pas tenir ainsi toute la nuit. Ils conservent leur avance sur nous.

Alors qu'ils étaient au petit galop, ils aperçurent à l'horizon, en bordure du chemin, une auberge. Ils pouvaient distinguer à l'extérieur, des chevaux attachés. En se rapprochant prudemment, les parures des animaux, leurs selles, ressemblaient aux armes de Maruald.

Instinctivement, le groupe s'arrêta.

- Ils sont là ! murmura l'un des soldats.

- Tous ou quelques-uns ? demanda Aralou.

- Apparemment, vu le nombre de chevaux, ils seraient tous là, répondit Gabriel. Nous touchons peut-être au but !

Ils quittèrent le chemin pour continuer, au pas, à travers les bosquets.

- Arrêtons-nous ici. Nous pourrons observer l'auberge sans crainte d'être surpris. Et nous avons bien besoin de repos...

Ils regardèrent la maison isolée sur le bord de la route. Des lumières blafardes commençaient à y briller faiblement. Aucun bruit n'en provenait. Seules des silhouettes passaient de temps en temps devant les petites fenêtres basses.

Gabriel commençait à avoir une petite idée sur ce qu'ils allaient faire.

- Il nous faut des informations avant d'entreprendre quoi que ce soit. L'un d'entre vous doit se rendre au plus près de cette auberge et nous dire combien ils sont et où. Il faut que je sache également si Audeline est parmi eux. Nous ne pourrons attaquer en risquant sa vie. Ils doivent penser que nous sommes toujours dans le château à y combattre. Il ne faut donc surtout pas se dévoiler.

- J'y vais ! répondit l'un des soldats.

Il se débarrassa des armes et vêtements lourds et bruyants, sans que Gabriel ait eu à en faire la remarque, ne gardant qu'un poignard. Puis il se passa sur le visage de la terre noire. Après leur avoir fait un petit signe de la main, il s'éloigna lentement vers la demeure, se faufilant d'arbre en arbre.

Gabriel souriait. Le soldat qu'il connaissait bien, n'avait plus besoin de conseils. Ce qu'il avait enseigné était maintenant accepté et appliqué par tous. Ils ne combattraient plus jamais comme avant.

Il ne restait plus qu'à patienter. Le temps s'écoulait lentement mais encore trop vite à son goût. La nuit venue doucement, personne ne soufflait mot. Ils entendaient de temps en temps le hennissement des chevaux de leurs ennemis, craignant à chaque fois d'être repérés. Gabriel songeait que c'était probablement sa dernière nuit.

Demain serait peut-être le jour du départ, d'après les informations fournies par la « bulle ». S'il pouvait se tromper ! Tout serait fait en tout cas pour que ce triste destin ne se réalise pas.

L'inquiétude commençait à croître lorsqu'ils entendirent des pas se rapprocher. Sans bouger, sur leur garde, tous saisirent en silence leur épée. Ils purent enfin distinguer l'homme. Leur camarade revenait enfin.

- Alors ? demanda Gabriel.

- J'ai eu le temps de tout repérer, Chevalier. Ils ne sont qu'une dizaine, comme nous. A part deux gardes, ils mangent dans la salle. J'ai pu les entendre également : ils vont dormir là. Damoiselle Audeline est avec eux. Je l'ai vue à table.

- Qui accompagne Maruald ?

- Deux chevaliers qui étaient avec Harold. Les autres sont des capitaines et des soldats du château. J'ai pu entendre le seigneur Maruald. Il a l'air en colère et s'en prend souvent à Damoiselle Audeline.

- Nous ne lui laisserons pas le temps de l'importuner plus longtemps. Attendons un peu que la fatigue les fasse se coucher et puis nous attaquerons, en toute discrétion.

- Il faudra être très prudent, ajouta Aralou. Audeline pourrait leur servir d'otage.

- J'en suis bien conscient.

Il ne fallait surtout pas qu'elle soit encore une fois utilisée comme bouclier. Ils devraient d'abord s'occuper d'elle, la mettre à l'écart avant toute attaque trop dangereuse. Il était donc vital de connaître l'endroit exact où elle était retenue prisonnière.

Le temps s'écoula interminablement. La nuit était toujours aussi calme. Lorsque Gabriel estima l'heure suffisamment avancée, il pressa tous les hommes de se préparer. Doucement, sans bruit, l'épée à la main, ils se mirent en marche les uns derrière les autres. On pouvait distinguer un garde devant la porte principale du relais. Il fit signe à un soldat de s'en occuper pendant qu'ils continuaient à se glisser vers l'arrière de la bâtisse.

Une faible lueur animait la maison. A l'évidence un feu de cheminée mourait dans la salle des repas. En faisant le tour du mur, ils découvrirent la seconde porte donnant sur les arrières, certainement les cuisines. Voyant le bâtiment abritant l'écurie un peu en retrait, Gabriel demanda à un autre soldat d'y aller. Il y avait probablement quelqu'un là-bas. Il ne fallait surtout pas qu'un ennemi les surprenne dehors. Ils attendirent que l'homme ait pénétré à l'intérieur de la grange pour pousser la porte de la cuisine. La targette ne résistait pas et Gabriel insista sur la porte très doucement, sans bruit. Quand l'ouverture fut assez large, il s'y faufila suivi de tous les autres.

Ils étaient maintenant dans la cuisine. Une pièce assez vaste avec une énorme cheminée. Quelqu'un ronflait tout près d'eux. Juste à côté de l'âtre, une silhouette dormait sur une paillasse. Il n'y avait que très peu de lumière dans la pièce, due au rougeoiement des braises. En s'approchant, Gabriel distingua un homme allongé sur le dos. Ce n'était pas un soldat de Maruald mais plutôt un cuisinier, très certainement le patron de la maison. Attrapant un chiffon, il le plaqua prestement sur la bouche de l'homme, pendant que d'autres l'empêchaient de se débattre. Ils lui lièrent les bras et le bâillonnèrent fermement.

- Dans la salle, il doit y avoir un garde, murmura un soldat.

Une autre porte permettait d'y accéder. Ils la poussèrent à nouveau avec précaution, jusqu'à ce qu'ils puissent distinguer la pièce. C'était une grande salle avec une cheminée à l'opposé. Des tables et des bancs la meublaient. Quelques flammes dansaient dans le foyer et devant se tenait un soldat, debout. Il veillait en attisant le feu de temps en temps avec une broche. Gabriel reconnut la tenue d'un chevalier. Il fit signe à un des hommes de le suivre et aux autres de rester sur place.

Ils avancèrent doucement, accroupis sur le sol, longeant les murs et les tables massives. Très lentement ils s'approchèrent de la cheminée. L'homme n'avait pas bougé, absorbé dans son travail. Ils n'étaient plus qu'à deux mètres. Doucement, Gabriel se releva et avança sur la pointe des pieds. Lorsqu'il s'estima à bonne distance, il pointa son épée dans le dos, à hauteur du coeur et l'enfonça d'un coup sec. Le chevalier poussa un petit cri qui s'étrangla aussitôt dans sa gorge. Juste à côté de Gabriel, le soldat le retenait d'un bras pour ne pas qu'il s'effondre bruyamment au sol.

Ils firent signe aux autres de les rejoindre.

- Nous allons monter à l'étage, là où sont les chambres.

- Je pense qu'il n'en reste pas plus de six ou sept, fit remarquer une silhouette.

- Nous ne pourrons pas visiter les pièces les unes après les autres. Les bruits alerteraient les derniers. Aussi, nous nous posterons chacun devant une chambre, prêts à y pénétrer. Faites attention, Audeline est certainement dans l'une d'elles.

- Et s'il y a quelqu'un là-haut, dans le couloir ?

Gabriel n'y avait pas songé. Pour lui, tout le monde devait dormir. Mais il eut un doute.

- Vous avez raison, il faudrait s'en assurer. Que quelqu'un aille voir doucement ! Nous l'attendons ici et si les choses tournent mal. On monte.

L'un des hommes grimpa doucement les marches. La première craqua dans le silence de la salle. Tous se figèrent. Des pas résonnèrent à l'étage. Ils attendirent, mais personne n'apparut. Gabriel leur fit signe de ne pas bouger. Il retourna auprès du chevalier qu'ils avaient occis. Récupérant sa cape il s'en para et grimpa résolument dans l'escalier, n'hésitant pas à faire du bruit. Là-haut quelqu'un remua.

Il le vit dans l'obscurité. L'homme ne semblait pas inquiet. Il préféra ne pas lui parler, de peur d'être découvert. Il lui fit signe de s'approcher, comme s'il avait quelque chose à dire à voix basse. Le soldat s'avança sans méfiance. Dès qu'il fut à proximité, Gabriel le frappa d'un coup de poignard et il s'effondra silencieusement.

- La voie est libre, montez ! murmura Gabriel.

Il y avait cinq portes donnant sur le couloir.

- Placez-vous devant chaque porte et entrons tous ensemble.

Il se disait qu'à la place de Maruald il aurait enfermé Audeline dans la pièce se trouvant là, devant lui. Cette chambre étant au bout du couloir, il lui serait plus difficile de pouvoir s'en échapper.

Il attendit un peu que tous fussent prêts et ouvrit la porte d'un coup de pied.

A l'intérieur de la pièce, il distingua un lit sur lequel une forme était allongée. Une autre silhouette était étendue par terre, à même le sol. C'était tout.

L'homme au sol s'agita, tenta de se relever mais Gabriel ne lui en laissa pas le temps. Il l'assomma d'un coup du pommeau de son épée. En même temps des luttes se déroulaient dans toutes les chambres. En s'approchant du lit, il y vit Audeline. Son intuition ne l'avait pas trompé. Elle était tout habillée, allongée sur le dos et venait de s'éveiller avec tout le bruit provoqué. Gabriel ôta sa cape en s'approchant d'elle.

- Audeline ! Je suis Gabriel... N'aie pas peur, tout est terminé maintenant.

- Gabriel ?

Elle semblait sortir d'un rêve.

- Reste ici, je vais aider les autres. Il ne faut pas que Maruald puisse s'échapper encore une fois. Tu ne bouges pas.

Il déposa un baiser sur ses lèvres avant de se relever. Il prit ensuite l'individu qu'il avait assommé et le tira vers le couloir. Des hommes s'y battaient ainsi que dans les autres pièces. Mais déjà les soldats de l'armée des nuits avaient pris l'avantage. Surpris dans leur sommeil, les ennemis n'avaient pas réagi assez vite. Quelques-uns avaient pu décrocher une épée, mais ils restaient inefficaces dans l'obscurité des chambres. Le bruit des luttes s'apaisait doucement. Il vit sortir un homme de l'armée des nuits, puis un autre. Ils traînaient sur le sol des corps inanimés. Maruald apparut poussé dans le couloir. Il avait la tête ensanglantée. Deux sergents le tenaient fermement. Il fut refoulé dans l'escalier, puis dirigé devant la cheminée. A l'étage, le calme régnait maintenant. Les hommes en descendaient au fur et à mesure, tirant quelques corps ou poussant devant eux des blessés.

- Il n'y a plus personne dans les pièces ? demanda Gabriel.

- Non, Chevalier, lui répondit Aralou avec un grand sourire. C'est fini !

- Audeline est en vie et en bonne santé. Tu restes devant sa chambre et dis-lui que je reviens à ses côtés rapidement.

Il descendit l'escalier à son tour et se dirigea vers Maruald. Celui-ci était debout, le dos tourné à la cheminée, sous la garde de deux soldats.

- Ainsi vous voilà enfin ! lui lança Gabriel.

- Vous ? Vous êtes déjà ici ? Comment...

- Oui, nous sommes déjà là. Votre château est tombé il y a quelques heures. L'armée des nuits a vaincu ses ennemis, ceux de l'Ordre. Une paix, longue je l'espère, peut enfin s'établir.

Maruald remuait la tête en un mouvement de va-et-vient.

- Vous êtes le diable ! Comment tout cela est-il possible ?

- Diable ou Dieu ? Je vous laisse choisir. Je pense qu'en ce qui vous concerne c'est assurément l'enfer qui vous attend. Trahir à ce point, assassiner un homme que j'estimais plus que tout, enlever sa fille... Il n'y a pas de jugement pour cela. Seule la mort. Vous ne méritez rien d'autre !

Il ne répondait pas.

Les hommes se tenaient au bas de l'escalier. Il les fit se regrouper dans la salle avec les prisonniers.

- Emmenez les corps dehors et attachez fermement les prisonniers. Puis enfermez-les dans la grange, sous surveillance. Nous aviserons de leur sort demain. Fouillez également toute la maison et les bâtiments à l'extérieur. Je ne tiens pas à avoir de mauvaises surprises.

Les soldats revinrent quelques instants plus tard, poussant devant eux un vieil homme et sa femme.

- Il y avait ces deux-là qui faisaient semblant de dormir, apeurés, dans la remise juste à côté.

Les deux vieux ne disaient rien, tremblants.

- Vous travaillez ici ? leur demanda Gabriel.

Ils hochèrent la tête.

- Relâchez-les ! Ils n'ont rien à voir dans cette histoire. Demain matin nous vous laisserons tranquilles, recouchez-vous.

Ils repartirent rapidement, se confondant en remerciements.

Gabriel s'adressa alors à ceux qui étaient autour de lui.

- Dormez, à tour de rôle, mais dormez ! Ce soir tout est terminé. Nous avons vaincu et vous méritez un bon repos.

Il s'adressa à Aralou.

- Je dormirai dans la chambre à côté d'Audeline. Fais-moi réveiller avec le lever du jour.

- Ce sera le dernier, Gabriel ?

- Je le crains, hélas !

Il remonta l'escalier sur cette dernière phrase. Passant devant la chambre où reposait Audeline, il entrouvrit sa porte. Elle était assise sur le bord de son lit, le visage appuyé dans ses mains. Elle leva les yeux en entendant le grincement des gonds.

Une chandelle avait été allumée dans la chambre. Elle le reconnut dans la pénombre.

- Gabriel ! Tu es de retour !

Il fit un pas en avant.

- J'ai été bien long... Mais me voici quand même, dit-il en souriant faiblement.

- Mon père...

- Je sais. Nous sommes arrivés trop tard. Je m'en voudrai toute ma vie...

- Non, non, supplia-t-elle en se levant. Ils ont trahi mon père. Ils sont entrés dans le château en amis et en sont ressortis en bouchers...

- C'est fini maintenant. Ils ont été vaincus dans leur forteresse. Et les derniers qui sont ici, dont Maruald, vont nous suivre demain pour être jugés, comme ils le méritent. Ils seront pendus et le roi de ce pays sera destitué. Ton père sera vengé. J'oubliais de te dire, ton frère s'est vaillamment comporté. Il nous attend avec impatience au château de Maruald.

- J'ai hâte de le revoir. Il y a si longtemps.

Elle s'approcha de lui et le prit par la main. Il la serra fortement. Elle le mena jusqu'au lit pour qu'ils s'asseoient côte à côte.

- Lorsque j'ai été conduite de force dans cette chevauchée, j'étais au désespoir. Et maintenant que tu es à mes côtés, l'espoir est de retour !

Gabriel était abattu à son tour. Elle construisait son avenir avec lui. Mais il ne pouvait plus lui en offrir. Il lui était difficile de rester ainsi. Il devait tout lui confier.

- Audeline... Je dois te confier un secret... Je dois te dire qui je suis exactement.

Elle le regarda, troublée.

- Gabriel l'étranger... Beaucoup te prennent pour un envoyé de Dieu. J'ai toujours su que tu cachais ta vérité. J'ai peur maintenant de l'entendre.

Il n'osait plus rien dire.

- Tu as raison. La vérité est difficile à admettre... Mais elle est nécessaire. Je viens de très loin, mais pas de ce monde. Je viens du futur, d'un autre temps situé sept cents ans dans l'avenir. Je ne suis pas d'ici. Me comprends-tu ?

Elle ne répondait pas.

- D'où je viens, l'univers est totalement différent. Et il me serait difficile de tout te décrire. C'est pour cela que je connais énormément de choses que vous ignorez encore. Je n'avais pas de mérite. Cet autre monde, j'en ai parlé longuement avec Aralou. Il pourra tout t'expliquer, tout te décrire.

Il se tut.

Après un long silence, elle réagit.

- Pourquoi Aralou ? Tu pourras toi-même tout m'expliquer. Tu pourras me raconter ton monde. Je le voudrais tant.

Il soupira, désespéré.

- Demain... Je ne serai plus ici. Demain je retournerai dans mon époque. Je n'ai malheureusement pas le choix.

- Demain ? Comment ça ? Tu ne peux pas rester à mes côtés, quelques jours, quelques mois ?

Il ne répondit pas tout de suite.

- Lorsque je suis arrivé au château du mont Altaïr, j'ai été guidé par le Maître Galan de Molène jusqu'à une crypte. A l'intérieur se trouvait une porte étrange, très noire. Personne n'avait pu la franchir depuis des siècles. J'ai tendu les bras sous le regard du Maître et j'ai traversé la porte interdite. Je suis arrivé dans une autre salle emplie de lumière, une pièce hors du temps. Une fois à l'intérieur j'aurais pu y rester des siècles sans vieillir d'une heure. Tout cela je l'ai su car un être invisible m'y parlait, un être de l'avenir. Et il m'a annoncé pourquoi j'étais ici, en ce monde. J'avais une mission à accomplir. Une mission à terminer pour ensuite repartir rapidement, sans que rien ne puisse l'en empêcher. Demain je disparaîtrai de cette époque pour retourner dans la mienne. Et pour vous tous c'est comme si je venais à mourir.

Audeline ne réagissait pas. Au bout d'un long moment, elle reprit la conversation :

- Pourquoi fallait-il que cela nous arrive ? Je t'aime, Gabriel, comme personne au monde. Je n'aimerai plus jamais ainsi, je le sais. Tu ne pourras jamais quitter mon coeur !

- Il ne faut pas dire ça, Audeline. Pour toi la vie continuera ici, pour moi là-bas. Mais moi non plus je ne pourrai t'oublier. Je ne sais si je pourrai continuer à vivre normalement... Non, je ne pourrai pas t'oublier...

Ils restèrent ainsi, immobiles côte à côte.

- Pourquoi toi seul a pu pénétrer en cet endroit interdit ? demanda-t-elle.

- Parce que cette bulle de temps émet certainement des ondes qui repoussent les autres personnes. Elle impose à ceux qui s'approchent de ne pas avancer plus loin. Je pense que mon cerveau ne réagit pas à cela. Tous les autres ne savent pas qu'il suffit en fait d'avancer et de franchir le seuil de cette porte, sans danger.

- J'ai beaucoup de mal à croire et à comprendre tout ce que tu me dis.

Elle s'approcha de son visage, de plus en plus près. Son souffle se mêlait à celui de Gabriel. Il l'embrassa tendrement, puis de plus en plus passionnément. Ils tombèrent naturellement sur le lit, glissèrent doucement l'un vers l'autre. Audeline, par ses gestes, invita Gabriel à l'aimer plus encore. Il la déshabilla avec une immense douceur, répondant à ses attentes. Enlacés, comme s'ils voulaient arrêter le cours du temps, comme si toute leur vie devait finir là.

Ils restèrent blottis ainsi tout le reste de la nuit.

Lorsque le jour s'infiltra dans la pièce, ils étaient encore dans les bras l'un de l'autre. Gabriel se leva et s'habilla. Audeline ne le quittait pas des yeux. Ils ne parlaient pas. Il se préparait à quitter la pièce.

- Nous allons manger un peu et quitter cet endroit... Il le faut. Maruald et ses soldats doivent être jugés et je ne tiens pas à les voir s'échapper.

Il l'embrassa longuement.

- Rejoins-moi en bas.

Dans la salle se trouvaient tous les soldats qui avaient accompagné Gabriel jusque-là. Il y avait également les aubergistes qui allaient et venaient dans la pièce, servant à manger. Gabriel s'installa à la table où déjeunait Aralou. La femme le servit, intimidée.

- Je voudrais écrire, dit-il à Aralou.

- J'ai toujours de quoi faire sous la main.

Il prit les feuilles de parchemin et commença à rédiger sur la première. Il s'était dit qu'avant de disparaître, il devrait encore éviter quelques difficultés à venir. Et il n'avait plus que le temps d'écrire. Il fit une première lettre à l'intention du Maître Galan de Molène, où il lui conseillait de se rendre à Paris à la tête d'une petite armée, afin d'imposer au roi sa destitution. Les exploits qu'ils avaient accomplis avaient l'adhésion du peuple et il fallait en profiter. Il lui conseillait donc de ne pas trop vite ébruiter le départ de l'Envoyé. Il lui faisait savoir que ce départ pour le temps présent était un retour quelque part dans le futur. Il réapparaîtrait un jour lointain. Sa disparition ne signifiait pas la mort. Le courrier se terminait ainsi : « Cher Maître, mon départ n'est qu'un au revoir en ce monde. Je retrouverai les enfants de vos enfants et j'espère qu'ils auront ainsi vécu sept siècles de paix. J'ai grande confiance en vous. Que Dieu continue à veiller sur votre Ordre ! » Et il signait : « Gabriel, votre ami pour l'éternité ».

La seconde lettre était adressée à Gildebert. Il lui demandait de veiller sur Audeline et de récupérer les terres anciennement à Maruald. Ce n'était que juste dédommagement pour tout ce que sa famille venait de subir, en mémoire de son père. Il lui ordonnait également de montrer cet écrit au Maître, afin de lui prouver que telle était la volonté de l'Envoyé. Il voulait que Gildebert soit relevé de ses devoirs d'apprentissage en tant que chevalier de l'Ordre afin qu'il puisse se consacrer à son domaine. Les derniers instants vécus aux côtés de Gabriel avaient prouvé sa grande vaillance et son parfait esprit.

- Voilà Aralou, ces deux documents tu les remettras en main propre. Celui-ci pour le Maître Galan de Molène et l'autre au frère d'Audeline.

- Tu prépares donc ton départ...

- Oui... Je suis convaincu que c'est le dernier jour et je n'aurai pas le temps de tout dire surtout au Maître de l'Ordre. Ce manuscrit le fera à ma place.

- Et Audeline ?

Il soupira.

- Elle sait tout sur moi à présent. J'ai peut-être commis une erreur, mais je ne voulais pas qu'elle m'attende le restant de sa vie. Promets-moi de t'occuper d'elle, de la soutenir dans l'épreuve qu'elle va vivre !

- Bien sûr, Gabriel !

Juste à ce moment, elle descendit l'escalier. Elle refusa le repas qu'on lui proposait. Gabriel se leva et lui tendit un gobelet d'eau.

- Bois un peu, nous allons partir. Il faut retourner chez ton frère.

Elle but machinalement, fermant les yeux.

- Je te suis. J'ai hâte de le revoir.

Il donna l'ordre de préparer les chevaux. Quelques instants plus tard, tous eurent quitté la salle. Dehors, une journée maussade s'annonçait. Les chevaux ne demandaient qu'à trottiner. Les prisonniers avaient leur monture également. Ces derniers étaient surveillés en permanence, les mains liées derrière le dos, à l'exception de Maruald.

- Allons-y !

Au moment où les hommes montaient en selle, Maruald donna un brutal coup d'épaule au soldat situé sur sa droite et, profitant de son déséquilibre, lui arracha son poignard.

Gabriel vit le geste et s'apprêta à sortir son épée pour l'empêcher de fuir mais, avant d'avoir pu ébaucher un mouvement, Maruald s'était enfoncé le poignard en plein coeur, sans un cri. Il s'effondra aussitôt entre les jambes du cheval.

Il ne bougeait plus, gisant dans son sang. Il venait de mourir dans un ultime spasme.

- Il a préféré échapper au jugement et à la potence qui l'attendaient.

- Il ne nuira plus, ce n'est que justice, murmura Audeline. Maintenant j'espère qu'il souffre en enfer !

Les prisonniers furent installés par deux sur les chevaux, attachés l'un à l'autre. Lorsque tout le monde fut prêt, ils s'élancèrent sous la direction de Gabriel, auprès de qui chevauchait Audeline.

Le long du chemin du retour, les soldats discutaient joyeusement. Les craintes, les incertitudes des combats, les poursuites et chevauchées à n'en plus finir leur semblaient si lointaines. Ils allaient enfin se retrouver chez eux, dans leurs familles.

Audeline et Gabriel se parlaient très peu, mais ils se regardaient presque continuellement. Ils n'avaient plus besoin de communiquer par la parole. Combien de temps encore ?

Vers midi, ils aperçurent la silhouette du château qui avait appartenu à Maruald. Maintenant le futur domaine de Gildebert et de sa soeur.

- Ton frère doit être impatient de nous savoir de retour. J'espère le revoir...

C'est alors qu'il ressentit un léger trouble, comme si un vertige le prenait.

- Audeline ! Je crois que je m'en vais ! lui cria-t-il.

- Gabriel ! Non ! ...

Il la regardait, la fixait, mais ne percevait plus que ses lèvres qui remuaient. Il eut l'impression que la terre basculait, qu'il tombait de son cheval bien que s'y cramponnant de toutes ses forces. Il glissait et s'enfonçait, s'enfonçait... Comme dans un tunnel, un puits infini, une chute sans fin…

Les Chroniques Anciennes
Sectrie 9, Versus 5

Un jour je serai de retour parmi eux,
Alors qu'ils m'auront depuis longtemps
oublié.
Puis j'irai sur ta tombe,
Car toi tu ne seras plus depuis longtemps,
Reposant en paix, mon Ami.
Tu dois savoir que nous avons réussi,
La venue de siècles prodigieux.

Il s'éveilla dans une forêt, une nouvelle fois. Mais maintenant, il savait exactement pourquoi. Ces sous-bois n'avaient pas grand-chose de commun avec ceux qu'il avait connus lors de son premier passage dans le puits. Ils étaient parfaitement entretenus, avec des espèces végétales inconnues. Un chemin de terre était visible à travers le feuillage des arbustes devant lui. Il était bordé d'une sorte de tresse végétale.

« Mais où suis-je réellement ? Et surtout, en quelle époque ? »

Il se leva. Il faisait beau et chaud. Se dirigeant vers le chemin entr'aperçu, il ne pouvait s'empêcher de constater qu'il était bien peu de chose dans cette étrange aventure. Un simple pion sur un immense échiquier. Quelle maîtrise avait-il eu sur son destin et les événements ? Il portait toujours sa tenue de combat, l'épée au côté. Ramassant son casque, tombé à proximité, il ne lui fallut que quelques minutes pour trouver une large allée qui traversait la forêt. Le sol en semblait couvert de mousse. C'était très doux au toucher. Portant le regard au bout de celle-ci, il put distinguer quelques maisons lointaines. Ce n'était plus les chaumières qu'il avait connues, mais des maisons à l'apparence coquette, aux toitures ressemblant à des tuiles.

Il pensait bien être de retour dans son époque, y retrouvant des repères connus.

Accélérant le pas, il arriva à proximité des maisons. Elles ne ressemblaient pas à des demeures ordinaires. Celles-là étaient faites d'un seul tenant, pas de séparation entre les murs et la toiture. Et cette dernière n'était pas de tuiles, plutôt un matériau plastifié. Les maisons étaient entourées de haies et de petits jardins bien entretenus. Devant l'un d'eux, jouaient des enfants. Il s'en approcha. Lorsque ceux-ci le virent, ils allèrent à sa rencontre, souriant. Le plus grand lui adressa la parole.

- Vous êtes déguisé pour un film, Monsieur ?

Il le comprit tout de suite. La langue était celle qu'il avait oubliée depuis quelques semaines, celle de sa naissance. Les vêtements des enfants étaient quelque peu différents de ce qu'il avait connu en partant. Une nouvelle mode entre temps avait dû s'imposer. Et il prit conscience, qu'effectivement, il devait leur faire une étrange impression, ainsi vêtu d'un uniforme de guerrier. La question lui brûlait les lèvres.

- Sais-tu en quelle année nous sommes, mon garçon ?

L'enfant fit un grand sourire.

- Ben oui. J'ai appris tout ça à l'école. Nous sommes en 2013. Alors vous faites du cinéma ?

A ce moment une femme sortit de la maison et se dirigea vers eux.

- Que voulez-vous, Monsieur ? lui demanda-t-elle.

- Je me suis perdu et je cherche mon chemin. Mon nom est Gabriel et je voudrais rejoindre la ville où j'habite.

La femme le regarda avec une étrange expression de surprise dans le regard. Elle ne dit pas un mot en examinant sa tenue de bas en haut.

- D'où venez-vous ? finit-elle par lui demander.

Il soupira.

- De bien loin. J'ai fait un si long voyage...

Il ne pouvait s'empêcher de penser à tout ce qu'il venait de quitter, à Audeline. Elle semblait si vivante en son esprit. Et aujourd'hui elle n'était plus que poussière. Il avait envie de pleurer. Et des larmes coulèrent lentement sur ses joues, en silence.

La femme le prit par le bras et le fit s'asseoir sur un banc dans son jardin.

- Vous êtes peut-être un peu fatigué ? Vos vêtements sont très beaux. L'étoffe est remarquable... On dirait une véritable tenue d'époque.

Ce disant, elle palpa les tissus.

- Excusez mon comportement, dit-il. Maintenant ça va mieux.

- Votre nom serait Gabriel ? reprit-elle.

- Oui... Le chevalier Gabriel, murmura-t-il.

Elle sursauta.

- Ce que vous dites est impossible. Vous devez être perturbé.

Il la fixa avec surprise. Elle lui souriait, comme on sourit à un enfant qui vient de raconter un mensonge.

- Ce nom n'existe pas. Il est interdit, selon la tradition. Vous devez vous appeler autrement ?

- Vous plaisantez ! Ce sont mes parents qui me l'ont donné et je ne suis pas le seul à m'appeler ainsi.

- Excusez-moi, Monsieur, mais je dois appeler quelqu'un pour vous aider.

Elle sortit un petit appareil de sa poche et y parla d'une voix douce.

- Monsieur le Villemaître ? J'ai à côté de moi quelqu'un qui prétend se nommer Gabriel... Il est perdu à l'évidence... Et dans une tenue étrange... Non, non il se comporte normalement... Oui, à tout de suite. Et elle rangea son appareil.

- Le responsable du village va venir. Avec lui, vous pourrez retrouver votre domicile...

Elle resta à ses côtés ne lui adressant plus la parole, respectant son silence.

Peu de temps après, un véhicule se posa sans bruit devant le jardin. Il resta stupéfait. L'engin avait plané au-dessus du sol sans émettre le moindre son. Il n'avait jamais vu cela auparavant. Quelque chose avait changé dans le déroulement des événements puisqu'il était apparemment à la bonne époque.

L'homme qui conduisait s'approcha d'eux.

- Bonjour, Carlette, bonjour, Monsieur, dit-il en franchissant le portillon.

Il s'arrêta devant Gabriel, le dévisagea et examina son costume.

- Comment vous appelez-vous ?

- Je l'ai déjà dit à Madame, Gabriel est mon nom.

L'homme aux allures sympathiques lui sourit.

- Non... Vous devez vous tromper. Vous avez peut-être subi un accident récent ? Une perte de mémoire ? Vous êtes acteur ?

Décidément, sa tenue compliquait la situation. Il commençait à être un peu lassé de ces remarques. Cela n'avançait à rien.

- Ecoutez... Je suis fatigué ! Je viens de loin et je voudrais retourner chez moi. Si vous pouviez m'aider sans compliquer ma démarche...

- Où habitez-vous ?

- Dans le quartier des Hauts de Brennes, rue Foch à Vaillory.

Son adresse lui était revenue en mémoire, d'un coup.

- Vaillory ? demanda l'homme. Il n'y a pas de Vaillory par ici... Je ne connais rien de ce nom. Ce doit-être un petit village...

- Mais pas du tout ! Il y a cinquante mille habitants, répondit Gabriel interloqué.

L'homme secouait la tête.

- Vous faites erreur. Il n'y a aucune ville de cette importance portant ce nom dans ce pays. Je pense que vous êtes amnésique. Je préfère vous conduire à la clinique la plus proche.

Gabriel se leva d'un bond.

- Cela suffit ! Je ne suis pas plus amnésique que vous ! Mon nom est Gabriel ! Je viens de combattre les armées royales. Je viens de perdre Audeline. J'ai également quitté pour toujours mon meilleur ami, Aralou. Tout cela après un saut de sept cents ans dans le temps... Soi-disant au profit de l'humanité...

Il porta la main sur son arme.

- Par l'épée du Maître Galan de Molène, jamais vous ne me conduirez dans un hôpital pour fous !

- Calmez-vous, je vous en prie... lui demanda la femme. Vous voyez bien, monsieur le Villemaître, il a toute sa raison... Tout ce qu'il dit semble tellement réel...

- Comment savoir ? répondit l'homme. Je ne puis déranger impunément les autorités du pays. Remarquez ce ne serait pas la première fois. Beaucoup d'autres ont déjà prétendu s'appeler ainsi... A différentes époques.

Gabriel s'étant calmé, il commençait à comprendre la situation. Apparemment son nom avait traversé l'histoire, étrangement. Peut-être que depuis, il était devenu impossible de le porter... Un peu comme si quelqu'un s'était appelé Vercingétorix... Charlemagne !

- Bien, intervint-il. Je suis tranquille comme vous pouvez le constater. Je me nomme réellement Gabriel. Je viens de faire un bond dans le temps. Je reviens du quatorzième siècle. Cela vous semble peut-être merveilleux, mais c'est pour moi un cauchemar. C'est comme si j'avais tout perdu d'un seul coup. Je n'ai évidemment aucune preuve à vous apporter...

Gabriel était plongé dans ses pensées. Qu'est-ce qui pourrait bien l'aider à se justifier ? Comment prouver ses dires ? Il pensa à la chaîne. La chaîne évidemment ! Cette distinction offerte par Galan de Molène avait une valeur symbolique et son origine ne devrait pas faire de doute avec la médaille. Il dégrafa son plastron et l'attrapa. Il fit passer l'objet par-dessus sa tête et le présenta à la personne qui portait le titre de Villemaître. L'homme prit l'objet délicatement et l'examina.

- Ce bijou est splendide... Son ancienneté semble évidente, bien qu'il paraisse étonnamment récent...

Il regarda la médaille en détail, le visage qui y était gravé, celui du Maître Galan de Molène. Puis il la retourna et scruta l'autre face. Il regarda Gabriel, revint à la médaille, encore à Gabriel...

- Mais c'est vous sur cette face... C'est votre visage !

- Bien sûr. C'est Galan de Molène qui me l'a donnée en reconnaissance. Il tenait à ce que nous soyons tous deux réunis. C'est... Ce fut un très grand ami...

L'homme lisait l'inscription.

- « Au Chevalier Gabriel, son ami, Galan de Molène »... Extraordinaire ! Votre costume, cette médaille... Tout me porte à vous croire... C'est incroyable ! Je vais en rendre immédiatement compte au conseil.

Il décrocha un petit appareil identique à celui de la femme et engagea une conversation avec un correspondant. Cela dura un certain temps. Il fallut toute la persuasion de l'homme pour arriver à un résultat. Un professeur de l'institut allait se déplacer et prendre l'affaire en main. Puis lorsqu'il eut terminé, il soupira et rangea l'appareil en s'adressant à Gabriel.

- Il y a sept cents ans que nous attendons ce moment. Pour certains vous étiez une légende, pour d'autres la pure vérité. Et vous seriez là ! Et je serais le premier à avoir eu l'honneur de vous rencontrer... Prodigieux !

- Alors vous me croyez ?

- Presque. Mais il vous restera à convaincre nos dirigeants.

Ils continuèrent à deviser sur ce qui s'était produit, comment Gabriel était arrivé là. La femme leur apporta des rafraîchissements. Il apprécia. Il lui semblait ne pas avoir bu depuis des siècles, ce qui était d'ailleurs vrai.

Au bout d'une demi-heure, un autre véhicule fit son apparition dans la rue. De la même manière, il se posa en silence. Il était plus grand et plusieurs hommes l'occupaient. En descendant, l'un d'entre eux se dirigea directement vers eux pendant que les autres attendaient à proximité. C'était un homme assez âgé.

- Bonjour, Messieurs, Madame... Je suis le professeur Desmartins, détaché pour éclaircir cette affaire. Vous êtes le Villemaître, je suppose ?

Les deux hommes se serrèrent la main. Le professeur regardait Gabriel pendant que le Villemaître lui expliquait la situation. Quand il eut fini, il lui tendit la médaille. Le professeur examina l'objet et Gabriel, fixement, de ses petits yeux.

- Vous seriez le Chevalier Gabriel, attendu depuis si longtemps...

Gabriel voulut en savoir un peu plus sur ces manières à son égard, sur toute cette agitation.

- Expliquez-moi un peu ce qui se passe. Vous ne semblez pas surpris de me voir ?

Le professeur marchait de long en large devant lui.

- Suis-je sot ! Bien sûr vous ne pouvez pas savoir ! Excusez-moi, mais la situation est tellement insensée, inespérée. Je vais essayer de vous expliquer. Nous attendions votre retour depuis votre disparition au quatorzième siècle. Vous avez quitté nos ancêtres en laissant une immense légende derrière vous. Elle n'a cessé de s'amplifier avec le temps. Car depuis, tout ce que vous avez dit, tout ce qui a été écrit par Aralou l'ancien, s'est concrétisé. Vous lui aviez fourni tant d'explications, de prévisions, d'hypothèses scientifiques... Vous aviez décrit des événements et surtout des inventions qui se sont toutes réalisées. Vous êtes perçu comme un maillon clef de notre histoire, comme un élément charnière du devenir de l'humanité. Vous êtes l'homme du passé le plus connu de la planète. Tous les pays vous attendaient, tous espéraient être le premier à vous accueillir. Car nous étions certains que votre promesse de retour s'accomplirait, vu que tout le reste s'était produit. Grâce à vous, nous savons à quoi nous avons échappé, à quelles guerres, sans votre intervention. Vous avez fait écrire par Aralou ce qui aurait logiquement dû se produire. Et l'humanité a tout fait pour l'éviter. L'histoire que vous avez apprise durant votre enfance ne s'est pas réalisée, pas tout à fait. Et vous êtes là ! Devant moi !

Gabriel restait abasourdi, stupéfait. Aralou aurait donc écrit son livre et y aurait porté tout ce qu'il lui avait raconté, au long des journées passées ensemble.

- Pour ma part je suis tout à fait convaincu de la réalité de votre identité. L'Envoyé, enfin parmi nous... Nous attendions depuis si longtemps, si longtemps... Je vais de ce pas demander audience auprès d'une des personnalités les plus hautes du gouvernement, l'administrateur chargé de votre conservatoire.

- Mon conservatoire ? s'enquit Gabriel.

- Oui, depuis plusieurs siècles nous nous sommes organisés en prenant vos paroles, vos actes, vos écrits pour référence. Depuis quelques décennies, comme vous aviez envisagé votre retour « du temps d'où je suis parti » selon vos propres mots, nous avons mis en place toute une organisation en ce sens pour vous accueillir. Bien, allons-y maintenant...

Ils se dirigèrent vers le véhicule. Pendant que Gabriel s'y installait, il entendit le professeur donner des ordres aux hommes qui l'avaient accompagné pour rester sur place et prévenir la femme de ne rien dire sur ce qu'elle venait de vivre. Le professeur s'assit à côté de lui, à l'arrière.

- Nous devons prendre quelques précautions pour que personne ne pense que « le grand jour » est enfin arrivé, « Gabriel est de retour ! » Il nous faut être certain de ce qui est en train de se produire.

Il s'adressa au conducteur.

- A l'administration, chauffeur !

Le véhicule décolla doucement, sans bruit, et s'élança vers le lieu mentionné. D'en haut Gabriel avait une vue sur toute la région. Ils quittèrent rapidement la zone boisée, là où il était revenu, pour survoler des régions habitées. Apparemment il n'y avait pas énormément de changements avec ce qu'il avait connu. Moins de routes certainement et des habitations plus intégrées dans le paysage, dans la végétation. Oui ! C'était le principal changement. Il y avait des arbres, beaucoup d'étranges espèces végétales. En fait tout paraissait vert vu d'en haut, même la grande ville où ils arrivèrent. Ils se posèrent dans une cour pavée. Les bâtiments avaient un style qu'il ne reconnaissait pas. Des hommes vinrent à leur rencontre pour les conduire dans un grand ensemble.

- Nous sommes attendus, annonça le professeur. J'ai averti les autorités.

Après avoir parcouru des couloirs et des escaliers, ils arrivèrent devant une double porte. Le professeur frappa et entra aussitôt, priant Gabriel de le suivre. Dans une grande pièce richement meublée et décorée avec goût se tenait un homme. Il se leva à leur approche et vint vers eux.

- Ainsi vous seriez le Chevalier Gabriel ! Vous ne serez pas surpris si je vous pose quelques questions, afin de vérifier le bien-fondé de vos dires ? Suivez-moi !

Il marchèrent jusqu'à une salle ressemblant à un bureau.

- Etant donné votre tenue, je vous propose de vous mettre à l'aise en mettant ces vêtements. Habillez-vous tranquillement ; nous vous attendons devant la porte.

Les vêtements proposés sur la chaise étaient très agréables, doux au toucher. C'était une sorte de pantalon et une veste de couleur bleu pâle. Lorsqu'il eut terminé de s'habiller, il ressortit de la pièce.

- Vous êtes mieux ainsi. Suivez-moi, je vous prie.

Ils firent quelques pas et pénétrèrent dans une nouvelle salle.

- Ceci vous dit quelque chose ?

L'homme ouvrait une armoire et en sortait une cape. Dès qu'il vit l'objet, il ne put s'empêcher de pousser une exclamation.

- Une cape de l'Ordre à la croix vermeille ! Une cape de chevalier de l'époque d'où je reviens... L'Ordre existe toujours ?

L'homme rangea la cape en souriant et lui répondit.

- Oui, il existe toujours. Mais de façon différente par rapport à ce que vous avez pu connaître... Nous oeuvrons dans ce monde.

Gabriel était stupéfait.

- Vous vous êtes imposés à ce point ? Vous avez survécu à sept siècles d'histoire ?

- Exact. Mes prédécesseurs savaient tout ce qu'il fallait faire pour éviter de nouveaux conflits. L'entente entre les états a pu se réaliser plus facilement, selon vos souhaits. Venez par ici.

Il le dirigea vers une pièce contiguë. C'était un corridor ou se trouvaient fixés aux murs des tableaux par dizaines. Ils représentaient des personnages sur plusieurs siècles, en costume.

Gabriel suivait l'homme qui ne disait mot. Le professeur était resté dans l'autre pièce. Tous ces tableaux avaient un point commun. Ils représentaient des hommes et quelques femmes. Et quelles que soient les tenues qu'ils portaient, plus ou moins richement décorées, toutes avaient comme insigne distinctif une croix vermeille sur le côté.

- Ce sont tous des chevaliers de l'Ordre... Plusieurs générations... murmura-t-il.

Un instant il s'arrêta devant un tableau, très modeste dans son cadre. L'homme qui y était représenté souriait peu. Il était vêtu d'un costume du quatorzième siècle à l'évidence. Il portait une grande croix vermeille sur l'épaule gauche, plaquée sur sa cape. Ce tableau semblait très ancien, mais le personnage lui apparaissait si récent...

- Le chevalier Galan de Molène ! C'est lui ! Je l'ai quitté il y a quelques heures...

Gabriel éprouvait une grande émotion à sa vue. Galan de Molène le ramenait à une époque encore si proche, à Audeline si loin...

- J'ai tout perdu, murmura-t-il, tout perdu !

Il n'avait pas remarqué la main posée sur son épaule. Il releva la tête et vit que c'était son guide. Il souriait avec quelque chose d'étrange dans le regard, comme subjugué.

- Asseyez-vous à cette table, je vous prie, et prenez cet écritoire. J'aimerais vous dicter une lettre.

Gabriel se laissa convaincre, il ne comprenait pas où voulait en venir son hôte.

- Je vous prie d'écrire… « Cher Maître, mon départ n'est qu'un au revoir en ce monde »...

La voix de l'homme maintenant tremblait légèrement.

Gabriel écrivit la phrase dictée. Puis il continua à écrire alors que la voix s'était tue : « Je retrouverai les enfants de vos enfants et j'espère qu'ils auront ainsi vécu sept siècles de paix. J'ai grande confiance en vous. Que Dieu continue à veiller sur votre Ordre ! »

Et il signa : « Gabriel, votre ami pour l'éternité».

- Excusez-moi, mais je me souviens bien de ce document. Il y a peu de temps que je l'ai écrit. Si peu de temps !

L'homme à ses côtés avait un genou à terre.

- Bienvenue, Chevalier Gabriel, bienvenue en notre époque qui est la vôtre. Je sais maintenant que vous êtes celui que nous attendions depuis si longtemps. Ce tableau, peu de personnes le connaissent. Mais surtout cette lettre, votre écriture et votre signature… C'est fabuleux. Personne au monde n'en connaît l'existence, à part moi. Seul Gabriel pouvait l'écrire comme vous l'avez fait.

Il l'accompagna de nouveau dans la pièce où attendait le professeur. Il l'aida à s'asseoir dans un des fauteuils autour d'une table basse.

- Venez, professeur, vos suppositions étaient exactes ! Vous avez devant vous le seul et unique Chevalier Gabriel ! Asseyez-vous avec nous. Aujourd'hui est un jour historique et vous avez participé à cette page d'histoire... Tout comme moi d'ailleurs ! Nous sommes les premiers découvreurs...

Un serviteur leur apporta un plateau chargé de boissons et de pâtisseries.

- Buvez, Chevalier, cette boisson vous fera le plus grand bien. Je comprends votre désarroi et je respecte votre deuil. Car je sais que ce qui vous arrive est identique à la perte d'amis et de parents proches. Ceux que vous connaissiez il y a quelques heures ne sont plus de ce monde depuis des siècles...

Il burent et mangèrent un peu dans un silence respectueux. L'homme reprit la parole.

- En tant qu'administrateur du conservatoire Gabriel, construit en votre nom, j'ai l'honneur de vous prendre en charge. Vous n'avez aucun souci à vous faire. Il vous faudra toutefois vous présenter aux différents responsables des états de la planète. Nous vous préparerons en cela. Nous avons tout le temps. Nous vous ferons également connaître toute l'histoire qui s'est déroulée depuis votre départ, car elle a quelque peu changé par rapport à celle que vous avez apprise et que vous nous avez transmise dans « Les chroniques selon Aralou ». Et pour nous il sera très intéressant de faire la comparaison entre ces deux évolutions... Bien d'autres activités sont prévues à votre programme, il y en a pour quelques années... Vous voyez, vous n'aurez pas le temps de vous ennuyer ! Nous avons besoin de votre collaboration. Si vous acceptiez, ce serait une grande joie.

- « Les chroniques selon Aralou » ? demanda Gabriel. Ainsi il a réalisé son rêve, écrire un livre sur mon séjour. Je n'y croyais pas trop. Comment vous sont parvenues ces chroniques ?

- Le manuscrit a été recopié à des centaines d'exemplaires dès sa parution. C'était une pure merveille. Tous les puissants de l'époque se l'arrachaient, toutes les personnes cultivées. Puis, quand les temps furent venus, il fut imprimé à des milliers, des millions d'unités. L'original existe toujours et j'en suis le conservateur de par mes charges.

Gabriel se leva.

- Puis-je le voir ?

- Bien sûr, il est dans une salle proche d'ici. Venez, suivez-moi.

Ils traversèrent une enfilade de salles, de bureaux vides et se retrouvèrent face à une grande porte richement sculptée. Devant se tenait un gardien. Dès qu'il vit l'administrateur, il ouvrit le battant et s'effaça.

- Entrez, entrez, dit celui-ci à l'intention de Gabriel. Vous êtes chez vous !

La pièce n'était pas très grande mais luxueuse. C'était une salle de musée, mais à l'évidence un musée privé. Seuls quelques hauts dignitaires ou chercheurs devaient pouvoir y accéder.

- Regardez, tous les objets présentés sont de l'époque dont vous revenez. Les tenues de combat que vous aviez inventées, les armes... Regardez là-bas ces boucliers qui portent votre insigne... Ces surcots avec votre blason. Et tout autour de vous des objets plus personnels, qui nous sont encore plus chers. Ici l'un des instruments de musique de votre ami Aralou... A côté des bijoux ayant appartenu à Damoiselle Audeline et à son père...

Gabriel n'en revenait pas. Il regardait tout autour de lui ces objets si anciens et si familiers. D'un seul coup il perçut l'immensité qui le séparait de cette époque, pourtant si vivante en son esprit. Tout était bien perdu. Il parcourut lentement la pièce, s'arrêtant devant chaque objet, chaque souvenir. L'adminis-trateur le suivait à quelques pas, respectant son silence, son recueillement.

- Comment avez-vous fait pour réunir tout cela ? lui demanda Gabriel.

- Il a fallu du temps, de la patience, beaucoup de recherches pour retrouver tous ces objets, les remettre en état. Ce fut le travail de mes prédécesseurs, et je le poursuis. Mais avec votre présence ce sera tellement plus facile et si riche d'enseignement. Vous voyez, cette salle n'est accessible qu'à un petit nombre de personnes, qui viennent des quatre points de la planète. Le commun des mortels a droit à des reproductions, des salles copiées à l'identique de celle-ci...

Au centre de la pièce trônaient plusieurs vitrines. Il s'en approcha et put y apercevoir des livres, des manuscrits très anciens.

- Ce sont les chroniques d'Aralou. Dans cette vitrine, le plus vénéré, le plus beau, il est le diamant de cette collection. C'est l'original des « Chroniques Anciennes selon Aralou ». Après votre départ, il a rédigé ce premier volume, reprenant vos paroles selon vos désirs. Il y a porté tous vos mots, toutes vos idées, tout ce que vous aviez exprimé auprès de lui. C'est sur son contenu que se sont appuyées toutes les générations suivantes pour vous étudier et préparer l'avenir, à partir des descriptions que vous aviez faites de votre monde. Siècle après siècle, vos dires se sont vérifiés, renforçant la puissance de votre message, la grandeur de votre mission. C'est à partir de ces écrits, de vos paroles, que sept siècles ont été façonnés. Imaginiez-vous ce qu'allaient impliquer vos témoignages portés sur le papier à cette époque ?

- Pas du tout !... C'est... insensé !

- Les autres ouvrages sont moins riches en contenu. Ils sont également de la main d'Aralou. Il a repris les pensées du premier pour les détailler, ajoutant des précisions... Il a passé le reste de sa vie à écrire.

L'administrateur poursuivait à petits pas.

- Tout autour, ce sont des livres de la même période qui sont en fait les premiers issus des « Chroniques Anciennes ». Ils ont pour vous moins d'attrait...

Gabriel admirait le manuscrit enluminé de son ami, la couverture en cuir très épais sertie d'or et de pierres précieuses. C'était une réalisation admirable. Aralou avait fait un travail magnifique en rédigeant cet ouvrage.

- Attendez ! dit l'administrateur en s'approchant de lui. Pour vous bien entendu il n'y a aucun interdit...

Il sortit une petite clef de sa poche et ouvrit la serrure de la vitrine. Le manuscrit apparut dans toute sa splendeur. Gabriel restait subjugué. Il promena doucement ses doigts sur la couverture, puis la souleva pour tourner précautionneusement les pages de parchemin épais. L'écriture était richement calligraphiée, Aralou avait réalisé une oeuvre d'art. Des dessins naïfs enjolivaient les pages...

- Tu m'avais caché tes talents, mon ami, murmura-t-il.

« Les chroniques selon Aralou ou la vie du Chevalier Gabriel, l'Envoyé ». Ainsi commençait le livre. Il tournait lentement les pages, survolant les récits. C'était toute sa vie passée, dans les moindres détails... Il avait envie de pleurer. Le poids des sentiments était énorme. Il revivait certains moments...

Les Chroniques Anciennes
Sectrie 10, Versus 7

C'est de gloire auréolé
Que le preux chevalier

En ton palais s'est arrêté.
Et toi future bien-aimée
Dès son regard posé
Tes yeux ne l'ont plus quitté
Le hasard vous avait retrouvé
Pour une courte éternité.
...

Tout était rédigé en vers. C'était prodigieux. Aralou s'était surpassé. Il approchait lentement de la fin du manuscrit.

Tout à coup, il arriva vers un passage qui l'intriguait car il se situait après son départ.

La bien aimée se languissait,
Son Envoyé ne reviendrait,
Comme il l'avait annoncé,
Il retournerait vers son passé.

Et cela continuait ainsi sur deux pages. Deux pages concernant Audeline et son désespoir. Gabriel en était bouleversé.

C'est dans le château d'été
Qu'elle s'en est allée
C'est dans le château d'été
Qu'elle s'est réfugiée
Elle est venue me confier
Ses dernières volontés
Elle ne pouvait admettre
Le départ du bien-aimé
Elle ne pouvait admettre
refusant l'oubli
Elle s'est enfermée
rongée par les soucis
Dans le lieu sacré
Depuis nous ne t'avons revue
Douce amie qu'es-tu devenue?

- Elle s'est rendue sur le mont, pensa-t-il.

Ainsi Audeline avait voulu revenir sur les lieux où il avait découvert la bulle temporelle. C'était possible... Il lui avait tout raconté peu de temps après son retour du château. Il s'était décidé à tout lui dire, avec précision. Leur rapprochement n'en avait été que plus grand. C'est ainsi certainement qu'elle avait voulu s'y rendre, pour revoir les lieux prestigieux.

Il continua sa lecture.

Et puis plus rien. Plus rien sur Audeline. Les quelques pages qui suivaient n'avaient rien à voir avec elle. Etait-elle revenue plus tard ? S'était-elle mariée ? Il s'adressa à l'adminis-trateur à ses côtés.

- Que s'est-il passé avec Audeline ? Qu'est-elle devenue après mon départ ?

- Nous ne savons pas. C'est un des mystères qui a fait suite à votre retour dans notre époque. Les chroniques disent qu'elle s'est rendue au château de l'Altaïr puis on perd sa trace. Plus un seul paragraphe à son sujet. Ils ne l'ont visiblement jamais revue. Alors nous avons supposé qu'elle s'était laissée mourir en un lieu, retirée de tous. A moins qu'elle n'ait rejoint un couvent en grand secret. Après enquête, ce qui est certain, c'est qu'elle n'a jamais été revue dans son domaine. Elle aurait été adulée... Imaginez ! Elle a disparu quelques semaines après votre départ. C'est tout ce que nous avons pu savoir de ce passé lointain.

Audeline allant au château de l'Altaïr. Elle devait avoir une excellente raison car le voyage était rude et apparemment elle s'y était rendue seule. Il était maintenant convaincu qu'une réponse devait exister là-bas, sur le mont. Plusieurs siècles après qu'était-il devenu ?

- Le château existe encore ? demanda-t-il.

L'administrateur soupira.

- Non, hélas ! Il n'en reste que des ruines. Peu de temps après votre départ, quelques semaines, le château a été détruit. C'est en tout cas ce que nous en avons déduit des chroniques... Nous supposons qu'il y a eu un violent tremblement de terre, très localisé. De ce fait le château a été comme arasé. A ce jour, il n'en reste plus qu'un tas de ruines. Ce site est protégé et interdit d'accès. Nous tenons à le conserver en son état naturel, celui de votre époque.

- J'aimerais m'y rendre, annonça Gabriel.

- Bien sûr. C'est tout à fait compréhensible. Cela était prévu dans les jours qui viennent, dans le cadre de votre retour.

- Non ! Je voudrais y aller tout de suite, maintenant !

- Si tel est votre souhait. Rien ne s'y oppose. Ma mission est désormais de vous accompagner dans vos moindres désirs et de vous aider à intégrer ce monde.

Il prit son petit appareil et demanda un véhicule.

Quelques minutes plus tard, ils étaient à bord. Deux nouveaux personnages s'étaient joints à eux. L'administrateur les présenta comme deux éminents spécialistes de cette époque. Ils pourraient ainsi mieux répondre à ses questions.

A nouveau, il se retrouva suspendu dans les airs. Le paysage était toujours aussi impressionnant de beauté. A l'évidence, l'évolution par rapport à ce qu'il avait connu était considérable. L'environnement avait été préservé et mis en valeur. C'était l'habitat qui s'était intégré à la nature et non l'inverse. Il ne voyait que peu de routes. Peut-être avaient-elles été remplacées par un autre moyen de transport ? A moins qu'elles ne fussent souterraines ? Ils se déplaçaient très vite et il repéra les alentours où se situait l'Altaïr. Les lieux n'avaient pas vraiment changé depuis qu'il les avait quittés. Il vit le sommet du mont et ce qu'il restait du château.

- Cela me fait un choc de voir cet endroit sans sa forteresse ! Il y a quelques jours elle était encore si majestueuse...

Seules des ruines dégagées de la végétation marquaient l'emplacement du château. Gabriel s'appuyait sur la vitre, essayant de percer les raisons de ce désastre.

- Je vous avais prévenu, dit l'adminis-trateur, tout a été détruit lors de ce tremblement de terre. Nous allons nous poser au sommet. Nous avons une autorisation exceptionnelle. Cette protection du site a permis de le conserver tel que vous avez dû le connaître. Non ?

- Oui... C'est impressionnant.

L'engin se posa devant ce qui avait été la porte d'entrée principale. Il n'en restait que les pilastres, brisés à un mètre du sol. En foulant l'herbe rase, Gabriel ressentit les souvenirs affluer. Il avait l'impression de se retrouver en un lieu amical, très personnel. Il se sentait un peu chez lui. Les trois hommes le suivaient alors qu'il franchissait l'ancienne porte. Les pierres étaient nettoyées, entretenues, les plantes grimpantes arrachées. Cela ressemblait à un site sacré soigneusement préservé. Il se repérait facilement dans ce décor arasé. Il se dirigea instinctivement vers la crypte. Les constructions souterraines avaient peut-être résisté ? Au centre d'une petite cour pavée il en aperçut l'entrée. Il restait un trou béant là où s'élevait auparavant la chapelle. Des marches recouvertes de mousse s'enfonçaient toujours dans le sol.

- L'entrée de la crypte est toujours là ? demanda-t-il. Vous y avez pénétré ?

L'administrateur fronçait les sourcils.

- Quelle crypte ? Quelle entrée ?

Gabriel désigna l'ouverture avec son bras.

- Eh bien ! celle-ci, cette entrée qui s'enfonce dans la terre. La bulle temporelle y fonctionne-t-elle toujours ?

L'homme et ceux qui l'accompagnaient semblaient très perturbés, comme si d'un seul coup ils ne comprenaient plus rien à ce que Gabriel disait. Ils regardaient au sol, autour d'eux, cherchant une explication aux mots qu'ils venaient d'entendre.

- Mais que racontez-vous, Chevalier ? Il n'y a rien par ici... Le sol est parfaitement plat et entièrement pavé. Pourquoi parlez-vous d'ouverture ?

Gabriel restait interloqué. Les trois hommes semblaient aveugles. Ils ne voyaient apparemment rien de ce qu'il leur racontait, comme si l'entrée de la crypte leur était invisible. Et brusquement il comprit.

Invisible ! La bulle temporelle cachait l'entrée. La bulle fonctionnait toujours ! Elle devait être là, sous terre. Elle empêchait quiconque de découvrir son existence... Sauf lui, l'Envoyé. Et ce, peut-être depuis des siècles, depuis qu'il l'avait quittée. Il n'en revenait pas.

Excité, il s'approcha de l'entrée et commença à en descendre quelques marches en faisant attention à ne pas glisser.

- Je vais voir là-dessous ce qu'il en reste, lança-t-il à l'intention de l'administrateur.

Mais celui-ci paniqua.

- Que faites-vous ? Que se passe-t-il ? Vous disparaissez dans le sol !

Ne pouvant percevoir l'existence de l'entrée de l'escalier, Gabriel leur semblait littéralement disparaître dans la terre, comme avalé.

- N'ayez crainte ! leur cria-t-il tout en continuant. Je vais revenir et vous expliquer.

Sous terre, la crypte était très sombre. Seule la lumière entrant par l'escalier apportait une faible clarté. Il attendit un peu pour s'habituer à la pénombre. Et il distingua la porte.

Nerveusement, il s'y dirigea à petits pas, avec précaution. Elle était toujours là, très noire, avec au sol la plaque gravée qui brillait légèrement. Apparemment rien n'avait changé. Il se disait que la bulle temporelle pourrait peut-être lui donner des explications sur tout ce qui venait de se passer. Peut-être même pourrait-il espérer des réponses sur la disparition d'Audeline ! Normalement la bulle avait tout vu, tout enregistré depuis son départ. Elle devrait être un véritable journal du passé.

Il avança les bras en avant, comme il le fit pour la première fois plusieurs siècles auparavant... il y avait quelques jours à peine. Il traversa doucement le passage de la bulle... Et il faillit tomber à l'intérieur.

Il se rétablit de justesse ayant buté sur quelque chose au sol. La joie de retrouver la bulle, la lumière brillante qui l'inondait de toutes parts, il ne put réagir immédiatement à ce qui venait de se produire. Puis il regarda l'objet qui avait entravé ses pas et il reconnut Audeline.

Elle était allongée sur le sol, face contre terre, comme si elle dormait. Il s'accroupit pour examiner son visage.

« Bienvenue, Gabriel ! Vous voici donc de retour. Je vous attendais. »

Il n'entendait pas, ne faisait pas attention à tout ce qui pouvait l'entourer. Penché au-dessus du visage d'Audeline, il essayait de l'entendre respirer. Elle ne bougeait pas, toute vie semblait l'avoir quittée. Alors il réagit aux paroles de la bulle.

- Explique-moi ! Que fait-elle ici ?... Elle est morte ?

« C'était écrit, Gabriel. Elle devait venir ici pour te retrouver en ton époque future. Elle se désespérait de ton départ. Et contre toutes les difficultés, elle a franchi le seuil de la bulle. »

Gabriel secouait la tête.

- Mais c'est impossible, insensé. Tu m'avais dit que je serais le seul homme à pouvoir y pénétrer... Tu as pu me mentir ?

« Je t'ai dit la vérité, le contraire m'est impossible. Tu es toujours et seras le seul homme à y pénétrer... Elle est et sera la seule femme. »

Gabriel ébaucha un rictus. Il se baissa à nouveau, tâta le pouls, écouta la respiration.

« Elle est bien morte, dit la bulle. Son coeur ne bat plus, sa respiration n'est plus. »

- Mais c'est trop absurde ! Venir jusqu'ici pour ça ! Et comment est-ce arrivé ?

« Sois sans crainte, Gabriel. Elle est morte mais tu peux encore faire quelque chose. Elle avait compris, avec tes explications, qu'il lui serait impossible de rester seule dans la bulle, attendant sept siècles pour te retrouver. Un jour ou l'autre, elle aurait cessé d'attendre et aurait à nouveau franchi le passage, sans espoir de retour. Audeline sachant cela s'est empoisonnée, juste avant de franchir le seuil. Ainsi le poison a commencé à faire son effet pour la tuer au moment où elle se retrouvait de ce côté-ci. Et puis il n'a pu se dissoudre plus loin dans son organisme, étant arrêté par le processus de stagnation temporelle propre à la bulle. Toute fonction biologique étant stoppée, elle a dans son corps un début d'empoisonnement. Tu es au vingt-et-unième siècle, Gabriel. Tu peux facilement intervenir sur une personne qui vient de s'empoisonner. Lorsque tu franchiras le passage avec elle, ce sera comme si elle venait de le faire, il y a quelques secondes... Il y a quelques siècles. »

Gabriel l'embrassa en pleurant. Il lui caressait le visage, les cheveux. Elle n'avait absolument pas changé. Audeline ! Tout ce qu'elle avait dû endurer. Les terribles choix qu'elle avait dû effectuer... Se tuer pour espérer revivre avec lui. Il n'en revenait pas. Il ne savait pas si lui-même aurait eu ce courage. Elle lui semblait encore plus merveilleuse, tant de force morale et d'intelligence...

« Allez ! Gabriel ! Tu dois maintenant franchir le passage pour préparer son retour à la vie. Quand tout sera en place, reviens la chercher pour la sauver '. »

- Tout de suite ! répondit-il.

Et se levant après l'avoir embrassée, il quitta la salle. Traversant le passage, il retrouva la crypte plongée dans sa pénombre. Il courut vers l'ouverture éclairée par la lumière du jour. Gravissant les marches à grandes enjambées, il déboucha à l'air libre.

Les trois hommes étaient toujours là, soucieux, essayant de comprendre sa disparition. Lorsque pour eux il jaillit du sol, ils restèrent stupéfaits.

- Mais qu'avez-vous fait ? Que se passe-t-il ? demanda l'administrateur.

- Je ne puis tout vous expliquer maintenant, répondit Gabriel. Mais écoutez-moi. Ce que j'ai à vous dire est de la plus grande importance. Audeline est là, sous terre !

- Vous avez retrouvé sa tombe ? Interrogea un des hommes.

- Non ! C'est bien plus extraordinaire ; c'est fou ! Elle est morte mais je peux encore la sauver, la ramener à la vie. Il faut que vous m'aidiez ! Faites venir des secours, un service de réanimation pour personnes empoisonnées... Quelque chose de ce genre. Vous me comprenez ?

- Oui, oui, Chevalier. Mais si vous dites vrai, son corps doit être décomposé... Depuis sept siècles...

Gabriel se calma et lui exposa brièvement la situation. Il lui décrivit la crypte et la bulle temporelle. Ce qui était arrivé à Audeline et ce qu'il espérait maintenant. Cette fois-ci l'administrateur avait saisi. Tout ne pouvait évidemment pas lui être compréhensible. Les notions sur la bulle temporelle étaient hors de sa portée, interdites. La bulle se protégeait en effaçant son existence des cerveaux.

Devant l'extraordinaire de la situation, à son tour la nervosité le gagna. Il décrocha son appareil pour appeler. La conversation dura longtemps. En final il lui fallut se mettre en colère pour obtenir satisfaction.

- Nous allons avoir ce que vous demandez, mais non sans mal ! D'autre part votre présence commence à être connue, malgré le luxe de précautions prises. Dans quelques heures nous aurons des demandes de tous les représentants des différentes nations pour vous solliciter de rendez-vous. Vous m'échapperez quelque peu...

Ils attendirent plusieurs longues minutes avant de voir surgir du ciel trois appareils de couleur vert vif. Ils se posèrent rapidement devant l'entrée, à côté du leur. Des hommes débarquèrent, habillés de blouses vertes, de la même couleur que les engins, et vinrent à leur rencontre.

- Vous avez bien demandé un équipement antipoison, Monsieur l'adminis-trateur ?

- Oui, tout à fait. Prenez tout ce qu'il faut et installez-vous dans la cour du château, à proximité de la zone pavée.

Gabriel surveillait les préparatifs. La différence n'était pas grande avec ce qu'il avait connu. Les personnels de secours, les matériels, il y avait peu de changement. Lorsque ce qui était un poste de réanimation fut installé, le responsable s'adressa à l'administrateur.

- Voilà, Monsieur, tout est prêt. Excusez ma curiosité, mais où se trouve la personne empoisonnée ?

Gabriel intervint.

- Je vais aller la chercher. Elle vient juste de s'empoisonner mais pour le moment le poison n'a pas pu affecter profondément son organisme. Dès que vous la verrez, pourrez-vous agir ?

- Bien sûr, tout est prêt ! Quel type d'agent l'a empoisonnée ?

- Je n'en sais rien... C'était il y a si longtemps... J'y vais !

Et il courut vers l'escalier menant à la salle. Refaisant le chemin en sens inverse dans la crypte, il plongea littéralement à travers la porte de la bulle. Se baissant, il souleva délicatement Audeline.

- Que va-t-il se passer maintenant ? pensa-t-il à l'intention de la bulle.

« Une nouvelle période. Elle commence maintenant. Bonne chance dans votre nouvelle vie à tous les deux. L'humanité te doit beaucoup Gabriel. Tu as réussi au-delà de toute espérance. »

- Nous nous retrouverons ?

« Non ! La bulle temporelle te sera également inaccessible dès que tu remonteras à la surface. Sa présence s'effacera de ta mémoire. Allez-y ! »

Et Gabriel repassa l'ouverture pour la dernière fois, portant Audeline dans ses bras. Il courut le plus vite qu'il put à l'intérieur de la crypte, puis gravit prestement l'escalier, pour rejaillir à l'extérieur. Tout le personnel médical fut médusé de le voir ainsi s'élever de terre.

- Vite ! dit-il à leur intention. Voici la personne qu'il faut sauver ! Faites vite, je vous en supplie !

Les médecins lui prirent Audeline des bras et la déposèrent dans une sorte de caisson. La plaque se referma automatiquement sur le corps dans un petit claquement. Des voyants et des écrans se mirent à crépiter, rendant leurs diagnostics et les interventions en cours.

Le silence était total parmi les hommes qui s'activaient autour des équipements. Puis, les écrans ne réagissant plus, le couvercle s'ouvrit tout seul. Un médecin mit en place sur le corps d'Audeline de nouveaux appareils, dont certains étaient reliés par des tuyaux à l'extérieur.

Une seconde fois le couvercle se referma.

- N'ayez plus de crainte. Elle a subi un empoisonnement très classique, à base de produits anciens assez surprenants mais faciles à maîtriser. Son coeur est solide, son cerveau n'est pas abîmé... Nous lui administrons un traitement pour éliminer rapidement toute trace dans son organisme... Elle va s'en sortir sans séquelles.

L'appareil cessa de bourdonner et les personnels, une fois le couvercle soulevé, enlevèrent tout l'équipement fixé au corps d'Audeline. Le visage dégagé, elle respirait maintenant, librement, calmement.

- Elle revient à elle. Tout est normal. Je ne sais pas ce qui lui est arrivé ni qui elle est mais soyez attentif à son réveil, ne la brusquez pas.

Gabriel s'approcha. Elle était étendue et dormait encore, paisiblement. Penché au-dessus d'elle, il attendit qu'elle batte des paupières. Il lui souriait lorsqu'il la vit réagir légèrement.

- Ne parle pas Audeline, je suis là, Gabriel... Ne parle pas. Tout va bien désormais...

Il continuait doucement.

- Tu m'as retrouvé... Après sept cents ans... Tu es avec moi... Pour toujours à présent...

Elle souriait tendrement, les yeux fermés. Elle avait apparemment entendu.

Autour d'eux, les personnels du service d'intervention commençaient à s'agiter. Ils avaient également compris.

- Monsieur l'administrateur... Est-ce une plaisanterie ? demanda le responsable.

- Non. Vous avez devant vous l'Envoyé, le Chevalier Gabriel et Dame Audeline... Aussi étonnant que cela puisse vous paraître... Nous vivons une grande page d'histoire !

Audeline ouvrit les yeux.

- Gabriel... Mon chevalier bien aimé... J'ai tant douté et tant espéré. Où sommes-nous ?

- En mon époque... Sept siècles plus tard. Tu te souviens de tout ce que je t'avais raconté sur cette période ? Eh bien désormais c'est la tienne, nous y vivrons ensemble...

Il lui prit la main et l'embrassa.

- Je suis fatiguée... Ne t'en va pas...

- Plus jamais... Plus rien ne pourra nous séparer, je te le jure...

Au pied du mont commençaient à se poser des appareils. Ils étaient de plus en plus nombreux. L'administrateur tapota de la main l'épaule de Gabriel.

- Chevalier Gabriel, je crois que nous allons devoir partir. Votre présence est à l'évidence connue et dans quelque temps nous serons envahis et importunés.

Le retour de l'Envoyé avait fini par s'ébruiter. Et maintenant tous les milieux de l'information voulaient assister à cet immense événement. Rien ne pourrait les retenir. Ils attendaient depuis trop longtemps.

Gabriel se pencha et prit Audeline dans ses bras. Encore faible, elle se laissa faire, confiante, heureuse.

- Où m'emmènes-tu, Chevalier ?

Il l'embrassa sur le front.

- Tu viens avec moi. Tu vas te reposer et puis nous irons visiter ce monde. Mais tout d'abord je te montrerai la mer, l'océan. Nous marcherons tous les deux sur la plage. Je te l'avais promis, il y a sept cents ans...

Imprimé en février 2004
pour le compte des Editions Zinedi
par l'imprimerie Dupli-Print
2 rue Descartes – 95330 Domont

Dépôt légal : décembre 2003
Imprimé en France